莫礪鋒讲宋诗课

莫砺锋 著

凤凰出版社

图书在版编目（CIP）数据

莫砺锋讲宋诗课 / 莫砺锋著. -- 南京 : 凤凰出版社, 2021.6
ISBN 978-7-5506-3452-7

Ⅰ. ①莫… Ⅱ. ①莫… Ⅲ. ①宋诗—诗歌欣赏 Ⅳ. ①I207.22

中国版本图书馆CIP数据核字(2021)第102148号

书　　名	莫砺锋讲宋诗课
著　　者	莫砺锋
责任编辑	张永堃
装帧设计	徐　慧
出版发行	凤凰出版社(原江苏古籍出版社) 发行部电话025-83223462
出版社地址	江苏省南京市中央路165号,邮编:210009
出版社网址	http://www.fhcbs.com
照　　排	凤凰零距离数字印前中心
印　　刷	徐州绪权印刷有限公司 江苏省徐州市高新技术产业开发区第三工业园经纬路16号
开　　本	890毫米×1240毫米　1/32
印　　张	10
字　　数	251千字
版　　次	2021年6月第1版
印　　次	2021年6月第1次印刷
标准书号	ISBN 978-7-5506-3452-7
定　　价	48.00元 (本书凡印装错误可向承印厂调换,电话:0516-83897699)

南宋　马远　《白蔷薇图》

宋　苏汉臣（传）《冬日婴戏图》

南宋　马麟（传）《梅花双雀图》

北宋　苏轼　《墨竹图》

序

去年，我在《莫砺锋讲唐诗课》的序言中说："从 1979 年考进程先生门下，直到 2000 年先生逝世，我立雪程门二十一载。我曾在南大的教室或程先生的书斋里亲聆先生讲课，也曾在先生指导下撰写论文或与他合写论文，我在学业上跨出的每一步都离不开先生的扶持和指点。……正因如此，我接受出版社的约请编成本书，并不避重复而题作《莫砺锋讲唐诗课》，以展示本书与程先生《唐诗课》之间的渊源关系，并表示对先生的感激与怀念。"其实，我也应该编写一本专讲宋诗的书，它同样能展示我与程先生的学术渊源。

1979 年 4 月 7 日，我到安徽省教育厅去查看当年各个大学研究生招生的学科目录，几经周折，选定南京大学中文系中国古代文学为报考志愿，研究方向是"唐宋诗歌"，导师是程千帆教授。说来惭愧，在那天以前，我压根不知道世上有程先生其人。我当时正在安徽大学外语系读本科二年级，对中文学科的情形一无所知。到了 9 月，我进入南大读研，从此立雪程门。程先生对我们的指导都是从"唐宋诗歌"这个方向着眼的，课程设置或许偏重唐诗，论文选题却偏重宋诗。我的硕士论文以"黄庭坚诗研究"为题，博士论文以"江西诗派研究"为题，便出于这种倾向。程先生治诗，一向兼重唐、宋，而且十分重视向公众普及宋诗。早在 20 世纪五十年代，程先生就编选了《宋诗选》（古典文学出版社 1957 年出版，程先生担任选目及引言，缪琨先生担任注释）。到了新世纪，程先生又编选了《宋诗精选》（江苏古籍出版社 2002 年出版）。这两本书都是深受广大读者欢迎的宋诗读本，尤其是后者，后来以《读宋诗随笔》的书名屡次重版。要是有出版社把程先生有关宋诗的论文及评语纂成一书并取名为《宋诗课》，也是非常妥当的选题。我才力薄弱，性格拘谨，自从在程先生的引导下走上唐宋诗歌研究的学术道路，四十年来不越雷池半步。与程先生一样，我治诗时兼重唐宋，讲诗时也是兼重唐宋。缪钺先生说得很好："唐诗以韵胜，故浑雅，而贵蕴藉空灵；宋诗以意胜，故精能，而贵深折透辟。唐诗之美在情辞，故丰腴；宋诗之美在气骨，故瘦劲。"钱锺书先生也说得很好："唐诗、宋诗，亦非仅朝代之别，乃体格性分之殊。天下有两种人，斯分两种诗。唐诗多以丰神情韵擅长，宋诗多以筋骨思理见胜。""自宋以来，历元、明、清，才人辈出，而所作不能出唐宋之范围，皆可分唐宋之畛域。"我完全同意这些判断，所以我认为宋诗与唐诗一样，既是现代学术界进行研究的重要课题，也应是当今广大读者日常阅读的重要文本。正因如此，我完成《莫砺锋讲唐诗课》的书稿后，便着手编写这本《莫砺锋讲宋诗课》，再次展示我与程先生之间的渊源关系。

与《莫砺锋讲唐诗课》的结构相似，本书也分成四个部分。第一部分是"阅读背景"2 篇，分别介绍有关宋诗及宋诗研究的概况，我认为这是有助于读者阅读宋诗的背景知识。第二部分是"名篇细读"20 篇，第三部分是"名篇浅释"50 篇，它们都是我本人阅读宋诗名篇的一些心得，所选名篇并无高下之分，不过限于篇幅，后者谈得较为简略而已。第四部分是"问题与思考"6 篇，是我对宋诗某些大家或专题进行探索后的粗浅感想。第一部分属于常识介绍，但粗疏之失仍属难免。后面三个部分都是我的一己之见，更容易产生郢书燕说的错误。希望读者朋友不吝指教。

说到宋诗，当然离不开宋词。在我看来，诗、词二体在宋代双峰并峙，且在题材、风格等方面具有很强的互补性。不读宋词，难以深入理解宋诗。不读宋诗，也难以深入理解宋词。说来也巧，在我初入程门的时候，研究宋词的一代宗师唐圭璋先生正在南京师范大学任教。程先生是唐先生的好友，我们这些程门弟子也对唐先生敬执弟子礼。1984 年我博士毕业时，唐先生就是我的答辩委员，还亲笔为我的学位论文写了两页评语。唐先生门下的诸位高足也都成为我的好友，其中之一就是王兆鹏教授。若干年后，兆鹏兄已成为新一代的宋词研究专家。1996 年我应袁行霈先生之邀担任《中国文学史》宋代编的主编，受命之初便邀请兆鹏兄负责撰写有关宋词的全部章节。在从事文学史编撰的那几年里，从商讨提纲到互相审稿，我们的合作相当融洽。于是当我决定编写本书时，当即邀请兆鹏兄编写一本性质相同的《王兆鹏讲宋词课》，很快就得其俯允。现在我们将两本书作为姐妹篇同时推出，衷心希望得到广大读者的喜爱。

目次

第一讲 阅读背景

第二讲 名篇细读

第三讲 名篇浅释

第四讲 问题与思考

第一讲

阅读背景

宋诗风貌鸟瞰

自从产生宋诗以后，唐诗和宋诗便成为诗歌史上双峰并峙的两个典范。宋以后的诗歌虽然还在继续发展，但再也没能超出唐宋诗的风格范围。元、明、清的诗坛上有时宗唐，有时宗宋。或同时有人宗唐，有人宗宋，甚至在一个人的诗集中，也有时学唐体、时效宋调的现象。那么，唐、宋诗的主要差异是什么呢？产生这些差异的原因又何在呢？清人蒋士铨的《辩诗》对此作了简明中肯的回答：

> 唐宋皆伟人，各成一代诗。变出不得已，运会实迫之。格调苟沿袭，焉用雷同词？宋人生唐后，开辟真难为。

为了帮助读者更好地理解、欣赏宋诗，先对有关的情况作一些说明。

一　宋诗的时代和社会背景

北宋的建立结束了唐末以来的分裂局面，重新实现了中国的统一。宋王朝鉴于中唐以来藩镇强盛、尾大不掉的历史教训，在立国之初就定下崇文抑武的基本国策。由科举考试而进入仕途的文臣成为宋代官僚阶层的主要成分，即使是主兵的枢密使等职也多由文人担任。这些措施一方面加强了君权，另一方面也使士大夫的主体意识和参政热情空前高涨。他们以国家的栋梁自居，意气风发地参预国事，议论政治。“开口揽时事，论议争煌煌”（欧阳修《镇阳读书》），这是宋代士大夫特有的精神风貌。

宋代的理学往往被今人看成是封建统治者的官方意识形态，其实除了南宋的最后半个世纪以外，理学在宋代并未得到朝廷的正式承认。理学思想实为士大夫阶层主体意识的理论表现，不但程颐、朱熹等理学家自矜掌握了古圣相传的安身立命之道，而且欧阳修、王安石、苏轼、杨万里等文士也热衷于讲道论学。所以宋代的士大夫大多怀有自觉的卫道意识，并且积极地著书立说以弘扬己说。在北宋后期，即有王安石与司马光等人的新学、旧学之争，又有旧学内部以苏轼为首的蜀学与以二程为首的洛学之争。到了南宋，有朱熹与二陆之争，又有朱熹与叶适、陈亮之争。翻开宋人的文集，几乎总能找到论学的文章，有时这种议论甚至旁溢到诗歌中去。

由于宋代的士大夫在政治上和思想上都具有强烈的使命感，又由于宋代的诗人主要由士大夫组成，所以宋代诗人比前代诗人更加重视诗歌的政治教化功能。他们在整体上对“文以载道”的观点表示认同，他们普遍关注国家和社会，反映社会、干预政治始终是宋诗最重要的主题。当然，上述情形也带来了一些负面影响，宋诗的说教意味和头巾气比较浓厚，这对宋诗的审美价值有所损害。

宋王朝十分重视文治教化，印刷业和教育事业的成绩远迈前朝。公私刻书业的兴盛使书籍得以大量流通，不但皇家秘阁和州县学校藏书丰富，就是私人的藏书也动辄上万卷，《郡斋读书志》《直斋书录解题》等以私人藏书为对象的目录学专书到宋代才首次出现，就是一个标志。与此同时，学校的种类和数量也大量增加。除了从国子监到县学的各级官办学校之外，民间的私立书院也日益兴盛。如著名的白鹿洞书院等四大书院，其规模和学术水准都堪与官学媲美。这样，宋代诗人的总体学术水平达到了前无古人的程度。唐代杜甫自称“读书破万卷”（《奉赠韦左丞丈二十二韵》）时不无自矜之意，因为那在唐朝是较罕见的现象。然而到了宋代，读破万卷已是司空见惯之事。像欧阳修、王安石、苏轼、黄庭坚、陆游等人都堪称学者型的诗人。学术修养的提高无疑会使诗人更善于思考社会和人生，也更善于细密周详地进行议论和运用典故。当然，诗人的学者化倾向对宋诗也有不利影响，书卷气的增浓往往与生活气息的变淡相伴随，当严羽指责宋人“以才学为诗”时，他无疑已认识到这种影响的严重性。

对宋诗影响最大的时代特征无疑是宋王朝始终面临严重边患的局势。“积贫积弱”的评价并不完全符合宋代的历史真相，但宋代的国势不如汉、唐那么强盛则是不争的事实。北宋开国之初，北方被石晋割让出去的燕云十六州仍然归辽人统治，而南方曾为唐代流放罪人之地的驩州一带已属于越李朝的版图。到了南宋，更是偏安于淮河、秦岭以南的半壁江山。宋王朝为了防范叛乱而采取的限制军人政策极大地削弱了宋军的战斗力，以至于和外族作战总是败多胜少。从北宋开国到南宋灭亡，宋王朝始终处于强敌的威胁之下。宋帝国内部虽然没有发生过大规模的叛乱，经济也相当发达，但由于对内的冗官冗费和对外的巨额岁币，农民负担沉重，朝廷的财政也常常捉襟见肘。所以宋代面临着沉重的内忧外患，有识之士对这种形势忧心忡忡。

深沉的忧患意识使宋代诗人很少用诗歌来歌颂国家的富强和朝廷的盛德，也使他们在表达个人抱负时比较拘谨、收敛。像李白高唱“国容何赫然”（《古风五十九首》其四十六）的颂扬国势，杜甫自许“致君尧舜上，再使风俗淳”（《奉赠韦左丞丈二十二韵》）的豪情壮志，在宋诗中是找不到的。王安石是宋代政治自信心最强的诗人，他自述其志也只是说“材疏命贱不自揣，欲与稷契遐相希”

(《忆昨诗示诸外弟》),口气远不如李、杜之狂傲。后人读宋诗时,很容易感受到严谨、平实、细密、深沉等特征,却难以发现唐诗的那种天马行空、气冲斗牛的昂扬气概。或者可以说宋诗的现实意义很强,但缺乏唐诗的潇洒浪漫气息。这都与宋人心头沉重的忧患意识不无关系。

上述情形对宋诗最有积极意义的影响是爱国主题的高扬。在很早就建立了统一政权的中国,爱国主题是源远流长的诗歌传统。由于在国家安全受到威胁的时代人民对爱国主题的呼唤更加迫切,所以此类主题每逢国家危急存亡之秋便会放射异彩,从屈原到杜甫的文学史实已经昭示了这种规律。宋代的民族矛盾空前激烈,三百年间外患不断。汉、唐都亡于国内的农民起义和军阀混战,而北宋和南宋却亡于外族入侵。这样,宋代的诗人就势必对爱国主题给予格外的重视,他们以慷慨激昂的战歌和沉郁悲凉的倾诉使宋诗的爱国主题大放异彩。宋代爱国诗歌的意义不止于反映了当时的社会现实和人民心声,更在于它以文学的形式维护了民族的自信和尊严。"集中十九从军乐"(梁启超《读陆放翁集》)的陆游诗和文天祥大义凛然的《正气歌》,为宋诗赢得了永远的光荣,这实在是得益于宋代烽火连绵的时代背景的玉成。

二 宋诗的思想文化背景

儒、道、释三派是中国传统思想最主要的组成部分,虽说早在唐代就已有了"三教论衡"的现象,但它们真正在思想层面上融为一体却是宋代才实现的。北宋建立以后,一反前代北周的灭佛政策,对佛教采取了保护、鼓励的措施。在晚唐、五代受到打击的各种佛教宗派重又兴盛起来,其中最为流行的则首推禅宗。虽说禅宗的某些思维模式已被宋代的儒学——理学所吸收,从而不再具有理论优势，但禅宗本身也采取了更加主动地吸收儒、道两家思想并力求适应中国传统伦理观念的态势，从而使士大夫在接受禅学时的心理障碍消除殆尽。所以宋代士大夫的习禅、信禅成了随处可见之事，即使是口头上仍然排佛甚力的理学家其实也颇倾心于禅宗，更不用说与禅师交往密切的苏轼、黄庭坚等人了。

上述思想背景对宋诗有多方面的影响，比如以《沧浪诗话》为代表的以禅喻诗的流行便是一个显例。然而最深远的影响则是通过创作主体的中介而发生的，那就是它引起了宋代诗人的人生观和审美情趣的转变。禅宗原是充分中国化、世俗化的佛教宗派，尤其是慧能开创的南宗禅，经过南岳、青原一二传以后，越发将禅的意味渗透到人们的日常生活中，形成了随缘任运的人生哲学。宋代的禅宗进一步从注重外部事功转向注重内心修养，它以内心的顿悟和超越为宗旨，轻视甚至否定行善、诵经等外部功德。与此同时，儒学思想也发生了类似的转变。宋代理学家虽然并不否定齐家治国平天下等外部事功，但他们最注重的却是诚意正心之学，所以对四书的重视竟凌驾于五经之上，而对日常人伦中的“孔颜乐处”的追求便成为人生的最高境界。

三教合一的思潮使宋代诗人的文化性格迥异于前代文人。他们对传统的处世方式进行了整合，使承担社会责任与追求个性自由不再成为互相排斥的两极。宋代诗人大多走了经科举考试而入仕的人生道路，入仕以后也多能勤于政务，勇于言事。然而他们在积极参政的同时仍能保持比较宁静的心态，他们把自我人格修养的完善看作人生的最高目标，他们善于向内心去寻求个体生命的意义。宋人有很强的传统观念和集体意识，道统和文统的观念深入人心，结盟结党的做法为大家所接受。宋人认为个人的努力和贡献是整个传统或整个阶层中的一部分，而且都应受到理性和道德的节制。于是，宋人的个体意识不像唐人那样张扬、发舒；宋人的人生态度倾向于理智、平和、稳健和淡泊。宋人在事业顺利时并不“仰天大笑出门去”（李白《南陵别儿童入京》），在命运坎坷时也很少“食荠肠亦苦，强歌声无欢”（孟郊《赠别崔纯亮》）。王安石拜相之日即惦念着“霜筠雪竹钟山寺”（见魏泰《临汉隐居诗话》），相业正隆时又追忆“江湖秋梦橹声中”（《壬子偶题》）。苏轼暮年贬往荒远的海南，却并不戚戚于个人忧患，食芋饮水，吟诗作文，实现了平生创作的最后一个高潮。与唐人相比，宋代诗人的生命范式具有冷静的、理性的、脚踏实地的特征，呈现为一种超越了青春躁动阶段的成熟状态。与唐诗相比，宋诗的情感强度稍嫌不足，但思理的深刻则独臻高境。宋诗不追求高华绚丽，而以平淡美为艺术极境，这些特征都植根于宋代的思想文化背景。

与此同时，宋人的审美观念也发生了深刻的变化，他们认为审美活动中雅俗之辨的关键在于审美主体是否具有高洁的品质和情趣，而不在于审美客体是高雅还是凡俗之物。苏轼说：“凡物皆有可观，苟有可观，皆有可乐，非必怪奇伟丽者也。”（《超然台记》）黄庭坚说：“若以法眼观，无俗不真。”（《题意可诗后》）这两位宋诗的代表作者的话，正是宋代审美情趣的体现。

在古代，诗一向被认作最高雅的艺术殿堂，凡俗的题材和语言在诗中是没有立足之地的。即使在诗国疆域极为广阔的唐代，除了杜甫、韩愈等少数诗人外，诗坛对平凡、琐屑的题材是不甚注意的，也不允许俗字俚语进入诗歌。然而到了宋代，诗坛风气发生了变化。首先是俗字俚语不再受到诗人的排斥，苏轼认为：“街谈市语，皆可入诗，但要人熔化耳。”（见周紫芝《竹坡诗话》）在苏、黄等人的诗中，俗字俚语大量入诗，到了南宋杨万里更是满纸俗语。其次是平凡琐屑的题材开始受到诗人的青睐。从欧阳修、梅尧臣开始，诗人们把审美的目光投向生活的每个角落。虽然梅尧臣的尝试有时不很成功，例如他写“有鸦啄蛆”之诗便缺乏美感，但继之而起的苏、黄等人则最大程度地使平凡琐屑的日常生活内容升华进入诗的境界，从而为诗国开拓了更广阔的题材领域。

应该注意的是，宋诗的上述转变并不是由雅趋俗，而是“以俗为雅”。梅尧臣、苏轼、黄庭坚都曾提出“以俗为雅”的命题，所谓“以俗为雅”就是以更为广阔的审美视野和更为敏锐的审美趣味去审视世界，从而实现由俗向雅的升华，或者以雅对俗的超越。在古代诗人的心目中，庸俗的趣味是诗歌的大忌。然而宋以前的诗人主要是通过回避俗来达到雅，那事实上是一种作茧自缚的消极态度，因为那样势必把许多平凡的题材和语言排除在诗歌之外，从而限制了诗歌的表现范围。南朝的诗几乎成为高门贵族的专利品，就是一个明显的例证。到了宋代，诗人们采取“以俗为雅”的态度从事创作，这不但扩大了诗歌的题材范围，增强了诗歌的表现手段，同时也使诗歌更加贴近普通人的日常生活，从而真正使诗歌走向民间。只要把苏、黄的送别赠答诗与李、杜的同类作品相对照，或者把范成大、杨万里写农村生活的诗与王、孟的田园诗相对照，就可清楚地看出宋诗对于唐诗的新变，而实现这种新变的关键正是宋人“以俗为雅”的审美观念。

三　宋诗对唐诗的继承和革新

自从宋诗以迥异于唐诗的面貌出现于中国诗史之后，人们便把批评的焦点集中在宋诗与唐诗的关系之上。由于唐诗是诗史上不可逾越的一座高峰，由唐诗所奠定的美学风范已经成为历代读者的心理定势，当人们以唐诗为参照坐标来衡量宋诗时，便不免贬多于褒了。两宋以降，对宋诗的一切批评责难几乎都是在这种前提下产生的。所以要想真正领略宋诗的滋味并实事求是地判断其价值，就必须弄清宋诗与唐诗的各种关系。

唐、宋诗产生于不同的时代，它们赖以生存的文学史背景是迥然不同的。当唐代诗人登上诗坛时，他们面临的形势是诗歌已经经历了长期的积累而尚未达到高峰，诗歌发展的内在逻辑正呼唤着诗歌高潮的出现。从建安时代开始，诗人们对五七言诗的形式进行了多方面的探索，这种探索主要是沿着骈偶丽辞与声律谐和两个方面进行的，从曹植、陆机到沈约、谢朓，诗人们付出了巨大的努力，暗中摸索，筚路蓝缕。等到南朝后期及隋代，五七言诗距离格律化只有一步之遥了。同时，诗人们在题材内容方面也进行了不懈的探索、开拓。建安诗人用力描摹社会画面，正始作者着意刻画内心律动，这两种取向基本涵盖了诗歌所能表现的外部世界和内心世界这两大领域。如依具体题材而分，则乐府诗、咏怀诗、咏史诗、游仙诗、田园诗、山水诗、咏物诗、拟古诗乃至玄言诗、宫体诗都已出现，五七言诗的题材种类已经大致齐备。然而由于种种局限，先唐的诗歌尚未达到最高境界，先唐诗人积累的丰富艺术经验尚有待于总结、提高。唐代诗人正是在这种局势下开创一代新风的，唐诗正是在八代诗的坚实基础上建造起来的一座大厦。

极盛之后难以为继，宋代诗人面临的历史条件远不如唐人来得优越。充分发达、登峰造极的唐诗只给后人留下很狭小的发展余地，唐诗的巨大阴影给宋人的创作心理造成了巨大的压力。宋人必须另辟蹊径才能走出唐诗的阴影，他们的创新也就具有很大的难度。以题材为例，宋代的社会生活并未比唐代增添多少新的内容，而唐诗表现社会生活几乎达到了巨细无遗、各臻其妙的程度，当宋人想要写某一题材时，几乎总能发现唐人已经留下同一题材的名篇或名句。例如宋初王禹偁在春日清晨发现园中花枝被春风吹折，写出“何事春风容不得，和莺吹折数枝花”二句，本以为景奇语新，却不料唐诗中早已有“恰似春风相欺得，夜来吹折数枝花”之句了（见《蔡宽夫诗话》）。无怪熟读唐诗的王安石要发出“世间好语言已被老杜道尽，世间俗语言已被乐天道尽”之叹（见《陈辅之诗话》）。再以体裁为例，由于先唐诗人在声律、丽辞上提供了正反两方面的丰富经验，唐人就水到渠成地实现了诗歌的格律化，从此奠定了五七言诗的古体、今体诸形式。但由于唐人对这些诗体都已掌握得得心应手，宋人在体裁方面就很难再作什么创新了。除了拗律和对仗手法的灵活多变之外，宋人在诗歌形式方面基本上是沿袭了唐人的写法而无所变化。所以说，当我们比较评判唐、宋诗之优劣高下时，尤其是衡量它们的创新程度时，千万不要忘了它们所处的不同的文学史背景，否则这种评判将是没有意义的。

持续了很长时间的唐宋诗之争造成了一种错觉，仿佛宋诗与唐诗毫无共同之处，事实上唐诗从中唐开始就有向日后的宋诗演变的趋势，而宋诗的许多特征都可在杜甫、韩愈的诗中找到滥觞。从整个诗歌史的角度来看，宋诗正是唐诗自身发展的必然结果，唐、宋诗之间存在着一脉相承的密切关系。清人吴之振说:“宋人之诗，变化于唐而出其所自得。皮毛落尽，精神独存。”（《宋诗钞序》）正因为宋诗对唐诗有因有革，它才能取得与唐诗双峰并峙的历史地位。

当宋人登上诗坛时，唐诗是横亘在他们面前的巨大山峰，所以宋人对唐诗的最初态度是学习和模仿，从宋初到北宋中叶，诗人们先后选择白居易、贾岛、李商隐、韩愈、李白、杜甫作为典范，表现出对于唐诗的崇拜心理。即使当元祐年间宋诗特色形成之后，唐诗也仍然是宋人的主要借鉴对象。当然，更值得注意的是宋人的创新精神。从欧阳修、梅尧臣开始，宋人就试图摆脱唐诗的藩篱。他们在诗国中很难发现未经唐人触动的新的宝藏，他们所能做的是在唐人开采过的矿井里向深处发掘。宋诗较成功的题材开拓是向平凡的日常生活倾斜，唐人注意不够的琐事细物都成为宋人笔下的诗料，比如苏轼有咏农具之诗，黄庭坚多咏茶之诗。有些生活内容唐人也已写过，但宋诗的选材角度更趋向世俗化和平凡化，比如唐代的山水诗多咏幽静绝俗之境，而宋人却喜写游人熙攘的金山、西湖。宋诗所展示的抒情主人公更像平凡的普通人。

宋诗在艺术上的任何创新都是以唐诗为参照对象的，宋人惨淡经营的目的便是在唐诗美学境界之外另辟新境。宋代许多诗人具有鲜明的艺术个性，他们的风格特征相对于唐诗而言都是生新的，比如梅尧臣诗的平淡、王安石诗的精致、苏轼诗的畅达、黄庭坚诗的瘦硬、陈师道诗的朴拙、杨万里诗的活泼，都可视为对唐诗风格的陌生化的结果。然而宋代诗坛有一个整体性的风格追求，那就是以平淡为美。苏轼和黄庭坚一向被看作宋诗特征的典型代表，苏轼论诗最重陶渊明，黄庭坚则更推崇杜甫晚期诗的平淡境界。他们的诗美理想是殊途同归的，他们追求的平淡实指一种超越了雕润绚烂的老成风格，一种炉火纯青的美学境界。以平淡为美的诗学观念显然是对以丰华情韵为特征的唐诗美学风范的深刻变革，这是宋代诗人求新求变的终极目标。如果说唐诗是以丰神情韵见长，那么宋诗则是以筋骨思理取胜的，更简洁的说法是唐诗主情，宋诗主意。宋诗并不缺乏情感，但是宋诗的情感内蕴大多经过理性的节制，比较温和、内敛，不如唐诗那般热烈、外扬。所以宋诗的特长是思虑深刻而外表平淡，它是宋人对生活的深沉思考的文学表现。唐情、宋意既互相对立，又互相补充，它们是古典诗歌美学的两大范式，对后代诗歌具有深远的影响。

四　宋诗的发展历程

宋代共长达 320 年，宋诗经历了波澜壮阔、高潮迭起的发展历程。然而宋诗发展的阶段性不如唐诗那么明显，后代学者也没有就其分期达成共识。为了让读者对宋诗的发展脉络及某个诗人所处的诗坛背景有初步的了解，我姑且把宋诗的发展历程分成六个阶段作一些介绍。

从北宋初建到真宗末年（960—1021）是宋诗的初期。虽然北宋王朝从一开始就很注意文化建设，但是文学的发展是不能一蹴而就的，所以此期的宋诗基本上呈现为晚唐五代诗风的延续，诗坛上因在唐诗中选取不同的模仿典范而分成三个流派。最早出现的是“白体”，即以白居易为学习对象的一批诗人。这些诗人主要是朝廷的馆阁文士，他们常常作诗唱酬，内容多为杯酒光景的闲适生活，风格则仿效白氏近体诗之浅切清雅，代表诗人有李昉、徐铉等。与李、徐同中有异的是王禹偁，他虽然也仿效过白氏的闲适诗，但更重视其讽喻诗，并学习白氏新乐府的精神，写了一些忧国忧民之作，诗风也微呈散文化、议论化的端倪。稍晚，出现了专门模仿贾岛、姚合的一批诗人，由于宋人常把贾、姚看成晚唐诗人，故此派诗人得名为“晚唐体”。这是一个成员身份混杂的松散流派，其中“九僧”即惠崇等九位僧人是最恪守贾、姚门径的，林逋、潘阆等隐逸之士则兼学贾岛和白居易。身份迥异的是寇准，他曾任高官，又与上述两个群体都有交往，故隐然成为此派盟主，其诗也喜写山林之思。晚唐体诗人追求精炼整饬，但格局比较狭小。

宋初诗坛上声势最大的一派是西昆体，此派诗人由《西昆酬唱集》而得名，代表诗人是杨亿、刘筠、钱惟演。他们不满白体诗风之浅近，改以李商隐为学习典范，其诗以写流连光景的闲适生活为主，艺术上的特点是在七律的整饬、典丽、深密方面颇有矫正五代诗风之浅陋的意义。然而他们专事仿效李商隐诗的艺术外貌，却缺乏李诗的深情实感，所以形貌相似而神采不足。西昆体在当时曾风靡天下，然而他们专事模仿而缺乏创新精神，故不久即被讥为剽窃。再加上其诗缺乏时代气息，所以未能承担振作一代诗风的重任。

在宋仁宗统治的时期（1022—1063），文坛上出现了诗文革新运动，宋诗在此期内得到了长足的进步。诗文革新运动本是配合范仲淹等人的政治革新而开展起来的，所以欧阳修等人对文学的社会政治功能有清醒的认识，对振作一代诗风也怀有充分的自觉。在诗歌方面，成就较大的有欧阳修、梅尧臣、苏舜钦等人。这些诗人的风格并不一致，但在革新五代以来的诗风上有共同的趋势，对扭转西昆体脱离现实的不良倾向都有所贡献。他们都主张诗歌要有为而作，提出了“诗穷而后工”（欧阳修《梅圣俞诗集序》）的观点。欧诗着重写个人的生活及情怀，含有较深的人生感慨，诗风平易委婉，善于以散文手法和议论入诗。苏舜钦早年喜欢痛快淋漓地反映时政，被贬后则多抒愤郁不平之情，感情强烈，风格豪迈雄劲。他也长于写雄奇阔大之景，意境开阔，风格奔放。苏诗的缺点是伤于直露，不够精炼。

此时成就最高的诗人是梅尧臣，他写了许多关心时政和民间疾苦的诗，秉笔直书，感情愤激，继承了杜甫、白居易的传统。他还喜写日常生活琐事，虽然有些尝试不很成功，但总的说来是开辟了宋诗贴近日常生活的题材走向。梅诗在艺术上比较自觉地追求平淡之美，在平直质朴的语言中渗入劲健老辣的因素，有时甚至不避枯涩之笔。显然，梅诗是有意识地以偏离唐诗风格为方向的，这固然给它带来了词句枯淡、缺乏韵味的缺点，但它最终会导致新诗风的形成。所以他的后辈对其开宋诗风气之先的贡献有很高的评价。

欧、梅、苏的创作和理论都为宋诗的健康发展开辟了道路，继之而来的便是宋诗的鼎盛时期。

以宋神宗、宋哲宗时代为主的北宋中后期，是宋诗最终形成一代新风的关键时期。近人陈衍论诗，倡“诗有三元”之说，即诗史上有三个鼎盛期，它们是唐代的开元、元和及北宋的元祐（见《石遗室诗话》卷一)。元祐（1086—1093）是宋哲宗的年号，实即北宋中后期的代称，这是宋诗的极盛期，故可与盛唐、中唐并称。北宋诗成就最高的三大家——王安石、苏轼、黄庭坚的创作高峰都在这个时期，他们以精妙的艺术成就和鲜明的风格特征使宋诗达到了足以与唐诗媲美的高度。

王安石的年辈稍晚于欧、梅，但他的创作盛期则在神宗时期。他早期的诗注重反映社会现实，咏史抒怀之作也多寓政治情感。晚期诗则改以写景抒情为主，风格也从早期的直截刻露变为深婉精工。王诗的特点之一是长于议论，像《明妃曲》二首即以议论精警而成为宋诗名篇。王诗的成就已跻身于一流诗人之列，然而他的诗风较多地体现出向唐诗的复归，所以最能代表宋诗特色的诗人不是他，而是苏轼和黄庭坚。

苏轼是宋代成就最高的文学家，在诗、文、词诸方面都堪称北宋第一大家。他继承并超越了欧、梅、苏等前辈，把晓畅、明快、奔放的风格推向极高的艺术境界。苏诗姿态万千、风格多变，虽然鲜明地体现着宋诗特征，却又避免了宋诗的主要缺点即尖巧生硬和枯槁乏味，从而得到后代广大读者的喜爱。苏轼才力充沛，兴趣广泛，感受敏锐，生活阅历又极为丰富，所以苏诗在题材之广阔、形式之多样及情感内涵之深厚几个维度上都傲视一代，成为诗坛公认的领袖。

黄庭坚与苏轼齐名，但诗风相异颇大。他虽然也崇尚平淡之美，其晚年诗作且有复归质朴自然的倾向，但他的多数作品则呈现生新瘦硬、奇峭老健的风格。黄诗偏重于与文化活动有关的题材，又多用典故成语，所以有浓厚的书卷气。他在艺术上追求戛戛独造的境界，语言新奇生动，结构转折陡急，音调拗峭劲挺，凡此都鲜明地呈现与唐诗相反的倾向。如果把宋诗视作与唐诗异趣的一种风格之载体，那么黄庭坚可称最能代表宋诗特征的诗人——尽管他的创作成就比不上苏轼。

元祐时代的著名诗人还有陈师道，他以朴拙平淡的诗风自成一家，只是他才力较小，成就不能与王、苏、黄相比。

元祐以后，诗坛上崇尚黄、陈诗风，并形成了以黄、陈为宗主的江西诗派。他们在创作上继续走黄、陈的路子，取材则更加局限于书斋生活。然而靖康事变打破了这种局面，国破家亡的形势使诗人们转而以国事民生为题材，爱国主义的主题开始成为诗坛主流。被后人视为江西诗派后劲的吕本中、陈与义、曾几是此时的代表诗人，他们的创作上继元祐诗人，下启南宋四大家，从内容到艺术都呈现转折中介的状态。

南宋偏安局面形成以后，诗坛上出现了陆游、杨万里、范成大、尤袤等"中兴四大诗人"，也称南宋四大家。由于此时抗金复国的主题成为时代的最强音，所以最能代表这种主题倾向的陆游也就成为诗坛的代表。陆游的过人之处在于，其他诗人的爱国吟唱在绍兴和议达成后逐渐低沉，他却使这种主题贯穿了终生的创作。陆游对抗金复国的事业充满胜利信心，而且以雄伟奔放的风格对之作了酣畅的表达，他那些气势磅礴的名篇把爱国主题提到了诗史上空前的高度。陆游也长于写其他题材，长期乡居的生活使他留下了许多写田园风光和闲情逸趣的好诗，而不幸的婚姻则使他写出了为数不多但极为感人的爱情诗。陆游勤奋过人，留下的诗作近万首，居宋代诗人之冠。此外，杨万里的诗以活泼风趣的风格自成一体，范成大的诗以描写农村的真实生活图景和沦陷区的风土人情而著称。陆游等人活跃于诗坛的南宋孝宗至宁宗前期（1163—1210），是南宋诗史上最为重要的一个阶段。

四大家之后，宋诗进入了尾声阶段（1210—1279）。此期诗坛上以江湖派诗人最为活跃，其中的佼佼者如刘克庄、戴复古等人部分地继承了陆游的精神，对国势衰危的时代有所反映，艺术上也颇有成就。但大多数诗人则沉溺于吟风弄月、叹穷嗟卑，等而下之者则以诗为干谒权贵的工具，诗坛的总体趋势萎靡不振。直到宋末亡国之际，才由民族英雄文天祥及谢枋得、谢翱、郑思肖、汪元量等爱国诗人以悲愤慷慨之声振作了诗风，为宋诗画上了光辉的句号。

宋诗研究概述

一

在当代的古典文学研究中，宋诗研究是比较不景气的一个部分。原因大概有两个方面：

第一，从文学史分期的角度而言，宋代文学在总体上不如唐代文学或明清文学那样受学界注重。唐代被认定为古代中国国力最强盛的时期，唐代文明被视为中国古代文明的巅峰期，所以唐代文学，尤其是唐诗，也就被视为古代文学的精华。而宋代却一向被视为积贫积弱的时代，宋代文化的高度成就也就没有受到应有的重视。李约瑟在《中国科学技术史》中对宋代科技的高度评价、陈寅恪认为中国古代文化“造极于赵宋之世”的观点，在上世纪八十年代以前几乎不为人们所知。于是，宋代文学，尤其是宋诗，当然也就不受重视了。宋代文学与明清文学相比也处于不利的地位，原因是明清文学的重心已转向小说、戏曲等叙事文学，这些文学样式较多地反映着有关阶级矛盾等社会历史内容，也更符合现代文学界的文体选择，所以从上世纪五十年代初期开始就受到学术界的青睐。而宋代文学的主要成就显然不在这些方面，宋诗、宋词乃至宋文的内容走向与审美情趣都主要是属于士大夫阶层的，在八十年代以前的政治风气以及学术风气的氛围中，它们受到冷遇是必然的现象。既然整个宋代文学不受重视，宋诗研究当然不可能很景气。

第二，从文体的角度而言，宋诗在总体上不如宋词那样受学界注重。王国维关于文学一代有一代之胜的观点深入人心，唐诗、宋词已经成为家喻户晓的文学史名词。所以在宋代文学内部，宋词的研究几乎是一枝独秀，而宋诗的研究却十分冷落。如果对一个世纪以来的论著进行数量分析的话，恐怕关于宋词的论著数要比有关宋诗的多出许多倍，而事实上宋诗的数量却要比宋词多出十倍以上！再加上由来已久的宋诗不如唐诗的传统观念的影响，学界对宋诗的评价就相当之低。到了上世纪八十年代初期，关于宋诗的论文还常常在论证所谓“宋诗味同嚼蜡”的老命题。甚至到八十年代末期，还出现了题为《走在下坡路上的文学——宋诗简论》的论文。而任何时候绝对不会有人写文章从整体上说唐诗或宋词是“走在下坡路上的文学”，由此可见宋诗是多么受人轻视。

应该承认，对宋诗的轻视由来已久，并不始于上世纪五十年代。然而把这种倾向推向极端，却是从五十年代开始的。五十年代开始发展起来的学术风气对整个古典文学研究都有不利的影响，那种重内容、轻形式，重思想意义、轻艺术价值的风气对宋诗研究造成的影响简直是灾难性的。它除了使宋诗研究在总体上处于被冷落状态以外，还在宋诗研究的内部产生了不良结果。比如在宋诗的大家中，八十年代以前最受重视的是陆游而不是苏轼，而陆游近万首诗作中真正得到关注的也不过是有关爱国主题的几十首代表作。至于黄庭坚、陈师道诸人，则几乎不在学界的研究视野之内，偶然提到也是一笔抹杀。所以，从二十世纪初开始的宋诗研究到了五十年代就出现了下降的趋势，编选《宋诗精华录》的陈衍在《石遗室诗话》中提出的“诗有三元”即认为以“元祐”为代表的宋诗可与盛唐诗、中唐诗媲美的观点已被弃若敝屣。不妨举一个有趣的例子：钱锺书在上世纪四十年代所写的小说《围城》中，借名士董斜川之口说“唐以后的大诗人是‘陵谷山原’”，即杜少陵、王广陵、梅宛陵、李昌谷、黄山谷、李义山、王半山、陈后山、元遗山、陈散原，其中唐人只有三位，宋人倒有五位。这虽然是小说中虚拟人物之言，但确能反映当时诗坛风气之趋向。如果参照同样撰于四十年代的《谈艺录》，不妨说这也是钱锺书本人的看法。可是到了六十年代，钱锺书编著《宋诗选注》时，他对宋诗的总体评价却已大大下降了。《宋诗选注》是整个五六十年代中宋诗研究最杰出的成果，但是前言中指责宋诗“把末流当作本质”云云，完全是受了当时流行的政治性话语的影响，并未搔着宋诗的痒处。而且此书选目中黄庭坚诗只有三题五首，仅及陆游诗的九分之一、范成大诗的四分之一、刘克庄诗的二分之一，这无疑是当时的学术风气所造成的不正常现象。其实钱锺书在《谈艺录》中对黄诗相当重视，对他本人日后在《宋诗选注》中说成是脱离生活、仅从书本上寻找诗材的风气并无不满。由此可见当钱氏编选《宋诗选注》时，他的立场并不能反映他对宋诗的真实看法。尽管如此，当时的学界还是对《宋诗选注》感到不满，认为它“左”得还不够！连钱锺书都不能免俗，一般的学者就更难说了。所以在五六十年代发表的宋诗研究论文总数不足二百篇，其中论陆游、文天祥爱国主义思想的倒占了一半，这显然说不上是对宋诗的全面而深入的研究。

宋诗研究在五六十年代的状态太不景气，当八十年代之初整个学术界开始恢复正常并有所发展之后，宋诗研究的发展也未能跟上其它领域的步伐。比如说唐代文学研究在八十年代之初就成立了全国性的学会，它不但每两年开一次研讨会，没有中断地出版研究丛刊和年鉴，而且还在组织全国的唐诗研究方面做了大量工作。所以唐诗研究在八十年代以后有相当可观的成就，在文献整理、作家生平考订和背景研究、流派研究等方面都颇有建树。可是宋诗研究却没有此般盛况，中国宋代文学学会直到 2000 年才宣告成立，比唐代文学学会晚了整整二十年。正因为如此，虽然本文涵盖的时间跨度是整个当代，但是当我谈到具体的成果时，主要关注的却是上世纪八十年代以后的四十来年。

二

自从上世纪八十年代以来，宋诗研究有了较大的发展，主要成果体现在以下几个方面：

第一，文献整理。北京大学主编的《全宋诗》的出版，是宋诗研究的里程碑式的成果。清代学者编纂《全唐诗》时，不但有前人的几种唐诗总集作为较好的基础，而且唐诗总数只有五万首。而《全宋诗》一来没有较好的宋诗总集作基础，二来所收作品多达二十四万多首，其编纂难度远远大于《全唐诗》。虽说《全宋诗》仍是草创之作，不免有缺漏舛误，但是它毕竟为学界贡献了迄今为止最为完善的宋诗总集，而且学界对它的订补纠错的工作也随即开始，汤华泉所编《全宋诗辑补》即补收宋诗二万二千首。《全宋诗》与《全宋诗辑补》虽然还有缺漏，但已为宋诗研究者提供了基本完备的大型宋诗总集。与《全宋诗》堪称姐妹篇的《全宋文》也已出版，它为宋诗研究者提供了有关宋诗背景（包括作者生平、历史背景等）的丰富材料。此外，程毅中的《宋人诗话外编》和吴文治主编的《宋诗话全编》为我们提供了有关宋代诗学理论的丰富材料。别集的整理也有创获，比如朱东润的梅尧臣集校注、钱仲联的陆游集校注、白敦仁的陈与义集校注可称是校注俱精的名著，此外如陈增杰的林景熙集校注、傅平骧和胡问陶的苏舜钦集校注等的质量也相当可观。钱锺书的《宋诗纪事补正》所收宋诗虽然大多已见于

《全宋诗》，但是其甄别考订之功仍很值得重视。可以说，今后的宋诗研究者所掌握的宋诗文献要比前人远为完整、准确，这就提供了一个较好的学术基础。我觉得人们对上述文献整理工作的重视仍嫌不足，其实它对整个宋诗研究的水平有着至关重要的影响。举个显而易见的例子：钱锺书的《宋诗选注》无疑是学术水准很高的名著，但是由于它成书于六十年代，当时尚无关于宋诗的总集可作文献基础，所以虽然钱锺书学问渊博，但仍未能全面掌握材料。书中选了吕本中的二首《兵乱后杂诗》，注中说明是据宋末方回的《瀛奎律髓》所收的五首而选的，并说这不见于《东莱诗集》。但是事实上原作本题为《兵乱后自嬉杂诗》，一共有二十九首，存于宋本《东莱外集》，方回当时已作过一次选择。当然钱锺书后来对《宋诗选注》进行订补，已经注意到《东莱外集》。由此可见资料的全面性是多么重要，要是当年就有《全宋诗》，钱先生选注宋诗的工作条件会有极大的改进。

第二，专题研究。宋诗专题研究的成果主要体现于诗人研究和诗歌流派研究两个方面。上世纪八十年代以来，苏轼研究有了较大的进步，有关苏诗研究的论著数量已经远远超过陆游诗研究，在近年来举行的宋代文学学会年会上，代表们提交的论文中关于苏轼的几乎每次都是独占鳌头，这说明我们的研究工作越来越回归文学本体了。孔凡礼的《苏轼年谱》长达百万字，学术质量已远远超过清人王文诰的《苏诗编注集成总案》。张志烈、马德富、周裕锴的《苏轼全集校注》则是一部八百万字的煌煌巨著，其中对苏诗的注释堪称集众注之大成。王友胜的《苏诗研究史稿》则对历代的苏诗研究作了全面的观照。对苏诗成就及特征的研究与评价也有所突破，王水照、刘乃昌、曾枣庄、周裕锴、朱刚等人关于苏诗的论著都达到较高水平。对黄庭坚的研究较多地带有一些平反昭雪、恢复名誉的味道，以往套在他头上的无非是“形式主义”、“反现实主义”等帽子，经过八十年代以后学界的论述，现在大家不再围绕那些恶谥作无谓的争论了，我们已能平心静气地研究他的诗作和诗论了。关于黄庭坚的研究专著如黄宝华的《黄庭坚评传》、郑永晓的《黄庭坚年谱》《黄庭坚全集辑校编年》、钱志熙的《黄庭坚诗学体系研究》等已达到相当高的学术水平。可惜的是除了陈永正、何泽棠的《山谷诗注续补》之外，尚未出现新的黄诗新注本，这也许是因为黄诗难注，所以从宋注以后就没有出现过黄诗全集的新注。此外，关于梅尧臣、欧阳修、王安石、陈师道、陈与义、陆游、杨万里、刘克庄等人的研究也颇有成绩。关于宋诗流派的研究也有所突破，自从上世纪三十年代梁昆写《宋诗派别论》以来，宋诗流派一直没有进入研究者的视野，其实宋诗流派之多、影响之巨是文学史上非常值得重视的现象。到了八十年代，程千帆先生以非常敏锐的学术眼光主持进行“唐宋诗流派研究”的课题，其中关于宋诗的成果是莫砺锋的《江西诗派研究》和张宏生的《江湖诗派研究》，这是当代有关宋诗流派研究的重要成果。此外，如西昆诗派、四灵诗派、道学诗派等也已进入学者的研究视野。还有一些研究论著虽不以诗派为名，但其实质却很相近，例如程杰的《北宋诗文革新研究》，对宋初欧、梅、苏等人的诗风革新及其在宋诗发展中所起的作用进行了较深入的研究，澄清了有关史实，视野开阔，结论可信。当然，更主要的成果是相关的单篇论文，由宋代文学学会主办的《宋代文学研究年鉴》每两年出版一期，从 1997 年以来从未中断，每期皆刊有宋代文学研究论文索引，感兴趣的读者可以按图索骥来查阅有关宋诗研究的最新论文。从年鉴刊登的论文目录以及论文摘要就可看出，从上世纪八十年代以来的四十年间，有关宋诗专题研究的论文是大大地增多了，其学术水准也远远超过了五六十年代。

第三，总体评价。由于关于宋诗的文献整理及专题研究有了较大的成就，关于宋诗的总体评价也比从前有了较大的进步。如果说在八十年代初还有不少学者对宋诗的评价囿于“味同嚼蜡”或“宋人不懂形象思维”之类谬说，那么现在此类观点已经基本被学界抛弃。如今学界注重的论题已经转向宋诗的分期、宋诗的特征、宋诗与唐诗的异同、宋诗在古代文学史上的地位等比较实在的课题，当然大家对于宋诗的总体评价仍是见仁见智，但是很少有人对宋诗一笔抹杀了。已经出现了好几种关于宋诗的宏观研究的著作，例如周裕锴的《宋代诗学通论》、韩经太的《宋代诗歌史论》、许总的《宋诗史》、张健的《知识与抒情：宋代诗学研究》、张海鸥的《北宋诗学》、陶文鹏的《宋代诗人论》，此外如王水照主编的《宋代文学通论》、张毅的《宋代文学思想史》和顾易生等《宋金元文学批评史》等书虽然不是专论宋诗的，但是其中关于宋诗的部分却写得相当深刻。宋诗的专题研究也成果迭出，例如杨晓霭的《宋代声诗研究》、周剑之的《宋诗叙事性研究》、张福清的《宋代集句诗校注》、卞东波的《宋代诗话与诗学文献研究》、张振谦的《道教文化与宋代诗歌》、杜若鸿的《北宋诗歌与政治关系研究》、张立荣的《北宋前期七言律诗研究》、顾友泽的《宋代南渡诗歌研究》、曾维刚的《南宋中兴诗坛研究》、杨理论的《中兴四大家诗学研究》等。我认为上述著作的学术水平已经超越了以往的同类著作，例如周裕锴的书，不但建构了宋代诗学的体系，而且对宋代诗学的各个组成部分都有比较清晰的理论概括。这种概括体现了作者对宋代诗学的特征和本质有较深入的理解，同时又善于用现代的术语和表述方式来叙说它们。此书作者对宋代诗歌创作和诗学理论两方面的材料都掌握得很好，从整体上呈现出实事求是的良好学风。宏观的研究一般需要用专著的篇幅，但是这方面也有一些单篇论文写得相当酣畅，例如齐治平的《中国批评史上的唐宋诗之争》对历代的唐、宋诗优劣论作了全面的总结，材料丰富，态度则不偏不倚，很有参考价值。

此外，宋诗研究的学术视野也有较大程度的扩展，这主要有两方面的体现，一方面是学者的眼光不再局限于大诗人和重要论题，一些中小诗人如释惠洪、张舜民、韩驹、郭祥正、朱熹、周紫芝、楼钥等都已有论文涉及，宋诗中的次要性主题倾向如咏花诗、题画诗、使辽使金诗、理学诗等都受到注意。另一方面是与宋诗有关的历史文化背景的研究呈现出相当活跃的趋势，例如宋代的禅学思想与宋诗的关系，近年来受到多位学者的注意，出现了一批较高水准的论著。前人论述宋诗与禅学关系时一般仅限于严羽《沧浪诗话》以禅喻诗，而现在学界对宋代禅僧的诗歌创作、宋代士大夫之禅学对其诗风的影响以及文字禅与宋诗风气之关系等论题都已有了较为深入的论述，这就从总体上加深了我们对宋诗的思想文化背景的把握。类似的论述有关于宋代理学思想对宋代诗学的影响、宋代党争与诗学之关系等，都已取得一定的成果。

综上所述，虽然宋诗研究与唐诗研究相比尚处于比较落后的状态，但是它已经有了长足的发展，至少可以说宋诗研究已经在古代文学研究中占了一席之地，它已经引起了学界的关注，上世纪三十年代出现的那种在一部《中国诗史》中对五七言诗只写到唐代就戛然而止的情况大概不会重现了。

三

宋诗研究向何处去？它有怎样的学术前景？是否值得学界投入更大的力量？我认为我们所以要对以现代的宋诗研究进行回顾、总结，其最终目的在于温故知新，以便对上述问题作出回答。

首先应对宋诗研究的意义作一些说明。我们研究宋诗，不只是因为它数量巨大，也不只是因为它曾在文学史上占有一席之地，而是因为它是古代五七言诗歌史上足以与唐诗媲美的唯一诗学现象。作为一代之文学，如果仅有巨大的数量而质量平平，那就并不具备作为学术研究的重点对象的资格。宋诗在这方面的情形非常特殊，它实际上是完全具备上述资格的，但是这种资格又常常被人漠视或否认，所以它不像唐诗、宋词、元曲、明清小说那样受人重视，时至今日，我们仍需对宋诗研究的意义大声疾呼。应该承认，对宋诗的现代学术价值的判断是与文学史上的唐宋诗之争紧密联系在一起的，但是我们现在研究宋诗的目的并不在于重启唐宋诗优劣之争，而是要通过对唐宋诗之异同来揭示中国古典诗歌美学的丰富内涵及主导倾向。简单地说，历史上的唐宋诗之争主要受其时诗歌写作的趋势或者说诗坛的风气导向的影响。五四以后，旧体诗的写作虽然仍在进行，但其诗坛主导地位早已让位于新诗，此时重提唐宋诗的话题，其意义便主要在于学术而不是创作。因此我们没有必要像清末宋诗派诗人那样力争宋诗之造诣不亚于唐诗甚至更优于唐诗，我们要做的是说明宋诗在哪些方面异于唐诗，宋诗在哪些方面对唐诗有所补充、发展、革新，为什么唐宋诗足以代表中国古典诗歌美学的两大主导倾向，以及宋人何以能在几乎是尽善尽美的唐诗之外另辟新径等问题。也就是说，宋诗研究的意义其实是远远溢出于宋诗自身的，宋诗研究是有关整个中国古典诗歌研究乃至整个中国文学史研究的重要课题。对宋诗自身的价值评判当然离不开唐诗这个参照标准，然而反过来也是一样，如果我们对宋诗缺乏深刻的理解，那么对唐诗特征的认识也会流于空廓肤浅。由于宋诗是继唐诗之后的又一个古典诗歌高峰，也是唐诗之后唯一可与它媲美的高峰，所以就整个中国古典诗歌美学的建构而言，它的完成是在宋代。或者说，在古代诗人建构完整的中国古典诗学的过程中，宋诗提供了成熟的经验和范本。离开了宋诗的实践，中国古典诗学就是不完整的、不成熟的。明白了上述道理，宋诗的研究价值也就不言则喻了。

当然，上述学术意义都是就整个宋诗研究而言的，它必须等到整个宋诗研究达到相当的学术高度后才可能凸现。在目前的宋诗研究的实际状态下，这个目标离我们尚是相当遥远。但是作为宋诗研究者，应该胸怀这个远大目标，否则有可能陷入目光短浅、课题琐碎的学术困境。另一方面，我们又应避免急于求成的浮躁心态，不应在目前学术积累尚未丰富的情境下就想要对宋诗作出宏观的整体的深刻阐释。或许可用下面两句老生常谈来表述我的意思：以远大的宏观意义为目标，从眼前的微观课题来着手。也就是说，尽管我们对宋诗的研究意义有相当宏观的认识，但是仍应从实证性的具体课题入手来进行仔细深入的研究，应以一点一滴的功夫来进行学术积累，不宜有一朝一夕就能取得重大突破的幻想。

宋诗研究今后的发展方向是什么？这当然很难预测，也不宜事先规划，不过也不妨谈谈我个人的看法。我认为研究者各有各的特长和兴趣，当然可以自选研究课题。在宋诗研究范围内，大概还没有哪个方面可说已研究得很全面、很透彻了，所以从宏观到微观，从考证到理论，什么文章都可以做。但从全局来看，当务之急尚不是对宋诗作全面的、整体性的理论探讨，而应先把力量集中于文献研究。《全宋诗》虽然已经出齐且不断有人对它进行增补，但是不难预料，它的错误缺失不会比清人所编《全唐诗》少。既然学界对《全唐诗》的纠错订补工作至今尚未完成，那么对问世不久的《全宋诗》当然更应投入较多力量来做这项工作。此外，宋代重要诗人的别集急需整理，编年、校注的工作量很大。前辈学者朱东润、钱仲联等为我们树立了很好的榜样，应该有更多的人来继承他们的工作。比如王安石诗的编年、黄庭坚诗的校注，都是需要有心人来从事的重大课题。由于它们的学术难度较大，又不是朝夕之间所能奏效，所以有待于沉潜深思之学者来完成。宋代诗话类著作数量巨大，彼此之间又有许多递相转述的情况，尚需进行细致的整理。凡此种种，都不是一两个人或一两所大学所能胜任的，希望中国宋代文学学会能够组织、协调学界来共襄大事，更希望所有热爱宋诗的人士都来关心此事，大家通力合作，来把这项工作做得更快更好。

在文献整理的基础上，我觉得应注重对宋诗进行各种实证性的具体课题的研究，所谓实证性，即针对具体的问题作出具体的解答，无论是关于诗人生平的考订、关于诗歌本事的考证，还是关于诗歌意义的阐释、关于诗歌价值的评判，都可以而且应该纳入我们的研究视野，但是都应该在翔实可靠的材料基础上作实事求是的说明，切忌托诸空言，更忌游谈无根。这本是整个古典文学研究都应注意的共同准则，但是它对宋诗研究更加重要，因为宋诗研究的总体力量较小，学术积累较少，如此薄的家底，更加经不起浪费。在目前的情境下，宋诗研究者与其去追求对宋诗作整体性的理论阐释，不如静下心来先对具体的枝节性问题进行解析。我说的枝节性问题并不专指题目很小的微观研究，而是包括一些宏观性质的专题研究，诸如诗派、诗史分期、诗坛风气等，总之课题必须非常具体，这种课题每解决一个都能具备学术积累的意义，日积月累，我们的宋诗研究便有可能达到较高的学术水平，从而为整体性的突破做好准备。

宋诗研究既然是一块有待进一步开垦的学术领域，它所蕴含的学术前景便十分可观。除了它自身的研究（或可称为内部研究）之外，宋诗的外向型研究也大有可为。传统的唐宋诗之优劣异同其实仍然留下了较大的研究空间，因为除了人们较多谈到的宋诗对唐诗的继承变革等课题外，我们还可从宋诗与唐诗的不同文化背景入手探讨它们的不同性质。此外如宋诗的哲理内涵，宋诗反映出的士大夫的复杂心理和深邃心灵世界，宋诗所包蕴的儒、释、道三家思想及其融合途径，宋诗与宋文、宋词之关系，宋诗与其它宋代文化形态如绘画、书法等之关系，宋诗在宋型文化之建构中的作用，宋诗在中华民族传统的审美心理特征之形成中的作用等，都为我们提供了无比丰富的学术课题，并开拓了无限的学术空间。只要持之以恒，从事宋诗研究定会得到丰厚的收获。

宋诗研究还有一点潜在的学术优势值得注意，就是它在中国古典诗学研究中最有资格进入现代学术思考的视野。宋诗有长于议论、长于表现理趣及以学问为诗等特征，就对诗歌艺术水准的影响而言，这些特征可谓有得有失。但是就后代学术研究的价值而言，这些特征显然具有非常大的潜在价值。尤其是在现代西方文艺理论已经成为当代学术不可或缺的方法论借鉴对象以后，宋代诗学的上述特征以其富于思辨性质的品格而成为最适宜于移植域外研究方法的试验园地。比如说西方理论中关于“影响之焦虑”的观点，与宋代诗人力图摆脱唐诗影响的努力在本质上是相通的。又比如接受美学的一系列观点，在宋代诗话类著作极为繁盛、诗歌评论与诗歌创作互相促进的现象中可以得到较好的印证。我认为，在中国古代诗歌研究的范围内，最可能运用西方现代理论并得到成功的领域首先是宋诗，我们在这方面所做的努力还很不够，所以留给将来的学术空间非常之广阔。

从根本的意义上说，有关古典诗歌的学术研究的终极意义在于更好地阐释文本中蕴含的人生态度和文化精神，宋诗研究也不例外。因为古典诗歌流传至今的价值并不是专供学者研究，它更应该是供大众阅读、学习，从而获得文化启迪和精神滋养。我们应该对宋诗进行完整细密的文本整理，并做出准确可靠的注释和生动灵活的解说，从而将那些经典名篇引入千家万户。从事宋诗研究的学者当然应有坚持坐冷板凳的精神，但我们的目光必须穿透学术象牙塔的墙壁而进入现代社会。一句话，宋诗研究是为了更好地推进广大读者的宋诗阅读，是为了让读者拥有更完整、更可靠的阅读文本，并得到更准确、更生动的解释、讲解，衷心希望学者因此而做好宋诗研究，也衷心希望读者因此而关心宋诗研究。

第二讲

名篇细读

诗酒唱酬中的人生感慨

——读欧阳修《春日西湖寄谢法曹歌》

北宋士大夫的诗歌中，唱酬应答之作占极大的比重。此类作品最常见的主题无非是闲情逸致、诗酒风流，并无深情远韵。但也时有例外，不能一概而论，欧阳修的《春日西湖寄谢法曹歌》便是此类诗中的一首杰作。先看此诗的写作背景。宋仁宗景祐三年(1036)，范仲淹因上书言事被权臣吕夷简贬逐出朝，吕还指使御史台立榜朝堂，戒百官越职言事。正任馆阁校勘的欧阳修不顾位卑人微，移书指责左司谏高若讷见风使舵、恶意中伤范仲淹的行径是“不复知人间有羞耻事”。高若讷将欧书上奏朝廷，欧阳修随即被贬为夷陵县令。这是欧阳修政治生涯的真正起点，年方而立的欧公从此一步步成长为风节凛然的一代名臣。

欧阳修为此付出的代价是相当惨重的。由于得罪了朝中权臣，欧阳修被即刻驱离汴京，衙吏上门百般催逼，无奈之下，欧公只得携带着老母寡妹，于五月二十四日匆匆上道。时逢大暑，又缺少马匹，便绕道走水路，先沿汴水向东南，至真州后再溯江西行，是年十月到达夷陵。夷陵为峡州州治所在地，本身则是个下县，位于西陵峡口，地僻而贫，民朴而野，朝廷将欧阳修贬到此地，显然是有意的严厉惩罚。然而在范仲淹等人的积极倡导下，此时的士风已经迥然有别于五代，萎靡不振的习气一扫而空，取而代之的是士大夫主体意识和参政热情的空前高涨，砥砺名节、激浊扬清成为新士风的重要标志。当时同样因论救范仲淹而先后被贬者还有余靖和尹洙，蔡襄乃作《四贤一不肖》诗，以范、余、尹、欧为“四贤”，以高若讷为“一不肖”。蔡诗传诵一时，洛阳纸贵，连辽国使者都密购钞本带回本国。欧公被贬后，友人苏舜钦、梅尧臣、石介等不畏株连，寄诗致慰。欧公离京时，蔡襄、王拱辰、王洙等人不避嫌疑，前来送别。欧公到达贬所，知州朱正基率僚郊迎，关怀甚切，同僚丁宝臣、朱处仁等人亲若旧交，时相过从。这种政治生态，与唐代李白获罪后“世人皆欲杀”（杜甫《不见》）、柳宗元遇贬后“旁午构扇，尽为敌雠”（柳宗元《寄许京兆孟容书》）的情形不可同日而语。正是在这样的背景下，远在许州的谢伯初千里寄诗，催生了《春日西湖寄谢法曹歌》这首欧诗名篇。

早在天圣七年（1029），二十三岁的欧阳修赴汴京应进士试时，便结识了谢伯初。谢氏乃泉州晋江人，字景山，天圣二年（1024）进士，年龄稍长于欧阳修，诗名早著于时。但此后二人宦海萍踪，多年未曾相见。景祐四年（1037），正在许州法曹参军任上的谢伯初寄来一首长诗，据欧阳修《诗话》所录，谢诗如下：

> 江流无险似瞿塘，满峡猿声断旅肠。万里可堪人谪宦，经年应合鬓成霜。长官衫色江波绿，学士文华蜀锦张。异域化为儒雅俗，远民争识校雠郎。才如梦得多为累，情似安仁久悼亡。下国难留金马客，新诗传与竹枝娘。典辞悬待修青史，谏草当来集皂囊。莫谓明时暂迁谪，便将缨足濯沧浪。

《宋文鉴》卷二四所载谢诗题作《走笔寄夷陵欧阳永叔》，文字颇多歧异，比如首句作“舟行无险似瞿塘”，倒数第二句作“不用临流羡渔者”，还有几处错简，甚至还多出两联：“去似长沙非黜辱，比于连郡亦遐荒。可能作赋嘲巫渚，好为投文吊耒阳。”两相对照，似以欧公所记者为佳，《宋文鉴》所载者或为其初稿。欧公得诗甚喜，乃作《春日西湖寄谢法曹歌》以答之：

> 西湖春色归，春水绿于染。群芳烂不收，东风落如糁。参军春思如乱云，白发题诗愁送春。遥知湖上一樽酒，能忆天涯万里人。万里思春尚有情，忽逢春至客心惊。雪消门外千山绿，花发江边二月晴。少年把酒逢春色，今日逢春头已白。异乡物态与人殊，惟有东风旧相识。

从表面上看，两首诗都没有太深的政治含意。《宋文鉴》本谢诗中“去似长沙”一联分用贾谊、韩愈之典，似有非罪被贬之意，但在寄给欧公的定本中则已删去。诗中仅有“万里可堪人谪宦”及“莫谓明时暂迁谪”二句涉及贬谪，语气平缓，怨而不怒。全诗的主要内容是表彰欧公才华出众，先说其文辞华美如张蜀锦，奈何才多为累，反如刘梦得之屡遭贬谪。又说其兼有史才与政治见识，乃国家的栋梁之材，不会久留下邦。次要内容则是同情欧公命运多舛，贬谪陋邦，地僻多闻猿声；官职低微，绿袍色如江波。加上两度丧偶，悼亡情笃，分外凄凉。由此可见谢伯初对欧公的为人及经历了解甚细，对其心思情绪理解甚深，虽然远在天涯，但是情若比邻。正因如此，欧阳修读到此诗后深为感动。与谢诗相比，欧诗更加淡化了政治意蕴。欧诗前八句描写许州西湖春色，以及谢伯初在西湖题诗饮酒，从而忆及天涯故人。后八句转写自己在夷陵因异乡春色与年华迁逝引起的双重伤感。至于自己因关心国事而遭贬谪的牢骚之感，以及屈身下僚有志难酬的失落心态，诗中一字未及，仅隐于字里行间。这两首诗，尤其是欧诗，仿佛仅是诗酒风流的传统主题，但由于其独特的写作背景，其实蕴含着深沉的人生感慨。

这首欧诗有几点艺术特征值得关注。首先，按照常理，谢伯初寄诗给欧公，欧公应该紧扣谢诗作答。可是欧阳修并未如此，他的和诗题作《春日西湖寄谢法曹歌》，仿佛是主动作诗寄给远在许州西湖的友人。相映成趣的是，欧诗并非仅仅应对谢伯初的这首赠诗，而是将其他谢诗也视为唱酬对象。欧公在《诗话》中回忆道："余谪夷陵时，景山方为许州法曹，以长韵见寄，颇多佳句，有云：'长官衫色江波绿，学士文华蜀锦张。'余答云：'参军春思乱如云，白发题诗愁送春。'盖景山诗有'多情未老已白发，野思到春如乱云'之句，故余以此戏之也。"其实谢氏赠诗中纯从对方说起，一字未及自身，"多情未老已白发，野思到春如乱云"是谢氏其他诗作中的句子，欧诗却因此生发，称谢氏"参军春思乱如云，白发题诗愁送春"云云。当然，欧诗全篇还是针对谢氏赠诗而发的，但他只将谢诗视为灵感的触发点，整首诗更像是主动创作的一首怀远赠友诗。

其次，谢、欧二诗的写法同中有异。相同的是，谢诗开门见山从欧公所在的夷陵写起，欧诗亦开门见山从谢伯初所在的许州写起。怀人之诗从对方所在地写起本是一种传统的手法，从杜甫的"今夜鄜州月，闺中只独看"（《月夜》）以来不乏其例。但两首唱酬诗都用这种写法，却是相当新颖。相异的是，谢诗是一首七言排律，全诗平仄合律，除首、尾两联外的六联皆对仗精工。欧诗完全不顾谢诗的诗体特征而另辟蹊径，改用杂言古体作答，这在唱酬诗中别开生面。一般来说，七言排律格律严整，拘束较多，难以容纳跳动的情思，这或许是欧公改用古体的缘故。事实上欧诗思绪灵动，文情跌宕，确实得益于其杂言古体的诗体特征。全诗先用四个五言句描写许州西湖的暮春景色。近人丘逢甲说"东坡到处有西湖"（《西湖吊朝云墓》），欧阳修也是一样，他四十三岁自扬州移知颍州，对颍州西湖一见钟情，作诗云："菡萏香清画舸浮，使君宁复忆扬州？都将二十四桥月，换得西湖十顷秋。"（《西湖戏作示同游者》）因乐此名胜，遂有卜居之意。晚年退居颍州，常至西湖游赏，写下许多美丽的诗词。至于许州的西湖，欧公在作诗酬答谢伯初的一个月后，就前往许州续娶薛氏，盘桓甚久，且曾与谢伯初游从，其间或曾游览西湖。但在写此诗时，欧公尚未到过许州，故诗中对西湖的描写，纯是出于想象。然而这是多么生动逼真的想象！下面四句转写游湖之人：落花时节，位卑人老，难免伤感。借酒浇愁之际，自会思念远方的友人。接下来用两个“万里”的顶针格互相勾连，诗情就自然而然地从友人所在的“湖上”转移到自身所在的“江边”。章法细密而不睹痕迹，语气与文情均流转自如。夷陵山高气寒，春天的脚步要比许州迟缓得多。许州的西湖上已是落花如糁，夷陵却是“雪消门外千山绿，花发江边二月晴”。异乡物态的陌生感加强了贬谪陋邦的失落感，于是年方而立的欧公竟为头上白发怅惘不已。末句中的“东风”明指姗姗来迟的春风，暗指远方友人的温馨友情，语意双关，情味深永。

总之，《春日西湖寄谢法曹歌》典型地体现了欧诗平易晓畅、俊迈流丽的风格。若从唱酬诗的角度来看，它堪称别开生面的宋诗名篇。

佳作如林的传统主题如何推陈出新

——读王安石《桃源行》

自从陶渊明的《桃花源记》问世以来，“桃花源”或“桃源”便成为诗家钟爱的传统主题，其中如陶渊明《桃花源诗》、王维的《桃源行》及韩愈的《桃源图》皆为传世名篇。对于这样一个佳作如林的传统主题，后代诗人还能不能推陈出新？宋人王安石给出了肯定的答案，其《桃源行》全文如下：

> 望夷宫中鹿为马，秦人半死长城下。避世不独商山翁，亦有桃源种桃者。此来种桃经几春，采花食实枝为薪。儿孙生长与世隔，虽有父子无君臣。渔郎漾舟迷远近，花间相见惊相问。世上那知古有秦，山中岂料今为晋。闻道长安吹战尘，春风回首一沾巾。重华一去宁复得，天下纷纷经几秦。

王诗在哪些方面做到了推陈出新？首先是简洁精炼。顾名思义，《桃源行》应该隐括陶渊明《桃花源记》的内容，需要较长的篇幅。陶渊明的《桃花源诗》和王维的《桃源行》都长达32句，韩愈的《桃源图》则长达38句，这首王诗比上述三诗包含更丰富的内容，却仅有16句，堪称以少胜多的典范。比如首联上句写赵高在宫里“指鹿为马”，下句写大批百姓死在长城之下，南宋曾慥在《高斋诗话》中质疑道：“荆公《桃源行》‘指鹿为马’，乃二世事，而长城之役乃始皇。又指鹿事不在望夷宫。荆公此诗追配古人，惜乎用事失照管，为可恨耳。”对此，李壁注中反驳云：“据公诗意，概言秦事，实探祸乱之始末而互著之。如《诗话》所言，亦几狭矣。”今检《史记·秦始皇本纪》，望夷宫位于咸阳东南八里，临泾水而建，以望北夷，故得此名。秦二世三年（前 207），二世梦见“白虎啮其左骖马”，卜人称乃“泾水为祟”，二世乃斋于望夷宫。不久，赵高即派人攻入望夷宫诛杀二世。赵高指鹿为马亦在此年，不过当时二世尚未至望夷宫，但两事都发生于二世被杀之前不久，亦即秦亡之前夜。王诗中相并言之，并无大碍。况且秦宫千门万户，赵高究竟在哪座宫中“指鹿为马”，史无明文。王诗将其事置于二世临终前所在之望夷宫，未尝不可。至于修筑长城之事，费时甚久。据《史记·蒙恬列传》，始皇二十六年（前 221），蒙恬“将三十万众北逐戎狄，收河南，筑长城，因地形，用制险塞，起临洮，至辽东……暴师于外十余年”。长城筑成后，始皇又令蒙恬“通道，自九原抵甘泉，堑山堙谷，千八百里”。直到秦始皇卒后（前 210）蒙恬被二世逼令自杀时，那条直道仍未竣工。《蒙恬列传》中太史公曰：“吾适北边，自直道归，行观蒙恬所为秦筑长城亭障，堑山堙谷，通直道，固轻百姓力矣！”可见筑长城与直道是前后相连的两个浩大工程，此外如直至秦二世时仍未修完之阿房宫等，皆是秦末劳民伤财的著名暴政。况且长城修成后还需驻卒戍守，秦二世元年陈胜、吴广起义反秦，即因被遣戍守渔阳失期当死，且畏惧“戍死者固什六七”。“秦人半死长城下”，当然兼指筑城者与戍城者而言之。“天下苦秦久矣”，民不堪命的现象并非只存在于秦二世统治的短短三年。王诗取“指鹿为马”和修筑长城两则史实，便将秦末上起朝廷、下至民间的暴政乱象揭露无遗，笔法之简练，无以复加。再看一个细节。顾名思义，桃源中自然遍植桃树，但此外亦应有其他植物，否则桃源中人靠什么为生呢？故陶诗云：“桑竹垂余荫，菽稷随时艺。”王维诗把桃源形容成仙境，故云：“遥看一处攒云树，近入千家散花竹。……月明松下房栊静，日出云中鸡犬喧。”程千帆先生指出：“陶诗中所写桑、竹、菽、稷，到王诗中也被花、竹、松代替了，也就是经济植物被观赏植物代替了。”（《四篇桃源诗的比较研究》）对此，王诗只用一句便以少胜多：“采花食实枝为薪。”李壁评曰：“七字尽自足之趣。”意即此句写出了桃树身兼经济植物与观赏植物的特征。相对而言，王诗只写桃树而不及其他植物，扣题甚紧，又简洁至极。王安石的古文以简洁精炼为风格特征，清人刘熙载评为“瘦硬通神”（《艺概・文概》），王诗也有同样特征，此诗就是一个范例。

王诗更大的优点是议论精警。桃花源所以吸引后人，主要原因有二：一是避开了人世的苛政，二是隔绝了人世的战乱。王诗是如何处理这两个题中应有之义的呢？先看前者。陶渊明的记与诗中生动地描写了桃源中人自给自足的愉快生活情景，仅以“秋熟靡王税”一句说明桃源的优点之一是无苛政。王维诗将桃源视作不染人间烟火的仙境，韩诗又力辟神仙之说的荒唐，故皆未涉及苛政之有无，其实是疏离了陶渊明桃源理想的精神。王安石诗对此一言以蔽之：“虽有父子无君臣。”在古代社会，民众的苦难主要来自“苛政猛于虎”的专制暴政，桃花源中的人们摆脱了君臣等级制度的束缚，便怡然自得地过着自给自足的太平生活。“父子”象征着家庭内部的淳朴关系，那是农耕时代生产的人们得以团结互助且代代相传的基本保障。对于这个道理，王诗只用一句便已探骊得珠。再看

后者。逃避暴秦之乱世，是桃源传说的直接根源。陶渊明先在记中明言“避秦时乱”，又在诗中明言“嬴氏乱天纪，贤者避其世”。王维诗将桃源写成仙境，遂有意淡化其世俗色彩，只用“初因避地去人间”一句虚晃一枪。“避地”一词内涵模糊，身处太平盛世之人嫌弃俗世入山求仙也可用之。韩诗反对仙境之说，遂将避乱的对象扩至汉代：“嬴颠刘蹶了不闻，地坼天分非所恤。”意即桃源中人躲避的是整个秦汉时代的动乱。然而陶记中明言“避秦时乱”，又云“不知有汉”，韩诗所云并无根据。显然，王、韩二诗殊途同归，都背离了桃源中人逃避秦朝暴政的主题。只有王安石诗坚守陶记、陶诗的主旨，但其议论之精警则超过原作。“闻道长安吹战尘”二句的主语是谁？既是桃源中人，也可包括诗人。桃源中人闻知世间战乱不断而伤心落泪，又何尝不是王安石本人的深沉慨叹！末尾二句的议论表述了王安石这位大政治家的胸襟与见识：秦虽速亡，继秦而起者，又孰非暴政？像传说中的大舜那样贤明的君主，已经一去不可复得了！“天下纷纷经几秦”一句，令人联想到清末谭嗣同的名言：“二千年来之政，秦政也，皆大盗也。”（《仁学》）谭嗣同生当清末，受到现代民主政治思想的熏陶，他有条件对绵延二千年之君主制度进行理论批判。王安石生活在君主制度的盛期，竟然得出相似的结论，这真是诗人敏感的鲜明例证。总之，就议论而言，王安石此诗单刀直入、一针见血，绝不拖泥带水，其精警深刻则远迈前人，这是宋诗长于议论的一个范例。正如清人金德瑛评上述数首桃

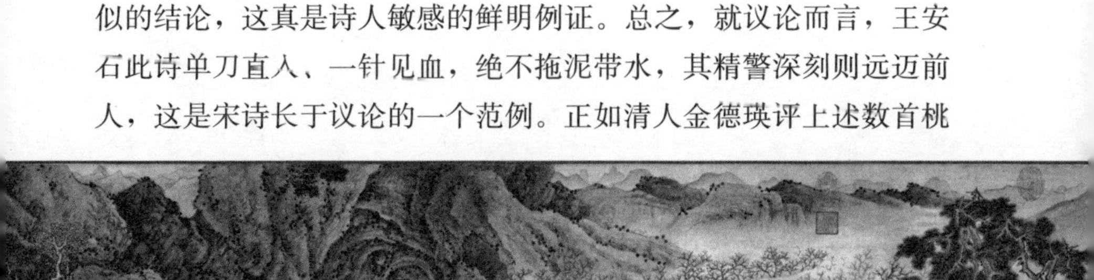

源诗所云:“荆公云‘虽有父子无君臣’,‘天下纷纷经几秦’,皆前所未道。大抵后人须精刻过前人,然后可以争胜,试取古人同题者参观,无不皆然。苟无新意,不必重作。世有议后人之透露,不如前人之含蓄者,此执一而不知变也。”(见陆以湉《冷庐杂识》卷七)

王安石是个大政治家,正是大政治家的胸襟、气度使他的眼光、见识远胜他人。在王安石看来,桃花源只是前代人民避乱所至的一个真实场所而绝非神仙境界,桃花源的意义只应在政治学的范畴内得到阐发。所以前人津津乐道的渔人偶入桃源及离去后无路复返等情节,王诗只以“渔郎漾舟迷远近”一笔带过,绝不拖泥带水,笔法之廉悍,前无古人。细读此诗,王安石的自我形象跃然纸上,这也是此诗在佳作如林的桃源诗中脱颖而出的重要原因。

咏史诗中议论的深化

——读王安石《明妃曲》

在历代咏史诗中登场最多的两类人物，分别是怀才不遇的才士和壮志未酬的英雄，前者的代表是贾谊，后者的代表是诸葛亮。原因相当简单：这两类人物最易引起诗人的同情与共鸣，从而使人惺惺相惜，慷慨怀古，一洒异代知己之泪水。但是咏史诗中还有一个经常出现的历史人物，既非才士，亦非英雄，而且还是一位女性，她就是王昭君。典籍中记载王昭君的生平很简单，《后汉书·南匈奴列传》云："昭君字嫱，南郡人也。初，元帝时，以良家子选入掖庭。时呼韩邪来朝，帝敕以宫女五人赐之。昭君入宫数岁，不得见御，积悲怨，乃请掖庭令求行。呼韩邪临辞大会，帝召五女以示之。昭君丰容靓饰，光明汉宫，顾景徘徊，竦动左右。帝见大惊，意欲留之，而难于失信，遂与匈奴。"此外，《西京杂记》卷二《画工弃市》云："元帝后宫既多，不得常见，乃使画工图形，案图召幸之。诸宫人皆赂画工，多者十万，少者亦不减五万。独王嫱不肯，遂不得见。匈奴入朝，求美人为阏氏，于是上案图，以昭君行。及去，召见，貌为后宫第一，善应对，举止闲雅。帝悔之，而名籍已定，帝重信于外国，故不复更人。乃穷案其事，画工皆弃市，籍其家，资皆巨万。画工有杜陵毛延寿……同日弃市。"《西京杂记》本为小说，但成书较早，文字雅训，后代文人都很重视。"画工弃市"的记载，即使出于虚构，也是合情合理，较圆满地解释了昭君入宫数年不得见御的缘由。于是诗人吟咏昭君时，往往将《后汉书》与《西京杂记》的记载同样视为史实。

因避晋文帝司马昭之讳，人们又称昭君为“明君”或“明妃”，从晋人石崇开始，以昭君或“明君”、“明妃”为诗题者代不乏人。可以说，在古代咏史诗中露面最多的女性，非昭君莫属。后代诗人为何对昭君情有独钟呢？最直接的原因当然是昭君以一个弱女子的身份远嫁和蕃，终老于风沙漫天的异国他乡，其悲剧命运催人泪下。但是更重要的原因是，在古代，男性以才能而见重于社会，女性却只能以容貌见重于世人。帝王挑选后妃，最重要的条件便是美貌。所以女性空有美貌而不被重视，与男性的怀才不遇具有深刻的内在同一性。一般说来，诗人都是自视甚高的，怀才不遇几乎是所有诗人共有的内心牢骚。所以昭君以绝代容貌而入宫数年不得见御，反而远嫁匈奴，其衔冤负屈的遭遇唤起了诗人心中的无限同情与深切共鸣。与上述两个原因相对应，在历代的昭君诗中有两个常见的主题：或为远嫁异域的昭君一洒同情之泪，或对贪赂而丑化昭君的画工连声喊杀。以唐诗为例，前一方面的例子有：卢照邻《昭君怨》：“汉宫草应绿，胡庭沙正飞。愿逐三秋雁，年年一度归。”梁献《王昭君》：“泪点关山月，衣销边塞尘。一闻阳鸟至，思绝汉宫春。”王偃《明君词》：“北望单于日半斜，明君马上泣胡沙。一双泪滴黄河水，应得东流入汉家。”后一方面的例子有：沈佺期《王昭君》：“薄命由骄虏，无情是画师。”李商隐《王昭君》：“毛延寿画欲通神，忍为黄金不为人。”崔国辅《王昭君》：“何时得见汉朝使，为妾传书斩画师。”最著名的昭君诗则两个主题兼而有之，如李白《王昭君》：“汉家秦地月，流影照明妃。一上玉关道，天涯去不归。汉月还从东海出，明妃西嫁无来日。燕支长寒雪作花，蛾眉憔悴没胡沙。生乏黄金枉图画，死留青冢使人嗟！”又如杜甫《咏怀古迹五首》之三：“群山万壑赴荆门，生长明妃尚有村。一去紫台连朔漠，独留青冢向黄昏。画图省识春风面，环佩空归月夜魂。千载琵琶作胡语，分明怨恨曲中论。”可以说，经过历代诗人的反复吟咏，昭君诗已经题无剩义，难以出新了。

这在这样的背景下，王安石作《明妃曲》二首，其一云：

> 明妃初出汉宫时，泪湿春风鬓脚垂。低回顾影无颜色，尚得君王不自持。归来却怪丹青手，入眼平生几曾有？意态由来画不成，当时枉杀毛延寿。一去心知更不归，可怜着尽汉宫衣。寄声欲问塞南事，只有年年鸿雁飞。家人万里传消息，好在毡城莫相忆。君不见咫尺长门闭阿娇，人生失意无南北！

此诗一出，好评如潮，和者数人。作为一首咏史诗，此诗好在何处？首先是议论精警，不落俗套。昭君之不遇，前人皆归罪于毛延寿，王安石独持异议。“意态”即风姿神态，包含着容貌、气质、风度、举止等因素，而且侧重于后面三项。昭君的“意态”既包括《后汉书》所谓“丰容靓饰，光明汉宫”，也包括《西京杂记》所谓“善应对，举止闲雅”。这样的“意态”岂是绘画所能充分表达？即使毛延寿并不恶意歪曲，也难以如实传达昭君的绝代风神，所以当时处死毛延寿，实为冤枉。昭君之不幸，前人皆归因于远嫁异国，王安石又独持异议。汉代陈阿娇乃武帝之表妹，相传武帝数岁时即答应阿娇之母长公主，若能娶阿娇为妇，当作金屋贮之。后来阿娇果然被武帝立为皇后，宠爱异常。但一旦年老色衰，随即失宠，终于被废，幽居于长门宫。李白《妾薄命》咏其事云：“汉帝宠阿娇，贮之黄金屋。咳唾落九天，随风生珠玉。宠极爱还歇，妒深情却疏。长门一步地，不肯暂回车！”王诗说长门宫就在咫尺之遥，阿娇却幽闭宫中，从此与武帝生死相隔。人生失意，又何关乎身在南方还是北方！意谓即使昭君留在汉宫并得元帝宠爱，最后仍难逃陈阿娇那样的下场，又何必特别怨恨远嫁漠北！在中国古代，“子女玉帛”都被视作财产，美貌女子尤其是有力者抢夺、占有的对象。

于是无数美女被帝王幽禁在深宫之中，无论像陈阿娇那样先得宠再被弃，或像白居易《上阳白发人》所写的不幸宫女那样“一生遂向空房宿”，甚至像王昭君那样远嫁和蕃，其悲惨命运形异实同。欧阳修在《和王介甫明妃曲》中说“红颜胜人多薄命”，正是对王诗“人生失意无南北”句意的提炼。所以相对于前代的昭君诗，王诗的议论可谓想落天外，发人深省。经常有人把“以议论为诗”视为宋诗的一大缺点，其实宋诗的议论固然不免迂腐生硬之病，但其精警、新颖的优点也是不容忽视的，王安石此诗就是一个典型。

除了议论精警之外，议论的方式也是此诗值得关注的一个亮点。全诗的主要篇幅用于叙事与描写，第一段用六句描述昭君离开汉宫的过程：昭君泪湿鬓脚，低徊顾影，伤心欲绝。如此憔悴的状态，尚且使元帝情难自持，可见昭君确有绝代容貌。元帝送走昭君后回到宫中，对遮蔽昭君美貌的画工怒不可遏，因为他从未见过如此美丽的女子。叙事已毕，然后导出诗人关于枉杀毛延寿的议论。第二段用六句描述昭君到达匈奴后的情景：昭君明知此生再无归汉之日，从汉宫带去的衣服渐渐穿尽，仍不肯改穿胡服，可见她身虽在胡而心仍在汉。她想要打听故国的消息，却只能年复一年地望着鸿雁南飞。好不容易得到一封万里家书，劝慰她在胡地好好生活，不要想念家人。描写甚细，然后导出人生失意无分南北的议论。这样的写法有两个优点，一是议论皆从事实中自然产生，比如第一点议论完全是从元帝责怪画工的事实中推导出来，第二点议论既可读作诗人的见解，也可读作家人的传语，莫不顺理成章，桴鼓相应。二是全诗的叙事与描写皆生动逼真，由此产生的画面感巧妙地克服了单纯议论带来的单调枯燥。诗人对昭君的深切同情，也在具体的叙事、描写中自然流露，即使与上引李白、杜甫二诗相比也毫不逊色。所以此诗虽以议论见长，但实际上也具有叙事生动和抒情深永的优点，读来毫无生硬枯燥之感，堪称昭君诗中别开生面之杰作。

拗相公心中的柔情

——读王安石《示长安君》

作为政治家的王安石，身后惨遭诋毁，产于南宋的话本《拗相公》就是民间文学在这方面的代表作。《拗相公》中的情节当然纯出虚构，但将王安石称为“拗相公”，倒是相当准确。王安石性格执拗，面目阴冷，宋人笔记中多有记载，例如《墨客挥犀》卷四载:“知常州，对客语，未尝有笑容。”又如《邵氏闻见后录》卷二十载:“王荆公初参政事，下视庙堂如无人。一日，争新法，怒目诸公曰：‘君辈坐不读书耳！’”虽出传闻，当离事实不远。王安石的诗文作品也大多语气冷峻，文如《答司马谏议书》《读孟尝君传》，诗如《兼并》《众人》，读之恍见其冷若冰霜、怒目以争之面容。但是当他写诗涉及亲友情谊时，尤其是与其妹、其女作诗酬寄时，却常有脉脉温情洋溢于字里行间，仿佛换了一个作者。其中的代表作就是《示长安君》：

> 少年离别意非轻，老去相逢亦怆情。草草杯盘供笑语，昏昏灯火话平生。自怜湖海三年隔，又作尘沙万里行。欲问后期何日是，寄书应见雁南征。

“长安君”即安石的长妹，名文淑，嫁予张奎，因夫荫封“长安县君”，安石诗中或称为“张氏妹”。文淑能诗，常与安石唱和。此诗是兄长写给妹妹的诗，又是当面所写，故题曰“示”。

此诗字句浅显，甚易解读，但对它的写作背景尚需深入探究。李壁注对此诗未予纪年，但云："此恐是使北时作。"今人多以为作于宋仁宗嘉祐五年（1060），安石奉敕伴送契丹使臣返北之前。钱锺书《宋诗选注》、陈文华所作鉴赏（见《宋诗鉴赏辞典》）、程千帆《读宋诗随笔》均持此说。然卞东波发现《永乐大典》卷一三三四四所引《蕙亩拾英集》中载有安石此诗，题作《示文淑》，又载有王文淑的《次韵》，诗云：

> 昔年送别向都城，邂逅今宽万里情。壮观已怜江路隔，高谈却待月华生。君随传入隋堤去，我驾车从蜀栈行。两处相逢知有日，新诗何幸慰西征。（详见其《宋代诗歌总集新考》）

刘成国在《王安石年谱长编》中据此将安石此诗系于嘉祐二年（1057），且曰："据王文淑和诗'君随传入隋堤去，我驾车从蜀栈行'，则此时公即将自京师沿汴河而下，而文淑随夫入蜀。由此路线，知公与长妹此次唱和，绝非作于嘉祐五年使北时。诗又曰：'自怜湖海三年隔，今作尘沙万里行。'考公自至和元年七八月入京，嘉祐二年春夏之交自京师出守常州，恰为三年。故此次唱和，当于嘉祐二年春，时公即将出守常州，而王文淑其时随夫张奎入京待选，赴蜀为官，旋遭父丧，离蜀丁忧。"此说甚新，但不能成立。"隋堤"指隋炀帝时沿通济渠河岸所筑之御道。通济渠宋人称作汴河，它流至汴京外城之西分为两股，分别由宣泽、利泽两水门入城，合为一股流经里城，又分为两股，由通津、上善两水门出城，再合为一股向东南流往泗州。故"隋堤"固可代指汴河，但更可指汴京城外沿汴河大堤所修之官道。"君随传入隋堤去"固可释为安石沿汴河前往常州，更可释为沿着官道出京。句中的"传"字指官驿所供之车马，安石于嘉祐五年奉敕伴送契丹使臣出京返北，当然有"传"可随。对于暂时留在汴京的文淑而言，"君随传入隋堤去"

正是写实之句。更重要的证据是，文淑随夫入蜀，事在嘉祐五年而不在二年。张奎赴官蜀中的事迹，仅见于安石诗中。嘉祐五年安石伴送辽使归来，于陈桥驿作《梦张剑州》云："万里怜君蜀道归，相逢似喜语还悲。……茫然知是陈桥梦，昨日春风马上思。"同年安石又作《张剑州至剑一日以亲忧罢》《寄张剑州并示女弟》等诗，后者题下自注云："时张以太夫人丧，自剑州归。"由此可知张奎赴蜀为官，到任仅一日即因母丧东归等事，皆在嘉祐五年。既然如此，则包含"我驾车从蜀栈行"之句的文淑和诗定作于嘉祐五年，可证此次兄妹唱和确实发生在安石奉敕伴送辽使之前。况且如果安石是沿着汴河前往江南的常州，岂能自称"尘沙万里行"？只有对即将发生的伴送辽使北行直至辽境涿州方返之规定行程，此句才合情理。根据汤江浩的研究（详见其《北宋临川王氏家族及文学考论》），我们大致得知此诗所涉事实如下：嘉祐三年（1058）夏，正任提点江东刑狱的安石与诸弟妹会于江宁，其时王母居此，文淑亦来与会。嘉祐四年（1059）春末，安石入汴京任三司度支判官，不久迎母入京。嘉祐五年（1060）正月，安石奉敕伴送契丹使臣返北。此时文淑或随夫在汴，或因省母入京，故安石临行前作此诗留别。兄妹俩别多会少，两次相会的间隔首尾三年，故云"自怜湖海三年隔"也。

此诗真是一首情真意挚而朴实无华的好诗！程千帆先生评曰："这是哥哥出差前与妹妹共饭的一席家常话，写得朴实沉着。作家所擅长的刻画手段与清丽作风，在这首叙述骨肉至情的诗中，完全没有展现，也可以说，全用不上了。首联虚写兄妹多年来的离合，哥哥出仕，妹妹结婚，必然使得他们分开，在心灵上产生沉重的负担，而相别三年之后的重逢，也没有给人欢快，徒然增加伤感。……次联极语淡情深之妙。在此前的这类诗中，只有杜甫《赠卫八处士》一首可比。三联写相逢又离别，尾联预计后来情事。据雁南征之语，或者文淑不久又将回到张奎当时所在的溢浦，所以诗人在奉使归来以后，也就无缘再见到他的妹妹，只有靠鸿雁传书来传递亲情了。这和杜诗‘明日隔山岳，世事两茫茫’之语，可以互参。”（《读宋诗随笔》）除了尾联预计的后来情事应指文淑将随张奎远赴剑州之外，此评真乃鞭辟入里。但是此诗似乎还有别的艺术渊源。南朝诗人沈约《别范安成》云：“生平少年日，分手易前期。及尔同衰暮，非复别离时。”意谓少年人来日方长，后会非难，所以将离别看得很轻。及至衰暮之时，来日无多，就不能轻易离别了。这是对人生况味的深切体察，却出之以浅近朴实的文字，《颜氏家训》载沈约语云“文章当从三易，易见事一也，易识字二也，易读诵三也”，此诗堪称体现其“三易”精神的名篇。王安石读破万卷，腹储极富，他肯定熟知这首入选《昭明文选》的沈诗。王诗首联仿佛纯从自身经历得来，实则多半是暗用沈约诗意，但既将沈诗的四句五言改成两句七言，又将沈诗谓少年轻别改成少时已重离别，无论是字句之凝练还是旨意之深沉，都能推陈出新。钱锺书批评王安石“每遇他人佳句，必巧取豪夺，脱胎换骨，百计临摹，以为己有。或袭其句，或改其字，或反其意。集中作贼，唐宋大家无如公之明目张胆者”（《谈艺录》“王荆公改诗”条）。钱氏所举例子，多属字句相似者。其实安石模仿古诗，亦有如此联之不露形迹者，故读来浑如己出，历代注家与论者均未注意。如果说巧妙的“夺胎换骨”能达到推陈出新的效果，此联就是一例。至于颔联，则与杜甫《赠卫八处士》中“今夕复何夕，共此灯烛光”及“夜雨剪春韭，新炊间黄粱”等句的意境相似，但上句于“杯盘”前缀“草草”二字，省去对饭菜的具体描写，以示备馔之意只在以供笑语；下句于“灯火”前加“昏昏”二字，遂见灯光昏暗恍如梦境，均在杜诗之外有所开拓。王安石的诗风本以“雅丽精绝”（见胡仔《苕溪渔隐丛话》前集卷三五引黄庭坚语）为主要特征，但此诗将精深的构思隐藏在平淡的字句之中，借鉴前人也是深藏不露，从而平易如话，朴挚沉着，成为“王荆公体”中的别调。如从内容着眼，则此诗鲜明地体现出“拗相公”性格中温厚和婉的一面，相当感人。

六言绝句的吉光片羽

——读王安石《题西太一宫壁二首》

六言绝句在体式上有先天的不足，周裕锴指出:“六言绝句属于一种特殊的近体诗，每句由三组双音步的词构成，停顿节奏为二二二，在诵读时，所有音步的时值相等，缺乏五七言诗那种单双音步交相迭代的变化感，显得单调呆板。同时，由于没有五七言诗那种单音步的调节，因而其两联之间的平仄无法形成粘的关系，与近体诗的声律相矛盾，不符合粘对的规律。这种节奏单调、平仄失粘的诗体是不适合吟咏的。”(《宋代六言绝句的绘画美与建筑美》)正因如此，在五、七言绝句皆臻极盛的唐代，六言绝句却相当罕见。宋人洪迈云:“予编唐人绝句，得七言七千五百首，五言二千五百首，而六言不满四十，信乎其难也!”(《容斋三笔》卷一五)明人高棅《唐诗品汇》中亦不立此体，仅附录于五言绝句之后，且按曰:“六言始自汉司农谷永，魏晋间曹陆间出。至唐初李景伯有回波乐府，亦效此体。逮开元间、大历间王维、刘长卿诸人相与继述，而篇什稍屡见，然亦不过诗人赋咏之余矣。今以唐世始终，通得十二人，共诗二十四篇，附于五言绝句之后，以备一体。”入宋以后，作六绝者虽代不乏人，如北宋黄庭坚、南宋陆游皆颇喜此体，但佳作则寥若晨星。然而凡事皆有例外，比如王安石的《题西太一宫壁二首》:

柳叶鸣蜩绿暗，荷花落日红酣。三十六陂春水，白头想见江南。

三十年前此地，父兄持我东西。今日重来白首，欲寻陈迹都迷。

清人陈衍评曰："绝代销魂，荆公诗当以此二首压卷。"（《宋诗精华录》卷二）说二诗是全部王诗中的压卷之作，语或稍过，但它们确在王诗中位列上乘。如果放在唐宋六言绝句的范围之内，则二诗堪称绝代精品。

宋仁宗景祐三年（1036），年方十六岁的王安石曾随其父王益、其兄王安仁到过汴京，随即离去。仁宗嘉祐五年（1060），王安石入京任职，三年后其母去世，即扶柩回江宁（今江苏南京）居丧。宋神宗熙宁元年（1068），王安石奉诏入京任翰林学士。此时其父兄都已去世，他本人也年将半百。虽说安石从嘉祐四年（1059）上仁宗万言书始，变法的思想已经酝酿多年，如今得到神宗信任，将平生的政治理想付诸实施的机会已经来到，但是他深知变法阻力很大，对仕途风波深怀忧虑。况且安石本来无意权位，两年后拜相之日，贺者盈门，他却取笔书窗曰："霜筠雪竹钟山寺，投老归欤寄此生。"（《临汉隐居诗话》）至熙宁五年（1072），相业正隆的王安石又作诗云："落日欹眠何所忆，江湖秋梦橹声中。"（《壬子偶题》）所以当王安石第三次来到汴京，即将开启真正的政治生涯时，他的心情是复杂、迷惘的。否则，何以刚刚踏上赴京之途就慨叹说："春风又绿江南岸，明月何时照我还？"（《泊船瓜洲》）入朝任职两个多月后，安石作此诗云"白头想见江南"，也是出于同样的原因。这两首诗中流露出迷惘、伤感的情绪，都与这个写作背景有关。

"西太一宫"位于汴京西南的八角镇，乃祭祀天神"太一"之神祠，建成于仁宗天圣六年（1028）。每逢立春、立夏、立秋、立冬之日，朝廷皆派官前来祠之。“三十六陂”乃陂塘之名，位于西太一宫附近。王安石究竟是于立秋日奉敕前来祭神，还是于某个夏日来此游赏，已不可详考。从诗题及诗意来看，诗人当是先至宫外观赏三十六陂，然后入宫题壁。荷花盛开当然是夏秋间之景象，至于“春水”一词，或指陂水明净清澈有如春水。二诗的写法与一般的游观诗无异。第一首从写景起：首句写柳叶繁茂，“暗”字是一片浓绿遮天蔽日给人产生的视觉印象。如此枝繁叶茂，藏身其中的蝉当然是但闻其声，不见其形，“鸣蜩”二字即强调听觉印象。次句写荷花盛开，“酣”字既有饱满充足之意，也可指饮酒之醉态，“红酣”本指落日斜照下的荷花红得淋漓酣畅，也可联想到美人醉后脸色红晕之娇艳可爱。二句之绘声绘色已达到“状难写之景如在目前”的程度，但炼字工夫浑然不觉，真乃举重若轻的大手笔。后二句由眼前的一陂春水联想到江南，句法上似乎转折突兀，思绪上却过渡自然，合情合理。注者或称当时扬州天长亦有“三十六陂”，因地名相同而引起诗人联想，其实不必。因为柳叶绿暗，荷花红酣，本是典型的江南风光。汴京城外竟然亦有相似的一陂春水，当然会使诗人想起江南。况且王安石久居江宁，其父母皆葬于该地，他早就将江宁视作第二故乡。所以“想见江南”实有非常丰富的情感内因，非仅风景相似而已。第二首纯属抒怀。安石幼时曾随父兄初入汴京，给诗人留下深刻的记忆。“父兄持我东西”一句，语淡意深。“持”者，携带也。李壁注认为“持”字不妥，云“当作‘将我’”。其实“持”字令人联想到“抱持”，这是幼童得到父母爱护的标志性动作，用在此处十分妥当。《诗·小雅·蓼莪》云：“父兮生我，母兮鞠我。拊我畜我，长我育我。顾我复我，出入腹我。”孔子曰：“子生三年，然后免于父母之怀。”（《论语·阳货》）虽然王安石初入汴京时已经十六岁，但留在记忆中的经历是父兄“持”着他东西行走。如今父兄俱亡，诗人自身也已满头白发，旧地重游，触景伤怀。岁月流逝，旧迹难觅，只觉一片迷惘，全诗遂戛然而止。

这两首诗风格多变，其一字句精丽，其二朴实无华；其一景中寓情，其二直抒胸臆。它们的共同特点则是言简意赅，思深力遒，是宋代六言绝句中难得一见的精品。蔡絛《西清诗话》载："元祐间，东坡奉祠西太一宫，见公旧题两绝，注目久之，曰：'此老野狐精也。'遂次其韵。""野狐精"意即无所不能，这是一位大诗人对同代诗人的由衷钦佩。正是这种钦佩之情使东坡消除了政治上的敌意，对王安石这个政敌之去世感到伤感，从而在次韵诗中感叹道："闻道乌衣巷口，而今烟草萋迷。"政治上的歧见会使人们产生对立情绪，而"绝代销魂"的诗歌佳作却能拉近心灵的距离。对读王、苏二人的这两组六言绝句，令人感慨不已！

兴会淋漓的游览诗杰作

——读苏轼《游金山寺》

北宋神宗熙宁四年（1071），苏轼在赴任杭州通判时途经润州，十一月三日往金山寺访问该寺僧人，夜宿寺中，作《游金山寺》：

我家江水初发源，宦游直送江入海。闻道潮头一丈高，天寒尚有沙痕在。中泠南畔石盘陀，古来出没随涛波。试登绝顶望乡国，江南江北青山多。羁愁畏晚寻归楫，山僧苦留看落日。微风万顷靴文细，断霞半空鱼尾赤。是时江月初生魄，二更月落天深黑。江心似有炬火明，飞焰照山栖鸟惊。怅然归卧心莫识，非鬼非人竟何物？江山如此不归山，江神见怪警我顽。我谢江神岂得已，有田不归如江水！

金山是润州北边扬子江中的小岛，位于山顶的金山寺初建于东晋太宁年间（323—325），向称江南名胜，历代诗人题咏不绝。唐人张祜《题润州金山寺》云："树色中流见，钟声两岸闻。"因写出了此寺地处江中的特征而传诵千古。苏轼来此作诗纪游，又该如何落笔呢？他想落天外，先从江水说起。古人以为岷江是长江源头，苏轼家在岷江边的眉州，故云"我家江水初发源"。润州附近江中有海门山，古人以为乃长江入海处，苏轼宦游来此，故云"宦游直送江入海"。这两句既紧扣地理实况，又切合诗人身份，清人施补华赞曰："确是游金山寺发端，确是东坡游金山寺发端，他人钞袭不得。”（《岘佣说诗》）。汪师韩更指出“起二句将万里程、半生事一笔道尽，恰好由岷山导江，至此处海门归宿，为入题之语”（《苏诗选评笺释》）。的确，苏轼虽然科举顺利，但仕途并非一帆风顺。不但多年沉沦下僚，而且因直言新法弊端而被新党党羽诬以贩运私盐等罪名，虽查无实据不了了之，但他深感宦海风波险恶，便于去年自请外任。他在舟入淮河时作诗云“我行日夜向江海”（《出颍口初见淮山是日至寿州》），分明含有离开庙堂走向江湖的失落感。“宦游直送江入海”一句，暗含多少感慨！

然而此诗毕竟是一首游览诗，其主要篇幅理应用来描写景物及游踪。苏诗完全遵循这个规律，从第二联起用八联的主要篇幅紧扣题面。此时正逢天寒水落，长江不像平时那样波涛汹涌，要是俗笔来写，难免有点煞风景。但是苏轼最善于想落天外，他先虚晃一笔，以“闻道潮头一丈高”虚写往日奇景，又以“天寒尚有沙痕在”实写眼前之景，一虚一实，不但精确、生动地写出江潮随着节令转换变化，而且文情跌宕，多含感慨。下两句进而感慨古今的变迁，写位于世称“天下第一泉”的“中泠”泉南畔的盘陀巨石，自古在江涛的涨落中出而复没，没而复出。苏轼为何对潮水的变化无常如此在意？多半是联想到宦海风波之险恶。唐人刘禹锡诗云：“瞿塘嘈嘈十二滩，此中道路古来难。长恨人心不如水，等闲平地起波澜。”（《竹枝词》）苏轼亦有此意，但并未明白说出，只是隐含在对眼前景物的描写及由此生发的感慨之中。意在言外，耐人寻味。对宦海风波的畏惧必然导致归隐之念，于是诗人登上金山绝顶远眺家乡，可惜江南江北的无数青山遮断了视线。至此，诗人实已意兴阑珊，故想返回归舟。但是山僧苦苦劝留，请诗人欣赏落日。据学者考证，苏轼与金山寺的宝觉、圆通二僧相识，此次游览金山就是访问二僧的顺带之举。但诗中故意写自己本欲归卧，便多了一层变化，读来如峰回路转，妙趣横生。落日之美很难描写，李商隐的

“夕阳无限好”堪称咏落日的名句，其实仅是虚晃一枪而已。试看苏轼如何落笔？他先写万顷江面上的细细波纹。细如靴纹的波纹本是远眺难以看清的，但在夕阳斜光的照射下泛起粼粼波光，就清晰可辨了。后写空中的彩霞红遍半空，那当然是夕阳返照的结果。这两句诗都不是正面描写落日，而是从落日的效果着笔，堪称“烘云托月”的范例。夏历每月初三的月亮西坠约比落日晚一个时辰，所以夕阳西沉后不久，如钩新月也没于天际。照理说月落后已是漆黑一片，无景可看，理应归卧，可是诗人笔锋一转，又写江心忽然出现一团炬火，光焰照亮江边山峰，惊动栖鸟。此景实在奇特，故苏轼自注云:“是夜所见如此。”以证所言非虚。江中炬火究竟为何物?不但读者不知，诗人亦自承不知，他怅然归卧，心中仍狐疑不已。非鬼非人，此何物耶？至此，金山寺之游已经结束。但结尾的一个问句，仍然牢牢地控制着读者的兴趣，从而余韵不绝。

结尾两联与开头遥相呼应，诗人终于悟出，江心的半夜炬火是江神有意显灵，以此奇幻壮丽之景象来警示他，为何不及早归隐江山。于是诗人对着滔滔江水郑重立誓：一旦有田可耕，一定立即归隐！“有田不归如江水”的结尾不但与开头的“我家江水初发源”遥相呼应，而且与中间对江景的细致描绘绾合紧密，章法细密妥帖，诗情波澜迭起，正如纪昀所评:“结处将无作有，两层搭为一片。归结完密之极，亦巧便之极。设非如此挽合，中一段如何消纳?”（《纪评苏诗》）

苏轼此时年方三十六岁，但此诗在艺术上已极其成熟。全诗颇得学识之力，比如“是时江月初生魄”，语本《礼记·乡饮酒义》“月之三日而成魄”，孔颖达疏:“谓月尽之后三日乃成魄。魄，谓明生傍有微光也。”苏轼用“初生魄”指代初三的一丝新月，精确无比。又如末句用《左传·僖公二十四年》记重耳之言:“所不与舅氏同心者，有如白水!”孔颖达疏:“诸言‘有如’，皆是誓辞。有如日，有如河，有如皦日，有如白水，皆取明白之义，言心之明白如日、如水也。”苏轼用此语气对着江水立誓，以示态度之严肃郑重。这些典故运用精当，但与上下文搭配稳妥，语气流畅，浑似未用典故。如谓“以才学为诗”是宋诗的一大弊端，至少此诗不受此讥。

此诗还有两个特点值得关注，一是它最早体现出苏诗的独特风格。全诗描写生动细致，叙事层次分明，但又笔势骞腾，兴象超妙。惆怅的心情与潇洒的风度融于一体，失意的叹喟中时露豪迈之气，这是诗化的“东坡风神”，虽说苏轼要到十年后才自号“东坡”。二是此诗既是一首游览诗，也是一首写景诗，游览与写景在前代诗歌中也往往合二为一，但此诗不但兼而有之，而且渗入身世之感乃至政治意味，从而具备极其丰富的内涵，这是苏轼对游览诗功能的扩展与提升。

寄托深微的咏花诗

——读苏轼黄州海棠诗

宋神宗元丰三年（1080）二月，苏轼在御史台差役的押解下来到黄州。黄州是个荒凉偏僻的小城，东坡又是个戴罪之身，初来乍到，无处栖身，只好寄居在一所叫定惠院的小寺庙里，父子两人就在寺内搭伙，一日三餐跟着僧人吃斋。东坡到知州衙门去报到，见过知州陈轼之后，他这个顶着“检校水部员外郎充黄州团练副使，本州安置，不得签书公事”之衔的犯官就无所事事了。除了苏迈之外，东坡在黄州举目无亲。他的家人都随着子由到筠州去了，后来成为他的好友的潘丙等人尚未结识。此时“乌台诗案”这场从天而降的大祸给东坡带来的恐惧感还没有完全消失，御史们如狼似虎的狰狞嘴脸仍不时在梦中重现，谁知道心有不甘的他们会不会再节外生枝呢？至于黄州的地方官和百姓会怎样对待自己，东坡也是心存疑虑。于是他小心翼翼地避开人群，终日闭门不出。渐渐地东坡开始走出寺门，但也只在附近的溪水边钓钓鱼，或在山谷里采集药草，除了偶尔到城南的安国寺去沐浴外，他很少与人接触。一天，东坡信步走上定惠院东边那座花木葱茏的小土山，看到满山的杂树中竟然长着一株繁花似锦的海棠，他简直不敢相信自己的眼睛。海棠，这可是蜀中的名花啊，它怎么会孤零零地出现在距离蜀地千里之遥的黄州？这株海棠夹杂在同样是繁花满树的桃、李之间，当地人根本不知道她的名贵，也就没有引起任何注意。一株幽艳绝伦的海棠竟是如此的孤独，独处深谷而无人赏识，东坡不由得触景生情，连连叹息。就像在举目无亲的异乡突然遇见一个知己，东坡的满腹情思顿时对着她尽情倾吐：

> 江城地瘴蕃草木，只有名花苦幽独。嫣然一笑竹篱间，桃李漫山总粗俗。也知造物有深意，故遣佳人在深谷。自然富贵出天姿，不待金盘荐华屋。朱唇得酒晕生脸，翠袖卷纱红映肉。林深雾暗晓光迟，日暖风轻春睡足。雨中有泪亦凄怆，月下无人更清淑。先生食饱无一事，散步逍遥自扪腹。不问人家与僧舍，拄杖敲门看修竹。忽逢绝艳照衰朽，叹息无言揩病目。陋邦何处得此花，无乃好事移西蜀？寸根千里不易致，衔子飞来定鸿鹄。天涯流落俱可念，为饮一樽歌此曲。明朝酒醒还独来，雪落纷纷那忍触！

是啊，这株海棠本是国色天香的蜀地名花，如今却沦落在荒山深谷之间，与粗俗的漫山桃李为伍。然而她的风姿和神态依然是那样的超群拔俗，一尘不染，荒凉芜杂的环境丝毫无损于她天然的高贵。东坡本是名闻天下的蜀中名士，又曾有过玉堂金马的荣耀经历，如今却流落到这个荒凉僻远的小山城，寄身荒寺，与市井小民为邻，又有谁识得他的满腹才学和一腔忠愤？正像无人赏识的窘境无损于海棠的绝代风姿一样，沦落不偶的遭遇也无损于东坡的绝代风标。然而鹤立鸡群毕竟会导致寂寞之感，孤芳自赏的心态其实只是寂寞的一种表现形式，海棠也好，东坡也好，他们多么需要对着知己一吐衷肠！娇柔的海棠虽然默默无语，但在东坡的眼中，她就像是杜甫笔下那位“幽居在空谷”的绝代佳人。此情此景，东坡怎能不诗思如潮呢？此诗整体性地用拟人手法来描写海棠，亦真亦幻，兴会淋漓。东坡是蜀中名士，海棠是蜀中名花，这就产生了奇妙的联想，从而自然导出“天涯流落俱可念”之句，堪称神来之笔。这句诗当然是从白居易《琵琶行》中“同是天涯沦落人，相逢何必曾相识”之句而来，但值得注意的是白诗将自己与沦落天涯的长安故倡相提并论，乃是儒家“仁者爱人”精神的体现。东坡将自己与千里移栽的蜀中名花相比，则是宋儒“民胞物与”精神的流露。如果说从“仁者爱人”到“民胞物与”是儒学内在发展脉络的必然结果，那么从白诗到苏诗则是上述逻辑进程在诗歌中的体现。所以东坡此句不仅是对前人名句的沿袭模仿，也是对传统表现手法的革新与深化。所谓宋人力破唐诗余地，此类细节皆是具体的体现。

此诗最重要的艺术成就是比兴手法的运用已达炉火纯青的境界。具体地说，此诗的比兴手法有两个层面。首先是整体性地用拟人手法描写海棠:“嫣然一笑”、“故遣佳人”二句点明拟人之旨，“朱唇”二句以美人娇姿形容海棠之艳丽，“林深雾暗”一句本已回到海棠本身，下句却又以“春睡足”一笔兜回。“雨中”、“月下”二句既似写花，又似写人，亦真亦幻，兴会淋漓。诚如汪师韩所评:“不染铅粉，不置描摹，乃得是追魂摄魄之笔。”（《苏诗选评》卷三）其次是以海棠比喻自己：先写自己邂逅名花之过程，且抒发流落他乡的感慨，巧妙地将蜀地名士与蜀中名花联系起来，诚如纪昀所评:“纯以海棠自寓，风姿高秀，兴象深微。”（《纪批苏诗》卷二十）表层的以美人喻花，深层的以花喻己，两者浑融一体。东坡这位抒情主人公究竟是面对着一株移栽异邦的名花，还是一位流落他乡的佳人？读者难以分辨，也不需要分辨，因为诗中流露的天涯流落的情愫是清晰可感的。作为一首咏花诗，此诗立意之深微新奇远超一般的格局。无怪苏轼把此诗视为平生得意之作，曾数十次为人书写，当时刻石流传的拓本就有五六种之多。

书法艺术与诗歌艺术的完美结合

——读苏轼《黄州寒食诗》

元丰五年（1082），东坡在黄州的贬谪生涯进入了第三个年头，一年一度的寒食节来临了。寒食是古人非常重视的一个节日，邵雍甚至说过“人间佳节惟寒食”。但是此年的寒食是怎样的一幅情景呢？阴雨连绵，春寒如秋，东坡的心情比天气更加阴沉、凄冷。他进不能辅佐君主实现治国平天下的理想，退不能回乡隐居祭扫先人的坟墓。这种进退两难的处境，比穷途痛哭的阮籍更加不堪，连死灰复燃的希望也不再存在。于是他奋然提笔，写下了两首《黄州寒食诗》（今本苏集中题作《寒食雨二首》）：

自我来黄州，已过三寒食。年年欲惜春，春去不容惜。今年又苦雨，两月秋萧瑟。卧闻海棠花，泥污燕脂雪。暗中偷负去，夜半真有力。何殊病少年，病起头已白。

春江欲入户，雨势来不已。小屋如渔舟，蒙蒙水云里。空庖煮寒菜，破灶烧湿苇。那知是寒食，但见乌衔纸。君门深九重，坟墓在万里。也拟哭途穷，死灰吹不起。

诗是第一等好诗，字更是第一等好字！如果说第一首的字体还比较收敛，那么第二首的笔势便随着感情的激荡而恣意挥洒起来。“空庖”二字甚小，而才隔三字的“破灶”二字却突然增大数倍。“在万里”三字缩得更小，而“哭途穷”三字又陡然变成浓墨大字，真可谓满纸不可人意。后一首中的两笔长竖，即“破灶烧湿苇”中的“苇”字与“但见乌衔纸”中的“纸”字（东坡写作“帋”）的末笔，不但长度超常，而且笔法多变。书论家关注哪一笔是折钗，哪一笔是悬针，我则觉得它们都是一气流宕，而且越来越随意挥洒，不拘法度。也许我们无法用语言说清楚此帖的笔画所表达的具体意绪，但读帖者肯定能感受到那渗透在字里行间的抑郁、牢骚与悲怆。帖中尚存三处勾乙的痕迹，可见是一件属稿。后人或认为传世的《黄州寒食诗》法帖是东坡离开黄州后所书，衣若芬女士从结字、行气等方面将此帖与其他东坡书迹进行对比，从而确定其稿本性质（详见氏著《书艺东坡》），结论可信。细读此帖，不难想见东坡蜷缩在低小的茅檐下铺纸泼墨的身影。就像当年屈原呵壁问天一样，东坡以此诗此书向苍天诘问为何使自己陷此绝境。

二诗写景叙事生动真切，所抒写的孤寂之感尤其鲜明浓烈。阴雨连绵，江水暴涨，好像就要漫进门来。水气弥漫，小屋竟像飘荡在波涛中的一叶扁舟。诗人与世隔绝，差点连节令都忘了。他闭门不出，把潮湿的芦苇塞进破灶，煮一点蔬菜来充饥。抬头看见乌鸦衔着纸钱飞过，才想起已到寒食。古人于寒食节以纸钱祭奠亡者，或望空抛撒，或悬挂墓树，不一定要焚毁。白居易《寒食野望吟》：

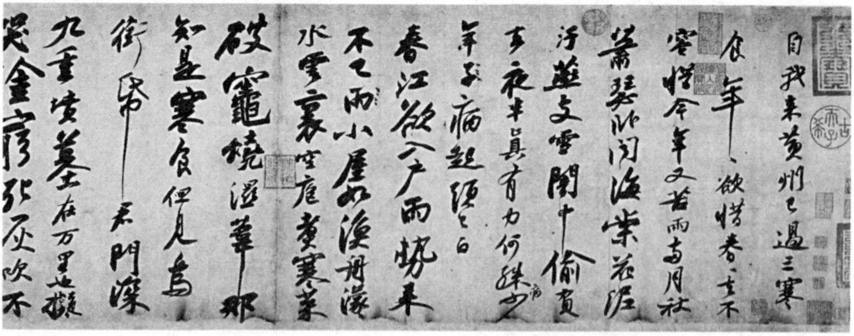

“风吹旷野纸钱飞，古墓累累春草绿。”张籍《北邙行》：“寒食家家送纸钱，乌鸢作窠衔上树。”可见“乌衔纸”云云完全是眼前实景。这一切，哪里有丝毫“佳节”的影子？就在如此凄清落寞的环境中，无情的岁月不断地流逝，人到中年的自己就像久卧病榻的少年人，等到大病初愈，才发现满头青丝都变成了白发，生命已在不知不觉中悄然流逝。

东坡在黄州的孤寂感是一种深刻的人生体验，它格外深广，难以排遣。此时的东坡人到中年，以谢安之尊荣，尚且一到中年就心多烦恼，何况事事都不顺利的东坡！他在政治上虽有不少盟友，但是近年来都沦于沉寂，连旧党领袖司马光都绝口不谈世事。当东坡单枪匹马地奋然上书控诉新法扰民的种种弊病时，他难免会有孤掌难鸣的孤独感。当他因讥讽新政而身陷囹圄，接着又被发配到举目无亲的黄州后，他的孤寂感肯定会更加强烈。行吟泽畔的屈子长叹说：“举世皆浊，唯我独清；众人皆醉，唯我独醒！”凡是高才卓荦、德尊一代的人，都难免陷入这种孤独感的纠缠，东坡何独不然？他在黄州所写的诗词文赋虽然不乏豪放、潇洒之作，但往往夹杂着沧桑变幻、人生如梦的低沉叹息，或是充溢着对广漠宇宙的惆怅情思，它们分别从时间和空间的不同维度表达了难以名状的深沉的寂寞之感。《黄州寒食雨》二首堪称

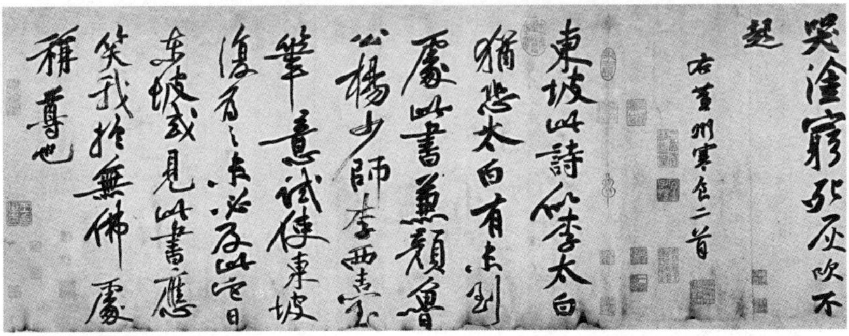

东坡倾诉胸中寂寞的代表作，也是其黄州诗中的艺术精品，清人汪师韩评曰“精绝”（《苏诗选评笺释》卷三），绝非虚誉。它在书法上赢得更大的名声，在东坡书写此帖的十八年之后，也即在东坡去世前一年，黄庭坚为此帖写了著名的题跋：“东坡此诗似李太白，犹恐太白有未到处。此书兼颜鲁公、杨少卿、李西台笔意，诚使东坡复为之，未必及此。”（《跋东坡书寒食诗》）说此帖与李建中的书法有关，东坡也许不肯承认。但是说连东坡也不能再写出同样的作品，恐怕东坡也会心服。因为这种渗透着强烈意绪的书法杰作，完全是凭着倏然而来的灵感一气呵成的。写时既不拘绳墨，日后又怎能再现？当年王羲之乘醉写成了《兰亭序》，后来连自己都对此书之精绝惊讶不已。王羲之日后又重书此序数十百遍，却再也无法重现永和九年三月三日所创造的那个辉煌。《兰亭序》虽饱含感慨，但毕竟不像颜真卿的《祭侄文稿》和东坡的《黄州寒食诗》那样悲愤历落。《兰亭序》尚且无法重现，颜真卿就更不能写出第二份《祭侄文稿》，东坡也决无可能写出第二份《黄州寒食诗》。东坡在黄州以后的书法当然仍然涌现出不少佳作，晚年达到的人书俱老的境界也十分可贵，但最能代表东坡艺术个性的作品必推《黄州寒食诗》一帖。第一等的诗配上第一等的字，珠联璧合，这是东坡同时贡献给千年诗史与千年书史的不朽杰作。

题画诗中的人生感慨

——读苏轼《书王定国所藏烟江叠嶂图》

从杜甫开始，题画诗就有两个优秀传统，一是化静为动，即将静态的画面描写成移步换景、变化无穷的动态境界；二是画中有人，即渗入诗人的生活经历及主观情思。例如杜诗《奉先刘少府新画山水障歌》，开篇即是一声惊叹，诘问“堂上不合生枫树，怪底江山起烟雾”？中间又穿插着“渔翁暝踏孤舟立”等人物动作，结尾由观画联想到屐痕曾至的江南山水，反问自己为何不往其地归隐：“若耶溪，云门寺，吾独何为在泥滓，青鞋布袜从此始。”凡此皆为后代题画诗开启无穷法门。至宋代，苏轼、黄庭坚等人继承杜甫的传统，而且推陈出新，题画诗遂在苏、黄手中别开生面。元祐三年（1086）十二月十五日，苏东坡在好友王定国家里看到王晋卿所绘《烟江叠嶂图》，挥毫题诗，写下《书王定国所藏烟江叠嶂图》：

江上愁心千叠山，浮空积翠如云烟。山耶云耶远莫知，烟空云散山依然。但见两崖苍苍暗绝谷，中有百道飞来泉。萦林络石隐复见，下赴谷口为奔川。川平山开林麓断，小桥野店依山前。行人稍度乔木外，渔舟一叶江吞天。使君何从得此本？点缀毫末分清妍。不知人间何处有此境，径欲往买二顷田。君不见武昌樊口幽绝处，东坡先生留五年。春风摇江天漠漠，暮云卷雨山娟娟。丹枫翻鸦伴水宿，长松落雪惊昼眠。桃花流水在人世，武陵岂必皆神仙？江山清空我尘土，虽有去路寻无缘。还君此画三叹息，山中故人应有招我归来篇。

王巩，字定国，出生于衣冠望族“三槐王氏”，且是张方平的女婿，苏轼则年方弱冠就受知于张方平，故苏轼自称与王巩“自幼相知”，相交甚密。苏轼遭遇“乌台诗案”的飞来横祸，被贬至黄州，王巩受到牵连，从正字贬为监宾州盐酒务，宾州（今广西宾阳）地处岭南，比黄州更加僻远荒凉。王巩在宾州度过五个春秋，曾大病一场，差点成为异乡之鬼。王诜字晋卿，是北宋开国功臣王全斌之后，因尚神宗之妹魏国公主而封驸马都尉，是一位皇亲国戚。王诜能诗文，擅书画，他对才华横溢的苏轼非常倾心，二人结成亲密无间的好友，常在一起欣赏书画。乌台诗案发生之前，王诜获悉朝廷决定逮捕苏轼，即派人密报苏辙，转告苏轼早做准备。王诜因此受到重罚，被贬至均州（今湖北丹江口市），五年不复。虽然“二王”与苏轼曾是同进同退的政治难友，但他们的交游并无多少政治色彩，而以诗词唱酬及书画欣赏为主要内容。元祐元年

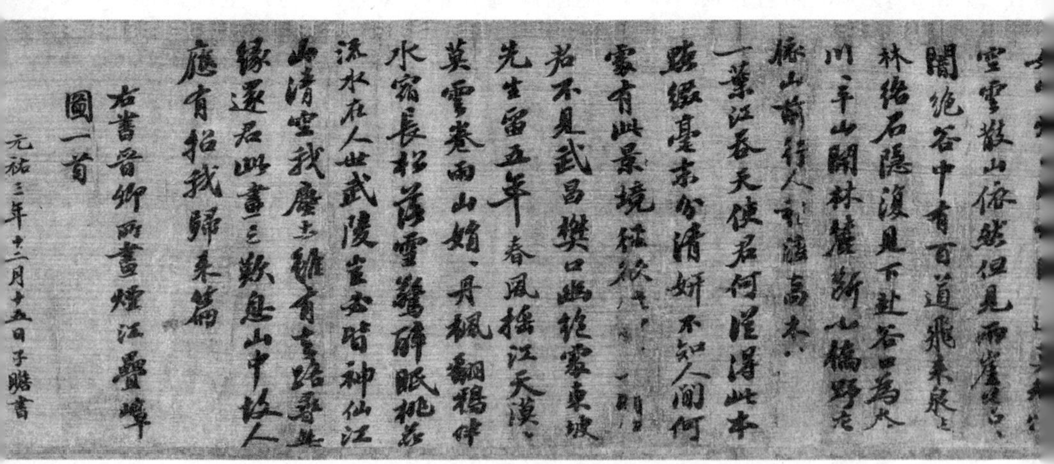

(1086)，三位好友先后返回汴京。劫后重逢，欢欣何如！王诜善画，王巩善草书，苏轼则书画兼擅，“二王”又性喜收藏，于是无数的艺术珍品在他们之间来往交流，堪称书画收藏史上的一段佳话。元祐三年（1088）十二月十五日，苏轼在王定国家中看到王诜精心绘制的《烟江叠嶂图》，作诗题画。此时的苏轼经过了身陷铁窗和躬耕东坡的生活磨炼，对社会的认识更加透辟，对人生的思考更加深刻，对艺术的理解也更上一层楼。况且此画的绘制者与收藏者皆是其生死之交，挥毫落笔之际，诗人胸中该有多少感慨！

全诗入手擒题，用十二句的篇幅充分展开对画景的描写。但是其中一字未及“画”字，倒仿佛是对某处真实山水的描绘。前文说过，杜甫题画已有此种写法，但杜诗如《戏题王宰画山水图歌》先明言“壮哉昆仑方壶图，挂君高堂之素壁”，然后才描写“山木尽亚洪涛风”的实景；又如《奉先刘少府新画山水障歌》开篇即云“堂上不合生枫树，怪底江山起烟雾”，但惊怪之语气仍表明这是壁画中的境界，而且下文随即点明“闻君扫却赤县图，乘兴遣画沧洲趣”。苏诗则直接描绘真实的江山。先写远处的山峰：“江上愁心”语出于唐人张说《江上愁心赋》“江上之峻山兮，郁崎嶬而不极。云为峰兮烟为色，欻变态兮心不识”，原指江心堆积如山的烟云，苏诗中则指云雾缭绕的山峰，故下文云远眺不知是山是云，但一旦烟消云散，则青山依旧。于是画中的山峰不再是静物，而是烟云变幻的动态景物。接下来视线渐渐地由远及近：山谷里泉水奔泻，在树林和山岩之间时隐时现，流至谷口汇成一道奔川。奔川变得平稳，山林到了尽头，于是小桥野店、行人渔舟历历可见。这十二句纯是写景，如果独立成篇，则可读作一篇笔歌墨舞的山水诗。然后诗人忽然发问：使君从何处得到这幅细入毫芒的绘画精品？“使君”指王定国，因其曾任州郡长官。至此，诗人才揭示前文所写者乃画中山水。清人方东树评曰：“起段以写为叙，写得入妙，而势又高，气又遒，神又旺。‘使君’四句正锋。”（《昭昧詹言》）所谓正锋，指揭示题画诗之宗旨也。

第二段转写观画引起的感慨，诗人的思绪从画面转向实境：人间何处有如此境界，我真想前往买田归耕。于是诗人深情回忆曾亲践其境的黄州山水，在那山水幽绝之处，自己曾经生活过五个春秋！“春风摇江天漠漠”以下六句，清人纪昀赞曰：“节奏之妙，纯乎化境。”（《纪评苏诗》）纪氏的“节奏”一词原指文字、语气而言，但我们也可解作季节变换的自然节律，因为“春风”句写春景，“暮云”句写夏景，“丹枫”句写秋景，“长松”句写冬景。四季周而复始，自然景物也随之易容改貌，尽态极妍。苏轼在黄州一住五年，不但饱看那幽绝之处的四时美景，同时也经历了无罪遭贬的心情起落，以及躬耕生涯的艰难辛苦。这两方面的生活经历在这首题画诗中皆有体现。先看前者。黄州山环水绕，赤壁的千尺峭壁，江对岸武昌的寒溪、西山等，皆是风景绝佳之处。正像永州的奇特山水自古不为外人所知，等到柳宗元亲临其境才誉为奇观一样，黄州一带的名胜已在春风秋雨和晨曦夕霞中沉睡了数千年，它们期盼着一位天才的光临和品鉴，终于盼来了苏轼。苏轼自幼热爱自然，入仕以后流宦各地，都会在公务之暇尽情地游览当地的名胜。苏轼到黄州后的身份已不是地方长官，他有更多的时间和精力去深入自然。更重要的是，此时的苏轼已被逐出了朝廷，远离魏阙本来就意味着接近江湖，何况苏轼对充满钻营和倾轧的官场产生了整体性的厌恶，他必定会以十倍的热情投入大自然的怀抱，从而用更加细腻的眼光去观察山峦江河和草木虫鱼的奥秘，用更加体贴的胸怀去体悟隐藏在风雨云霞中的生命律动。经历了乌台诗案的苏轼与自古无人赏识的黄州山水相得益彰，于是一系列吟咏山水的杰作诞生了。这首题画诗中“春风”等四句，也可作如是观。再看后者。当年苏轼因讥讽新政而身陷囹圄，接着又被发配到举目无亲的黄州，他曾深深地陷入孤寂感中。在苏轼的黄州诗词中，独宿沙滩的孤雁也好，独处深谷的海棠也好，都是苏轼内心孤寂感的外化。苏轼在黄州所写的诗词文赋虽然不乏豪放、潇洒之作，但即使是气壮山河的赤壁怀古词中也夹杂着沧桑变幻、人生如梦的低沉叹息，即使是潇洒绝俗的前、后《赤壁赋》中也充溢着对广漠宇宙的惆怅情思，它们分别从时间和空间的不同维度表达了一种难以名状的深沉的寂寞之感。从总体倾向来看，这种寂寞感使苏轼的诗文减少了几分潇洒，增添了几分沉郁。黄州的贬谪生涯使苏轼的人生观变得更加成熟，也使其文学创作变得更加深沉，黄州堪称苏轼人生道路上最重要的一座里程碑。从这个意义上说，不仅“东坡居士”这个别号产生于黄州，连东坡这个人物也是诞生在黄州。难怪当苏轼在这幅《烟江叠嶂图》中看到似曾相识的江山后浮想联翩，并在结尾联想到归隐山中的夙愿。

总之，此诗对画中景物的描写绘声绘色，与山水诗毫无二致。而且绾合自身的人生经历，渗入浓郁的人生感慨，从而兴会淋漓，将题画诗的抒情性质提升到前所未有的高度。这是苏轼对题画诗的重大贡献。

草蛇灰线的独特章法

——读黄庭坚《过家》

宋神宗元丰六年（1084）十二月，黄庭坚知太和县任满，调任德州德平镇的监镇官。前往德州以前，诗人先回家乡分宁（今江西修水）探亲，作《过家》：

络纬声转急，田车寒不运。儿时手种柳，上与云雨近。舍旁旧佣保，少换老欲尽。宰木郁苍苍，田园变畦畛。招延屈父党，劳问走婚亲。归来翻作客，顾影良自哂。一生萍托水，万事雪侵鬓。夜阑风陨霜，干叶落成阵。灯花何故喜，大是报书信。亲年当喜惧，儿齿欲毁龀。系船三百里，去梦无一寸。

此诗结构严谨，字句烹炼，情感沉郁，风格独特，是黄诗中的五古名篇。但是全诗层次既多，转折亦速，似乎零乱无序。清人方东树一贯赞赏黄诗章法，他在《昭昧詹言》卷十中称道黄诗章法云："又贵截断，必'口前截断第二句'，凡絜接、平接、衍接，太明白，太倾尽者忌之。"但是他又说："虽古人笔力贵斩截，起势贵奇特，然如山谷《过家》起处，亦大无序矣。"那么，此诗果真有章法"无序"的缺点吗？

方东树没有说明此诗的"起处"包括哪几句，程千帆先生将此诗分成两大段，其第一段或许就是方氏所谓"起处"，程先生分析说："第一段为前十六句，写返家之后。一、二两句写节物，三至八句写离家后情况的变化，九、十两句写亲戚存问，十一至十四句感怀，十五、十六两句，又写景物，与一、二两句照应。”（《古诗今选》）笔者也认为这一段的意脉相当清晰，这是一个离乡二十余年的游子重返故乡时的所见所感：首先映入眼帘的是村外的景色，然后认出了昔年手植的树木，再后发现邻舍的变化，最后上冢时发现田间的小路都非复旧貌了。这八句虽然渗透着迷惘复杂的心情，但仍把回乡、上坟的次序交代得一清二楚。九、十句写亲戚的殷勤招待，十一、十二句抒写回乡后产生的陌生感和孤独感，十三、十四句感叹萍踪漂泊、岁月流逝，十五、十六句写寂寥夜景，以衬托心情之落寞。这八句的诗意不断地转折，但层次极其分明，脉络也极其清晰。总之，此诗前十六句也即“起处”章法分明，绝非“无序”。

更能引起歧解的可能是第二段，也即最后六句。程千帆先生说:“第二段为后六句，写返家之前。十七至二十句写得书心情，二十一、二十二两句写思家之切。”并由此而得出结论:“在总体结构上，后来的情事却反而放在前面。”（《古诗今选》）陈永正先生认为“灯花”二句是写“作者返乡，母亲和小孩没有随同，现在寄来了家信”；“亲年”二句是“写接一平安家信后的心情”；“系船”二句则是指“家人的船虽然停泊在三百里外，但离开我的梦境还不到一寸”（《黄庭坚诗选》）。我觉得这两种说法都不符合事实。元丰三年（1080）初，黄庭坚罢北京教授任，入京改官知吉州太和县，是秋自汴京赴太和，作《晓放汴舟》云:“又持三十口，去作江南梦。”可见诗人赴太和县时是带着一家老小同行的。元丰六年（1083）年底，庭坚在分宁作《上冢》诗云:“称觞太夫人，鱼菜赡庖供。”庭坚在分宁时与县令郭明叔多有唱和应酬，且曾在写给郭明叔的《与郭明叔提举书》中云:“尔后日欲通音记，属亲老比来多小不快，人事书尺十常九废也。”可见其母随他一起返回分宁。元丰七年

（1084）初，庭坚之妾在分宁产下一子。庭坚在《明叔知县和示过家上冢二篇复次韵》中自称“此来见抱子”，即指此儿。（“抱子”即生子，《诗·大雅·抑》：“亦既抱子。”）庭坚为此子取名为“相”，小名“小德”。由于此时庭坚年已四十，故又起一个小名曰“四十”。不久，庭坚离开分宁只身前往德州。他在途中作《宿广惠寺》云：“不遑将母伤今日，无以为家笑此生。”又作《寄家》云：“近别几日客愁生，固知远别难为情。梦回官烛不盈把，犹听娇儿索乳声。”到达德州后，庭坚作《留王郎世弼》诗云：“河外吹沙尘，江南水无津。骨肉常万里，寄声何由频。我随简书来，顾影将一身。”任渊注引其与德州太守书云：“客宦不能以家来，官舍萧然如寄。”由上述材料可以推知，庭坚赴德州时未带家人同行，而是让他们留在故乡分宁。既然如此，《过家》的第二段就只能作如下理解：庭坚返乡后又独自离开家乡，在距离分宁三百里的地方泊舟过夜。诗人独对孤灯，看到灯花闪耀，以为乃家人平安之喜报。此时其母李氏年逾六旬，已到孔子所云“父母之年，不可不知也。一则以喜，一则以惧”（《论语·里仁》）的高龄。其女黄睦年方七岁，正是女孩应该“毁龀”即换牙的年龄。（《周官·秋官·司厉》郑注：“龀，毁齿也。男八岁、女七岁而毁齿。”）“亲年当喜惧，儿齿欲毁龀”二句抒写对亲人的关切，精确无比。末联的意思也很明白：泊船之处虽然离家已远，但诗人的梦魂并未离开一寸。

总而言之，此诗最大的艺术特征是层次很多，各层之间的意脉跳跃变化，颇似草蛇灰线，但是它们似断实连，其实是严格遵循着时间与情节的自然顺序，外表的章法似乎复杂多变，内在的意脉却严谨有序。全诗从匆匆还乡写到匆匆离乡，故题作《过家》而不是《归家》，其命题亦独见匠心。

奇异梦境的奇特表现

——读黄庭坚《六月十七日昼寝》

宋代士人的集体性格特征是内敛和淡泊，他们往往将内心的精神超越看得比外部事功更加重要，由此导致的一个价值取向便是向往隐逸生活，“江湖”成为他们无比向往的精神归宿。王安石虽在政治上有强烈的进取精神，但就个人的生活理想而言，他也向往着“江湖”。宋神宗熙宁五年（1072），相业正隆的王安石作诗云：“落日欹眠何所忆？江湖秋梦橹声中。”便是一个明证。至于政治热情不高的黄庭坚，就更加时时不离江湖梦想了。哲宗元祐年间，黄庭坚入朝任秘书省校书郎，这是他在仕途上最为春风得意的时段，可是“江湖”或意思相似的“沧洲”等词频繁地出现在其诗作中。例如《次韵张询斋中晚春》：“学古编简残，怀人江湖永。……想乘沧浪船，濯发晞翠岭。”《双井茶送子瞻》：“为公唤起黄州梦，独载扁舟向五湖。”《和答子瞻》：“玉堂下直长廊静，为君满意说江湖。”《戏呈孔毅父》：“忽忆僧房同野饭，梦随秋雁到东湖。”《题郑防画夹》：“老矣个中得计，作书远寄江湖。”《次韵答曹子方杂言》：“骑马天津看逝水，满船风月忆江湖。”《题子瞻书诗后》：“已作青云直上，何时散发沧洲。”积思成梦，“江湖”之念也经常出现在他的梦中，例如《题大年小景》：“年来频作江湖梦，对此身疑在故山。”《寺斋睡起》：“退食归来北窗梦，一江风月趁渔船。”这些黄诗大多清丽可诵，其中最引人注目的作品应推元祐四年（1089）所作的《六月十七日昼寝》：

> 黄尘席帽乌鞍里，想见沧洲白鸟双。马龁枯萁喧午枕，梦成风雨浪翻江。

此诗的主题明晰易解，其写法却引得议论纷纷。首先是诗中情景颇为费解，宋人叶梦得云："外祖晁君诚善诗，苏子瞻为集序，所谓'温厚静深如其为人'者也。黄鲁直常诵其'小雨愔愔人不寐，卧听羸马龁残蔬'，爱赏不已。他日得句云：'马龁枯萁喧午梦，误惊风雨浪翻江。'自以为工，以语舅氏无咎曰：'我诗实发于乃翁前联。'余始闻舅氏言此，不解'风雨翻江'之意。一日，憩于逆旅，闻旁舍有澎湃鞳鞈之声，如风浪之历船者。起视之，乃马食于槽，水与草龃龉于槽间，而为此声。方悟鲁直之好奇。然此亦非可以意索，适相遇而得之也。"（《石林诗话》卷上）叶氏所言"外祖"指晁端友，其诗乃《宿济州西门外旅馆》："寒林残日欲栖乌，壁里青灯乍有无。小雨愔愔人假寐，卧听疲马龁残刍。"末二句与黄诗第三句所写之情景相似，黄庭坚所谓"我诗实发于乃翁前联"，或指此而言。就全诗而言，则两诗差异甚大。故叶氏虽闻晁端友之子晁补之言及此事，仍然觉得黄诗末句难解。等到他在生活中亲历其境，亲耳听到马嚼草料之声，方才恍然大悟。马匹咀嚼草料，自会发出声响，晁端友于"小雨愔愔"的宁静环境中卧闻其声，本是生活中常见景象，叶氏也不至于觉得难解。叶氏不解的是黄庭坚在梦中听到此声，何以成为"风雨翻江"之声。其实黄诗所写乃"马龁枯萁"，"枯萁"乃干枯的豆秸，此物既硬且脆，马匹咀嚼时会发出更大的声响，诗人在梦中闻之，遂幻化成风雨翻江。叶氏所谓"水与草龃龉于槽间"，实与黄诗所写者有所不同。

其次是后人对此诗的评价颇有偏颇。正巧清人袁枚也将它与晁端友之诗相提并论："晁君诚诗：'小雨愔愔人不寐，卧听羸马龁残刍。’真静中妙境也。黄鲁直学之曰：‘马龁枯萁喧午梦，误惊风雨浪翻江。’落笔太狠，便无意致。”（《随园诗话》卷九）这个意见，似是而非。事实上晁诗所写者乃是常景，黄诗所写则是奇特之情景，故叶梦得读之“方悟鲁直之好奇”。那么，这首描写奇特之景的黄诗究竟写得如何呢？我们不应单论其后二句，而应关注全篇。任渊注云：“《楞严经》曰：‘如重睡人，眠熟床枕。其家有人于彼睡时捣练舂米。其人梦中闻舂捣声，别作他物，或为击鼓，或为撞钟。’此诗略采其意，以言江湖之念深，兼想与因，遂成此梦。”钱锺书先生认为：“任注补益，庶无剩义，以《楞严》仅言因而未及想，只得诗之半也。”（《管锥编》）的确，任渊用古人提出的“因”与“想”两种梦之成因来解说黄诗，深中肯綮。《世说新语·文学》载：“卫玠总角时问乐令梦，乐云：‘是想。’卫曰：‘形神所不接而梦，岂是想邪？’乐云：‘因也。未尝梦乘车入鼠穴，捣齑噉铁杵，皆无想无因故也。’”简而言之，如心中日有所思，夜有所梦，即所谓“想”。如身体有某种感觉（听觉、触觉等），因以成梦，即所谓“因”。以这首黄诗而言，前二句所述乃梦之“想”，后二句乃梦之“因”。据《宋史·舆服志》，官员须穿乌皮靴，也即“乌靴”。“席帽”乃藤席所编之帽，即戴以防雨的斗笠。“红尘席帽乌靴里”意乃身为官员，奔走红尘。黄庭坚的前辈欧阳修有诗云：“清川万古流不尽，白鸟双飞意自闲。”（《和韩学士襄州闻喜亭置酒》）苏轼曾盛赞此句，黄庭坚当亦熟知。试想沧洲之上白鸟双飞，是多么悠闲自在！黄庭坚久处宦海，向往江湖，乃将欧诗意境视作理想之境，身不能至而心向往之，故久思成梦，此为“想”也。然后在一个偶然的环境中，诗人午睡时听到“马龁枯萁”的声响，这种声音与风雨翻江非常相似，于是他在梦中置身于风雨交加的江湖之上，暂时脱离宦海红尘，此为“因”也。有“想”于前，逢“因”于后，也即前有嫌恶红尘、向往江湖的心理背景，后有睡中得闻马龁枯萁的偶然机遇，于是顺理成章地进入了风雨翻江的梦境。于事理而言，自然真实。于诗意而言，圆满妥帖。换句话说，此诗的最后一句是前三句完整铺垫的合理结果，袁枚批评它“落笔太狠，便无意致”，实乃未解其妙。

《六月十七日昼寝》是黄庭坚集中不太起眼的一首小诗，现代人的宋诗选本中几乎不见其踪影，便是明证。但是小中见大，此诗相当典型地体现出黄诗的独特风格。试将它与晁端友的《宿济州西门外旅馆》进行对比：晁诗刻画“静中妙境”，相当成功，但其构思基本上属于平铺直叙，并无奇特之处。黄诗则不然。昼寝闻马龁刍而梦成风雨翻江，其题材甚奇。短短四句中叙梦之成因圆满周全，其构思甚奇。前三句皆作铺垫而末句徒然转折，其章法甚奇。嫌恶红尘而向往江湖，其意趣甚奇。叶梦得称此诗体现了“鲁直之好奇”，乃探骊得珠之论。况且“昼寝”本是日常生活中一件小小的俗事，黄庭坚却能将它写得如此妙趣横生，意境高雅，这正是他大力倡导的“以俗为雅”（《再次韵杨明叔引》）的成功范例，值得重视。

隔绝红尘的清幽境界

——读黄庭坚《题落星寺》

鄱阳湖的西北角有一座小岛名“落星石”，《水经注·庐水》载：“传曰：有星坠此，因以名焉。”石上建有一寺，名“落星寺”。黄庭坚生平曾多次来游，并数次题诗，后人以《题落星寺》为题编入诗集的就有四首。最负盛名的是其中的第三首，据史容在《山谷外集注》中所云，此诗在山谷真迹中题作《题落星寺岚漪轩》，诗云：

落星开士深结屋，龙阁老翁来赋诗。小雨藏山客坐久，长江接天帆到迟。宴寝清香与世隔，画图妙绝无人知。蜂房各自开户牖，处处煮茶藤一枝。

此诗作于宋徽宗崇宁元年（1102），其时黄庭坚刚离开谪居多年的戎州（今四川宜宾），尚未被贬往其终老之地宜州（今广西河池市宜州区）。政治形势仍很险恶，年近六旬的诗人早已绝意仕途，他以处变不惊的心情对待接连不断的政治打击，故一心沉浸在焚香煮茶的幽独境界中寻求精神寄托。

落星石乃陨星所化，当然是一个远离红尘的地方。僧人于此结屋，环境清静幽深。诗人入寺后适逢小雨留客，于是悠然静坐，细细观赏江上帆影。诗中所及之事乃赋诗、赏画、品茶、焚香，如此幽雅脱俗的活动，如此清幽静谧的境界，真乃红尘不到，故清人姚鼐评曰:“此诗真所谓似不食烟火人语。”(《今体诗钞》)此诗最值得关注的艺术特征是声情拗峭。它虽是一首七言律诗，但全诗竟无一句完全合律，颈联且至失粘。然而它于拗中又有见律处，如第二句第五字应仄而平，以救第一句第六字及本句第三字之拗。又如第六句用三平调作结，第五句则相应地用三个仄声字收尾。全诗声调既不圆熟，又不至过分佶屈。这样的声调峭拔劲健，与所写的幽僻清绝之境界桴鼓相应，也与诗人兀傲脱俗的性格互相吻合。从整体风格来看，此诗堪称体现黄诗生新瘦硬的主导风格之代表作，人无间言。但是关于第二、第八两句的具体意蕴，却是众说纷纭，难得定论。

先看第二句。句中的“龙阁老翁”指谁？史容注云:“‘龙阁老翁’当谓李公择，南康军建昌人，庐山亦在南康境内，必有赋咏。按元祐三年八月丙子，御史中丞李常充龙图阁直学士，其赋诗当在此前。”近人高步瀛则云:“疑此当属山谷自谓，诗中始有主脑。但《宋史·本纪》《文艺传》及《续通鉴长编》《年谱》皆不言山谷任职龙图阁。绎此诗四首本非同时作，此首当在绍圣元年辞编修居乡待命除知宣州又除知鄂州之时。《长编》自元祐八年七月以后，至绍圣四年四月以前已阙，不能详考。窃疑知宣州、鄂州或有直龙图阁之衔。是年山谷已五十岁，故以‘龙阁老翁’自署也。”(《唐宋诗举要》卷六)李常乃庭坚舅父，甥舅二人关系密切。庭坚入寺看到李常题诗而称之，自有可能。但是高步瀛的意见也值得重视。从诗意来说，此句如是写自己入寺题诗，则与后文所述赏画、品茶等事皆属诗人一己所为，主题更加集中，即高氏所谓“诗中始有主脑”。如第二句阑入他人，则颇为突兀。今考北宋的“龙图阁”内设有学士、直学士、待制、勾当等职，诸职品位相去甚远。学士、直学士分属正三品、从三品，但“龙图阁勾当”则以入内内侍充任，仅为六品。所以“龙阁”二字并非高不可攀，庭坚曾任集贤校理、起居舍人、秘书丞等职，也是个馆阁之士，他以“龙阁老翁”自称也并无僭越之嫌。王镇远认为“龙阁老翁”“其实是泛指历代曾来此题诗的墨客骚人，也含有作者自况的意思”（《宋诗鉴赏辞典》），通达可取。

再看第八句。“处处煮茶藤一枝”究竟何指？此句史容未注。今人潘伯鹰始解作“到处都用一枝枯藤烧火煮茶”（《黄庭坚诗选》），其后多种宋诗选本或黄诗选本均取此说，比如王镇远在《宋诗鉴赏辞典》中还引申说：“这里的以藤煮茶，自是山中雅事，在诗人看来，清冽的山泉，上好的香茗，只有枯藤文火，方可取其真味。”陈永正当初在其《黄庭坚诗选》中亦取此说，后因胡守仁在关于陈书的书评中指出“藤一枝”应解作“一枝藤杖”，陈乃数度重新思考，其最后的结论是：“后来我又撰文补充，谓此‘藤’为僧人所喜用的藤杖。唐李商隐《北青萝》诗‘独敲初夜磬，闲倚一枝藤’，亦写僧人闲倚着一枝藤杖。故山谷此诗‘处处煮茶藤一枝’，当写从外边远望僧房的情景：在寺中的僧房各自敞开窗口，露出一根根藤杖，可知僧人正在拄杖煮茶云云。近年我再细读黄诗，《题落星寺》诗其一有‘更借瘦藤寻上方’之句，‘瘦藤’即此‘藤一枝’，结合组诗四首整体意思，方悟到持藤杖者当为诗人自己。且僧人居丈室之中，有老有少，亦不必人人持杖。诗意谓自己拄杖所至之处，都受到僧人煮茶接待。垂六十年，一语始得确解，可见注诗之不易矣！”（《诗注要义》）笔者赞同此解，且认为若解此句为焚藤煮茶，则“一枝”二字不合物理（当云“数枝”或“一束”）。若解此藤乃僧人手持之杖，则煮茶之际，何必拄杖？且远眺窗口，岂能看见“露出一根根藤杖”？只有解作诗人持杖入寺，各处僧房皆煮茶款待，方为合情合理。况且如作此解，则尾句与第二句遥相呼应，首尾皆写诗翁独自入寺，“诗中始有主脑”。

元好问云："好诗端如绿绮琴，静中窥见古人心。"（《感兴四首》之四）的确，一首好诗往往有待于读者的仔细品味，反复涵泳，才能窥见诗人的匠心。本文不避繁冗详引各家关于《题落星寺》的字句解析，就是因为只有如此细读，此诗戛戛独造的艺术意境才能得到充分的认识，此诗才是一首"似不食烟火人语"的佳作。

身世感慨与历史沧桑的浑融境界

——读黄庭坚《书摩崖碑后》

“摩崖碑”指刻在湖南祁阳县境内浯溪临江石崖上的《大唐中兴颂》。唐肃宗上元二年（761），安史之乱基本平息，元结撰《大唐中兴颂》。十年以后，元结丁母忧而家于祁阳浯溪，乃请颜真卿手书此颂，刻于浯溪石崖。在此后的数百年间，人们既重元文，更重颜书，浯溪摩崖石刻成为名闻天下的名胜，“摩崖碑”的拓本也广为流传。北宋徽宗崇宁三年（1104）三月，黄庭坚前往宜州贬所途经祁县，泛舟浯溪，亲睹摩崖碑。这位六旬老翁拖着病体，一连三日扶藜上岸，摩挲石刻，流连忘返。对书法家黄庭坚来说，这是颜真卿的字；对文学家黄庭坚来说，这是元结的文！激动之余，黄庭坚应同游诸人之请，作《书摩崖碑后》：

> 春风吹船著浯溪，扶藜上读中兴碑。平生半世看墨本，摩挲石刻鬓成丝。明皇不作包桑计，颠倒四海由禄儿。九庙不守乘舆西，万官已作乌择栖。抚军监国太子事，何乃趣取大物为。事有至难天幸尔，上皇跼蹐还京师。内间张后色可否，外间李父颐指挥。南内凄凉几苟活，高将军去事尤危。臣结春秋二三策，臣甫杜鹃再拜诗。安知忠臣痛至骨，世上但赏琼琚词。同来野僧六七辈，亦有文士相追随。断崖苍鲜对立久，冻雨为洗前朝悲。

黄庭坚一向喜爱颜书，自称："余极喜颜鲁公书，时时意想为之，笔下似有风气。"故此诗中自称对此碑的墨本欣赏把玩已久，如今亲临浯溪摩挲石刻，感慨良多。然而诗中仅用两句对颜书一笔带过，其余篇幅都因元结的颂文而大发感慨。为什么《中兴颂》会使黄庭坚忧来无端、诗思如潮呢？元结其人，向来是黄庭坚仰慕的人物。早在入仕之初，黄庭坚便作《漫尉》诗，对自号"漫叟"的元结一致仰慕之诚。黄庭坚既仰慕元结的恬淡功名，更敬佩其公忠爱国，后一点正是《中兴颂》拨动黄庭坚心弦的关键。值得注意的是，元结的颂文以及黄氏作诗六年前早已刻在浯溪石崖上的张耒《读中兴颂诗》都是"以颂寓规"，黄诗却对肃宗平定叛乱、收复两京的功业一字未及，诗的主体部分几乎全是讥讽，这又是什么原因？让我们细读文本。

"明皇不作包桑计"等四句为一节，直言不讳地指出玄宗晚年失德，不以国家的长治久安为念，从而导致了四海沸腾的安史之乱，宗庙毁弃，銮驾西奔，群臣纷纷屈节而事伪朝。元结颂文中云"凶徒逆俦，涵濡天休，死生堪羞"，"凶徒"指安史叛将，"逆俦"指降贼诸臣，元结对他们严词谴责。黄诗中"乌择栖"一语显然是用《左传》所载孔子之语："鸟则择木，木岂能择鸟？"意即当时大唐帝国这株大树忽然倒塌，群臣乃另择良木而栖，虽然也是谴责群臣失节降贼，但措辞稍为平和，而将主要责任归咎于玄宗昏庸失德。

"抚军监国太子事"以下八句另起一节，批判矛头转向肃宗。元结颂文赞成肃宗登基，而且热情歌颂其率军平叛的功绩。黄诗却对肃宗的功业不置一词，反而严厉地追究其过失。古人认为太子的职责是："君行则守，有守则从。从曰抚军，守曰监国。"（《左传·闵公二年》）黄诗诘责道：马嵬事变后形势危急，李亨自当以太子的身份来"抚军"、"监国"，即承担起统领唐军平定叛乱的责任，何必要急于自行宣布继承皇位？在帝制时代，皇储一定要获得皇帝的同意才能继位，既是严格的制度规定，也是公认的政治道德。在黄庭坚看来，肃宗未得玄宗同意便自行登基，名不正而言不顺，这是对肃宗灵武登基事件最为严厉的诛心之论。正因如此，在元结颂文中热情歌颂的肃宗功业，黄诗中只是一笔带过，不但语气冷淡，而且归功于“天幸”。从表面上看，“事有至难天幸尔，上皇蹰躇还京师”二句与元结颂文中“事有至难，宗庙再安，二圣重欢”三句一脉相承，但语气判然有异。元结对玄肃关系虽有微词，但只是委婉的讥讽，黄诗却用“蹰躇”一词描写玄宗回京时的畏惧心态，语气辛辣。接下去的四句揭露玄肃关系的真相更是入木三分：肃宗内惧张皇后，外畏李辅国，都是众所周知的史实。但黄诗用“色可否”和“颐指挥”来形容之，活画出一个受制于人的傀儡皇帝的形象。这并非为肃宗开脱，因为前文已有“何乃趣取大物为”的指责，意指肃宗抢夺皇位乃出于本心，尽管张皇后、李辅国对肃宗迫害玄宗起了推波助澜、助纣为虐的作用，但猜疑、迫害玄宗的主要责任仍应由肃宗自负。对于“南内凄凉几苟活”一句，明人瞿佑指出“李辅国迁上皇居西内，非南内也”（《归田诗话》卷中），因为玄宗返京后先居“南内”兴庆宫，后来才被李辅国迁往“西内”太极宫。其实黄诗是偏词复义，“南内”即概指南内、西内。无论是南内还是西内，玄宗都是形同被拘禁，故黄诗说其境况接近“苟活”。及至高力士等人皆被驱逐，玄宗的处境就更加岌岌可危了。至此，元结颂文中刻意遮蔽的事实真相，已被揭露得淋漓尽致。

叙述史实以后，黄诗进而指出《中兴颂》的主旨并非歌功颂德。“臣结春秋二三策”一句，任渊注黄诗时改为“臣结春陵二三策”，并以元结《春陵行》为据。然南宋袁文说：“余见太史亲写此诗于磨崖碑后者，作‘臣结春秋二三策’，讵庸改耶？”（《瓮牖闲评》卷五）其实从文意来看，也以“春秋二三策”为胜。《孟子·

尽心下》云:“吾于《武成》,取二三策而已矣。”意乃于史籍中仅取少量信而有征者。元结曾于乾元二年(759)向肃宗上《时议》三篇,指陈肃宗贪图享受、“未安忘危”等过失。黄诗所谓“春秋二三策”,乃指此类有裨治道之奏章策论而言,当然也可包括《中兴颂》在内。值得注意的是,黄庭坚以杜甫的“杜鹃再拜诗”为参照来理解元结之“春秋二三策”,认为两者都蕴含着“忠臣痛至骨”的思想内涵。杜甫有感于玄肃之事,对望帝死后化为杜宇的传说三致意焉,所以在《杜鹃》诗中云:“我见常再拜,重是古帝魂。”在《杜鹃行》中更说:“君不见昔日蜀天子,化为杜鹃似老乌。”“虽同君臣有旧礼,骨肉满眼身羁孤。”“苍天变化谁料得,万事反覆何所无。万事反覆何所无,岂忆当殿群臣趋?”这简直就是玄宗晚年遭遇的寓言体叙说。在黄庭坚看来,杜诗也好,元颂也好,都是对一代痛史的伤心表述,所以对世人只知欣赏其文辞之美感到深深的遗憾。“冻雨为洗前朝悲”,玄肃之际的那段历史,是王朝政治和皇室人伦的双重悲剧。天降暴雨,仿佛是要洗涤前朝之悲!

黄庭坚其人,虽对政治并无太大的热情,但他服膺儒家仁政爱民的思想,衷心希望政治清明、百姓安居。与苏轼同样,黄庭坚在总体上反对王安石新法。但是黄庭坚一向反对政治上的党同伐异,他反对新法,都是针对其具体的流弊。熙宁、元丰年间,黄庭坚曾在叶县、太和等地任地方官,亲眼看到新法扰民的弊病,遂持反对态度。比如熙宁年间水旱频发,民不聊生,黄庭坚曾作《流民叹》揭露河北灾民的惨状,此诗可与当时郑侠所上之《流民图》互为注脚。新法盐政颁布后,诸县争着多报盐策以取媚朝廷,正任太和知县的黄庭坚独不多报,他还在诗歌中揭露盐政之扰民:“劝盐惟新令,王欲茕独活。此邦食淡伧,俭陋深刺骨。公囷积丘山,贾竖但主撮。县官恩乳哺,下吏用鞭挞。政恐利一源,未塞兔三窟。寄声贤令尹,何道补黥刖。从来无研桑,顾影愧簪笏。何颜课殿上,解绶行采葛。”(《二月二日晓梦会于庐陵西斋作寄陈适用》)无论是对民生疾苦的揭露，还是身为地方官员的自愧自责，都与元结的《春陵行》《贼退示官吏》等诗前后辉映。

可惜从元祐到绍圣，党争逐渐演变成党同伐异的利益之争。旧党在政治上越来越处于下风，名列苏门的黄庭坚受到的迫害也越来越深。元祐年间，黄庭坚与著名史学家范祖禹等人一起编撰《神宗实录》。既称“实录”，当然应该秉笔直书。神宗朝所推行的新法决非尽善尽美，当然应该不虚美、不隐恶，所以《神宗实录》中对新法难免多有批评。绍圣元年(1094)新党卷土重来，即诬称《神宗实录》为“谤史”。为了罗织参编官员的罪状，章惇、蔡卞等从《神宗实录》中摘出一千余条“诬毁先帝”的材料。经国史院核对，其中只有三十二件没有文献依据，且都是琐细的小事，但章、蔡仍以此为罪证，对参编官员进行严厉的勘问。此时的政治形势非常险恶，旧党人士都面临着“黑云压城城欲摧”的巨大压力，何况还有“诬毁先帝”的可怕罪名。但黄庭坚不畏强暴，据理力争。比如熙宁年间曾以“铁龙爪”来疏浚黄河，黄庭坚曾亲眼看到其毫无实效，就在《神宗实录》中书曰“铁龙爪治河有如儿戏”。此时受到勘问，仍然直言:“庭坚时官北都，亲见之，真儿戏耳!”可是章、蔡等人根本不管是非曲直，只想着把旧党斩尽杀绝，于是把参编《神宗实录》的旧党官员悉数贬逐。黄庭坚谪授涪州别驾，黔州安置，步苏轼后尘踏上漫长的贬谪之路。黔州(今重庆彭水)地方偏僻，山高路险，黄庭坚在那里一住三年，至元符元年(1098)移往戎州(今四川宜宾)，又经三年。身居贬所的黄庭坚心境郁闷，自名其室曰“槁木寮”、“死灰庵”。建中靖国元年(1101)徽宗继位，朝中形势一度趋于缓和，黄庭坚也稍得喘息。但不久朝中风云又变，旧党人士受到雪上加霜的更重打击。崇宁二年(1103)，有人从黄庭坚两年前所撰《承天院塔记》中摘出“天下财力屈竭”等字句，诬告其“幸灾谤国”，于是黄庭坚被除名、羁管宜州（今广西河池宜州区）。宜州远在天涯，黄庭坚到达那里后一年零四个月就去世了。正是在前往宜州贬所的途中，黄庭坚亲睹浯溪的摩崖石刻，并写出《书摩崖碑后》这首杰作。

黄庭坚禀性耿直，关心国家。眼看着朝政在徽宗、蔡京等人的把持下渐趋没落，自己的生命也在接连的贬谪中走向终点，他的心中感慨深矣。满腹心事无法明言，便借着面对摩崖石刻而兴起的怀古感慨一吐为快。黄庭坚此时已届暮年，他的诗歌风格已经趋于平淡质朴，但此诗在平淡中蕴含着奇崛之气，正是诗人的满腹牢骚使然。此诗以议论取胜，诗人对玄肃之际的史事正面着论，不用曲笔，体现出堂堂正正的气概。诗中对玄宗、肃宗均直点其名，对肃宗且直呼“太子”，褒贬态度非常鲜明。诗人的批判既着眼于朝廷政事，更着眼于伦理道德，高屋建瓴，势如破竹。全诗虽无一字涉及北宋时政，但如此浓郁的沧桑之感，分明包蕴着借古讽今的用意。安史之乱前后的短短数十年间，强盛富足的大唐帝国怎会一蹶不振？诗人认为责任全在玄、肃两代君主身上。而黄庭坚亲历的几个君主，像刚愎自用的神宗、狂妄胡为的哲宗、荒淫昏庸的徽宗，难道对北宋政治逐渐坠入不可收拾的乱局没有责任？诗中虽然不便明说，但内在的意蕴是不难体会的。此诗也以讽刺艺术见长，诗人的批判虽不动声色，但锋芒内敛，入木三分。比如“四海颠倒由禄儿”一句，表面上是指责安禄山扰乱天下，但“禄儿”一词将矛头隐隐地指向玄宗。要不是玄宗娇宠杨妃、安禄山，怎能让杨妃公然收禄山为义子，从而养虎贻患，荼毒天下？这正是“明皇不作包桑计”的具体内容。这样的讽刺绵里藏针，老练辛辣。又如“跼蹐”、“色可否”、“颐指挥”等语，均是不动声色而严若斧钺之诛。最值得注意的是，与黄庭坚同时的多位诗人都写过题咏摩崖碑的诗，比如张耒用“元功高名谁与纪，风雅不继骚人死。水部郎中星斗文，太师笔下蛟龙字”来赞美中兴碑，李清照则用“尧功舜德本如天，安用区区纪文字。著碑铭德真陋哉，乃令神鬼磨山崖”来讽刺中兴碑。褒贬虽如水火，但对元结颂文性质的认定却是一致的。只有黄庭坚另具只眼，他指出《中兴颂》的真实态度不是歌颂而是批评，元结的写作心态不是欢欣而是“痛至骨”。与元结、杜甫一样，黄庭坚对玄肃之际的那段历史感到由衷的痛惜和悲怆。联想到几十年来白云苍狗的政局，面对着北宋王朝渐趋没落的现实，诗人吊古伤今，感慨万千，“断崖苍藓对立久，冻雨为洗前朝悲”，其实需要一场暴雨来冲洗的悲痛之情，岂止前朝而已！总之，《书摩崖碑后》议论精警而稳妥，措辞沉稳而老辣，表现出黄庭坚举重若轻的出众才华。而此诗在咏史主题中渗入如此深沉的现实意蕴，则体现出宋诗的一大优点。

“宁朴毋华” 的典范之作

——读陈师道《示三子》

陈师道比王安石、苏轼、黄庭坚分别年轻 32 岁、17 岁和 8 岁，王、苏、黄都是陈的诗坛前辈。当陈师道登上诗坛时，王、苏、黄的诗名如日中天。可是陈师道却对三人的诗风都有微词，他说:“诗欲其好，则不能好矣。王介甫以工，苏子瞻以新，黄鲁直以奇。而子美之诗，奇常、工易、新陈，莫不好也。”（《后山诗话》）这里虽然从赞扬杜甫的角度对“奇常”、“工易”、“新陈”三对风格范畴都予以肯定，但肯定的侧重点在于“常”、“易”和“陈”，对王、苏、黄追求“工”、“新”、“奇”的诗风则微露不满。他还更加明确地说过:“宁拙毋巧，宁朴毋华。”（《后山诗话》）陈师道的风格论在其创作实践中有鲜明的体现，其代表作就是《示三子》：

> 去远即相忘，归近不可忍。儿女已在眼，眉目略不省。喜极不得语，泪尽方一哂。了知不是梦，忽忽心未稳。

为了更好地理解这首诗，先交代其写作背景。

陈师道性格耿介，北宋神宗熙宁、元丰间新法盛行，科举考试亦以王安石之新学为标准，师道心非其说，遂绝意进取，甘为布衣。师道家境贫寒，无力养家活口，至神宗元丰七年（1084），师道的岳父郭概提点成都府路刑狱，陈妻带着三个孩子随郭西行，以减轻家中负担。师道本人由于母亲年老不能随行，留在徐州。到了元祐二年（1087），因苏轼、孙觉等人之推荐，陈师道充任徐州州学教授。他有了一份薪俸，才能将妻儿接回，《示三子》就作于妻儿刚到家时。作为对比，我们先读两年前所作的《别三子》：

> 夫妇死同穴，父子贫贱离。天下宁有此？昔闻今见之。母前三子后，熟视不得追。嗟呼胡不仁？使我至于斯。有女初束发，已知生离悲。枕我不肯起，畏我从此辞。大儿学语言，拜揖未胜衣。唤爷我欲去，此语那可思？小儿襁褓间，抱负有母慈。汝哭犹在耳，我怀人得知？

诗中“束发”一词，非指女子十五岁之“及笄”，而是《礼记·玉藻》中“童子之节也，缁布衣，锦缘，锦绅关纽，锦束发”之“束发”，意即束扎发髻，是古代小女孩的打扮。师道此时三十二岁，结婚刚满五年，不可能有“及笈”之女。“有女初束发”，意指女儿尚幼，头发刚能束成小髻。但是她已经懂得生离之悲，故依偎在父亲身上不肯起来。至于两个儿子，就更加幼小。长子名丰，时年二岁（冒广生考定陈师道长子生于元丰七年，误。据《宋代文学编年史》，师道《与鲁直书》之二作于元符元年，书中自称“大儿年十六”，则其生于元丰六年），刚开始学习说话，“唤爷我欲去”多半是其母亲教他这样与父亲告别。次子名端，未足周岁，还在襁褓之中。诗人眼睁睁地看着三个幼儿随着妻子渐渐远去，悲怆难忍，叩问苍天，所以诗中多用问句。三年之后孩子们随着母亲回家来了，父子重逢，诗人情难自抑，遂作《示三子》。《别三子》与《示三子》中的“三子”都是指一个女儿与两个儿子，故前者先写“母前三子后”，再分写“有女”、“大儿”、“小儿”；后者则总称“儿女已在眼”。旧说师道在“三子”之外别有一女，不确。师道确有第三子，但此子比长子年幼八岁，至元祐六年方出生。

《示三子》与《别三子》前后辉映，但写法截然不同。如果说

《别三子》以叙事细致、描写生动见长，那么《示三子》则以简洁朴拙取胜，而后者正是诗人风格论的典型体现。首联平平道来，却意蕴深厚，堪称语淡情深的典范。“去远即相忘”，果真如此吗？试读《别三子》，仿佛可闻师道送别三子时撕心裂肺的呼号，难道孩子们走远了反而不再惦记了？但是三子随着母亲前往成都，与徐州相去万里，山川迢递，梦魂难到。诗人纵有万千思念，又能奈何？所以此句肯定是正言反说，是试图压抑悲伤与绝望的内心挣扎的真实写照。果然，“归近不可忍”即将其真实心情表露无余。拦河大坝一旦崩决，积蓄已久的河水必将倾泻成万丈波涛。朝思暮想的孩子们终于归来了，诗人内心郁积的情感也像河水一样奔泻而出。“不可忍”三字既是如实叙写眼前情景，也暗示着上句所说的“即相忘”其实是竭力忍耐的结果。此联字句平淡，然而包含着多么深刻的情思和多么曲折的心理！

幼儿在成长过程中外貌改变很快，三子离家时十分幼小，三年后归来，无论身材还是面容肯定都有很大的变化。诗人对前者有充分的心理准备，所以他不写孩子们长高了，只说他们“眉目略不省”。亲生父亲竟然觉得儿女的面容难以辨认，则儿女之幼小、别离之长久等内容不言可知。孩子们的面容本是铭刻在诗人心中的，甚至时时出现在他梦中的，一旦他们来到眼前，诗人必然要拉着他们细细察看。然而眼前的孩子面容已有较大的改变，诗人竭力辨认，也有点不大认识了。“略”者，大致、稍微也；“省”者，识也。此句将诗人见到儿女后的动作和心理活动写得栩栩如生，而字句又是何等的简练、省净！

第三联抒写与儿女见面后的心情。别离三载，诗人有多少话要与孩子们说，有多少问题要等着孩子们回答！可是他喜到极点，反而一句话也说不出来。喜悦的表情当然是开颜欢笑，可是诗人反而痛哭起来，直等眼泪流尽才破颜一笑。复杂曲折的心情写得如此生动，奥秘在于字句虽然简洁，内容却很丰富，两句中包含着相顾无言、热泪倾泻、破涕为笑三个连续发生的动作，有鲜明的画面感和紧凑的节奏感，读之情景宛然在目。

末联继续抒写心情。久别重逢，相见如梦，这层意思前人已经写过。杜甫《羌村三首》之一："夜阑更秉烛，相对如梦寐。"司空曙《云阳馆与韩绅宿别》："乍见翻疑梦，相悲各问年。"皆为显例。师道此联则反其意而用之，出句就断定眼前实景并非梦境，对句则说心神恍惚，难以稳定，意即仍然惟恐是梦。从艺术沿革而言，这是对前人诗意的推陈出新。从实际效果而言，这是对复杂心情的深刻抒写。师道与儿女别离三载，曾多少次在梦中会面，梦醒之后人影杳然，空剩幻灭之感。无数次的失望终于变成绝望，诗人甚至害怕在梦中相见。如今儿女果真出现在眼前，这是又一场梦境吗？梦醒之后又将如何呢？诗人不敢再想下去，全诗至此戛然而止，留下无穷的意味让读者深思。

《示三子》字里行间洋溢着至性至情，深挚敦厚，感人至深。它是古典诗歌中表现父爱的杰作，堪与歌颂母爱的孟郊《游子吟》前后辉映。从艺术上讲，此诗文字简练朴素，绝无典故藻饰，然自然生动，故真切动人。其句法平实直截，不求文外曲致，然意蕴深厚，故耐人咀嚼。它鲜明地体现了陈师道的风格论观点，即"宁拙毋巧，宁朴毋华"。清人叶燮评宋诗曰："宋诗在工拙之外，其工处固有意求工，拙处亦有意为拙。"（《原诗·外篇》）此诗即为宋诗中"有意为拙"的典范之作。

春怀还是秋怀？

——读陈师道《春怀示邻里》

春天使人感到愉快，秋天使人感到悲伤，这是一般人的共同感受。但是凡事总有例外，如果客观上春寒如秋，或是主观上心境欠佳，难免使人感到春天竟如秋天一样凄凉可哀。唐人柳宗元曾在柳州的春季里看到榕叶落尽，作诗云："宦情羁思共凄凄，春半如秋意转迷。"（《柳州二月榕叶落尽偶题》）表达这种特殊情怀的宋诗首推陈师道的《春怀示邻里》：

断墙著雨蜗成字，老屋无僧燕作家。剩欲出门追语笑，却嫌归鬓逐尘沙。风翻蛛网开三面，雷动蜂窠趁两衙。屡失南邻春事约，只今容有未开花。

此诗于宋哲宗元符三年（1100）春作于徐州。是年元月哲宗去世，徽宗继位，哲宗亲政六年间如同脱缰野马的新党乱政稍有收敛之迹象，然苏轼、黄庭坚等旧党人士仍未离开贬地，陈师道的处境也相当困窘。早在哲宗绍圣元年（1094），陈师道因被视为旧党而免去颍州教授的官职，赋闲归乡，至今已有七年。元符二年（1099），师道贻书黄庭坚自诉贫苦："罢官六年，内无一钱之入，艰难困苦，无所不有。沟壑之忧，近在朝夕。"（《与鲁直书》）这是其生活窘境的真实写照。诗中所说的"南邻"应指寇国宝，徐州人，乃师道之弟子，此时亦闲居乡里。师道作于去年之《戏寇君》中云

“南邻歌舞隔墙听”，故知寇国宝居于师道家之南。师道是年春天所写的《和寇十一晚登白门》《和寇十一同游城南阻雨还登寺山》等诗中所谓“寇十一”，亦指此人。

此诗题作“春怀”，对春景的描写自是题中应有之义。凡春景，自以鸟语花香为主要内容，可是师道的目光却注视着全然不同的景物。首联写春景之凄清寥落。断墙败壁，雨痕横斜，蜗牛留下的涎迹弯弯曲曲，状若篆文。残破的老屋寂寥无人，只有燕子以此为家。清人查慎行评曰：“第二句‘僧’字疑‘人’字之误，因通首与僧无涉，且此句‘僧’字无着落。”（《瀛奎律髓汇评》卷十）此评可取。当然也可能是诗人故意用“僧”字代“人”以形容老屋破落如僧寺，或形容自己生计孤寂如僧人，但毕竟过于深曲。颈联写春气之暄暖。蜘蛛结网于屋角，被春风吹得破残不堪。蜜蜂筑巢于檐边，早、晚两次归巢，喧闹如雷。清人纪昀批曰：“起二句言居处之荒凉，五六句言节候之暄妍，故两联写景，而不为复。”（同上）其实五六句写“暄”是实，言“妍”则未必。蛛网破残零乱，非正常人家之光景。蜜蜂喧闹纷乱，乃野外方有之景象。何妍之有？春季本是万紫千红的季节，在诗人眼中却是一片寥落凄清，这样的描写别出心裁，与诗人的寂寥心态互相呼应。

“春怀”者，春日之怀抱也。一般来说，万物欣欣向荣的春天会给人带来愉悦的心情，踏青赏花则是人们在春季的习惯行为。可是师道却说“剩欲出门追语笑，却嫌归鬓逐尘沙”！“剩”者，颇也。二句意即门外风沙弥漫，虽然很想出门追欢，却惟恐风尘染鬓。然而南邻屡次相邀赏春，盛情难却，故尾联重申谢绝之意：“屡失南邻春事约，只今容有未开花”。钱锺书先生解曰：“第七八句说也许邻家园里的花还有没有开过的，涵意是看见春色那样暄妍，也静极思动，想出门看花了。”（《宋诗选注》）这是将“容”字解作

“也许”。我觉得不如将“容”字解作反问之意。“容”者，“岂”也。春景如此寥落，天气如此不佳，恐已无花可看矣。因为花盛随即转残，只有将开未开之花最宜观赏，所以诗人拈出“只今容有未开花”作为谢绝邻居约请的理由。

此诗在写作上有两个特点值得关注。首先是诗中颇有成语典故，但都是“化用”，并未体现出“以才学为诗”的倾向。例如颈联，注家指出上句暗用《吕氏春秋》：“汤见置四面网者，汤拔其三面，置其一面。祝曰：‘昔蛛蝥作网，令人学之，欲高者高，欲下者下，吾取其犯命者。’”又指出下句暗用《稗雅》：“蜂有两衙，应潮。”师道读破万卷，当然知道这些典故。但在此诗中，“开三面”三字描写蛛网在风中翻转从而残破不堪的样子，“趁两衙”三字描写蜂群簇拥蜂王如同群官到衙门排班参见的样子，均很生动有趣，即使读者不知其出处也能理解。也就是说，本是“无一字无来历”的典雅文字出之以形象易懂的白描手法，宋末的方回评此诗“虚处著工夫”（《瀛奎律髓汇评》），正是体现在这里。

其次是诗中包含着不同层次的意蕴。就字面而言，诗中所写的景物是萧瑟冷清的春景，所抒的情怀是孤寂落寞的心情，而且处处照应着不应邻里游春之约，可谓紧扣“春怀示邻里”这个题目。但是字里行间分明渗透着诗人的身世之感，全诗流露的满纸不可人意不能完全归因于自然。在陈师道眼中，经过哲宗亲政六年的折腾，朝野的局势可谓一片萧条。借用《宋史·哲宗纪》的话说，就是“党籍祸兴，君子尽斥，而宋政益敝矣”。苏轼等旧党人士被一网打尽，尽数远贬南荒。章惇等少数新党人士大权在握，肆意妄行。当然，师道本人的生活也陷于饥寒交迫之境。这一切，是否形成诗人无心赏春的深层心理原因？是否使诗人所睹景象蒙上惨淡凄凉的主观色彩？陆机诗云：“京洛多风尘，素衣化为缁。”（《为顾彦先赠妇》）后人皆以为隐喻世间红尘。师道担心尘沙沾鬓，是否包含洁身自好、不愿同流合污之志向？凡此种种，皆在有意无意之间。但其情感内蕴则鲜明可感，这是此诗耐人咀嚼的重要原因，也是一首“春怀”诗却凄其有如“秋怀”的根本原因。

独特视角下的沧桑巨变

——读刘子翚《汴京纪事》

靖康之祸是天翻地覆的巨大事变，北宋王朝顷刻之间土崩瓦解，二帝被俘北去，半壁江山沦于敌手。对于诗人而言，亡国后故都的残破景象当然会引起他们的深哀巨痛。吕本中的《兵乱后自嬉杂诗》二十九首，与刘子翚的《汴京纪事》二十首都是通过对汴京在靖康前后的沧桑巨变来抒写亡国之哀的名篇。诚如清人赵翼所言，“国家不幸诗家幸，赋到沧桑句便工”（《题元遗山集》），吕、刘之诗具有诗史的性质，并因此而摆脱了北宋末年诗坛的萎靡习气而呈刚健沉郁之貌。本文要讨论的是刘子翚《汴京纪事》中其七、其二十两首：

> 空嗟覆鼎误前朝，骨朽人间骂未销。夜月池台王傅宅，春风杨柳太师桥。
>
> 辇毂繁华事可伤，师师垂老过湖湘。缕衣檀板无颜色，一曲当时动帝王。

刘子翚是靖康事变的亲身经历者，也是汴京从繁盛到荒废的亲眼见证者。宋徽宗政和八年（1118）至宣和元年（1119）间，刘子翚游于太学，曾亲睹汴京之繁华昌盛。宣和四年（1122），子翚之父刘韐在真定府招募将士，子翚即赴真定任承务郎。宋钦宗靖康元年（1126）十一月刘韐应召返回汴京任京城四壁守御使，子翚亦随之返汴。此时金兵已大举南下围攻汴京，兵临城下。十二月，刘韐奉命出使金营。先前刘韐在真定府与金人对峙时，金人对其才干甚为钦佩。至此，金人遂扣留逼降，且以高官相诱。刘韐坚拒，于靖康二年（1127）正月十六日自杀殉国，死前密派亲信回城向其子报信。金人叹服刘韐之忠，葬其于汴京城南寿圣院僧舍之旁，并题识其处。至是年四月，金兵掳二帝北去，子翚方得与其兄子羽出城具棺殓父。此时刘韐已死八十日，而"颜色如生，人以为忠节之气所致"（《独醒杂志》卷二）。子翚抚父柩归葬于家乡崇安，庐墓三年。对于刘子翚来说，靖康事变不但是国难，而且是家祸。从金兵之暴虐到国家之沦亡，从二帝之蒙尘到父亲之殉国，皆是诗人亲历之惨祸。试看其《靖康改元》一诗中的描写："肉食开边衅，天骄负汉恩。阴谋招叛将，喋血犯中原。饮马江河竭，鸣笳宇宙喧。氛埃缠帝座，猰貐吠宫垣。鼓锐梯飞壁，弯强矢及门。黔黎惊瓦解，冠盖尽星奔……"内容广泛，描写真切。但是《汴京纪事》二十首并没有全面叙写靖康事变的前因后果，而是集中描写汴京城在靖康事变前后的巨大变化，故题作《汴京纪事》。刘子翚曾以太学生的身份在汴京生活多年，诗中对当年汴京繁华景象的描写，当是实录。比如其十七云："梁园歌舞足风流，美酒如刀解断愁。忆得少年多乐事，夜深灯火上樊楼。"无疑是其亲身经历的真实写照。又如其十云："神霄宫殿五云间，羽服黄冠缀晓班。诏许群臣亲受箓，步虚声里认龙颜。"虽对徽宗迷信道教的虚妄风气有所讽刺，但也渲染了歌舞升平的景象。然而此组诗中最重要的内容则是刻画靖康事变后汴京的荒凉破败，从而抒写亡国之痛。上引的其七、其二十两首便是整组诗中写得最生动的代表作。

其七描写权臣王黼、蔡京的故宅在乱后的景象。王、蔡二人都是宋徽宗朝的权臣，王黼官封"太傅楚国公"，蔡京官封"太师鲁国公"。他们身居高位，窃国弄权，当时便被人们切齿唾骂，名居

“六贼”之列。靖康元年（1126），北宋灭亡的前夕，王、蔡等人已死于非命，但百姓对他们的咒骂一直没有停歇。此诗首二句直书其事，对“六贼”等误国奸臣进行批判，义正词严，痛加挞伐。“覆鼎”语本《易·鼎卦》中“鼎折足，公覆悚”，比喻大臣失职，导致亡国，语气极重。“骨朽人间骂未销”则将“六贼”之流牢牢地钉在历史的耻辱柱上，永世不得超脱。但就艺术而言，这两句的写法比较平常。后二句则奇峰陡起，诗人把批判的锋芒对准“六贼”中官位最高、权势最盛的王黼、蔡京二人，可谓“擒贼先擒王”。更奇妙的是，诗人并未正面描述二人的丑恶行径或可耻下场，而是选取其豪华邸宅的荒凉现状作为描写对象。据史书记载，王、蔡二人的住宅俱是周围数里、侈丽之极的园林，但是靖康乱后，前者只剩废池荒台，后者只剩残桥一座。天上冷月依旧，地上春风杨柳依旧，而当年之豪华繁盛，如今安在哉？游人至此，或能指点孰为“王傅宅”，孰为“太师桥”，当年炙手可热之权臣，如今又安在哉？语气冷峻，戛然而止，留给读者无尽的思考。

其二十选择名妓李师师为描写对象，妙在对李师师当年名动京师，甚至得到徽宗皇帝宠爱的经历仅作虚写，全诗重点放在靖康乱后师师流落江湖的凄凉境遇。李师师乃汴京名妓，以貌美艺精倾动一时，当时名士如周邦彦、晁冲之等皆与往来，连宋徽宗这个“道君皇帝”也常微行其家，且留宿不还。靖康乱后，李师师下落不明。明人梅鼎祚《青泥莲花记》卷十三载:“靖康之乱，师师南徙，有人遇之于湖湘间，衰老憔悴，无复向时风态。”后人或引此以解刘诗，其实多半是梅书据刘诗而云。但李师师在靖康后流落江湖，当是实情。尾句语含讽刺，若是贤君，岂能微行青楼，留宿娼家？但全诗的主旨则是慨叹李师师本人遭遇的盛衰变化，并借此抒写亡国之痛。南宋刘克庄评此诗曰:“亦前人感慨杜秋娘、梨园弟子之类。”（《后村诗话》前集卷二）甚确。杜甫的《公孙大娘舞剑器行》

《江南逢李龟年》、杜牧的《杜秋娘诗》，都是借歌儿舞女的荣枯遭遇来抒发对国家盛衰的感慨，此诗也是如此。名妓、名伶都是万众瞩目的风流人物，他们虽是帝王将相的玩物，但也是太平景象的点缀。每当国家动荡倾覆，名妓、名伶也难免遭受池鱼之殃。他们从花团锦簇的盛况跌落到流落江湖的窘境，其身世落差之大远过于普通百姓，从而成为国家动荡最显著的象征。此诗刻画李师师流落湖湘，用意即在于此。

总之，上述二诗通过独特的视角，达到了见微知著的艺术效果，是寄寓深刻、感情沉郁的亡国诗史。

气壮山河的政治诗

——读王庭珪《送胡邦衡之新州贬所》

南宋高宗绍兴八年（1138），秦桧窃居相位，派遣王伦出使金国谋和。王伦回朝时引来金使，竟公然以“江南诏谕使”的名义到南宋议事，明目张胆地将南宋视为属国。此举激起枢密院编修官胡铨的极大愤慨，于是冒死上疏，要求拒绝和议，并处死主和的宰相秦桧、副相孙近与王伦三人。在这封名垂青史的《戊午上高宗封事》的最后，胡铨义正词严地声明：“臣备员枢属，义不与桧等同戴天。区区之心，愿斩三人头，竿之藁街，然后羁留虏使，责以无礼，徐兴问罪之师，则三军之士不战而气自倍。不然，臣有赴东海而死耳，宁能处小朝廷求活耶？”由于得到高宗的支持，奸相秦桧气焰熏天，他恼羞成怒，乃将胡铨削职为民，流配昭州（今广西平乐）。至绍兴十二年（1142）和议成为定局，又将胡铨流配新州（今广东新兴）。胡铨上疏之举，义薄云天。他非罪遭贬，冤同屈子。可是迫于秦桧的万丈凶焰，朝臣一时噤若寒蝉。岳珂《桯史》记载：“胡忠简铨既以乞斩秦桧掇新州之祸，直声振天壤，一时士大夫畏罪箝舌，莫敢与立谈，独王卢溪廷珪诗而送之。”其实当时还有词人张元幹赋《贺新郎·送胡邦衡待制》为胡壮行。一诗一词，与胡铨之封事交相辉映。三篇作品分别为宋文、宋诗、宋词增添光彩。本文专谈王庭珪的《送胡邦衡之新州贬所》（其一）：

囊封初上九重关，是日清都虎豹闲。百辟动容观奏牍，几人回首愧朝班？名高北斗星辰上，身堕南州瘴海间。不待他年公议出，汉廷行召贾生还。

首联开门见山，叙述胡铨上奏之事。古代制度，天子之宫设门九重。《礼记·月令》云“毋出九门”，郑玄注曰“天子九门”。相传天门亦有九重，且有虎豹守之，《楚辞·招魂》云：“魂兮归来，君无上天些。虎豹九关，啄害下人些。”王逸注：“言天门凡有九重，使神虎豹执其关闭。”后代诗人常以“九门”、“九关”或“九阍”代指君门，例如李白《梁甫吟》云：“阊阖九门不可通，以额叩关阍者怒。”李商隐《哭刘蕡》云：“上帝深宫闭九阍，巫咸不下问衔冤。”“清都”相传是上帝所居之宫阙，《列子·周穆王》云：“清都、紫微、钧天、广乐，帝之所居。”后人亦借指帝王之都城，左思《魏都赋》云：“盖比物以错辞，述清都之闲丽。”王庭珪错杂用之，意谓高宗皇帝居于深宫，宫门九重，禁卫森严，臣子奏章难以得入。而胡铨此奏竟然直达御前，乃因守宫之爪牙此日被关了禁闭。“闲”，栅栏，引申为禁闭。此联多用比喻，意含讥刺。当时心怀鬼胎的宋高宗与弄权窃国的秦桧狼狈为奸，对外屈膝求和，对内镇压异己，言路断绝，正论不入。胡铨的官职是“右通直郎、枢密院编修官”，前者是秩正八品的散官，后者是“随事置，无定员，以本院官兼者，不入衔”（《宋史·职官志》）的微职。可能正因他官职低微，当权者不加防备，才让他将封事递送进宫。王诗所谓“虎豹闲”，是一种夸张的说法，以形容胡铨上奏之难也。

次联写胡铨的封事在朝廷里引起的震动。绍兴前期，虽然以高宗与秦桧为首的主和派始终把持朝政，但反对和议的声音不绝如缕。就以绍兴八年王伦引金使张通古来宋议和之时为例，枢密副使王庶为了避免在和议上签名，上疏自求去职。高宗诏令群臣商议和议，张焘、晏敦复、曾开、李弥逊、尹焞、苏符、方廷实等人皆言不可，馆职朱松、张扩、常明、范如圭等人亦上书反对和议。但是像胡铨这样直截了当地请斩秦桧，且直斥朝廷为“小朝廷”者，一人而已。所以胡铨的封事像沉闷天气中的一声惊雷，朝野震动。朝中百官最早得观其书，能不为之动容？而动容之际，又有几人因此自愧立于朝班而未能像胡铨那样仗义执言？此联用渐进手法刻画朝臣心态：初观胡铨封事，朝臣无不动容。主战者固然自愧不如，主和者亦应感到羞愧。当然像秦桧、孙近等卖国贼，以及依附他们的大批蝇营狗苟之官员早已不知天下有羞耻事，他们是不会在胡铨面前自感惭愧的。“几人回首愧朝班”正是对此辈无耻之徒的诛心之论，虽然字面上不露锋芒，其实严于斧钺。

第三联慨叹胡铨的命运。胡铨的封事不但名垂青史，而且在当时就震动朝野，声振敌国。常州宜兴县进士吴师古将封事刻版传播，人相争阅。金人闻之，以千金募其书，三日后得之，读后惊呼“南宋有人”。胡铨位居下僚，本无高名。他代表全体爱国士民发出了锄奸抗金的正义呼声，体现出不畏强暴、视死如归的人格精神，从而名声大振。“名高北斗星辰上”不仅形容其名声之高，而且强调其名声之正义性质。北斗是人们在夜空中辨认方向的指标，胡铨的封事为国家、民族指明了正确的方向，万众仰慕，犹如黑夜中仰望北斗。可是当时国贼当道，他们恼羞成怒，立刻对胡铨疯狂报复。史载胡铨上奏是在绍兴八年十二月二十五日，四日之后，即被贬昭州编管，四年后又进而流配新州。“身堕南州瘴海间”兼指昭州、新州，更偏指后者，因为两个地方都是瘴气弥漫的滨海僻地，而后者离南海更近。秦桧将胡铨贬往该地，分明是有意置其于死地。这两句诗大起大落，张力极大，不但写出了胡铨的名声与命运的巨大落差，而且充满了仰慕之诚与不平之意。

末联是对胡铨前途的期盼，虽属安慰之词，但是充满了正义终将胜利的信心。胡铨被贬新州后一直顽强地活着，并于孝宗即位后重归朝廷，王庭珪的良好祝愿真正实现了。于诗法而言，则此联将第六句中压抑到最低点的诗情重新振起，从而与高屋建瓴的首联互相呼应。

北宋欧阳修有言："开口揽时事，论议争煌煌。"（《镇阳读书》）从北宋到南宋，政治主题始终得到诗人的青睐。王庭珪的这首政治诗义正词严、气壮山河，成为宋代政治诗的典范之作。他因此受到流放夜郎的政治迫害，这是用诗歌干预政治必然付出的代价。王庭珪在贬地生活了 13 年后终于获悉秦桧的死讯，其后又生活了 17 年，享年 93 岁。真可谓求仁而得仁，又何怨焉？

爱国志士的复杂心声

——读陆游《长歌行》

南宋孝宗乾道八年（1172），陆游离开南郑的抗金前线，先后在蜀州（今四川崇庆）、嘉州（今四川乐山）、荣州（今四川荣县）等地任地方官。淳熙元年（1174）九月，陆游在频繁调任的间隙闲居成都，客寓多福禅院，作《长歌行》：

> 人生不作安期生，醉入东海骑长鲸。犹当出作李西平，手枭逆贼清旧京。金印煌煌未入手，白发种种来无情。成都古寺卧秋晚，落日偏傍僧窗明。岂其马上破贼手，哦诗长作寒螿鸣？兴来买尽市桥酒，大车磊落堆长瓶。哀丝豪竹助剧饮，如巨野受黄河倾。平时一滴不入口，意气顿使千人惊。国仇未报壮士老，匣中宝剑夜有声。何当凯旋宴将士，三更雪压飞狐城？

此诗乃陆游的七古名篇，清人方东树甚至称它为陆集中的“压卷”之作（《昭昧詹言》）。那么，此诗究竟妙在何处呢？

首先，《长歌行》在两个方面代表着陆游诗歌创作的主导倾向，一是爱国主题，二是七古诗体。先看前者。靖康之变以来，大宋王朝丢失了半壁江山，连祖宗陵寝都沦陷于敌国，这是整个国家、民族的奇耻大辱。在那个时刻，抵御外侮收复失土，即恢复宋王朝的国家主权和原有疆域，既是时代和人民的要求，也是对国家民族的最大忠诚。正因如此，抗金复国的爱国主题成为南宋诗坛的主流倾向。陆游生逢国难，自幼受到父辈忧国精神的熏陶，一心希望在抗金复国的斗争中做出贡献。与之相对应的是，陆游诗中的爱国主题有极为丰富的具体内容，全面覆盖了南宋爱国诗歌的题材范围。对于南宋小朝廷的苟安国策，陆游深表痛心："和戎诏下十五年，将军不战空临边。朱门沉沉按歌舞，厩马肥死弓断弦！"（《关山月》）对于主和派把持朝政的政局，陆游严词痛斥："公卿有党排宗泽，帷幄无人用岳飞。"（《夜读范至能揽辔录言中原父老见使者多挥涕感其事作绝句》）对于朝中不顾国事只谋私利的大臣，陆游直言讥刺："诸公可叹善谋身，误国当时岂一秦？不望夷吾出江左，新亭对泣亦无人！"（《追感往事》）对于朝野士气不振的现实，陆游忧心忡忡："中原乱后儒风替，党禁兴来士气孱。"（《送芮国器司业》）对于南宋选都不当之事，陆游诗中再三叹息："鸡犬相闻三万里，迁都岂不有关中？广陵南幸雄图尽，泪眼山河夕照红。"（《感事》）……忧国伤时之念如此深沉恺切，古今罕见。钱锺书先生在《谈艺录》中称陆游"好谈匡救之略"为"官腔"，实为失言。《长歌行》将"手枭逆贼清旧京"视为人生目标，就是陆游诗歌中爱国精神最鲜明的表现。

再看后者。陆游长达六十年的诗歌创作历程，是一个不断追求在波澜壮阔的社会生活中获取更高境界的诗兴的过程，其中最重要的飞跃良机就是他四十八岁从军南郑的那段经历，他对之念念不忘，把它形容为"诗家三昧忽见前"（《九月一日夜读诗稿有感走笔作歌》）。在从军南郑以后的数年间，陆游写出了一生中最重要的代表作：《金错刀行》《胡无人》《谒诸葛丞相庙》《楼上醉歌》《中夜闻大雷雨》《夜读东京记》《关山月》《出塞曲》《战城南》《秋兴》《醉中下瞿塘峡中流观石壁飞泉》《五月十一日夜且半，梦从大驾亲征，尽复汉唐故地，见城邑人物繁丽，云西凉府也。喜甚马上作长句，未终篇而觉，乃足成之》……正是这些雄浑奔放的七言歌行奠定了陆游诗风的基石。《长歌行》作于陆游离开南郑的两年之后，曾经使他激动万分的从军前线的经历已成为昙花一现的记忆，杀敌报国的理想已成破灭的梦想。正是在如此无可奈何的情境下，诗人写出了这首激昂慷慨与苦闷失落相交织的《长歌行》，成为陆游七古的代表作。

其次，陆游的其他七古名篇大多每篇各有主题，也各有主要的情感倾向。例如《金错刀行》抒发誓死不屈、坚决抗敌的豪迈情怀，《胡无人》歌颂抗金事业终将成功的胜利信念，《关山月》倾吐局势沉闷、报国无路的苦闷心情。唯独这首《长歌行》将上述主题熔于一炉，从而全面、深刻地抒写了诗人的复杂心态。陆游是胸怀大志的奇士，他的生命意识是与建功立业的人生目标密切相关的。此诗首二句虽说成为神仙、入海骑鲸也是人生理想，但显然只是为了提振文气而虚晃一笔，因为安期生本是虚无缥缈的神话人物，坚信儒学的陆游岂会相信这种"怪力乱神"之说？三、四句所吟的"李西平"才是陆游心中真正的人生楷模。李晟是中唐名将，曾讨平朱泚之乱并收复沦陷的长安，因功封为西平郡王。陆游多么希望能像李晟一样，击败金兵，收复汴京，在抗金斗争中建立奇功！可惜事与愿违，时不我待，"金印煌煌"的梦想并未成真，"白发种种"的现实却已来临。陆游自幼就与祖国、人民同历艰难，他在二十岁时就立下了"上马击狂胡，下马草军书"（《观大散关图有感》）的志愿，决心以自己的文才武略为恢复中原的事业做出贡献。他入仕后曾亲临江防前线，还曾从军南郑，在抗金的最前线度过了艰苦

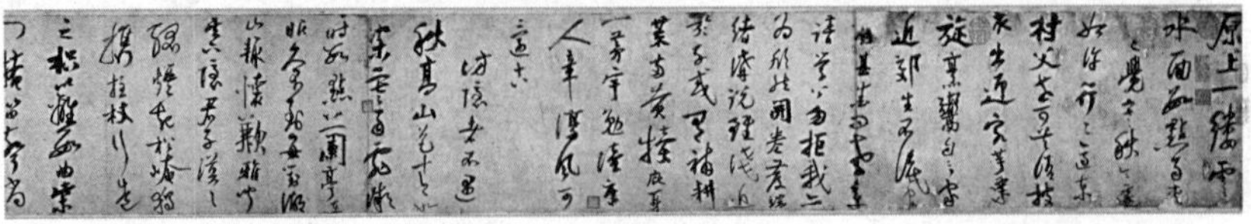

而豪壮的一段戎马生涯。可惜当时正是小朝廷中投降路线占主导的时期，他壮志难酬，报国无门，只好束手无策地看着白发丛生。“成都古寺卧秋晚，落日偏傍僧窗明”二句貌似闲言语，其实妙不可言。试想一位正值壮年的英雄竟然无所事事地闲卧在古寺中，眼睁睁地看着落日照明僧窗，日光的移动当然意味着时光的流逝，夕阳余晖当然意味着人生的晚景，此情此景，人何以堪？至此，诗情压抑已极其低沉，于是诗人愤怒地诘问：难道一位马上破贼的英雄，竟然像寒蝉悲鸣一样低声吟诗吗？陆游当然是诗人，而且是名扬千古的大诗人，但他自己并不以诗人为人生目标。就在两年前，陆游在蒙蒙细雨中骑驴进入剑门关，曾反问自己：“此身合是诗人未？”（《剑门道中遇微雨》）二十一年以后，陆游又为杜甫仅以诗人垂名而不平：“后世但作诗人看，使我抚几空嗟咨！”（《读杜诗》）无奈之下，陆游只好买酒浇愁。然而这是何等雄壮的豪饮啊！诗人举杯痛饮，竟像滔滔黄河注入巨野大泽。即使在举杯消愁之际，诗人也未忘却自己的人生目标，于是下句从醉态急转为清醒，平时滴酒不沾，意气惊人，因为尚有报国雪耻的大业未得完成。那么何时才能开怀痛饮呢？只有待抗金功成，收复位于幽燕的失地，才能在庆功宴上雪夜痛饮。细味此诗，其炽烈的爱国情怀与《金错刀行》等诗并无二致，其独特之处在于除了报国豪情外还深刻抒写了苦闷心态，从而流露出格外深沉的生命意识。

陆游的生命意识源于儒家所提倡的以立德、立功、立言来实现生命的不朽的传统人生观，他对这种人生观终生服膺、始终不渝，其执着、持久的程度在前代诗歌中罕见其俦。陆游身处南宋小朝廷

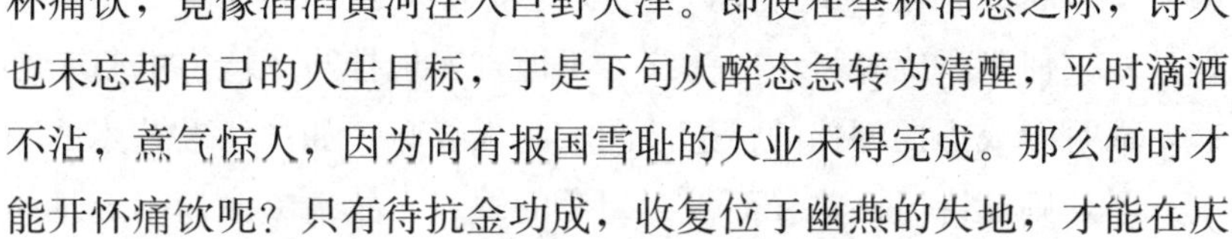

苟安于半壁江山、南北分治已成定局的时代，抗金复国的事业已没有实现的可能性。可是他始终不肯屈服、认命，他以“知其不可而为之”的态度坚持着自己的报国理想，并在诗作中千百次地重复这个主题。陆游较早就开始在诗中叹老，三十岁时就写出了慨叹时光迅速的诗：“匆匆过三十，梦境日已蹙。谁知叹亡羊，但有喜得鹿。”（《和陈鲁山十诗以孟夏草木长绕屋树扶疏为韵》之七）四十一岁时就咏及白发：“白发无情侵老境，青灯有味似儿时。”（《秋夜读书每以二鼓尽为节》）但是这种感叹决不是无病呻吟式的叹老嗟卑，而是基于功业难成、时不我待的紧迫感。写作《长歌行》的时候，诗人年方半百，正是建功立业的大好年华。可是他闲卧古寺，买酒浇愁，眼看着生命随着冉冉落日无情流逝。失望、焦虑之感与白发、落日之景交织一气，构成极其压抑的诗歌意境，这是陆游现实处境的真实反映。由于陆游的生命意识以建功立业为基石，消解忧愁的唯一手段仍是对功业的追求，所以此诗以“手枭逆贼清旧京”为始，以“何当凯旋宴将士”为终，不但真实地抒写了诗人的复杂心态，而且形成抑扬顿挫的情感波澜，耐人寻味。如从诗歌艺术的角度来看，则此诗风格雄壮而没有粗豪的缺点，感情喷薄而不乏细腻的心理描写，其总体成就在其同类主题的七古作品中出类拔萃。方东树誉此诗为陆集压卷之作，其故或在斯欤？

兼具唐情宋意的七绝精品

——读陆游《楚城》

宋孝宗乾道六年（1170）十月十六日至十九日，陆游赴任夔州途中在归州（今湖北秭归）停留四日，作诗三首，皆不甚佳。其中《饮罢寺门独立有感》有句云："凄凉远嫁妇，憔悴独醒翁。"自注："州有屈大夫及明妃祠。"可知二句分咏屈原与王昭君。八年之后，陆游出峡东归，于淳熙五年（1178）五月重经归州，适逢端午，看到人们正在赛舟纪念屈原，作《归州重五》："斗舸红旗满急湍，船窗睡起亦闲看。屈平乡国逢重五，不比常年角黍盘。"自注："屈平祠在州东南五里归乡沱，盖平故居也。"又作《屈平庙》："委命仇雠事可知，章华荆棘国人悲。恨公无寿如金石，不见秦婴系颈时！"两度作诗均咏及本地的历史名人屈原，但后者的感慨更加深沉。更值得注意的是，归州另有一个古迹"楚王城"，陆游初经归州时未曾咏及，重至归州方作《楚城》咏之：

> 江上荒城猿鸟悲，隔江便是屈原祠。一千五百年间事，只有滩声似旧时。

此诗成为陆游归州诗作中最负盛名的佳作，它究竟好在何处？

楚王城原是楚国的发祥地，相传周成王曾封楚王于此，《入蜀记》卷六中记云："馆于报恩光孝寺，距城一里许，萧然无僧。归之为州，才三四百家，负卧牛山，临江。州前即人鲊瓮。城中无尺寸平土，滩声常如暴风雨至。隔江有楚王城，亦山谷间。然地比归州差平。或云：楚始封于此。”可见陆游初至归州时曾注意到楚王城，但并未产生诗兴。八年后重经归州，适见屈原祠前赛舟竞渡的热闹景象，隔江眺望楚王城则仅是一片荒芜，两者形成鲜明的对比，诗兴生焉。历史是公正的，后代百姓对历史事件和历史人物爱憎分明，正如李白诗云：“屈平词赋悬日月，楚王台榭空山丘。”（《江上吟》）《楚城》首二句所蕴含的褒贬态度与李白完全一致，但字面上仅是写景与叙事，手法非常高明。两个古迹隔江相望，本是一个简单的事实，为何要用“隔江便是屈原祠”一句郑重道出？当然是强调对比的意思。想当年楚王城是楚国君王与权贵所居之地，其繁荣兴盛不在话下。而屈原则受到权臣的诬陷和楚王的猜忌，最终惨遭放逐并投江自尽。不难推测，屈原死后其故居是何等的寂寞凄凉！然而如今呢？楚王城仅剩猿鸟悲鸣，当年权势熏天的楚顷襄王、令尹子兰之辈安在哉？而屈原祠前却是龙舟、角黍，祭祀活动年年不绝，屈原永远活在人民心里。两相对照，浓重的沧桑之感油然而生，诗人的褒贬态度也昭然若揭。《楚城》的后面二句更加奇妙。从屈原的时代到眼前，时光已经流逝了一千五百年，沧海桑田，其间发生了多少兴亡盛衰的大事，如今俱归岑寂，只有奔流不息的长江万古如斯。归州地处西陵峡口，急滩险礁，江声常如疾风骤雨。“只有滩声似旧时”一句包含着多少感慨！滩声意味着奔流不息的时光，还是诗人心中澎湃的心潮？滩声似旧，是否意味着如今的南宋政权也到了危急存亡的关头，一如屈子生前的楚国？诗人什么都没有说，但一切尽在不言中。人们常言唐诗蕴藉，宋诗发露，其实不可一概而论。《楚城》就是一例：它意境深沉，情怀郁郁，但全诗纯从江上望景着眼，思绪、感慨皆寄于言外，深得唐人七绝妙境。

当然，《楚城》毕竟是一首宋诗，它的写法与唐人七绝有所区别。首先，唐人七绝一般皆有精丽的景物描写，成为情景交融的重要因素。《楚城》却只在首句中用“猿鸟悲”三字稍作点染，以烘托楚城之“荒”，其余三句皆是叙事。就整体风格而言，此诗思绪极深而色泽甚淡，仍有“筋骨思理”的倾向。其次，唐人七绝极重章法的承接转合，尤其重视第三句的转折作用。《楚城》的第三句也有转折作用，却很不明显。从屈原去世的楚顷襄王二十一年（前278）到陆游作诗的南宋淳熙五年（1178），时光流逝了将近一千五百年。第三句便从“一千五百年”写起，与上句衔接无痕。第三句在时间维度上已从古代写到当前，第四句却一笔兜转，又将思绪从眼前拉回“旧时”，来回跳荡，转折幅度极大，但诗人用千年不变的滩声贯穿古今，又显得极为顺畅。可见《楚城》的章法颇似草蛇灰线，不像唐人七绝那般段落分明。总之，《楚城》既吸收了唐人七绝的某些优点，又体现出较鲜明的宋诗特征，是一首兼融唐宋的七绝精品。

崖山沦陷中华未亡的坚确证据

——读文天祥《正气歌》

南宋帝昺祥兴元年（1279）十二月，屡败屡战的文天祥在潮州五坡岭被元军俘获。次年正月，元军围攻崖山，逼文天祥作书招降宋将张世杰，天祥示以《过零丁洋》诗，有句云:“人生自古谁无死，留取丹心照汗青!”二月，崖山沦陷，陆秀夫背负帝昺蹈海殉国，南宋亡。不久，元军将文天祥押往大都，投入监狱。此后接近三年的岁月里，元人千方百计地对文天祥进行劝降，威逼利诱，无所不用其极。此时宋朝已经灭亡，元朝已经统一天下，留梦炎等宋朝旧臣早已出仕新朝，抗元复宋的事业已成明日黄花，但是文天祥坚持不降。是什么精神力量支撑着文天祥始终坚持，决不屈服？让我们从他自己的言论中寻找答案。至元十七年（1280），天祥在狱中成《集杜诗》二百首，序云:“余坐幽燕狱中，无所为，诵杜诗稍习。诸所感兴，因其五言集为绝句，久之得二百首。凡吾意欲言者，子美先为代言之。……予所集杜诗，自余颠沛以来，世变人事概见于此矣!”至元十八年（1281）五月，天祥作《正气歌》以明志，诗云：

天地有正气，杂然赋流形。下则为河岳，上则为日星。于人曰浩然，沛乎塞苍冥。皇路当清夷，含和吐明庭。时穷节乃见，一一垂丹青。在齐太史简，在晋董孤笔。在秦张良椎，在汉苏武节。为严将军头，为嵇侍中血。为张睢阳齿，为颜常山舌。或为辽东帽，清操厉冰雪。或为出师表，鬼神泣壮烈。或为渡江楫，慷慨吞胡羯。或为击贼笏，逆竖头破裂。是气所磅礴，凛烈万古存。当其贯日月，死生安足论。地维赖以立，天柱赖以尊。三纲实系命，道义为之根。嗟予遘阳九，隶也实不力。楚囚缨其冠，传车送穷北。鼎镬甘如饴，求之不可得。阴房阒鬼火，春院闷天黑。牛骥同一皂，鸡栖凤凰食。一朝蒙雾露，分作沟中瘠。如此再寒暑，百沴自辟易。哀哉沮洳场，为我安乐国。岂有他谬巧，阴阳不能贼。顾此耿耿存，仰视浮云白。悠悠我心悲，苍天曷有极。哲人日以远，典型在夙昔。风檐展书读，古道照颜色。

至元十九年（1282），文天祥从容就义，以身殉国。其妻欧阳夫人前往收尸，发现天祥事先缝在衣带中的一首《自赞》:“孔曰成仁，孟曰取义。惟其义尽，所以仁至。读圣贤书，所学何事？而今而后，庶几无愧。”后人尊称此赞为“衣带铭”。这些作品昭告天下后代：文天祥在人生最后关头认真诵读的就是《论语》《孟子》等儒家经典以及渗透着儒家精神的杜诗等其他典籍，正是以孔孟之道为核心精神的中华传统文化激励着他为国捐躯。

本文讨论《正气歌》。《正气歌》长达六十句，可分四段。第一段即开头十句，总述天地之间充塞着浩然正气，并指明正气在任何情境下始终存在，而且具有种种不同的表现方式。第二段共二十四句，罗列了十二位坚贞不屈的历史人物的事迹，赞扬他们就是浩然正气的具体表现，他们维系着人间的道德准则。第三段共二十二句，诗人沉痛地回忆自己抗元被俘、身陷囹圄的经历，表示坚信正能压邪，故对非人所堪的铁窗生涯甘之如饴。第四段是结尾四句，指出古人的道德光辉照亮了自己，故而决心仿效先贤，杀身成仁。《正气歌》是诗人平生积储在胸中的浩然正气自然酿成的作品，它气势磅礴，情感深挚。阅读《正气歌》，可以明白什么是民族气节和民族尊严，可以坚信中华传统文化具备充沛的精神力量来提升人们的精神境界以至于杀身成仁。《正气歌》虽然是文天祥个人的作品，但洋溢在诗中的浩然正气却属于整个中华民族。当初文天祥被元军押解北上时，太学生王炎午作《生祭文丞相文》，置于文天祥将要经过的路上，劝其殉国。天祥入狱之后，故宋的宫廷琴师汪元量前往探望，作《妾薄命呈文山道人》，以“君当立高节，杀身以为忠”的句子勉励文天祥尽忠。可见当时不但文天祥、陆秀夫这些前朝高官以死殉国，一些未沾前朝命禄的人士也以鼓励烈士捐躯的举动来养护民族气节。今人经常讨论“崖山之后是否还有中华”的问题，照我看来，既然文天祥、陆秀夫他们用生命维护了民族的尊严与气节，既然王炎午、汪元量他们支持文天祥的义举，在崖山沦亡的就仅是赵宋王朝而决非中华。《正气歌》最重要的意义就是它标志着民族气节和爱国精神充溢天地，万古长存。

后人或指责《正气歌》在艺术上存在瑕疵，主要有两点，一是立意、结构与苏轼《潮州韩文公庙碑》、石介《击蛇笏铭并序》等文有所雷同；二是所举先贤中严颜、嵇绍二人比拟不伦。先看前者。《潮州韩文公庙碑》论述“浩然之气”云：“故在天为星辰，在地为河岳。幽则为鬼神，而明则复为人。”石介《击蛇笏铭》则云：“夫天地间有纯刚至正之气，或钟于物，或钟于人，人有死，物有尽，此气不灭，烈烈然弥亘亿万世而长在。在尧时为指佞草，在鲁为孔子诛少正卯刃，在齐为太史简，在晋为董狐笔，在汉武朝为东方朔戟，在成帝朝为朱云剑，在东汉为张纲轮，在唐为韩愈《论佛骨表》《逐鳄鱼文》，为段太尉击朱泚笏，今为公（指孔道辅）击蛇笏。”《正气歌》的第一段（尤其是三、四两句）的旨意与苏文意近，第二段列举的十二位先贤中有三例（齐太史、董狐、段秀实）与石铭雷同，论者认为这是沿袭。其实将古文的立意或结构移植到诗歌，正是宋人打破文体界限的积极尝试。况且凡是同样的内容或主题，写法很难完全避同。比如体现正气的先贤名单，基本出于人们的共识，如果绝对不许雷同，那么一旦有人写过，后人还能如何着笔？况且石铭列举十人，文诗列举十二人，两者仅有三人重复，似不得谓之雷同。

再看后者。陈衍提出“说诗”应“知人论世”，且云：“不论其世，不知其人，漫曰‘温顺敦朴，诗教也’，多少不以受辛（商纣王）为‘天王圣明’，姬昌为‘臣罪当诛’，‘严将军头’，‘嵇侍中血’，举以为天地正气耶？”（《石遗室诗话》卷三）此语的前半乃讥评韩愈《拘幽操》者，其实出于误解，暂且搁置不论。后半涉及《正气歌》，不可不辨。一般来说，用作比喻的两个事物只需存在某些相似之处，不必顾及全体。司马迁《报任少卿书》中两次引周文王（即西伯）为喻，前一次着眼于“拘于羑里”，第二次着眼于“拘而演周易”，都是取其一点，不及其余。否则一文中两用一典，岂是太史公文字？文诗云“为严将军头”，只着眼于严颜“我州但有断头将军，无降将军”之一语，至于其最终降于张飞，则当别论。况且南宋人多奉蜀汉为正朔，严颜之降张飞亦未可轻非。至于嵇绍，身为晋臣，他以身体捍卫晋惠帝而血溅帝衣，当然是忠烈之士。文诗举“嵇侍中血”以为典范，有何不可？至于嵇绍之父嵇康乃被晋武帝所杀，亦当别论。况且嵇康临终时将嵇绍托孤于晋之宠臣山涛，如果地下有知，嵇康对其子成人后仕晋之事，未必深以为非。陈衍所云，真吹毛求疵也。所以笔者认为后人所议，未必真为《正气歌》之缺点。况且我们切不能忘记《正气歌》的写作场所是百沴充斥的敌国牢狱，其写作背景是斧钺之诛随时都会降临的生死关头，其写作心态是亡国之痛与仇敌之忾交织而成的悲愤填膺，其表达方式是无心推敲的喷涌而出。即使认为《正气歌》有艺术瑕疵的后人得到机会像汪元量那样入狱探望诗人，当面与他商讨如何进行润色修改，天祥亦未必有暇仔细推敲也。

第三讲

名篇浅释

村　行　王禹偁

马穿山径菊初黄，信马悠悠野兴长。
万壑有声含晚籁，数峰无语立斜阳。
棠梨叶落胭脂色，荞麦花开白雪香。
何事吟余忽惆怅，村桥原树似吾乡。

鉴赏：此诗作于宋太宗淳化三年（992）秋，时王禹偁在商州（今陕西商县）。王禹偁被贬商州，是因论妖尼道安诬陷大臣徐铉事而获谴于朝廷，无辜被黜，心中自有牢骚。王禹偁所任“团练副使”，是个无职无权的闲差，故常往郊野游览山水，自嘲曰：“平生诗句是山水，谪宦方知是胜游。”（《听泉》）此诗即此类作品的代表作。诗人世代农家，熟悉农村生活，热爱农村风光，故而游兴浓厚。全诗写景生动，颔联尤称名句。钱锺书先生云：“山峰本来是不能语而‘无语’的，王禹偁说它们‘无语’或如龚自珍《己亥杂诗》说‘送我摇鞭竟东去，此山不语看中原’，并不违反事实；但是同时也仿佛表示它们原先能语、有语而此刻忽然‘无语’。”（《宋诗选注》）程千帆先生则云：“壑本无声，风过则闻之有声，这是真；峰不能语，静立却反似能语而不语，这是幻。闻之真与见之幻交织，从明丽宁静中显示出凄清，同时也显示出诗人的孤独。”（《读宋诗随笔》）此外，此联写景不像唐诗那样描绘声色，而以深刻的思理取胜，它与全诗比较朴素的字句互相映衬，较早体现出宋诗的艺术特征。王禹偁家乡在济州巨野（今山东巨野），与商州东西遥隔，但二地均为山区，“村桥原树”之类普通的山村风景甚为相似，故诗人于吟咏之余，忽生乡思，从而惆怅不已，这与开头的游兴甚浓抑扬相对，形成情感上的一重波澜，而诗人在政治上的失落感也就尽在不言之中。

南　朝 杨　亿

五鼓端门漏滴稀，夜签声断翠华飞。
繁星晓埭闻鸡度，细雨春场射雉归。
步试金莲波溅袜，歌翻玉树涕沾衣。
龙盘王气终三百，犹得澄澜对敞扉。

鉴赏：此诗作于宋真宗景德二年（1005）至大中祥符元年（1008）之间，当时杨亿奉诏修撰《历代君臣事迹》，于馆阁中与刘筠、钱惟演等唱酬甚多，成《西昆酬唱集》。此诗即在《西昆酬唱集》中，是西昆派诗风的代表作之一。“南朝”指偏安于江左的宋、齐、梁、陈四朝，它们国祚不永，兴替仓促，自从李商隐以来，诗人作怀古诗时常将它们视作一体。元人方回评此诗“杂赋南朝”（《瀛奎律髓汇评》卷三），甚确。清人冯班批评此诗“颇伤琐杂，未足拟玉溪《咏史》也”（同上），其实李商隐的《南朝》诗也是杂糅宋、齐、陈诸朝史事而咏之，杨诗与李诗正是一脉相承。此诗虽然摹拟李商隐诗，但含有讥刺当时朝政之现实意义。宋真宗一朝，崇尚浮华，粉饰太平，杨亿于此时对南朝诸荒政辛辣讥刺，绝非无的放矢。《西昆酬唱集》结集不久，御史言杨亿等“述前代掖庭事，事涉浮靡”，真宗随即下诏斥杨亿等“属词浮靡”，可见此集的讽刺击中要害。就艺术而言，此诗用事精稳深密，文字典雅华美，均得李商隐之真传。诗中将一系列的南朝典故组织成文，结构巧妙，章法井然。文字虽然华美，但颇能以清新之气进行调节，如颔联清丽可诵，绝无宫廷诗浓艳繁缛之积弊；尾联以江水澄澜千古长流，以反衬宫殿荒芜之人事变迁，感慨深沉，且极有张力。相对于五代诗风的单薄浅陋，此诗雍容大气，代表着宋诗在艺术上的新气象。

鲁山山行　梅尧臣

适与野情惬，千山高复低。
好峰随处改，幽径独行迷。
霜落熊升树，林空鹿饮溪。
人家在何许？云外一声鸡。

鉴赏：此诗作于宋仁宗康定元年（1040）秋。时梅尧臣从知襄城县离任，前往邓州（今河南邓县）途经鲁山（今属河南）。宋仁宗宝元二年（1039），梅尧臣调知襄城县。襄城地僻人贫，身为知县的诗人亲睹民生艰辛，心情悲痛，梅诗中反映民生疾苦的名篇《汝坟贫女》《田家语》均作于襄城。一年以后，梅尧臣解除此职，总算离开了这个“鞭挞黎庶令人悲”（高适《封丘尉》）的官职。离任后的诗人途经鲁山，看到山间的潇洒秋色，诗兴大发，乃作此诗。“适与野情惬”，表面上是说此行符合自己爱好山野的情趣，实质上又何尝不是离职后如释重负的感觉。全诗写景明净，情调轻快，皆与其心情有关。否则的话，“千山高复低”的地理环境，对于行旅之人岂是赏心悦目之景！全诗以平淡质朴的文字描写远离人世的幽静之景，句中颇含思理之妙。颔联概写峰回景改、径幽易迷的山景，语颇抽象，重点在表达诗人的主观感受。颈联展开具体的描写："霜落"、"林空"指树叶凋零，密林变疏，从而能见到"熊升树"和"鹿饮溪"，而熊与鹿显然是因为人迹罕至方能悠闲自在。句中包蕴着细密的思理，但字句则清丽明净，不像梅尧臣晚年的诗风那样枯涩（此时梅尧臣三十九岁）。尾联用云外传来的一声鸡鸣作结，既反衬了山景之清幽，又使全诗呈含蓄不尽之韵味，颇近唐诗风调。清人冯舒评曰："此亦未辨其为宋诗，却知是梅。"（《瀛奎律髓汇评》卷三四）相当妥当。

小　村　梅尧臣

淮阔洲多忽有村，棘篱疏败谩为门。
寒鸡得食自呼伴，老叟无衣犹抱孙。
野艇鸟翘唯断缆，枯桑水啮只危根。
嗟哉生计一如此，谬入王民版籍论。

鉴赏：此诗作于宋仁宗庆历八年（1048）秋。时梅尧臣应晏殊辟前往陈州（今河南淮阳）任镇安军节度判官，途经淮河。察其行程，"小村"当在濠州（今安徽凤阳）境内。是年淮河泛滥，洪灾严重。梅尧臣途经淮河，目睹灾后荒村，乃作此诗。淮河两岸本是富饶之地，然而诗人亲临河边，却是一片荒芜。首联写诗人行经小村的过程：淮水宽阔，岸多沙洲，皆为可耕之地，然行经多洲，方见一村。村中稀疏地插着一些棘篱，便是农户的大门。此联字句平淡，然"忽"、"谩"二字相当传神：行经多个沙洲忽有一村映入眼帘，可见人烟萧瑟。人家之门户搭建得如此草率，可见生计艰难。次联写村中动静：秋日寒冷，怀抱孙儿的老翁竟然赤身露体，其生存状态还不如得食相呼的寒鸡！村里竟不见青壮年的身影，他们是在田里忙碌，还是外出逃亡？诗人没作猜测，只是直书所见。颈联细摹寥落村景，满目荒凉。尾联转入感慨和议论，诚如近人陈衍所评"末句婉而多讽"（《宋诗精华录》卷一）。杜甫《无家别》云："人生无家别，何以为蒸黎？"那是代表战乱时代的苦难百姓提出的严厉责问和强烈控诉。梅诗云"谬入王民版籍论"，则是代表太平时代的苦难百姓提出的严厉责问和强烈控诉。浦起龙总评杜诗"三吏"、"三别"："'何以为蒸黎'，可作六篇总结。反其言以相质，直可云：'何以为民上？'"（《读杜心解》卷一）的确，"何以为蒸黎"的诘责对象不是别人，正是应该对战乱负责的最高统治者。梅诗直接点出"王民"二字，锋芒所指更加明确。这是宋诗批判精神的杰出表现。

戏答元珍　欧阳修

春风疑不到天涯，二月山城未见花。
残雪压枝犹有橘，冻雷惊笋欲抽芽。
夜闻归雁生乡思，病入新年感物华。
曾是洛阳花下客，野芳虽晚不须嗟。

鉴赏：此诗作于宋仁宗景祐四年（1037），时欧阳修在夷陵（今湖北宜昌）。景祐三年（1036），范仲淹因上书言事被权臣吕夷简贬逐出朝，正任馆阁校勘的欧阳修不顾位卑，移书指责左司谏高若讷见风使舵，随即被贬为夷陵县令。夷陵是峡州所辖的小县，欧阳修贬至夷陵后，峡州知州朱庆基、判官丁宝臣等皆善待之。丁宝臣两年前就与欧公书信往来，二人年岁相仿，气味相投，故欧公日后在《集贤校理丁君墓表》中说："君之平生，履忧患而遭困厄，处之安焉，未尝见戚戚之色。其于穷达、寿夭，知有命。"欧公前往夷陵尚在途中，就收到丁宝臣来书慰问。到达贬所后，丁宝臣与之常相游从。此诗一本于题下有"花时久雨之什"六字，"花时久雨"或即丁宝臣赠欧公之诗题，可知此年夷陵春寒多雨，花开较晚。首联想落天外，因山城花开较迟而怀疑春风不到天涯，且将因果倒置，首句因突兀而更加警醒，遂成名句。次联描写山城春景：橘、笋皆是山城的本地特产，配上"残雪"、"冻雷"，遂成奇特景象，而春寒料峭的天气亦鲜明可感。颈联转写诗人的感受：夜闻雁唳，知其从南而来，遂想起远在南方的家乡吉州（今江西吉安）。病入新年，看到春日景物，感慨良多。尾联紧扣丁诗作答，且以自我宽慰：我曾在洛阳见过繁花似锦，也就不须嗟叹野芳晚开。此诗渗透着贬谪引起的失意之感，但表现得相当含蓄，加上字句清新流畅，体现出宠辱不惊的人生精神，可见一代名儒的风采。

淮中晚泊犊头 苏舜钦

春阴垂野草青青，时有幽花一树明。
晚泊孤舟古祠下，满川风雨看潮生。

鉴赏：此诗作年不详。苏舜钦平生多次经过淮河，此诗或为宋仁宗庆历五年（1045）春苏舜钦南下苏州途经淮河时作。“犊头”是淮河边地名，具体位置不详。后人解读此诗，常与唐人韦应物之《滁州西涧》相比。韦诗云：“独怜幽草涧边生，上有黄鹂深树鸣。春潮带雨晚来急，野渡无人舟自横。”南宋刘克庄评苏诗“极似韦苏州”（《后村诗话》前集卷二），当指上引韦诗而言。至近人陈衍，便认为苏诗“视‘春潮带雨晚来急’，气势过之”（《宋诗精华录》卷一）。程千帆先生否定陈说：“这位老诗人似乎忽略了两位作者在诗中体现的不同心态。韦应物此时信步徐行，怜幽草，听黄鹂，正处在一种极其安静闲适的心境中。因而即使春潮春雨突然来袭，自也会和那只自横的野渡孤舟一样，处之泰然。而苏舜钦却处在行役途中，沿路胜景固然堪赏，而风雨潮生，孤舟晚泊，想到明日征程，情绪是难以平静的。韦写闲游，苏写旅况，重点既异，给人的印象也自不同，因而很难说这是由于诗篇本身的气势的强弱。”（《读宋诗随笔》）上述辨析细致入微，如能确定苏诗作于被斥南归的途中，则还可进一步深层解读。韦诗描写野渡孤舟的情景，南宋谢枋得穿凿地认为隐喻“季世危难”（《唐诗品汇》卷四九引），清人沈德潜驳之甚当（详见《唐诗别裁集》卷二十）。苏诗则不同。诗人因细故遭政敌诬陷，削职为民，心中多有愤懑。当时朝中党争激烈，形势波谲云诡。诗人孤舟晚泊，面对着满川风雨和汹涌潮水，难免心有联想，感慨良多。然而诗人并未像日后所写的“庶得耳目清，终甘死于虎”（《天平山》）那样牢骚满纸，而是借景传情，含而不露。苏诗在整体上有不够含蓄的缺点，此诗却相当蕴藉，颇能成功借鉴唐诗优点，遂成名篇。

中秋夜吴江亭上对月怀前宰张子野及寄君谟蔡大

苏舜钦

独坐对月心悠悠，故人不见使我愁。
古今共传惜今夕，况在松江亭上头。
可怜节物会人意，十日阴雨此夜收。
不惟人间重此月，天亦有意于中秋。
长空无瑕露表里，拂拂渐上寒光流。
江平万顷正碧色，上下清澈双璧浮。
自视直欲见筋脉，无所逃遁鱼龙忧。
不疑身世在地上，只恐槎去触斗牛。
景清境胜反不足，叹息此际无交游。
心魂冷烈晓不寝，勉为笔此传中州。

鉴赏：此诗约作于宋仁宗庆历五年（1045），时苏舜钦在苏州。吴江亦名松江或吴松江，是源于太湖向东北入海的一条河流。宋仁宗康定元年（1040），正任吴江县丞的张先将吴江边的一座废亭“撤而新之”，书家蔡襄为之题壁，乃成当地名胜（《中吴纪闻》），人称“吴江亭”。“张子野”指张先，字子野。“君谟蔡大”指蔡襄，字君谟，行大。此诗的主题是咏月，程千帆先生曾举其他咏月名篇来进行对比：“在这些名作中，作为物态的月仍只是人情的陪衬，写月色，只是为了寄托离愁。只有苏舜钦这首诗，才以大量的篇幅描写月光。设想奇特，力求生新，使月成为诗的主体。怀贤念友之情，只在首尾略作绾合。”（《读宋诗随笔》）的确，此诗虽在诗题和正文都写到怀友之情，但题中仅是“兼及”之意，正文中则仅在首尾略作绾合，全诗主体部分都从正面咏月。其中第五联说长空无云，表里尽露，略无瑕疵，月光在拂拂清风中流泻。第六联说江水平流，一碧万顷，与天空同样的清澈，故天上的明月与水中的月影像一双白璧浮于其中。第七联写月光不但清澈，而且具有强大的穿透力，诗人反观自身，竟觉得周身透明，可见浑身筋脉，而鱼龙在月光的照射下定会忧虑无处藏身。第八联写月光下的整个世界都显得光明澄澈，天上人间浑然一体，诗人置身于虚空之中，便产生了乘槎远去并遇见牵牛、织女的浪漫幻想。这四联诗分写空中的月光、水面的月影、月光的穿透力、月光带来的奇幻感觉，都是正面着笔，毫无规避，不用侧面渲染。这种强弓硬弩式的描写方式，在杜诗及韩孟联句中曾有体现，但少有像这般集中运用。苏舜钦当然熟读古代咏月名篇，对古人“烘云托月”的写法了然于胸，此诗的写法独特生新，典型地体现了宋诗规避陈熟、力求生新的艺术追求。苏舜钦性格豪迈，诗风豪放雄肆，喜以诗歌痛快淋漓地反映时政，抒发强烈的政治感慨。他也喜描写雄奇阔大之景，赞美大自然的壮伟力量。此诗的背景是山清水秀的江南与宁静柔和的月夜，其风格本该倾向柔美一路，但在苏舜钦的笔下，却依然展现出开阔的意境和奔放的风格，这是“风格即人”美学命题的绝妙例证。

思王逢原 王安石

蓬蒿今日想纷披，冢上秋风又一吹。
妙质不为平世得，微言惟有故人知。
庐山南堕当书案，湓水东来入酒卮。
陈迹可怜随手尽，欲欢无复似当时。

鉴赏： 此诗作于宋仁宗嘉祐五年（1060），时王安石在汴京。“王逢原”指王令，字逢原，卒于嘉祐四年，葬于常州。《礼记·檀弓》云：“朋友之墓，有宿草而不哭焉。”宿草指隔年的草，意即朋友死亡一年以后于礼不当再哭。首联暗用此典，说身在汴京的自己遥想远在常州的王令墓上又一次秋风劲吹，野草纷披，却仍然不能止哀。字面上仅展现孤坟荒草的意象，骨子里却意绪深永，融情入景，真斫轮老手。次联慨叹亡友之遭遇：德才兼备之妙质，未为世间所用；精妙深刻的言论，只有故人知晓。正如程千帆先生所评：“第二联写人才难得，知人不易，关合彼我，力透纸背；虽若发论，实则抒情。正是在这些地方，宋人力破唐人余地。”（《古诗今选》）第三联再一次融情入景，主旨是追忆当年与亡友在鄱阳一起读书、饮酒的欢会情景，却只说庐山向南倾侧，将要堕落到我们的书案上；湓水滔滔东流，都泻进我们的酒杯中。景象宏伟，气势奔放，暗寓着主客双方的阔大胸襟和高昂气度，两人的伟岸形象也跃然纸上。末联转入悼友的本意，在深沉的哀伤中结束全诗。由于有第三联的调节，全诗在情调上经历了从抑到扬、又从扬到抑的变化过程，颇有声情顿挫之美，而诗人心情之悲怆历落，也鲜明可感。王令英年早逝，但能得到王荆公如此深情之哀悼，足慰平生！

书湖阴先生壁　王安石

茅檐长扫净无苔，花木成畦手自栽。
一水护田将绿绕，两山排闼送青来。

鉴赏： 此诗作于宋神宗熙宁九年（1076）之后数年间，时王安石在江宁，居所在钟山南麓。“湖阴先生”指杨德逢，号湖阴先生，王安石的邻居。此诗描写邻居家庭院整洁、环境清幽的景象，抒发了诗人热爱隐居生活的情趣。次联之用典，颇受后人关注。南宋叶梦得认为此联“皆汉人语也”，且云：“荆公诗用法甚严，尤精于对偶。尝云用汉人语止可以汉人语对，若参以异代语，便不相类。”（《石林诗话》卷中）钱锺书先生指出：“不知道这些字眼和句法的‘来历’，并不妨碍我们了解这两句的意义和欣赏描写的生动；我们只认为‘护田’‘排闼’是两个比喻，并不觉得是古典。所以这是个比较健康的‘用事’的例子，读者不必依赖笺注的外来援助，也能领会，符合中国古代修辞学对于‘用事’最高的要求：‘用事不使人觉，若胸臆语也。’”（《宋诗选注》）的确，王诗用典之精切是毫无疑义的，但此联即使无关典故，仍是活泼生动的佳句。上句可解成弯弯曲曲的小河绕田而流，似乎是在保护田地不受侵扰；下句可解成柴门正对青山，开门见山，仿佛是两座山峰推门而入。两者皆是妙喻，不但写出流水、青山的动态之美，而且使它们显得多情多义，更觉可爱。真乃宋代之“农家乐”也！

暑旱苦热　王　令

清风无力屠得热，落日着翅飞上山。
人固已惧江海竭，天岂不惜河汉干。
昆仑之高有积雪，蓬莱之远常遗寒。
不能手提天下往，何忍身去游其间。

鉴赏：此诗当作于宋仁宗皇祐三年（1051），是年暑旱苦热，时王令贫居天长（今属安徽）。王令少孤，家境贫寒，赁屋而居，以教授生徒为业。然而他胸怀大志，素以天下为己任，此诗借咏暑旱之灾，抒发拯救苍生之抱负。王令作此诗时，范仲淹的名言“先天下之忧而忧，后天下之乐而乐”（《岳阳楼记》）已传诵于世。此诗中披露的胸襟、气度，正是一位“处江湖之远”的贫士对范公精神的遥相呼应。王令的品格、气度曾得到王安石的高度赞誉，这是此诗气盛而言宜的内在基础，这与那些徒为大言却外强中干的作品不可同日而语。此诗在艺术上也颇具特色：首先是气魄宏伟，笔力雄强。以“江海竭”、“河汉干”来形容既旱且热的天气，眼界阔大，气势不凡。以“手提天下往”表示拯救天下苍生，气魄之大，无与伦比。称消除暑热为“屠”，形容赤日难落为“着翅飞上山”，笔力雄肆，想象奇特。其次是诗体独特。本是七言古风的诗体，二、三两联却形成相当精工的对仗。第二联皆用一字顿引起全句，第三联皆用虚词“之”字成句，颇有以文为诗的倾向，但并未流于粗糙草率。所以全诗皆有强弓硬弩的风格倾向，与内蕴的刚强精神相为表里。钱锺书先生称王令为“大约是宋代里气概最阔大的诗人”，诚非虚誉；但钱先生又说王令“运用语言不免粗暴”（《宋诗选注》），未免过苛。

和子由渑池怀旧　苏　轼

人生到处知何似，应似飞鸿踏雪泥。
泥上偶然留指爪，鸿飞那复计东西。
老僧已死留新塔，坏壁无由见旧题。
往日崎岖还记否，路长人困蹇驴嘶。

鉴赏：此诗作于宋仁宗嘉祐六年（1061），时苏轼在凤翔（今属陕西）。嘉祐元年（1056），苏轼兄弟赴京赶考，路经渑池，借宿寺庙，得到住持奉闲的热情接待，兄弟俩还在寺壁上题诗留念。五年之后，苏轼自汴京前往凤翔府赴任。苏辙送他到郑州（今属河南）西门之外，然后返回汴京。苏轼则继续西行，又一次路过渑池。苏辙返回汴京后寄来一首《怀渑池寄子瞻兄》，苏轼作此和之。程千帆先生指出："这篇诗前半盘旋流畅，与白居易《览卢子蒙侍御旧诗……》一篇相似，但仍然互有短长。白诗将卢、元和自己一再并提，有回环往复之妙，则胜于苏。苏诗比喻新奇，属对工巧，则胜于白。"（《古诗今选》）的确，此诗是以比喻新奇著称。正是隆冬季节，积雪的路上一片泥泞，苏辙的来诗中有"相携话别郑原上，共道长途怕雪泥"之句，当是写实。或许是苏轼果真看到了鸿雁在雪地上留下的爪印，或许是行人的足迹使他产生了联想，他忽然觉得到处飘荡的人生就像鸿爪印雪一样，雪地上偶然留下几个爪痕，飞鸿却早已不知去向了。萍踪飘泊，忽东忽西，与迁徙无定的鸿雁何异？此诗在对往日游踪的追忆中夹杂着对人生坎坷的感喟，也夹杂着对同胞手足的思念，是诗人独特人生经历的生动记录。但对读者来说，"雪泥鸿爪"的比喻定会引起相似的人生感喟，故传诵不绝，成为成语。

饮湖上初晴后雨 苏 轼

水光潋滟晴方好，山色空蒙雨亦奇。
欲把西湖比西子，淡妆浓抹总相宜。

鉴赏：此诗作于宋神宗熙宁六年（1073），时苏轼在杭州。此诗以概括性极强的手法描写西湖的美景，近人陈衍说“后二句遂成为西湖定评”（《宋诗精华录》卷二），其实全诗都是“西湖定评”，堪称古今西湖诗中的绝唱。首二句虽是对当时情景的如实叙写，但它从晴、雨两个角度对西湖之美进行刻画：丽日高照，湖面水光潋滟；雨丝飘洒，四周山色空蒙。西湖美景千姿百态，二句所写乃其各种姿态中最为典型的两种，堪称探骊得珠。一般来说，人们游山玩水时多喜晴而厌雨。诗人却认为晴景固好，雨景亦奇，这表达出一种独特的审美价值观，也体现出独特的人生态度。苏轼的思想自由通脱，其情感既执着又潇洒。他以宽广的胸怀拥抱人生，以超越的眼光观察世界。蜀山蜀水固然是其情之所系，异乡客地也使他安之若素。苏轼既欣赏庐山、西湖等天下名胜，也喜爱密州等地的平冈荒坡。此诗表面上仅是对西湖景色的赞叹，其实何尝不是诗人旷达人生观的生动体现？后二句用西子比喻西湖，构思奇妙，手法灵动。相传西施因病心而颦眉，却不减其美貌。苏轼从而联想西施无论淡妆浓抹皆美，并与晴、雨皆美的西湖相比，内含深刻的哲思，又不失生动的趣味。人们常称宋诗以“理趣”见长，并注重探索诗中之理，其实“理趣”一词中“理”、“趣”二字缺一不可。若无趣味，即使包含哲理的诗也未必成为好诗。一定要“理”、“趣”皆备，方能耐人寻味，百读不厌。此诗即为范例。

有美堂暴雨 苏　轼

游人脚底一声雷，满座顽云拨不开。
天外黑风吹海立，浙东飞雨过江来。
十分潋滟金尊凸，千杖敲铿羯鼓催。

唤起谪仙泉洒面，倒倾鲛室泻琼瑰。

鉴赏：此诗作于宋神宗熙宁六年（1073），时苏轼在杭州。“有美堂”是杭州的一座建筑，位于吴山之顶。清人查慎行评曰：“通首多是摹写暴雨，章法亦奇。”（《初白庵诗评》卷下）究竟奇在何处呢？程千帆先生解曰：“此诗通首描写暴雨，而前半篇与后半篇用的是两种手法。用传统的术语来说，是前赋后比。……暴雨是人人都经历过的，但只有诗人，才能够将生活中这种常见的、但又稍纵即逝的景物赋予永恒的意义，从而显示了它的内在美。但必须注意的还在于苏轼写的是在一座近海城市山上所看到的暴雨，而不是在其他地方看到的。同时，他写的是一位诗人特有的想象和感受，而不是别人的想象和感受。”此外，程先生还指出：“也许苏轼当时正在有美堂宴饮，筵中有鼓乐，所以见景生情，因近取譬。”（《读宋诗随笔》）“有美堂”是风景绝佳的杭州名胜，苏轼在杭州期间宴饮甚频，上述推测相当合理。诗歌的文本也能支撑这种解读：“满座顽云”，意指浓云低压，几乎包围了席间的座位。“金尊”、“羯鼓”，则正是席间所有之物。所以虽然全诗想落天外，但仍有很强的生活气息。尾联亦很可能是绾合席间嘉宾，意谓宾客中自有诗才出众如李白者，天帝惜其酒醉，故用暴雨洒面催其醒来赋诗。当然，这更可能是诗人以李白自喻：本已微醺，但听雷观雨之后，遂诗兴大发，成此美如琼瑰之诗篇。苏轼诗才敏捷，最善对客挥毫，此诗就是他即席赋诗的一个范例。

惠崇春江晚景 苏 轼

竹外桃花三两枝，春江水暖鸭先知。
蒌蒿满地芦芽短，正是河豚欲上时。

鉴赏： 此诗作于宋神宗元丰八年（1085），时苏轼在汴京。这是一首题画诗，“惠崇”是宋初僧人，善画鹅雁鹭鸶，尤工小景。“晚景”，一本作“晓景”。苏轼关于诗画的观点是：“论画以形似，见与儿童邻。赋诗必此诗，定知非诗人。”（《书鄢陵王主簿所画折枝》）此诗的写法与上述观点相关，它与画中的景物不即不离，有些内容则突破画面的局限，钱锺书先生评曰：“这首诗前三句写惠崇画里的事物，末句写苏轼心里的想象。宋代烹饪以蒌蒿、芦芽和河豚同煮，因此苏轼看见蒌蒿、芦芽就想到了河豚。鸭在惠崇画中，而河豚在苏轼意中。‘水暖先知’是设身处地的体会，‘河豚欲上’是即景生情的联想。”（《宋诗选注》）所以此诗有两个优点：一是情趣盎然，引人入胜。不但画中景物呈生机勃勃的动态之美，而且蕴含着诗人喜食河豚的生活趣味，颇具抒情诗的意味。二是哲理深沉，耐人寻味。“春江水暖鸭先知”一句，确是从画中景物体会而来，不难想见画面中的鸭子正在活泼地戏水，与水边盛开的桃花、茂密的蒌蒿相映成趣。但它揭示了具有普适意义的一个哲理，即身在其境之中者会首先体察到事物变化的征兆。到了后代，人们对此句的欣赏、引用大多着眼于此，便是明证。

汲江煎茶　苏　轼

活水还须活火烹，自临钓石取深清。
大瓢贮月归春瓮，小杓分江入夜瓶。
雪乳已翻煎处脚，松风忽作泻时声。
枯肠未易禁三碗，坐听荒城长短更。

鉴赏：此诗作于宋哲宗元符三年（1100），时苏轼在儋州（今属海南）。苏轼热爱生活，他常常以近于审美愉悦的态度去拥抱人生，他从平凡、简朴的物质生活中也能获取幸福感，甚至是美感，此诗就是一个范例。此时诗人正在偏僻荒凉的儋州贬所，其政治处境和物质生活都十分艰难，但诗中只有尾联稍寓牢骚之感，其余则集中全力描写煎茶一事之美好。杨万里对此诗赞叹不已："第二句七字而具五意：水清，一也；深处取清者，二也；石下之水非有泥土，三也；石乃钓石，非寻常之石，四也；东坡自汲，非遣卒奴，五也。'大瓢贮月归春瓮，小杓分江入夜瓶'，其状水之清美极矣。……'枯肠未易禁三碗，卧听荒城长短更'，又翻却卢仝公案，仝吃到七碗，坡不禁三碗。山城更漏无定，'长短'二字有无穷之味。"（《诚斋诗话》）的确，此诗在环境的烘托、细节的叙述、形貌的描绘上皆极为高妙，然而更重要的是，诗人对平凡琐事怀有浓厚的兴趣，故笔下化平凡为新奇。颔联、颈联细写汲取江水与煎茶水滚两事，何等美丽、有趣：用瓢舀水，同时也舀起了水中的月影。杓虽很小，但毕竟分得了部分的江水。茶汤滚时，汤面细沫白如雪花。倾茶入杯，其声有如松间风声。于是，煎茶这件生活俗事的整个过程都超越了实用的性质，进入了审美的境界。这是宋诗"以俗为雅"的范例，也是苏轼生活情趣的完美体现。阅读这样的诗作，对提升我们热爱生活、欣赏生活的情趣大有裨益。

代小子广孙寄翁翁　孔平仲

爹爹来密州，再岁得两子。
牙儿秀且厚，郑郑已生齿。
翁翁尚未见，既见想欢喜。
广孙读书多，写字辄两纸。
三三足精神，大安能步履。
翁翁虽旧识，伎俩非昔比。
何时得团聚，尽使罗拜跪。
婆婆到辇下，翁翁在省里。
大婆八十五，寝膳近何似。
爹爹与奶奶，无日不思尔。
每到时节佳，或对饮食美。
一一俱上心，归期当屈指。
昨日又开炉，连天北风起。
饮阑却萧条，举目数千里。

鉴赏：此诗作于宋神宗熙宁六年（1073），时孔平仲在密州（今山东诸城）。"翁翁"即祖父，此指孔平仲之父孔延之（1014—1074），时任吏部司封郎中。孔延之是孔子的四十六世孙，是一位事母至孝的"笃行君子"，其家"子多而贤，天下以为盛"（曾巩《司封郎中孔君墓志铭》）。此诗乃其三子平仲所作，其实是一封向父母请安的家书，但出之以孩儿广孙的口吻，写法别致，生趣盎然，宛然一幅体现和睦家风的生活画卷。如果说孟子所云“老吾老”、“幼吾幼”是儒家仁爱精神的逻辑起点，此诗就是这种精神的生动图解。全诗可分三段，第一段先汇报父亲来密州后连得两子，人丁兴旺原是古人的理想，孔延之本人就有子七人，如今又增添两个孙儿，当然是件喜事。然后报告包括自己在内的三个孙儿都在健康成长，祖父虽曾见过他们，但已今非昔比。说完五个孙儿的情况，便用“何时得团聚，尽使罗拜跪”作一小结，表达对合家团聚的愿望。此段摹仿儿童声口最为生动，比如自夸“读书多”，又如称本领为“伎俩”，极其生动。第二段转为请安，对生活在京城的祖父母及曾祖母（“大婆”）三位老人表示问候。老人最重要的就是健康，故仅用“寝膳近何似”一句，便已意思完满。第三段写父母（“爹爹与奶奶”）对老人的思念之情，妙在全用日常生活的细节进行烘托，而且都是孩童眼中所见的具体场景，更觉亲切入微。合家团聚，子孙满堂，本是古人追求的人生理想。家庭和睦，父慈子孝，本是儒家倡导的社会伦常。此诗就是上述理念的生动体现，它用朴实无华的童稚语言，表达纯真善良的童稚心理，读来如闻其声，感人肺腑。

登快阁　黄庭坚

痴儿了却公家事，快阁东西倚晚晴。
落木千山天远大，澄江一道月分明。
朱弦已为佳人绝，青眼聊因美酒横。
万里归船弄长笛，此心吾与白鸥盟。

鉴赏：此诗作于宋神宗元丰五年（1082），时黄庭坚在太和（今江西泰和）。“快阁”是阁名，位于太和县城东，澄江边上。此诗深得后人好评。程千帆先生评曰：“首联登阁，次联揽景，三联怀友，末联思归，一气盘旋，无多曲折，而气势豪纵。”（《读宋诗随笔》）缪钺先生则评曰：“‘倚晚晴’之‘倚’字，‘聊因美酒横’之‘横’字，都是极平常的字，但是经过黄庭坚的运化，即能点铁成金，可见黄诗炼字之法。”（《宋诗鉴赏辞典》）的确，此诗体现了诗人鄙视世俗的兀傲心态，但并不借助于夭矫奇崛的结构或生新独造的词语，而是在流转畅达的章法和平易朴实的字句中渗入豪迈不凡的气势。首联先反用“生子痴，了公事”的成语表明自己勤于政事、不同流俗的品格，再用“倚晚晴”这种貌似平易其实巧妙的语词搭配展示开阔的胸襟。次联以阔大澄澈的景象衬托恢宏磊落的气度，字面上却朴实无华，几近口语。三联所用的两个典故都是熟典，但前者以“佳人”代称知音，后者将青眼施于“美酒”，皆能化腐为新，字句则通顺晓畅，淋漓尽致地表达了仕宦生涯的寂寞无聊。末联表达思归之意，用“归船”、“白鸥”隐含“江湖”之念，形象生动，意蕴深永。总之，此诗在艺术形式上平直简洁，不露声色，却很好地展示了兀傲的意态与洒落的胸襟，耐人寻味。

寄黄几复 黄庭坚

我居北海君南海，寄雁传书谢不能。
桃李春风一杯酒，江湖夜雨十年灯。
持家但有四立壁，治病不蕲三折肱。
想得读书头已白，隔溪猿哭瘴溪藤。

鉴赏：此诗作于宋神宗元丰八年（1085），黄庭坚在德州德平镇（今山东商河北）。“黄几复”指黄介，字几复，黄庭坚之同乡好友，时知四会县（今属广东）。黄庭坚因不满新政，与上司（主张新法的德州通判赵挺之等人）不协，故格外思念远方友人。此诗声情历落（颈联之平仄大拗大救），颇呈兀傲之气，与诗人心情密切相关。首句化用《左传·僖公四年》中“君处北海，寡人处南海”之语，既切合自己与友人居所的地理环境，又因“北海”、“南海”之相对显得格外遥远。次句说“寄雁传书”，本为常见手法。相传鸿雁南飞，至衡阳而止，四会远在衡阳之南，雁飞不到乃是客观事实。但此句缀以“谢不能”三字，仿佛鸿雁开口谢绝为诗人传书，写法生动有趣。与之相似的是，颈联两句均用古代典籍中语，上句正用，说友人像司马相如一样家徒四壁；下句反用，说友人精通吏治，犹如良医不再需要“三折肱”的磨炼过程。凡此，都是运用典故成语得心应手，浑如己出。严羽批评宋诗“以才学为诗”，其实只要运用得当，“才学”并不是诗歌艺术的负面因素，此诗即为明证。更值得注意的是，此诗的首联、颈联化用典籍，颔联、尾联则明白如话，错落有致，匠心独运。颔联向称名联，上句追忆昔日相聚之欢乐，下句诉说别后漂泊之凄凉，两句诗全用名词连缀而成，并无一字直接抒情，但满腹情思洋溢于字里行间，感人至深。尾联想像友人年老沉沦下僚，居所瘴溪猿啼，然犹读书不止。这既是对友人的赞美，也是对诗人自己的绝妙写照，可见二人的深情厚谊建于志同道合的根基之上，弥足珍贵。全诗文字典雅，构思深沉，精妙的艺术形式并未遮蔽诗人的真性情，真乃文情并茂的佳作。

老杜浣花溪图引　黄庭坚

拾遗流落锦官城，故人作尹眼为青。
碧鸡坊西结茅屋，百花潭水濯冠缨。
故衣未补新衣绽，空蟠胸中书万卷。
探道欲度羲黄前，论诗未觉国风远。
干戈峥嵘暗宇县，杜陵韦曲无鸡犬。
老妻稚子具眼前，弟妹飘零不相见。
此公乐易真可人，园翁溪友肯卜邻。
邻家有酒邀皆去，得意鱼鸟来相亲。
浣花酒船散车骑，野墙无主看桃李。
宗文守家宗武扶，落日蹇驴驮醉起。
愿闻解鞍脱兜鍪，老儒不用千户侯。
中原未得平安报，醉里眉攒万国愁。
生绡铺墙粉墨落，平生忠义今寂寞。
儿呼不苏驴失脚，犹恐醒来有新作。
长使诗人拜画图，煎胶续弦千古无。

鉴赏：此诗作于宋哲宗元祐三年（1088），时黄庭坚在汴京。相传杜甫有一首逸诗："迎旦东风骑蹇驴，旋呵冻手暖髯须。洛阳无限丹青手，还有工夫画我无？"（见胡仔《苕溪渔隐丛话》后集卷八）的确，杜甫生前诗名不彰，无人为其画像。然而到了宋代，杜甫的诗名如日中天，杜甫画像也不断涌现。此诗是题咏杜甫画像的杰作，读之不但如睹画作，而且如睹姿态生动的诗圣，奥妙全在别开生面的写法。

首先，全诗的前二十四句均直接叙述杜甫的事迹及心迹，仿佛是一篇诗体的杜甫小传。开头先将杜甫寓居浣花溪的背景介绍清楚，文笔洗练。接下去描写杜甫在浣花溪畔醉骑蹇驴的情景，以及杜甫忧国忧民的心态。最后六句方切入题画诗的题中应有之义，描写观画所见，抒发观画所感。这种写法仿佛离题较远，其实非常高明。唯其如此，此诗才能摆脱画面的限制，从而囊括画中人物的丰富内涵，并使静止的画面景象进入动态的境界，从而在时间的维度上展开充分的想象。诗人对画中情景的时代背景、发生缘由以及人物动作的延展过程进行细致生动的描写，创造了基于绘画又胜于绘画的全新意境。

其次，此诗对杜甫的理解既全面又深刻，对杜甫生平的描写既真实又生动，其主要原因当然是黄庭坚对杜甫的衷心崇敬，同时也得力于黄庭坚对杜诗的熟读成诵。全诗与杜诗相关的字句比比皆是，有些是借用杜诗中的语词，例如“百花潭水濯冠缨”出于杜诗《怀锦水居止》：“百花潭北庄。”有些是化用杜甫叙写自身境遇或情怀的诗句，例如“野墙无主看桃李”出于杜诗《绝句漫兴》：“手种桃李非无主，野老墙低还是家。”全诗化用杜诗字句，生动贴切，竟如己出，正是黄庭坚所倡“夺胎换骨”之法的典型运用。正因此诗繁复地运用杜诗字句来题咏杜甫画像，故读来如闻杜甫之心声，倍感亲切。

雨中登岳阳楼望君山二首　黄庭坚

投荒万死鬓毛斑，生出瞿塘滟滪关。
未到江南先一笑，岳阳楼上对君山。

满川风雨独凭栏，绾结湘娥十二鬟。
可惜不当湖水面，银山堆里看青山。

鉴赏：此诗作于宋徽宗崇宁元年（1102）二月一日。时黄庭坚离开荆州（今湖北沙市）返乡，途经岳阳（今属湖北）。岳阳楼是天下闻名的楼观，君山是天下闻名的胜地，诗人到此，登览题咏，名篇甚多，然这两首诗仍能推陈出新，原因何在？首先，此诗很好地将人生遭遇与登览主题结合起来，从而内涵丰富，情思满盈。第一首的叙事有三个层次：贬谪荒远，遇赦东归，途中登临岳阳楼。但并不平铺直叙，而是逐层递进，心潮澎湃。首句追忆在荒远僻地苦熬多年，万死一生，鬓发尽白，心情沉痛。次句写遇赦东归，竟然活着走出了号称天下之险的瞿塘、滟滪，庆幸之情溢于言表。三、四句写还乡途经岳阳，登名楼、览胜景，遂开怀一笑。短短四句，诗人的心情从抑转扬，再上扬，而“未到江南”四字又暗含跌宕：广义的“江南”包括岳阳在内，但在宋代，岳阳属于“荆湖北路”，只有诗人的家乡分宁才属于“江南西道”，故此处的“江南”特指其家乡，全句意谓虽未归乡而先得一笑耳。第二首只写凭栏眺景，但是诗人在“满川风雨”中独自登楼，且希望到白浪如山的湖面上欣赏小岛，这与当时政治局势的风雨如磐，以及自己历尽风雨、曾经沧海的人生经历，似乎也有隐约的联系。总之，此诗是斯人斯时的登楼之作，写景中渗透着深沉的人生感受，极具个性。

其次，此诗手法老到，精光内敛。诗中多用成语典故，但皆经过夺胎换骨式的艺术改造。比如第一首次句用汉代班超久戍西域，年老思归，上书朝廷曰“臣不敢望到酒泉郡，但愿生入玉门关”（《后汉书·班超传》）之典，极其精切，但字多变换，语如己出。又如第二首的末联化用刘禹锡句意，但刘诗实写遥望洞庭所见之真景，此诗却虚化成身当湖面从浪堆中观看君山的幻景，构思之奇特，远迈前人。

泗州东城晚望　秦　观

渺渺孤城白水环，舳舻人语夕霏间。
林梢一抹青如画，应是淮流转处山。

鉴赏：此诗作于宋神宗元丰元年（1078）秋。时秦观自徐州经汴水南归高邮，途经泗州（故城在今江苏盱眙东北，已沦入洪泽湖），泊船城下，登城眺望而作此诗。全诗扣题甚紧，纯是傍晚眺望所见。淮水东流，至泗州城下折而向南，再折向东，诗人站在城头下瞰，只见暮色渐起，河水像一条白带围绕着泗州城，小城显得渺小、孤独。城下河边飘浮着薄薄的雾霭，停泊在那里的船只影影绰绰，雾中传来人们说话的声音。俯瞰既不清晰，诗人的目光便转向高处，只见树林末梢露出一抹青色，心想那一定是淮水转弯处的青山。此诗有两个优点：一是写景仅是稍作点染，但生动如在目前：黄昏时分的水边雾气渐浓，景物显得模糊不清。但林梢露出的远处青山仍然披着斜晖，美丽如画。诗中展现的景物都带有暮色苍茫的特征，是一种颇有个性的写景。二是诗人此时止在返乡途中，“淮流转处山”或指都梁山，位于泗州城的东南方，与诗人家乡高邮在同一个方向，故尾句或蕴含着乡思。第二句的“舳舻人语”也似乎反衬着诗人的羁旅孤独之感，但均在若有若无之间，留给读者很大的想象空间。全诗清新婉丽，含蓄蕴藉，颇近唐人七绝的风调。

春　日　秦　观

一夕轻雷落万丝，霁光浮瓦碧参差。

有情芍药含春泪，无力蔷薇卧晓枝。

鉴赏：此诗作于宋神宗元丰年间，时秦观在高邮（今属江苏）。金代元好问评此诗曰："'有情芍药含春泪，无力蔷薇卧晓枝。'拈出退之'山石'句，始知渠是女郎诗。"（《论诗绝句三十首》之二四）他还嘲笑秦观说："破却工夫，何至学妇人？"（《拟栩先生王中立传》）对于元好问的观点，后人多不以为然，清人袁枚曰："此论大谬。芍药、蔷薇，原近女郎，不近山石。二者不可相提而并论。诗题各有境界，各有宜称。杜少陵诗，光焰万丈，然'香雾云鬟湿，清辉玉臂寒'，'分飞蛱蝶原相逐，并蒂芙蓉本自双'。韩退之诗，盘空硬语，然'银烛未销窗送曙，金钗半醉坐添春'，又何尝不是女郎诗耶？"（《随园诗话》卷五）近人陈衍则曰："诗者，劳人、思妇公共之言，岂能有《雅》、《颂》而无《国风》，绝不许女郎作诗耶？"（《宋诗精华录》卷二）平心而论，元氏指出此诗有女性倾向，相当准确。此诗风格，确实倾向婉约柔美，接近宋代婉约词风。然因此讥评秦观，则大谬不然。诗歌风格本应百花齐放，阳刚、阴柔皆有审美价值。即使接近词风，也未尝不可。况此诗字句精警，情思绵邈，以美女情态比拟鲜花，尤属奇特不凡，真乃清词丽句之好诗。

除夜对酒赠少章　陈师道

岁晚身何托，灯前客未空。
半生忧患里，一梦有无中。
发短愁催白，颜衰酒借红。
我歌君起舞，潦倒略相同。

鉴赏：此诗作于宋哲宗元祐元年（1086），时陈师道在汴京。这是陈师道学杜有得的代表作，后人对颈联尤其关注，宋人王直方指出："老杜有诗云'发少何劳白，颜衰肯更红'，无己诗云'发短愁催白，颜衰酒借红'，皆相类也。然无己初出一联，大为当时诸公之所称赏。"（《王直方诗话》）"当时诸公"所称赏者，应该就是其学杜有得。的确，此联虽然本于杜诗，但在句中增添"愁"、"酒"，意思更加完满，句法也更生动，堪称推陈出新。然而正如清人纪昀所评："神力完足，斐然高唱，不但五六佳也。"（《瀛奎律髓汇评》卷十六）此诗结构严整，字斟句酌，意蕴丰厚，风格沉郁，通篇都体现出杜诗的影响。除夕之夜，一年将尽，最易引起人们对身世的感慨。此时陈师道困居汴京，走投无路。个人生计且无着落，更不说实现人生理想。眼看着年华流逝，心中的感慨难以言表。参看杜甫困顿长安时所写的《今夕行》《杜位宅守岁》等诗，可知困居京城的志士在除夕之夜的满腹牢骚是此诗与杜诗的内在同一性。"怅望千秋一洒泪，萧条异代不同时"（杜甫《咏怀古迹五首》之二），人生感受的相似和人格境界的趋同是陈师道学杜有成的最重要原因。

绝　句　陈师道

书当快意读易尽，客有可人期不来。
世事相违每如此，好怀百岁几回开。

鉴赏：此诗约作于宋哲宗元符二年（1099）。时陈师道在徐州。后人解读此诗，往往关注诗中所用的典故成语，比如首句，任渊注引嵇康之语："每读二陆之文，未尝不废书而叹，恐其卷之竟也。"次句，任渊注引韩愈《独钓》："所期终莫至，日暮与谁回。"其实此诗佳处正在不一定有出处，而能揭示具有普遍意义的生活现象，并抒发具有普遍意义的人生感慨。就以次句而论，除了任注所引韩诗之外，我们也可联想到《楚辞·九歌·少司命》的"望美人兮未来，临风怳兮浩歌"，唐人孟浩然《宿业师山房待丁大不至》的"之子期宿来，孤琴候萝径"，甚至是南宋赵师秀《约客》的"有约不来过夜半，闲敲棋子落灯花"，因为那实在是十分常见的生活现象。然而上述数诗皆是对生活情景的具体描写，陈诗却一反常态，它是对此类现象的抽象概括。这种写法显然不合古典诗歌的传统写法，它是宋诗哲理倾向的典型体现。当然，此诗的概括是有真实生活作为基础的，"客有可人"解作苏轼、黄庭坚等人皆无不可，因为此时苏、黄皆被贬逐荒远，身不由己，无法前来与诗人相见。"书当快意"虽难以确指，也多半是有此实情方有感而发。但诗歌本身意在归纳、抽象，后二句则将前二句当作例证进一步抽象，从而得出事与愿违、好怀难开的更深层次的人生哲理。此诗纯以意行而耐人回味，奥秘即在于此。

海州道中　张　耒

秋野苍苍秋日黄，黄蒿满田苍耳长。
草虫咿咿鸣复咽，一秋雨多水满辙。
渡头鸣舂村径斜，悠悠小蝶飞豆花。
逃屋无人草满家，累累秋蔓悬寒瓜。

鉴赏：此诗或作于宋神宗熙宁八年（1075）。时张耒任临淮主簿，以事到海州（今江苏连云港），道中作此。张耒论诗，有两大特点，首先是认为诗乃表达“目之所见，耳之所闻”的各种生活经历，其中包括“凄风冷露、鸣虫陨叶而秋兴；重云积雪、大寒飞霰而冬至”的并非赏心悦目之景象（《上文潞公献所著诗书》）。其次是认为“文章之于人，有满心而发，肆口而成，不待思虑而工，不待雕琢而丽者，皆天理之自然而情性之道也”（《贺方回乐府序》）。此诗堪称符合上述两个观点的典范之作。吕本中称“文潜诗自然奇逸，非他人可及”（《童蒙诗训》），并举其律诗中数句为例，其实移用来评价这首短古，更为妥当。此诗描写荒芜凋敝的海边小村，写景如见目前。宋代绘画中有一个流派，专画景物荒寒、意境萧索的山水，例如与张耒同时的王诜，其名作便是《渔村小雪图》。张耒此诗所展现的景象与之相仿：田间野草丛生，一片荒芜。草间秋虫唧唧，鸣声凄惨。村中尚有人居住，故有舂声可闻。但许多农民已经逃离，留下的破屋前长满荒草，连那悬挂在藤蔓上的寒瓜也无人采摘。当时以提高税收为主要内容的新法正在迅猛推行，农民不堪重负，此诗不无讥刺新政的含意。此诗在艺术上堪称不衫不履，纯用白描，自然质朴，写景如画。它在声情上也颇有特点，一二句押平声阳韵，三四句转押入声屑韵，后四句又转押平声麻韵。随意转韵，声情古朴，很好地衬托了诗人在荒凉秋景中的萧索心情。

怀金陵 张 耒

曾作金陵烂漫游，北归尘土变衣裘。
芰荷声里孤舟雨，卧入江南第一州。

鉴赏：此诗作年不详。张耒是淮阴人，年轻时曾游金陵，日后追怀旧游，乃作此诗。程千帆先生评曰："此诗以结构论，首句平起，次句逆接，后半实写烂漫游程，又与前句绾合。这样便突出了题中'怀'字。结构是伴随着作者的思路而产生的。诗人在金陵无拘无束地浪游的时候，也许并没有觉得这个地方是多么可爱，可是一经北上，洁白的衫子被扑面的风尘染成黑色，这就使他不能不回忆起青山似染、江水如蓝的江南来。在风沙遍地的北方想念气宇明丽的南国时，诗人不由得将自己的回忆集中在一点上，即初到金陵时的光景。他是在一种美妙如画的景色中，安静而悠闲地到达金陵的，对金陵的第一印象是极为深刻的。因此才有后来的烂漫之游。这，就对金陵可怀之处作了丰富的暗示。也就是说，该写的都写了。不用写的，又何必再费笔墨呢？在这些地方，作者是应当信任读者，让他们去驰骋各自的想象的。"（《读宋诗随笔》）此评探骊得珠，故全引如上。

春游湖 徐俯

双飞燕子几时回，夹岸桃花蘸水开。
春雨断桥人不度，小舟撑出柳阴来。

鉴赏：此诗作年不详。徐俯是江西诗派开创者黄庭坚的外甥，亦被列入"江西诗派"的名单。相传黄庭坚曾与洪朋等诸位外甥论诗，"山谷尝谓诸洪言：'作诗不必多，如三百篇足矣。某平生诗甚多，意欲止留三百篇，余者不能认得。'诸洪皆以为然，徐师川独笑曰：'诗岂论多少，只要道尽眼前景致耳'"。（《吕氏童蒙训》）徐俯的诗风清新自然，在江西诗派中颇具特点，此诗就是“道尽眼前景致”的一首好诗。首句问得突兀，但又合情合理，它生动地表达了诗人春日游湖初见双飞燕子的惊喜心情。次句中“夹岸桃花”四字使人联想到陶渊明《桃花源记》中“忽逢桃花林，夹岸数百步”之句，但一个“蘸”字，将桃枝因花繁而低垂至水面，但随风摇摆，刚一沾水随即离开的情状写得栩栩如生，纯出独创。三、四句写春雨涨湖，水没桥面，故隔岸唤取渡船的情景，妙在推出小舟从柳阴中撑出的镜头即戛然而止，余味不尽，时人称为名句，故南宋赵鼎臣曰：“解道春江断桥句，旧时闻说徐师川。”（《和默庵喜雨述怀》）宋末张炎《南浦》词中的名句“荒桥断浦，柳阴撑出扁舟小”也分明从徐诗脱化而出。

夏日绝句　李清照

生当作人杰，死亦为鬼雄。
至今思项羽，不肯过江东。

鉴赏：此诗应作于宋高宗建炎三年（1129）后不久，时李清照流寓浙东。宋钦宗靖康二年（1127）四月，金兵攻陷汴京，北宋灭亡。五月，宗室赵构在应天府（今河南商丘）匆匆登基，是为高宗。当时徽、钦二帝被俘北去，抗金军民群龙无首，正是国家危急存亡之秋，朝野都希望高宗能担起号令全国、抗敌御侮的大任。大臣李纲、宗泽直言进谏，太学生陈东、布衣欧阳澈伏阙上书，都表达了同样的愿望。可是高宗对军民的正义呼声置若罔闻，反而畏敌如虎，对孤军深入的金兵望风先奔，十月即南逃至扬州。建炎三年

（1129）二月，高宗渡江逃至镇江、杭州。十二月，逃至明州（今浙江宁波），随即经海路逃至温州。数年之间，高宗一逃再逃，弃沦陷的中原故土及祖宗陵寝于不顾，视国家与民族的尊严如草芥。正因如此，避乱南下的女词人李清照义愤填膺，乃作此诗。诗中歌颂项羽仅因愧对江东父老，宁死不肯逃归江东，虽败犹荣，真是顶天立地的大英雄。毫无疑问，诗中对项羽的热情歌颂，就是对高宗小朝廷的严厉批判。此诗借古讽今，意在言表，大气磅礴，掷地有声，这是宋代咏史诗的典范之作，也是巾帼压倒须眉的一个范例。

雨　陈与义

萧萧十日雨，稳送祝融归。
燕子经年梦，梧桐昨暮非。
一凉恩到骨，四壁事多违。
衮衮繁华地，西风吹客衣。

鉴赏：陈与义于宋徽宗政和六年（1116）解除开德府教授之职，次年入汴京。此诗作于其罢任候职、闲居京城之时，心情苦闷，诗中颇有流露。陈与义喜爱咏雨，集中以“雨”字为题者即有7首，题中包含“雨”字者则多达22首。此诗所咏者乃初秋之雨，颇能写出其特点，其写法也与众不同。颔联写初秋之雨对环境的影响，清人纪昀评曰：“三四妙在即离之间。”（《瀛奎律髓汇评》卷一七）今人缪钺先生则曰：“陈诗用‘燕子’、‘梧桐’，并非写燕子与梧桐在雨中的景象，而是写燕子与梧桐在雨中的感觉，秋燕将南归，思念前迹，恍如一梦；梧桐经雨凋落，已与昨暮不同。其实，燕子与梧桐并无此种感觉，乃是诗人怀旧之思、失志之慨，借燕子、梧桐以衬托出来而已。”（《宋诗鉴赏辞典》）的确，秋雨送凉，季节转换，对动物、植物均有影响。燕子乃秋去春来之候鸟，梧桐乃落叶之乔木，它们对秋雨的感觉甚为敏锐，诗人遂选取它们入诗。“经年梦”意指燕子去秋南归，及今已是隔年。“昨暮非”意指梧桐日渐凋零，叶上之雨声也日渐稀疏。诗人在汴京寓居已满一年，心情日渐凄凉，故见雨中之燕子、梧桐而心生感慨。借外界之物象抒写内心的细微感觉，与秋雨的联系确在不即不离之间。颈联转写诗人对秋雨的感觉，上句写久暑而逢秋雨送凉，宛如遇救脱难，故言“恩到骨”。下句写生计寥落，雨中闷坐家中，徒见四壁，更觉凡事多违。如此咏雨，思虑十分深刻，手法相当生新。缪钺先生以此诗作为典型例子来说明宋诗不同于唐诗的风格特征，十分妥当。

巴丘书事　陈与义

三分书里识巴丘，临老避胡初一游。
晚木声酣洞庭野，晴天影抱岳阳楼。
四年风露侵游子，十月江湖吐乱洲。
未必上流须鲁肃，腐儒空白九分头。

鉴赏：此诗作于宋高宗建炎二年（1128）十月，时陈与义避乱至岳州（今湖北岳阳）。岳阳地形险阻，三国时为吴国之边防要地，吴将周瑜、鲁肃相继驻兵于此。诗人早从史书中得知岳阳的地理、历史，如今因避寇方得亲临，次句点明“避胡”，乃为实录。此时虽然南宋已经建立，然高宗畏敌如虎，朝廷御敌无方。就在当年七月，老将宗泽因抗金主张为权臣所抑，忧愤成疾，连呼“过河”三声而卒。当陈与义来到岳阳时，感今怀昔，心绪纷纭。此诗题作“书事”，首联点题，乃兼时事及个人遭遇而言之。中间两联炼字精警，程千帆、沈祖棻先生曰：“读这篇诗，请特别注意其虚词，如‘酣’、‘抱’、‘侵’、‘吐’等。由于诗人使用了这样一些极其生动的词汇，就赋予了自然景物以非常活跃的生命。”（《古诗今选》）此外它们情景交融的程度也值得关注：颔联写景，境界阔大，情绪苍凉。上句写晚风吹树，竟然声震洞庭之野，颇寓动荡不安之慨。下句写整个天空的日光笼罩着岳阳楼，也有渺小孤危之感。颈联上句写自己的经历，诗人遭贬离京，不久为避战乱而南奔，四年间关道路，种种艰辛，却以“风露”二字以概括之，蕴藉之至。下句写天寒水落，江湖中突现沙洲，一个“乱”字，既生动地刻画了沙洲之横斜杂乱，也隐含着时世之动乱不安。尾联呼应首联，借古讽今：古时曾有名将屯兵此地以保卫疆土，如今金兵肆意南侵，朝廷当然也应派遣大将驻守要地。可是朝廷御敌无方，竟使边防空虚，让自己这个儒生徒然愁白了头。全诗意境阔大，风格沉郁，写景抒情中寄寓着深沉的爱国精神，酷肖杜诗。

伤　春　陈与义

庙堂无策可平戎，坐使甘泉照夕烽。
初怪上都闻战马，岂知穷海看飞龙。
孤臣霜发三千丈，每岁烟花一万重。
稍喜长沙向延阁，疲兵敢犯犬羊锋。

鉴赏：此诗作于宋高宗建炎四年（1130）。时陈与义在邵州（今湖南邵阳）。杜甫有《伤春五首》，首章云“天下兵虽满，春光日自浓。”末章云：“春色生烽燧，幽人泣薜萝。”此诗命题模仿杜诗，内容也借鉴杜诗，同样是借伤春而哀伤时局。首联突兀而起，指责朝廷无策平戎，以致外敌入侵。陈与义曾经历靖康年间金兵攻陷汴京与建炎年间金兵侵犯临安，此联是指北宋亡国的历史，还是指当前的南宋不敌金兵？都有可能，但批判的矛头显然是对准当前的朝廷。以高宗为首的小朝廷畏敌如虎，唯图苟安，连平戎的意愿都不存在，更谈不上平戎的手段。于是敌兵竟然长驱直入，烽火一直照到京城附近。奇耻大辱，莫此为甚！当此紧急关头，作为一国之君的高宗有何行为呢？竟然是一路奔逃。次联以流水对的方式抒写诗人之心情，在京城得闻战马嘶鸣已令人惊诧，岂知皇帝居然逃到大海尽头去了！这两联诗毫不留情地批判小朝廷的逃跑主义，表露出诗人悲愤填膺的爱国情怀。第三联自然转折到诗人自身：陈与义自从北宋宣和六年（1124）被贬以来，一直没有起用，靖康事变后匆匆南奔，故自称“孤臣”。忧催人老，年方四十的诗人竟已满头白发。虽然江南烟花重重，但诗人对着浓丽的春光何以为怀？前三联压抑已甚，末联稍转为扬：朝廷虽然畏敌，军民却自动抗敌，当年金兵犯长沙，正任长沙知州的向子諲组织军民抗金，挡住了强敌的进犯。此诗除了命题、立意学杜以外，具体的字句也颇有学杜痕迹，如第六句之包含杜诗“烟花一万重”（《伤春五首》之一），末联之模仿杜诗“稍喜临边王相国，肯销金甲事春农”（《诸将五首》之三）。更重要的是，全诗情感沉郁，声调顿挫，整体风格也接近杜诗。陈与义在靖康事变后作诗云：“但恨平生意，轻了少陵诗！”（《正月十二日自房州城遇虏至奔入南山十五日抵回谷张家》）北宋诗人重在艺术上学习杜诗，南宋诗人重在思想上学习杜诗，此诗是一个关键的转折点。

怀天经智老因访之 陈与义

今年二月冻初融，睡起苕溪绿向东。
客子光阴诗卷里，杏花消息雨声中。
西庵禅伯方多病，北栅儒先只固穷。
忽忆轻舟寻二子，纶巾鹤氅试春风。

鉴赏：此诗作于宋高宗绍兴六年（1136），时陈与义在青墩（又名青镇，今属浙江桐乡）。“天经”即叶懋，字天经。“智老”即大圆洪智，僧人。二人皆住乌镇，与青墩隔苕溪相对。此诗在艺术上很有特色。首先是颔联被《诗人玉屑》评为“宋朝警句”，其奇警在于对仗手法不同寻常，宋末方回曰：“以‘客子’对‘杏花’，以‘雨声’对‘诗卷’，一我一物，一情一景，变化至此。乃老杜‘即今蓬鬓改，但愧菊花开’，贾岛‘身世岂能遂，兰花又已开’，翻窠换臼，至简斋而益奇也。”（《瀛奎律髓汇评》卷二六）程千帆先生进而指出：“宋诗属对，已不完全注意字面上的工整精美，而更着重于上下句之间的内在关联……即如陈与义此联，上句写客中无聊，唯有吟咏送日，下句则写一个初春清冷的境界来衬托，就显得一我一物，一情一景，水乳交融。至于客子与杏花，诗卷与雨声之是否的对，则宁可无意地给以忽视了。”（《读宋诗随笔》）其次是从题目看似应叙述一次访友之过程，其实重点在于抒自身之怀抱，并引起对友人之思念，至于访友之事实，则仅写出发时的情景来虚掷一笔，极为空灵蕴藉。首联写时光迁逝、景物变换引起的感慨，清人冯班讥评曰：“第二句，睡时不向西！”纪昀则为诗人辩护云：“次句言睡起出门，正见苕溪东流耳。冯氏以‘睡时不向西’诋之，太苛。”（《瀛奎律髓汇评》卷二六）冯氏因对江西诗派抱有偏见而至误解，纪氏所辩亦未得肯綮。其实首句明言“冻初融”，可见冬季苕溪冰封，待冰融方见河水东流耳。此联写出了心情久抑，因见春景而兴致初生的细微感受，与谢灵运的名句“池塘生春草，园柳变鸣禽”（《登池上楼》）有异曲同工之妙。尾联写忽然怀念好友，遂命舟前访。《世说新语·任诞》载：“王子猷居山阴，夜大雪……忽忆戴安道。时戴在剡，即便夜乘小船就之。经宿方至，造门不前而返。人问其故，王曰：‘吾本乘兴而行，兴尽而返，何必见戴。’”陈诗写到乘舟出发便戛然而止，是否暗用此典，无法确认。但这种写法不但余味无穷，而且把全诗的重点从访友过程转为访友之缘由，从而将叙事诗写成抒情诗，构思极具匠心。

剑门道中遇微雨　陆　游

衣上征尘杂酒痕，远游无处不销魂。
此身合是诗人未？细雨骑驴入剑门。

鉴赏： 此诗作于宋孝宗乾道八年（1172）冬。时陆游由南郑返回成都，途经剑门。此诗的后面两句，后人议论纷纷，钱锺书先生说：“韩愈《城南联句》说：‘蜀雄李杜拔’，早把李白杜甫在四川的居住和他们在诗歌里的造诣联系起来；宋代也都以为，杜甫和黄庭坚入蜀以后，诗歌就登峰造极——这是一方面。李白在华阴县骑驴，杜甫《上韦左丞丈》自说‘骑驴三十载’，唐以后流传他们两人的骑驴图；此外像贾岛骑驴赋诗的故事、郑綮的‘诗思在驴背上’的名言等，也仿佛使驴子变为诗人特有的坐骑——这是另一方面。两方面结合起来，于是入蜀道中、驴子背上的陆游就得自问一下，究竟是不是诗人的材料。”（《宋诗选注》）其实此诗的写作背景亦值得关注。宋孝宗乾道八年三月，陆游应四川宣抚使王炎之辟到达南郑（今陕西汉中），任权宣抚司干办公事兼检法官，参预军事。南郑位于当时的宋、金交界线上，对于早就立志“平生万里心，执戈王前驱”（《夜读兵书》）的陆游来说，能够亲临抗金前线，是大慰生平的快意之事。他到达南郑后，凭吊韩信将坛、武侯祠庙，远眺沦陷的故国江山，驰逐射猎，习武论兵，一心要在抗金复国的斗争中建功立业。没想到不到一年，王炎被朝廷召还，幕僚星散，陆游也改除成都府安抚司参议官，于十一月离开南郑。南行途经剑门关，适遇微雨，乃作此诗。不难想象，当陆游在蒙蒙细雨中骑着驴子进入剑门关时，心中的惆怅失落之感有多么强烈。陆游对自己的人生定位是战士，是英雄，而不是诗人。陆游不满后人但将杜甫视作诗人：“后世但作诗人看，使我抚几空嗟咨！”（《读杜诗》）当他自问“此身合是诗人未”时，是自喜，还是自嘲？近人陈衍认为：“此诗若自嘲，实自喜也。”（《石遗室诗话》卷二七）笔者则认为，此诗若自喜，实自嘲也！

关山月　陆　游

和戎诏下十五年，将军不战空临边。
朱门沉沉按歌舞，厩马肥死弓断弦。
戍楼刁斗催落月，三十从军今白发。
笛里谁知壮士心，沙头空照征人骨。
中原干戈古亦闻，岂有逆胡传子孙。
遗民忍死望恢复，几处今宵垂泪痕。

鉴赏：此诗作于宋孝宗淳熙四年（1177），时陆游在成都。古题乐府如何翻新出奇？本诗有两点值得注意。首先，“关山月”是南北朝乐府古题，后人拟作甚多，皆不离征人戍边、见月思归的老主题，其中以李白所拟最有代表性：“明月出天山，苍茫云海间。长风几万里，吹度玉门关。……戍客望边色，思归多苦颜。高楼当此夜，叹息未应闲。”陆游此诗则借古题写时事，具有浓厚的时代气息。南宋成立后，与金国和战不定。孝宗继位后一度振作，思欲抗金，但出师不利，朝臣中以汤思退为首的主和派又占上风，结果仍于隆兴元年下诏议和。陆游力主抗金，反对和议，因此被朝廷疏远，且于三年后因“力说张浚用兵”的罪名被罢官。时光流逝，南宋小朝廷因循苟且，抗金复国的事业毫无进展。陆游忧国如焚，作诗抒愤。全诗紧扣当时的时政、国事，完全脱离了拟古的窠臼。其次，“关山月”的传统写法是从戍人着眼，即使偶及思妇，也是作为戍人的衬映。此诗却一反常规，选择三个社会群体作为描绘对象，从而全面地反映了当时的社会现实。第一个群体是朝中的文武大臣，他们文恬武嬉，苟且偷安。武将即使驻守边防，也是毫无斗志，徒然“临边”。文臣更是躲在临安城里听歌赏舞，沉溺享乐。于是南宋武备废弛，军力衰弱，国家中兴毫无希望。第二个群体是戍守前线的战士，他们长年戍边，报国无路，存者渐渐老去，死者抛骨沙场。戍楼上的一轮冷月，徒然照着征人头上的白发和沙场上的白骨，那是多么触目惊心的景象！第三个群体是沦陷区的遗民，他们在敌人的铁蹄下艰难生存，满心盼望着故国的军队收复失土。可是日复一日，王师渺无踪影，遗民们只能在月下垂泪而已。于是，此诗为南宋画了一幅多角度的社会图卷。当然，诗人本人的报国热情和忧国情怀也跃然纸上，真切感人。

书愤 陆游

早岁那知世事艰，中原北望气如山。
楼船夜雪瓜洲渡，铁马秋风大散关。
塞上长城空自许，镜中衰鬓已先斑。
出师一表真名世，千载谁堪伯仲间。

鉴赏：此诗作于宋孝宗淳熙十三年（1186）春，时陆游在山阴。抗金复国，是陆游终生不渝的人生理想。由于世事艰难，命途多舛，年过六旬的陆游已在家乡闲居多年。实现早岁壮志的可能性已经微乎其微，但希望的火焰仍在胸中燃烧，并时时化作诗歌创作的激情，此诗就是陆游回顾平生、抒发愤慨的一篇杰作。颔联向称警策。当时宋金对峙，在东西两个地点经常发生军事冲突，陆游皆曾亲临其境。一是东线的江淮之间，高宗绍兴末年，刘锜、虞允文等曾在瓜洲、采石一带击退金兵。到孝宗隆兴元年，张浚督师于建康、镇江之间，陆游曾在镇江谒见张浚，目睹楼船横江的军容。二是西线的散关一带，那是宋金必争之地，孝宗乾道八年，王炎任四川宣抚使，设幕府于南郑，力图北伐收复长安。陆游应王炎之辟前往南郑，且曾亲临大散关的抗金前线。对于陆游而言，这两段经历虽然都很短暂，却是难以忘怀的人生遭际，是最接近实现平生壮志的时刻。难怪当他回首平生、作诗抒愤时，那两段经历就栩栩如生地突现眼前。此联的画面感极强，句中嵌入“夜雪”、“秋风”尤其精妙，正如清人方东树所评：“妙在三、四句兼写景象，声色动人，否则近于枯竭。”（《昭昧詹言》卷二十）颈联直抒怀抱，意旨与句法都以精警取胜。前句中“长城”二字本是南朝刘宋之大将檀道济的自许，此处前缀“塞上”二字，更强调其保家卫国的意义。后缀

“空自许”三字，又强调其壮志难酬的悲怆。后句陡然跌入低沉之境，一扬一抑，与前句形成巨大的张力。尾联对诸葛亮的《出师表》极表推崇。无论是诸葛亮以率师北伐平定中原为终生大业的事迹，还是《出师表》中关于“汉贼不两立”的议论，以及“鞠躬尽瘁，死而后已”的心声，都使陆游“于我心有戚戚焉”，可见此联乃借古人之酒杯，浇自身之块垒，末句实即表示愤慨之一声长叹也！

临安春雨初霁　陆　游

世味年来薄似纱，谁令骑马客京华？
小楼一夜听春雨，深巷明朝卖杏花。
矮纸斜行闲作草，晴窗细乳戏分茶。
素衣莫起风尘叹，犹及清明可到家。

鉴赏：此诗作于宋孝宗淳熙十三年（1186）。时陆游除知严州（今浙江建德），先至临安觐见孝宗。陆游曾于淳熙五年（1178）蒙孝宗召见，然仅任提举福建常平茶监公事等职，二年后即被劾落职，回到山阴赋闲。五年后再次起用，他已是年过六旬的老人。年近桑榆，当然不会再像少年那样意气风发。况且陆游眼见国家的偏安局面逐渐形成，自己杀敌报国的壮志虽然并未消尽，但实现夙愿的可能性已经非常渺茫。况且陆游仕途蹭蹬，多次受到莫名的诽谤乃至弹劾，对宦海风波渐生厌倦。当他被召入京，住在客栈中等候召见的时候，对京华红尘的嫌恶之感油然而生。此诗的首、尾二联就是这种心情的生动表现：京城本是世间最大的名利场，也是世态人情最为浇薄的地方，既然觉得世态味薄，又是谁让自己来到京城作客？这一问问得好，但诗人并未回答，只用问句表示自己的不情愿和不耐烦。尾联安慰自己很快就会回到那山水清幽的山阴老家去，故不必为京华风尘染黑素衣而叹息。这两联遥相呼应，充分表现了满纸不可人意的心绪，无疑是此诗的主题。然而此诗为人激赏的却是扣题不紧的中间两联。有人认为这两联曲折地体现了诗人的落寞苦恼，恐属误读。颈联或稍寓客中无聊之感，但草书与分茶本是诗人热爱的生活内容，“矮纸斜行”和“晴窗细乳”的描写也赏心悦目。至于颔联，则细腻真切地写出了临安春雨的清新可喜，堪称描写江南春雨的千古名句，丝毫不见郁闷或惆怅之迹，更无论苦恼、嫌恶。诗人之心灵是活泼灵动的，诗人之情绪是敏感多变的，即使一时心情欠佳，但并不排除他在某些特殊的场合下开怀一笑。此诗颔联虽与全诗主题不太协调，但并不妨碍它成为千古名句。一句或一联诗可以脱离全篇的语境而具有独立的价值，此联是一个典型的例证。

沈园二首 陆 游

城上斜阳画角哀，沈园非复旧池台。
伤心桥下春波绿，曾是惊鸿照影来。

梦断香消四十年，沈园柳老不吹绵。
此身行作稽山土，犹吊遗踪一泫然。

鉴赏：此诗作于宋宁宗庆元五年（1199），时陆游在山阴，“沈园”故址在山阴（今浙江绍兴）禹迹寺南。陆游初娶唐氏，因唐氏不得陆母欢心，被迫离婚。陆游再娶王氏，唐氏亦改嫁。其后二人曾于沈园相遇，不久唐氏逝世。在古代社会，儿女的婚事都由父母作主。陆游虽性格豪放，但礼教难违，母命难违，便只能忍受命运的悲剧。然而他终生难忘与唐氏的爱情，屡见吟咏，《沈园二首》乃其中最为传诵之作。近人陈衍评曰："无此绝等伤心之事，亦无此绝等伤心之诗。就百年论，谁愿有此事？就千秋论，不可无此诗！"（《宋诗精华录》卷三）的确，这两首诗是陆游用血泪写成，它绝无曲致，明白如话，却传诵千古，感人至深。试想年已七十有五的老诗人在夕阳西照时重游沈园，悲哀的角声从城头传来。岁月流逝，沈园的池塘台阁已非昔时面貌。只有桥下依旧是春波涨绿，诗人忽然想起昔时唐氏的轻盈身姿曾经倒映在此一泓春水之中！据陆游在七年前所作的《禹迹寺南有沈氏小园，四十年前尝题小阕壁间。偶复一到，而园已易主，刻小阕于石，读之怅然》之题，当时的沈园已经易主，园中建筑多半会有较大改变，甚至面目全非。只有流水依旧，"春风不改旧时波"（贺知章《回乡偶书》）。可是物是人非，那个曾经惊鸿一现的人已经不在世间了！第二首直接从唐氏之死写起。"四十年"是个约数，其实唐氏离世已经四十四年。如今园中柳树也已衰老，不复飘絮，"树犹如此，人何以堪"！于是诗人想到自己也是不久于人世，很快就会变作稽山下的一堆泥土。可是凭吊前妻的遗踪，仍然流泪不止。精神比物质更加长久，纯真的爱情纵然海枯石烂也不会改变，这两首诗便是明证。如今陆游离世已近八百年，他的身体早已成为稽山下的泥土，如果今人阅读此诗后再至沈园，仍会为陆游与唐氏的爱情悲剧泫然流泪。宋代诗人较少在五七言诗中表达爱情，然有此二诗，足矣！

后催租行　范成大

老父田荒秋雨里，旧时高岸今江水。
佣耕犹自抱长饥，的知无力输租米。
自从乡官新上来，黄纸放尽白纸催。
卖衣得钱都纳却，病骨虽寒聊免缚。
去年衣尽到家口，大女临歧两分首。
今年次女已行媒，亦复驱将换升斗。
室中更有第三女，明年不怕催租苦。

鉴赏：此诗作于宋高宗绍兴二十六年（1156），时范成大在徽州（今安徽黄山市）。范成大此前写过一首《催租行》，故此诗题作《后催租行》。孔子云："苛政猛于虎也。"（《礼记·檀弓下》）柳宗元云："孰知赋敛之毒有甚是蛇者乎！"（《捕蛇者说》）对于古代的农民来说，赋税的沉重负担是造成其悲惨命运的最重要因素，历代关心民生疾苦的诗人都会关注这个主题。范成大《催租行》的题下注云："效王建也。"可见他的此类诗作受到唐代新乐府诗人王建的影响，王建的《当窗织》《田家行》确曾反映农民深受赋敛之苦。当然，更重要的影响来自白居易，白诗已经揭露灾荒年头皇帝的假仁假义："白麻纸上书德音，京畿尽放今年税。昨日里胥方到门，手持敕牒榜乡村。十家租税九家毕，虚受吾君蠲免恩！"（《杜陵叟》）此诗同样揭露朝廷的假仁假义，"黄纸放尽白纸催"一句语气平淡而讥刺入骨。朝廷下诏免租，地方官府却依然行文催租，这是下层官吏作奸犯科，还是上下勾结欺蒙百姓？不得而知，但事实就是农民在灾年依然被迫交租。无奈之下，诗中的老农只能先卖衣，后卖女，来凑钱完税。卖儿鬻女，是对为人父母者的最大伤害。杜甫《岁晏行》云："况闻处处鬻男女，割慈忍爱还租庸。"语意沉痛，不忍卒读。范诗中的老父生有三女，逐年卖之以交租税，其人伦悲剧比杜诗所写的更加惨绝人寰。但是诗人并未正面议论，而是用老农的口吻淡淡说来。这种语气冷峻的反语，正可见其心情的极端悲愤，从而加强了诗歌的批判力度。宋人写诗，在各方面都必须力破唐人余地，方能有所开拓，此诗就是宋诗在民生疾苦的主题中有所创新的典型例子。

四时田园杂兴二首 范成大

蝴蝶双双入菜花，日长无客到田家。
鸡飞过篱犬吠窦，知有行商来买茶。

昼出耘田夜绩麻，村庄儿女各当家。
童孙未解供耕织，也傍桑阴学种瓜。

鉴赏：此诗作于宋孝宗淳熙十三年（1186），时范成大在石湖（今江苏苏州南）。《四时田园杂兴》共六十首，其中包括"春日"、"晚春"、"夏日"、"秋日"、"冬日"各十二首，此二首分属"晚春"和"夏日"部分。钱锺书先生称《四时田园杂兴》"算得中国古代田园诗的集大成"，又说："到范成大的《四时田园杂兴》六十首才仿佛把《七月》《怀古田舍》《田家词》这三条线索打成一个总结，使脱离现实的田园诗有了泥土和血汗的气息，根据他的亲切的观感，把一个四季的农村劳动和生活鲜明地刻画出一个比较完全的面貌"（《宋诗选注》）。《诗·豳风·七月》是农事诗，陶渊明的《怀古田舍》表现隐士在农村的生活情趣，元稹《田家词》揭露农家遭受的苛政之苦，它们确是互相独立的三类主题。如果从诗歌主人公的角度来看，我们也可把古代田园诗分成两大类：一类是诗人自抒隐逸情趣，诗中偶然出现的樵夫、农人也往往被赋予隐士的性格。另一类是描写农民的劳作生活及其种种疾苦，即把《七月》与《田家词》的传统合而为一。从第二种分类法来考察，范成大的田园诗主要属于第二类主题。范诗基本上是对农村生活的客观描写，基本上摆脱了士大夫的隐逸情趣，从而更加逼真地写出了农村的景观和农民的生活。比如前一首描写晚春的农村风情：正值春播和采摘春茶的大忙季节，农民不分男女皆在田间、茶山忙碌，整个村庄一片寂静，只见蝴蝶在菜花丛中自由飞舞。突然鸡飞狗吠，便知道一定是有行商下乡收购新茶来了。当时官府控制茶叶买卖，“行商”是获得官府所颁营业证书的合法茶商，农家采摘的新茶都依靠行商销售，所以关注他们的行踪。三、四两句表面上甚为热闹，其实反衬出村庄之安静。为何有人进村便会惹得鸡飞狗吠？就因鸡狗都习惯了“日长无客到田家”。以闹衬静，手法甚为高明，却又不睹痕迹。这一切都是农民眼中的乡村风光，当然像生活本身一样的真实质朴。后一首写夏日农民的劳动生活：“村庄儿女”指村里的男女青年，他们已是各类农活的行家里手，已经承担起养家活口的主要责任，故而白天耘田，夜晚绩麻，终日辛劳。尚未成年的儿童还没学会耕织，但也在桑树阴下学着种瓜。此诗描写农民的劳作，细致生动。值得注意的是，诗中称青年为“儿女”，称儿童为“童孙”，口气亲切，流露出慈祥、欣赏的态度，多半是一位老农在夸奖家中的儿孙辈，而不是一位士大夫以居高临下的态度对农民表示怜悯。无论是写景还是叙事，这两首诗都与从前的田家词有明显不同，它们不再是诗人对农村景象的远观或想象，而是设身处地地代农民立言，故构思不求高雅，字句也不避俚俗。范成大身为曾登相位的士大夫，能够如此放下身段为农民写诗，难能可贵。

小　池　杨万里

泉眼无声惜细流，树阴照水爱晴柔。
小荷才露尖尖角，早有蜻蜓立上头。

鉴赏：此诗作于宋孝宗淳熙三年（1176），时杨万里在吉水（今属江西）。杨万里论诗，格外重视外部环境的触发作用，他说：“我初无意于作是诗，而是物、是事适然触乎我，我之意亦适然感乎是物、是事，触先焉，感随焉，而是诗出焉。我何与哉？天也。斯之谓兴。”（《答建康府大军库监门徐达书》）从其创作实际来看，他更加重视的是“感乎是物”，也即从山水草木、禽兽鱼虫等客观存在的自然景物中汲取作诗灵感。杨万里作诗时不但师法自然，而且常将自然写成具有生命、充满灵性的主人公，从而自然活泼，趣味盎然，此诗就是一例。首联中的“惜”、“爱”二字原指人类的主观情感，此处却都施用于景物身上。上句说泉水静悄悄地缓缓流淌，是爱惜其涓涓滴滴。下句说树阴临水照影，是怜爱这晴朗柔和的姿态。拟人手法的合理运用，遂使客观景物染上浓厚的感情色彩，一幅幽静安谧的初夏图景顿时生机勃勃。次联堪称此诗中的警策：新荷初生，尚未坼苞，早有蜻蜓立在尖尖的花苞上头。北宋诗人释道潜诗云：“风蒲猎猎弄轻柔，欲立蜻蜓不自由。”（《临平道中》）写风中的蒲苇摇摆不定，蜻蜓站立不稳，非常传神，向称名句。杨诗与之相映成趣，说新荷尖尖，蜻蜓却稳稳地站立其上。多么生动有趣的情景，多么和谐温馨的氛围！句中是否包含某种哲理？常有后人从中读出对新生事物的敏感或关爱，但诗人未着一言，一切都在若有若无之间。诗人只是捕捉到一个稍纵即逝的景象，并用妙趣横生的诗句使之成为永恒。当然，诗人对自然的热爱之情，以及人与自然和谐相处的观念，洋溢于字里行间，这是杨万里诗的最大优点。

初入淮河绝句 杨万里

船离洪泽岸头沙，人到淮河意不佳。
何必桑干方是远，中流以北即天涯。

鉴赏：此诗作于宋孝宗淳熙十六年（1189），时杨万里奉命北上迎接金国使者，途经淮河。靖康事变以后匆匆成立的南宋政权是偏安一隅的小朝廷，大片江山沦于敌手。宋孝宗隆兴二年（1164），宋、金达成“隆兴和议”，划定东起淮河、西至大散关的国界线，原是北宋内河的淮河遂成为宋、金两国的界河。二十五年以后，杨万里奉命北上迎接金使，渡淮之际，感慨万千，作诗抒愤。淮河是中国的“四渎”之一，淮河流域气候温暖，雨量充沛，沃野千里，是大宋王朝重要的农耕地区。淮河两岸并无高山深谷，河水也不如长江之宽阔、黄河之湍急，基本上无险可守，从自然地理的角度来看也不应成为界河。然而淮河竟然成为宋、金之界河！淮河之北竟然成为敌国领土！丧权辱国，莫此为甚！可是在宋高宗、秦桧等人的把持下，南宋小朝廷畏敌如虎，专意求和，只求苟安于半壁江山，把沦陷的北方领土弃之不顾。继高宗而立的宋孝宗虽有心振作，但无力回天，只得维持高宗朝留下的残局，与金国维持和议。正是在这种情境下，杨万里以使者的身份来到淮河。此诗并未直抒家国之思，只是将所历所见平平道来，但满腔悲愤渗透在字里行间。船只刚离开洪泽湖进入淮河，诗人便情绪恶劣。淮河的千里清波本是赏心悦目之景，为何诗人如此反常？下二句交代原因，原来一过淮河的主航道，便是敌国领土。古人常将异国绝域视作天涯，于是诗人反问道：何必要到桑干河才算是远方呢？淮河的中流以北便是天涯！从桑干河到淮河，大宋王朝的国境线向南退缩了几千里。诗人将桑干河与淮河相提并论，便是对金国侵略者的愤怒声讨，也是对南宋小朝廷的愤怒批判。诗人希望击退金兵、收复国土的爱国热忱也清晰可感。言浅意深，情怀郁郁，是此诗最大的优点。

观书有感 朱熹

半亩方塘一鉴开，天光云影共徘徊。
问渠那得清如许？为有源头活水来。

鉴赏：此诗作于宋孝宗乾道二年（1166），时朱熹在崇安（今福建武夷山市）。相传“方塘”在南剑州尤溪（今福建尤溪）的南溪书院之前（见清道光《重修福建通志》卷四四），乃出于附会。朱熹六岁即离开尤溪，以后迄未居此。乾道二年，朱熹在崇安作书答友人许顺之，书中提及此诗，诗当作于崇安，“方塘”亦当在崇安。此诗虽然题作《观书有感》，内容却只是展示一幅生动的图像：一塘清水，像明镜一样倒映着蓝天白云。“共徘徊”意谓轻微地移动，此或为天上云行，或为塘中水流，但水面相当平静，否则不会如明镜般倒映云天。这幅图像与“观书有感”的诗题有何关系呢？奥秘在于后二句：为何方塘之水清澈如许？只因有源头活水不断地注入。这显然与朱熹读书、思考的某种经验有着深刻的内在同一性。朱熹《答许顺之》书之十云："秋来老人粗健，心闲无事，得一意体验，比之旧日渐觉明快，方有下工夫处……更有一绝云：'半亩方塘一鉴开，天光云影共徘徊。问渠那得清如许？为有源头活水来。'"可见诗人就是如此构思的。程千帆先生指出："这是一篇体现了作者哲学思想的小诗。它以池塘要不断地有活水注入才能清澈，比喻思想要不断地有所发展才能活跃，免于停滞和僵化。它用形象思维的方式表达了抽象思维，因而使之更容易为人们所接受。"（《古诗今选》）此诗表达的哲理是深刻的，富有启发意义的，然而它的表现方式却完全是诉诸艺术形象的。它通过描写和叙述来启迪读者自行领悟，而不是用逻辑思维来向读者证明、灌输。宋代某些理学家的"哲理诗"往往写得语言枯燥、意旨晦涩，朱熹此诗却是活泼明快，巧妙灵动，堪称哲理诗的典范之作。

除夜自石湖归苕溪　姜　夔

细草穿沙雪半销，吴宫烟冷水迢迢。
梅花竹里无人见，一夜吹香过石桥。

笠泽茫茫雁影微，玉峰重叠护云衣。
长桥寂寞春寒夜，只有诗人一舸归。

鉴赏：此诗作于宋光宗绍熙二年（1191），时姜夔从石湖（今江苏苏州南）归苕溪（今浙江湖州境内）。此前姜夔前往石湖访问范成大，逗留月余，至除夕方乘舟返回湖州家中，作诗十首，此选其一、其七。这是姜夔的得意之作，曾寄与杨万里，杨复书云："所寄十诗，有裁云缝雾之妙思，敲金戛玉之奇声。"此语的后句当指姜诗声调谐婉，音节浏亮。试以所选二首为例，前一首第二句的"烟"字应仄而平，后一首第二句的"玉"字应平而仄，"重"字应仄而平，此外每字皆符合七绝格律，况且上述三字在句中的位置皆属于"一三五不论"，声律之精严，正与姜词的情形相合。而且二诗音节浏亮，抑扬有致，读来朗朗上口，确实具有独特的音乐之美。杨万里所说的前句语意朦胧，按姜夔称"诗有四种高妙"，其中第三种为"写出幽微，如清潭见底，曰想高妙"（《白石道人诗说》），庶几近之。姜夔于石湖作客，至除夕方得归家，固然是由于主客相得故乐而忘返，也与姜夔本有幽约情怀有关。除夕之夜，正是千家万户欢聚守岁之时，诗人却独在途中欣赏夜幕下的湖光山色。此情此景，自会引起孤芳自赏的高洁情怀，也会触发清幽淡远的艺术趣味。前一首先在残雪细草、冷烟寒水的背景中推出吴宫遗址，抒发怀古之幽情。再写竹丛中透出梅花的幽香伴随自己行经石桥，"无人见"三字分明别有寄托。后一首描写太湖夜景，更加突出孤独凄清之感。岁杪冬寒，本非鸿雁迁徙之时，"雁影微"三字实乃慨叹湖面、空中皆为一片寥廓微茫。群峰积雪，且有云衣相护，若隐若现，更呈远离人寰之姿。经过首联的景物渲染，尾联乃直抒自己之别有怀抱，那座有着七十二个桥洞的著名长桥，此刻竟是寂寥无人，只有诗人的一叶轻舟独自经过。此种怀抱，也许混杂着漂泊江湖的身世之感，但更可能是耿介清高的孤芳自赏。二诗风格清新，意境空灵，张炎评姜夔词风曰"清空"（《词源》卷下），其实姜诗也有同样的风格倾向。

约 客 赵师秀

黄梅时节家家雨，青草池塘处处蛙。
有约不来过夜半，闲敲棋子落灯花。

鉴赏：此诗作年不详。江南的梅雨之夜，雨声不绝，空气闷湿，令人不适。长满青草的池塘里群蛙乱鸣，既嘈杂又单调，更使人心生厌烦。本来约请好友来访，或小酌谈诗，或纹枰对弈，以消磨这长夜的孤寂。可是早就过了约定的时刻，直到夜半已过，仍未听到客人叩门之声，洋溢耳边的仍是那雨声和蛙鸣。诗人百无聊赖，只好独自拿起棋子敲打棋枰，以致震落了灯芯上的灯花。此情此景，还能产生诗情吗？能！而且能产生好诗！此诗就是明证。宋人评此诗曰："意虽腐而语新。"（《柳溪诗话》）的确，此诗所写情景皆为人所熟知者，但写法则出奇制胜。雨夜室外一片漆黑，室内灯光昏暗，无景可写，诗人着力刻画的是声响。首句写雨声，次句写蛙声，末句写棋声，第三句似乎未及声响，其实暗含着诗人急切盼望而始终未曾出现的叩门之声，故全诗堪称绘声之作。种种声响或实或虚，交融混杂，有力地渲染出诗人的期待、失望之情，从而构成情怀郁郁的动人意境。称此诗为"语新"，或因斯乎？

寒 夜 杜 耒

寒夜客来茶当酒，竹炉汤沸火初红。
寻常一样窗前月，才有梅花便不同。

鉴赏：此诗作年不详。此诗可与前篇对读。前者写夏夜，此首写冬夜。前者写约客不至，此首写有客来访。夜间天色漆黑，群动皆息，既无可观之景，亦无可为之事，按理说不会激发诗情。但是在优秀诗人的眼中，夜间的物态同样有活色生香，夜间的生活同样是趣味盎然。释惠洪《冷斋夜话》卷三记黄庭坚语云："天下清景，初不择贤愚而与之遇，然吾特疑端为我辈设。"这两首诗所写的就是黄氏所云"清景"，赵师秀、杜耒就是黄氏所云"我辈"中人。此诗写寒夜客来，此客可能是"不速之客"，主人并未准备酒菜，故而以茶代酒。茶本就深得宋代文人青睐，又易于烹煮，仓促之间取出待客，亦是合情合理之事。首句被后人将"寒"字改成"良"字后广为流传，即因此故。为了煮茶，主人点燃竹炉，釜内汤沸，炉底火红，为寒夜增添了暖意与亮色。次句文字简洁平淡，但情意融融，亲切可喜。后二句写窗间月影，构思巧妙，意境清新。宋人用纸糊窗，月光将窗前梅花投影在窗纸上，疏影横斜，纤毫毕现，宛如一幅墨梅图。此前陈与义早已观察到日光或月光将梅、竹之影投射窗间的现象，有诗云："晴窗画出横斜影，绝胜前村夜雪时。"（《和张规臣水墨梅五绝》之五）"昨夜嫦娥更潇洒，又携疏影过窗纱。"（《竹》）但杜耒此联句意更为显豁，后来居上。而且此联不仅展现了美丽的画面，还暗含着主客对坐共赏窗间梅影的行为，从而与全诗赞美友情的主题相合。宋代诗人擅长描写日常生活中的平凡琐屑之事，这两首小诗堪称这方面的代表作。

频酌淮河水　戴复古

有客游濠梁，频酌淮河水。
东南水多咸，不如此水美。

春风吹绿波，郁郁中原气。
莫向北岸汲，中有英雄泪。

鉴赏：此诗作年不详。靖康事变以后，宋、金之间的基本界线东起淮河，西到散关。于是，本是宋朝内河的淮河，便成为宋、金的界河。本是万顷良田的淮河两岸，亦成为战火时燃、民不聊生的边地。南宋的诗人涉足淮河，莫不感时抚事，伤心惨目，这成为南宋淮河诗最重要的主题倾向。蒋介慨叹淮河竟成界河："中原好在平如掌，莫把长淮当白沟！"（《第一山》）汪元量惋惜淮田之荒废："青天淡淡月荒荒，两岸淮田尽战场。"（《湖州歌》）力主抗金的陆游对此气愤如山："百战元和取蔡州，如今胡马饮淮流。"（《估客有自蔡州来者感怅弥日》）杨万里奉命迎接金使来到淮河，悲愤交加，所作《初入淮河四绝句》，更成为此类主题中的代表作。当然也有写法别致者，例如路德章的《盱眙旅舍》："道旁草屋两三家，见客擂麻旋点茶。渐近中原语音好，不知淮水是天涯。"诗人从乡音可喜的角度，来抒写因淮水阻隔而有乡难归之悲愤，选材角度别出心裁。戴复古浪迹天涯，曾多次路经淮河，忧时之心甚炽："连岁经行淮上路，忧时赢得鬓毛苍。"（《蕲州上官节推同到浮光》）对淮村的荒芜感到满目凄凉："几处败垣围故井，向来一一是人家。"（《淮村兵后》）他写得最为出色的首推此诗。诗人来到濒临淮河的濠梁（今安徽凤阳），竟然频频酌饮河水。原来东南近海，水味多咸，不如淮水之甘甜。连河水都是故土为佳，则中原的锦绣河山、丰富物产之可贵，不言而喻。这是对南宋小朝廷弃故国江山于不顾的国策的严厉批判，虽不动声色，然严于斧钺。末联悼念为国捐躯之抗金将士，情怀郁郁，感人至深。在南宋的淮河诗中，此诗的写法独树一帜，典型地体现了宋诗平淡美的风格倾向。

军中乐　刘克庄

行营面面设刁斗，帐门深深万人守。
将军贵重不据鞍，夜夜发兵防隘口。
自言虏畏不敢犯，射麋捕鹿来行酒。
更阑酒醒山月落，彩缣百段支女乐。
谁知营中血战人，无钱得合金疮药。

鉴赏：此诗作于宋理宗绍定元年（1228），时刘克庄在莆田。乐府诗有两种传统写法，一是沿袭古题，二是自创新题，此诗属于第二种。汉魏乐府有《从军行》古题，既以描写军中生活为主要内容，自当兼及苦乐两个方面。正如魏代王粲《从军行》云："从军有苦乐，但问所从谁。"但续写此题者大多偏重于军中之苦，至唐人李益之《从军有苦乐行》，方兼写军中之苦乐，但所写乃一人之经历。惟高适之《燕歌行》云："战士军前半死生，美人帐下犹歌舞。"主题方改成揭露军中将士之苦乐不均。此诗题目沿袭李益，内容模仿高适，创作精神则继承了杜甫自创新题以写时事的优秀传统。南宋小朝廷以偏安求和为国策，到了末年，朝中政治更加窳败，军队也腐败不堪。此诗揭露军中将领毫无守土御敌之志，却终日沉溺于酒色享受的无耻行径：将军身居中营，四面设置岗哨，防守之士卒多达万人。他身为将军，居然不近鞍马。他统率着一支大军，其责任居然只是守卫他自身。他还自我夸耀敌人不敢来犯，故可放心地捕猎行酒。他躲在营中饮酒作乐，直到深夜，还将大量财帛随意赏赐给女乐。这样的军中生活，非乐而何？此诗题作《军中乐》，不亦宜乎？在强敌压境、国势危急的情境下，将军竟然如此奢靡享乐，诗人的批判态度昭然若揭。作为对照，结尾描写血战的士卒竟然无钱合药治伤的惨状，从而揭露军中苦乐不均的事实。如此的军队还能精诚团结、御敌守土吗？结论不言自明，这正是诗人的态度。

武夷山中　谢枋得

十年无梦得还家，独立青峰野水涯。
天地寂寥山雨歇，几生修得到梅花。

鉴赏：此诗作于元至元十九年（1282），时谢枋得在武夷山。宋端宗景炎元年（1276），谢枋得抗元兵败，乃易服变名，弃家入闽。此后诗人遁迹于闽、赣之山间，几近十年。元世祖至元十九年（1282），谢枋得往武夷山访问故友熊鉌。此时南宋已亡，抗元烽烟渐息，元人开始搜罗抗元义士，逼迫他们出仕新朝，诗人乃作此明志。首句语似平淡，情实沉痛。谢枋得在知信州的任上率兵抗元，信州城陷，其兄弟皆死国事，妻李氏自经死，多位家人被俘后死于狱中。信州既是诗人的家乡，也是其为官之地，如今国破家亡，己身且被元人搜捕，焉能还家？所谓“无梦得还家”者，乃无家可归，有梦无益也。次句实指诗人为了躲避元人搜捕，朝迁暮徙，匿迹于荒山野谷之间。但闽、赣一带山深水幽，远离人寰，诗人独立其间，免受尘俗污染，也可谓得其所哉。此句仅为叙事，然诗人坚持气节、孤芳自赏的兀傲神情如在目前。后二句进而描写寂寥清幽的环境，并对着山中梅花自表心迹。山雨过后，山间一片凄清，仿佛天地都归于寂寥。这是指武夷山中的真实景象，还是暗喻宋亡后万马齐喑的政治局面？当是两者皆有。至于梅花，它傲霜耐雪，凌寒独放，向被视作崇高品格的象征。于是诗人对着梅花发问：自己更经几生几世，才能修炼到梅花一般的品格？七年以后，谢枋得被元人强行押解到大都，他坚拒出仕，绝食而死。诗人终于以坚贞不屈的气节实现了自己与梅花的誓约，故此诗的主题虽非咏梅，但也可视作对梅花的深情礼赞。

潼　关　汪元量

蔽日乌云拨不开，昏昏勒马度关来。
绿芜径路人千里，黄叶邮亭酒一杯。
事去空垂悲国泪，愁来莫上望乡台。
桃林塞外秋风起，大漠天寒鬼哭哀。

鉴赏：此诗作于元世祖至元二十二年（1285），时汪元量自西域东归，路经潼关。宋恭帝德祐二年（1276），元军攻破临安，汪元量随帝后北行到大都。元世祖至元二十一年（1284），已被封为“瀛国公”的恭帝赵㬎被遣往居延、天山，汪元量随之西行。次年元量东归大都，途经潼关，乃作此诗。潼关是从洛阳到长安的必经之地，也是扼守关中的咽喉，历代诗人至此，多有吟咏。唐人许浑在潼关题壁云：“红叶晚萧萧，长亭酒一瓢。……帝乡明日到，犹自梦渔樵。”（《秋日赴阙题潼关驿楼》）然而当汪元量来到此地，心中百感交集，所见满目荒芜，故全诗笼罩着浓重的悲愁情绪。乌云堆积，遮天蔽日。“拨不开”三字既是形容乌云之沉重，也暗含着回天无力的悲慨。诗人护送故国幼君前往西域，然后独自东归，勒马入关，“昏昏”二字，也双关天色与心绪。宋亡以来，诗人跟随故国帝后先北上，再西行，辗转千里，只有遍地青草一路相随。如今在黄叶纷飞的驿站里对着浊酒一杯，心中的感触又当如何？颈联随即抒写心事：故国已亡，抗敌复国的事业已不可为，即使有悲国之泪，也是空垂无益。至于家乡钱塘，也即故都临安，远在万里之外，即使登上高台也眺望不及。况且要想归乡，必须得到新朝的恩准，登台望乡又有何用？至此，诗人的心情极其压抑，难以言说，只得重新去写天气。关外秋风阵阵，寒意逼人，只闻大漠上传来鬼哭声声。几十年来烽火连绵，生灵涂炭，无数军民成为冤魂。散落在秋风中的哀哀鬼哭，与此诗的整体情调浑然一体。语云“亡国之音哀以思”，信然！

效孟郊体 谢翱

落叶昔日雨，地上仅可数。
今雨落叶处，可数还在树。
不愁绕树飞，愁有空枝垂。
天涯风雨心，杂佩光陆离。
感此毕宇宙，涕零无所之。
寒花飘夕晖，美人啼秋衣。
不染根与发，良药空尔为。

鉴赏：此诗作年不详。宋亡之后，谢翱心情悲痛，时时痛哭。文天祥就义的消息传来，谢翱曾三次登台哭吊。元人杨维桢《吊谢翱文》指出：“翱以至诚恻怛之心，发慷慨悲歌之气，世知其为庐陵公恸也……盖是恸，即箕子过故国之悲，鲁连蹈东海之愤，留侯报韩、靖节存晋之心也。”的确，谢翱心中的深哀剧痛是意蕴深广的故国之悲，故而弥漫在他所有的诗文作品中。由于元朝统治严酷，谢翱采取相当隐晦的方式来抒写内心哀思，此诗即是其代表作之一。诗题作“效孟郊体”，名副其实。它既有钩章棘句、戛戛独造的艺术特征，又不乏字句朴素的白描手法，似乎融合孟诗的两种风格而自成一体。更重要的是，它在用情真挚、运思深刻的方面接近孟诗境界。苏轼《读孟郊诗》云：“诗从肺腑出，出辄愁肺腑。”此诗也有类似的特征。起首四句以落叶为喻，生动地写出国势渐衰终至灭亡的过程，精巧的构思却出以朴素的字句，深切的哀痛却寄于平淡的语气，深得孟诗之精髓。下面两句暗用曹操诗意，却将主语从乌鹊变成落叶，诗意更加凝练，而且包含着所哀者乃是国家而非个人的深意。再下面的四句描绘一位杂佩陆离在风雨中独行天涯的志士，那是指行吟泽畔的屈子，还是谢翱自己？当是兼而有之。最后四句说事已如此，回天无力。全诗至此戛然而止，但悲痛之情不绝如缕。全诗皆用比兴手法，未有一字揭明题旨，然其中蕴涵的家国情怀却跃然纸上。后人评谢翱诗云：“所为歌诗，其称小，其指大，其辞隐，其义显，有风人之余，类唐人之卓卓者。”（任士林《谢翱传》）此诗足当此评。

第四讲

问题与思考

宋代诗人如何以俗为雅？

宋玉在《对楚王问》中编了一个寓言："客有歌于郢中者，其始曰《下里巴人》，国中属和者数千人；其为《阳春白雪》，国中属而和者不过数十人。"（许多人怀疑《对楚王问》不是宋玉的作品，但这段故事见于西汉刘向《新序》，其后东晋习凿齿《襄阳耆旧传》中也有记载，可证其产生的年代很早。）这个"曲高和寡"的故事在后代广为流传，而且不断被诗人们用激动的语气予以复述（如晋张协《杂诗》之五、唐李白《古风五十九首》之二十一等）。《阳春白雪》与《下里巴人》两首歌曲的最大区别是什么呢？一言以蔽之，就是"雅"和"俗"。在古代中国，无论是论人还是衡艺，都严于雅俗之辨，趋雅避俗是历代士人在为人和写作两方面的共同追求。可是到了北宋，诗人们却提出了"以俗为雅"的口号，对雅与俗的关系进行新的审视。本文拟对宋诗"以俗为雅"的现象及其文化背景做一些探索。

一

首先提出"以俗为雅"的是北宋的代表诗人苏轼和黄庭坚（《苕溪渔隐丛话》前集卷二六引《后山诗话》："闽士有好诗者，不用陈语常谈，写投梅圣俞。答书曰：'子诗诚工，但未能以故为新、以俗为雅尔。'”但梅尧臣是否真的说过这话，尚无坚证）。苏轼在《题柳子厚诗》中说：

> 诗须要有为而作，当以故为新，以俗为雅。好奇务新，乃诗之病。柳子厚晚年诗极似陶渊明，知诗病者也。（《东坡志林》卷九）

黄庭坚则在《再次韵（杨明叔）·引》中说：

> 庭坚老懒衰惰，多年不作诗，已忘其体律。因明叔有意于斯文，试举一纲，而张万目。盖以俗为雅，以故为新。百战百胜，如孙吴之兵；棘端可以破镞，如甘蝇飞卫之射。此诗人之奇也。

黄庭坚此诗作于绍圣四年（1097），苏轼此跋无准确编年，但他喜好陶、柳二家诗是晚年南迁之后的事，所以此跋亦当作于绍圣年间。也就是说，苏、黄二人几乎是在同时提出了“以俗为雅”之说，这是他们的晚年定论。

众所周知，无论是论人还是谈艺，苏、黄二人都是极其反对“俗”的。苏轼有诗云：“可使食无肉，不可使居无竹。无肉令人瘦，无竹令人俗。人瘦尚可肥，士俗不可医。”（《於潜僧绿筠轩》）黄庭坚亦曾对子弟说：“士生于世，可以百为，唯不可俗，俗便不可医。”（《书嵇叔夜诗与侄榎》）至于他们评诗文、论书画时批判“俗”、“俗气”、“俗韵”的话更是多得不胜枚举。那么，反对“俗”又主张“以俗为雅”，是不是自相矛盾呢？要回答这个问题，首先要弄清楚“以俗为雅”的确切内涵。

我们注意到，苏、黄所说的“以俗为雅”都是与“以故为新”相连的。“以故为新”的涵义比较明确，意谓在诗歌写作中学习、借鉴前代诗人在语言艺术（包括用字、造句、用典、设譬等各个方面）上的丰富积累。黄庭坚曾更加明确地将其归纳为“夺胎换骨、点铁成金”（参看拙文《黄庭坚夺胎换骨辨》，《中国社会科学》1983 年第 5 期）之法。“以故为新”的手法在苏、黄诗中有大量的例证，其实质就是“化臭腐为神奇”，也就是通过奇妙的艺术构思使已经显得陈旧的某些艺术遗产焕发出新的生命力，“以故”是手段，“为新”是目的。“以俗为雅”既然是与“以故为新”并列的一个词组，它的语法结构和内在逻辑也应该是相同的。也就是说，在“以俗为雅”这种手法中，“以俗”是手段，“为雅”是目的，即通过诗人的艺术构思使“俗”升华为“雅”。应该指出，广义的“以俗为雅”也包含有“以故为新”的意思。在文学史上，大至一种风格、一种意境，小至一个典故、一个比喻，总是在创始者获得成功之后，随即群相模仿，递相祖述。年代一久，新鲜、活泼的风格、意境、典故、比喻渐渐变成陈词滥调，即使凡庸之人也能脱口而吟、信手而书，这样的诗必然是平庸无奇、俗不可耐的。摆脱这种“俗”，使之恢复“雅”，正是“以俗为雅”的一种涵义。那么，除此之外，“以俗为雅”到底有哪些涵义呢？苏、黄没有明言，但我们从他们及其他宋代诗人的作品中可以发现下面两种涵义。

第一是诗歌语言的“以俗为雅”。从汉魏六朝到隋唐五代，除了杜甫等少数人之外，诗人是不允许俗字俚语进入诗歌殿堂的。唐人刘禹锡重阳日作诗不敢用俚俗的“糕”字（韦绚《刘宾客嘉话录》），就是一个著名的例子。但到了宋代，诗人们就不再受这种观点的束缚。宋祁虽是受西昆派影响很深的诗人，仍作诗嘲笑刘禹锡：“刘郎不敢题糕字，虚负诗中一世豪。”（《九日食糕》）王琪则公开主张：“诗家不妨间用俗语，尤见功夫…… 此点瓦砾为黄金手也。”（《西清诗话》）苏轼更认为：“街谈市语，皆可入诗，但要人熔化耳。”（周紫芝《竹坡诗话》）所以在苏、黄手中，俗字俚语公然入诗。苏诗有句云：“三杯软饱后，一枕黑甜余。”（《发广州》）黄诗有句云："闻道狸奴将数子，买鱼穿柳聘衔蝉。"（《乞猫》）"软饱"指饮酒，"黑甜"指熟睡，"衔蝉"指猫，都是当时俗语，深受苏、黄影响的陈师道诗中也有大量的俚语俗字，仅宋人庄季裕《鸡肋编》卷下指出的就有二十一例。到了南宋的杨万里，俗字俚语更成为极重要的诗歌语言，以至后人批评他"满纸村气"（李慈铭《越缦堂日记》光绪乙酉十月初四日）。

在用典方面也有类似的情形。前人作诗用典，一般都局限于经史中的故事和诗文中的字句，偶然用及小说，也主要是《汉武帝故事》《西京杂记》等具有野史性质的较为"雅正"的书。苏、黄则不然。苏轼《东坡八首》中"古生亦好事，恐是押牙孙"用唐薛调《无双传》中故事，黄庭坚《戏赠彦深》中"上丁分膰一饱饭，藏神梦诉羊蹴蔬"用隋侯白《启颜录》中故事，《无双传》与《启颜录》都是不登大雅之堂的小说，那些用典讲求典雅的诗人是不屑一顾的。从苏、黄开始，诗人用典不再有什么约束，无论是经史子集还是佛经道藏、稗官小说，都成了典故的渊薮。

宋人的这种做法，实际是把口头语言和书面语言中那些被前代诗人所忽略或摒弃的部分引入诗歌。清人叶燮说："苏诗包罗万象，鄙谚小说，无不可用。譬之铜铁铅锡，一经其陶铸，皆成精金。"（《原诗》外篇上）许多宋代诗人也有同样的特点，把"铜铁铅锡"等平凡之物陶铸成"精金"，正体现了苏、黄所倡的"以俗为雅"的精神，无疑，这种做法极大地补充了诗歌所需的语言材料，而且使之更加活泼、更加生气勃勃，这正是宋诗异于唐诗的特征之一。

第二是诗歌题材方面的"以俗为雅"。在六朝时代，诗歌几乎成了高门贵族的专利品，诗歌题材大体上被局限于以宫廷为中心的狭小范围之内。诗人即使把目光投向大自然，写出优美的山水诗，诗中体现的仍是高远玄妙的意趣和孤芳自赏的感情，即所谓"雅人深致"。至于普通人的日常生活，则是诗人们不屑一顾的。经常写到鸡犬桑麻的陶诗在当时完全被诗坛所遗忘，主要是由于这个原因。到了唐代，虽然诗国的疆域大大地扩展了，但整个诗坛仍未充分注意到生活中那些“俗”的题材。王维虽时时咏及樵夫牧童，孟浩然也写过“开轩面场圃，把酒话桑麻”（《过故人庄》）的句子，但那只是作为诗人静谧心境的点缀和衬托，自身并不具有独立的审美价值。白居易等人也常在诗中描写下层人民的疾苦，但那是为了“唯歌生民病，愿得天子知”（《寄唐生诗》），作诗的目的既然是功利性质的，题材当然也不会被当作审美的对象。所以说，除了杜甫、韩愈等少数人的少量作品外，唐代诗坛对那些平凡、琐屑的题材是不甚注意的。晚唐的贾岛、姚合等人虽多写细小题材，但他们偏爱阴冷破败之景，取径太窄，意境枯窘，未能树立诗坛新风。

入宋以后，诗坛风气有了很大的转变。从欧阳修、梅尧臣开始，诗人们把审美的目光投向生活的各个角落，欧阳修赞扬梅诗“长于本人情、状风物”（《书梅圣俞稿后》），的确，梅尧臣诗中除了写朝政时事、民生疾苦、山水、怀古等前人常写的题材外，还有《食荠》《范饶州坐中客语食河豚鱼》《深夏忽见柰树上犹存一颗实》《孙曼叔暮行汴上见鹘击蝙蝠以去语于予》之类的诗，还有一首题作《师厚云虱古未有诗邀予赋之》。这些“古未有诗”的题材是蓦然闯入诗歌殿堂的，所以梅尧臣的尝试有时不很成功，例如《扪虱得蚤》《八月九日晨兴如厕有鸦啄蛆》等，缺乏深情远韵，未能把凡庸之物升华到审美境界，也就是未能“以俗为雅”。但这种努力开始了拓展诗国疆域的运动，等到苏、黄主盟诗坛时，诗人们一方面继承了欧、梅“本人情、状风物”的传统，另一方面避免了梅尧臣写俗物而未能脱俗的缺点，从而最大程度地使平凡、琐屑的日常生活上升入诗的境界。在苏、黄诗集中，数量最多的有两大类：

第一类是题咏亭台楼阁、书画、笔墨纸砚乃至茶酒等物的诗。诗人的目光常常投向前人绝少注意的“俗物”，例如黄诗中咏过莲子汤、豆粥、蛤蜊、黄雀鲊等食物。值得注意的是这些诗中有许多佳作，达到了“以俗为雅”的目的，苏、黄的许多咏茶诗就是如此。茶是古人生活中的重要日用品，它在士大夫心目中的地位早已超越了柴米油盐等物，成为文人高雅生活不可或缺的内容，具有一定的文化意义和审美价值。唐人对饮茶已相当讲究，陆羽还写了《茶经》一书，但是唐人咏茶的诗很少，除卢仝《走笔谢孟谏议寄新茶》外几无名篇。而欧、梅二人写了《尝新茶杂言》《次韵和》等四篇七古来咏茶，往复相和，乐此不疲，但诗歌本身尚非上乘。到苏、黄手中，咏茶诗成了重要的一类，而且佳作迭见，所以清人王士禛云:“黄集咏茶诗最多最工。”（《花草蒙拾》）我们在苏、黄集中各举一首篇幅较短的为例：

活水仍须活火烹，自临钓石取深清。大瓢贮月归春瓮，小杓分江入夜瓶。雪乳已翻煎处脚，松风忽作泻时声。枯肠未易禁三碗，坐听荒城长短更。（苏轼《汲江煎茶》）

人间风日不到处，天上玉堂森宝书。想见东坡旧居士，挥毫百斛泻明珠。我家江南摘云腴，落硙霏霏雪不如。为公唤起黄州梦，独载扁舟向五湖。（黄庭坚《双井茶送子瞻》）

一写烹茶过程，一写赠茶友人，题材本身是平凡琐屑的，也可以说是俗的，然而前一首描绘了月明江清的清幽环境，后一首则以远离尘俗的高雅之地为背景，它们又分别以“雪”、“松”、“云”等洁净之物来形容茶之清醇。更重要的是，前一首结以身居异乡的孤寂之感，后一首结以归隐江湖的高洁志趣。这样，全诗的意境、情趣就极高洁，没有丝毫俗气。也就是说，诗中的茶确已超越了实用性质而跃入了审美的境界，从而完成了“以俗为雅”的升华过程。

宋代诗人的目光甚至投向了从未入诗的一些事物：

半醒半醉问诸黎，竹刺藤梢步步迷。但寻牛矢觅归路，家

在牛栏西复西。（苏轼《被酒独行遍至子云、威、徽、先觉四黎之舍三首》之一）

以“牛矢”入诗，恐怕是唐人无法想象的。然而此诗写了生动活泼的农村生活情景和诗人乐观旷达的精神，志趣高洁，并无鄙俗之病。南宋的杨万里、范成大等人在这方面发展了苏轼的传统，从而使向来不被诗人注意的农村生活的许多细节成了绝妙的诗料。

第二类是赠别唱酬、纪行纪游之诗。这些题材前人也写，但宋人写得更多，而且叙事、抒情的角度更趋向世俗化。宋人虽然盛赞杜甫“一饭未尝忘君”（苏轼《王定国诗集叙》），但他们写送别诗时极少有“公若登台辅，临危莫爱身”（杜甫《奉送严公入朝十韵》）的勉励之言，在流落迁徙时也极少抒“周宣中兴望我皇，洒血江汉身衰疾”（杜甫《忆昔二首》之二）的心怀魏阙之情。他们更注意的是私人的交情、自身的感受等等。例如苏轼先贬黄州，后谪岭南，留下了许多“长江绕郭知鱼美，好竹连山觉笋香”（《初到黄州》）、“日啖荔枝三百颗，不辞长作岭南人”（《食荔枝二首》之二）之类的诗。当然这里面也有北宋党争激烈、文网较严的影响，但苏轼作诗向来敢怒敢骂，作于惠州的《荔枝叹》中直斥丁谓、蔡襄之名就是一例。关键是他的审美视野的焦点在彼而不在此。宋人的纪游诗、山水诗也与唐人不同。唐诗中王、孟喜写宁静的世外桃源，李、杜爱写雄伟的奇山异水，都寄意于远离人寰尘嚣的境界。宋人则更喜欢写金山、西湖等游人熙攘的世间山水，苏轼有句云：“我虽爱山亦自笑，独往神伤后难继。不如西湖饮美酒，红杏碧桃香覆髻。”（《自普照游二庵》）虽为一时戏言，却说出了宋人山水诗的特点。后人或以此作为判断唐宋诗优劣的根据，认为唐诗多写重大题材，风格雄浑，故高雅；宋诗多写琐细题材，风格纤巧，故卑俗。其实这仅仅反映了两个时代不同的审美风尚，并无高下可言。

而且宋诗在内容上由外扬转向内敛，减弱的仅仅是诗歌的社会功能、政治功能，对于艺术来说，这未必不是一种进步。

所以说，宋诗在题材上的“以俗为雅”，实际上是把人类生活中被前代诗人所忽视或舍弃的部分引入了诗国。叶燮云：“苏轼之诗，其境界皆开辟古今之所未有，天地万物，嬉笑怒骂，无不鼓舞于笔端。”（《原诗》内篇上）整个宋诗也有同样的特点，宋人开拓诗境的努力是功不可没的。

二

那么，宋人是如何实现“以俗为雅”的呢？从表面上看，有一些具体的手法，我们举苏、黄诗为例作些说明。

一是一篇之中雅俗相伴，以雅化俗。叶梦得《石林诗话》评苏诗《白鹤峰新居欲成夜过西邻翟秀才》云：“苏子瞻‘林行婆家初闭户，翟夫子舍尚留关’，始读殆未可测其意。盖下有‘连娟缺月黄昏后，缥缈新居紫翠间。系懑岂无罗带水，割愁还有剑铓山’四句，则入头不怕放行，宁伤于拙也。”此诗首二句不但拙，而且俗，但有了后面四句的清丽典雅，全诗也就雅而不俗了。类似的黄诗有《登快阁》，首句“痴儿了却公家事”辞意甚俗，但后面的“落木千山天远大，澄江一道月分明”等句却极其雅洁。

一是用典故等比较雅的手法来咏俚俗之物。例如苏诗《豆粥》，如果仅有“沙瓶煮豆软如酥”等句，则不免俚俗之讥。但此诗写了刘秀、石崇与豆粥有关的两个故事，从而使豆粥具有一层历史文化的意义，全诗也就化俗为雅了。类似的黄诗有《和答钱穆父咏猩猩毛笔》，通篇用典，极其雅饬。可惜此诗书卷气太浓了，招致后人不少批评。

从本质上看，宋人实现“以俗为雅”的手段就是以更为宽广的审美视野和更为敏锐的审美趣味去审视世界。让我们看一些例子：

苏轼和黄庭坚都写过《薄薄酒二章》，苏诗有引曰："胶西先生赵明叔，家贫好饮，不择酒而醉，常云：'薄薄酒，胜茶汤。丑丑妇，胜空房。'其言虽俚而近乎达，故推广之，以补东州之乐府。"黄诗之二云：

> 薄酒终胜饮茶，丑妇不是无家。醇醪养牛等刀锯，深山大泽生龙蛇。秦时东陵千户食，何如青门五色瓜？传呼鼓吹拥部曲，何如春雨一池蛙？性刚太傅促和药，何如羊裘钓烟沙？绮席象床雕玉枕，重门夜鼓不停挝。何如一身无四壁，满船明月卧芦花？吾闻食人之肉，可随以鞭朴之戮；乘人之车，可加以铁钺之诛。不如薄酒醉眠牛背上，丑妇自能搔背痒。

陈师道、黄庭坚都写过《陈留市隐》诗，黄诗是：

> 陈留江端礼季共曰：陈留市上有刀镊工，年四十余。无室家子姓，惟一女年七岁矣。日以刀镊所得钱与女子醉饱，醉则簪花吹长笛，肩女而归。无一朝之忧，而有终身之乐。疑以为有道者也。陈无己为赋诗，庭坚亦拟作。
>
> 市井怀珠玉，往来人未逢。乘肩娇小女，邂逅此生同。养性霜刀在，阅人清镜空。时时能举酒，弹镊送飞鸿。

赵明叔的话原很俚俗，但苏、黄却从中挖掘出很深的意蕴，将它提高到人生哲理的层次，并用优美的诗歌语言把这种哲理化为艺术意境。苏轼说这是"推而广之"，其实更是"拔而高之"，其结果就是"以俗为雅"，虽说这种哲理自身的思想价值不一定很高。至于陈留市的刀镊工，其实就是一位自食其力的普通劳动者，这本来是"俗人"，即黄诗首句所说的"市井"。然而黄、陈却从他的身上发现了"有道者"的品质，并写成了这两首有名的诗。其实这很可能是诗人用自己的观点去代替或塑造了刀镊工的形象，但对于作诗而言，这确是从俗中发现雅，即“以俗为雅”。

当然，诗人们注意得更多的是他们自身，“以俗为雅”的审美方式在他们写自己日常生活的诗中体现得更为普遍。上文中所举的咏茶诗等就体现了这一点，我们再看两个例子。

> 红尘席帽乌靴里，想见沧洲白鸟双。马龁枯萁喧午枕，梦成风雨浪翻江。（黄庭坚《六月十七日昼寝》）

这首写生活琐事的小诗曾引起后人议论纷纷，清人袁枚所说的“落笔太狠，便无意致”（《随园诗话》卷九）便是较有代表性的批评，叶梦得则以自己的亲身经历为黄庭坚辩解，且说这体现了“鲁直之好奇”（《石林诗话》卷上）。其实此诗的好处已见于任渊注:“以言江湖之念深，兼想与因，遂成此梦。”我们认为此诗的特点之一正是“以俗为雅”。诗人当时身处“红尘”之俗境，面对着“马龁枯萁”之俗物，本无丝毫雅趣，但他以对“沧洲白鸟”的高洁意境的向往洗清了眼前的“红尘”，从而使俗景（马龁枯萁）化成雅境（风雨江浪），这个转变过程的关键正是“以俗为雅”的审美观照。

> 山苍苍，水茫茫，大孤小孤江中央。崖崩路绝猿鸟去，惟有乔木搀天长。客舟何处来？棹歌中流声抑扬。沙平风软望不到，孤山久与船低昂。峨峨两烟鬟，晓镜开新妆。舟中贾客莫漫狂，小姑前年嫁彭郎。（苏轼《李思训画长江绝岛图》）

尾句中“小姑”指小孤山，“彭郎”指澎浪矶，民间传说他们是一对夫妇。清纪昀评此诗云:“绰有兴致，惟末二句佻而无味，遂似市井恶少语，殊非大雅所宜。”（纪批《苏文忠公诗集》卷一七）其实此诗之所以“绰有兴致”，正在于写得新颖活泼，其关键即把民间俗传升华为诗歌雅趣。纪昀光看到其本于俗传，遂以为不雅，正暴露了这位馆阁学者审美意识的保守性。

总之，“以俗为雅”不但扩大了诗歌的表现对象，增强了诗歌的表现功能，而且使诗歌的风格更加平易近人。宋调异于唐音，“以俗为雅”是一个重要因素。

三

那么，又是什么原因促成了宋诗的“以俗为雅”呢？丹纳《艺术哲学》中说：“自然界有它的气候，气候的变化决定这种那种植物的出现。精神方面也有它的气候，它的变化决定这种那种艺术的出现。”（傅雷译本）使宋诗产生“以俗为雅”现象的“气候”是宋代的社会文化背景以及由它制约的士人文化性格。

中国古代思想史上势力最大的儒、道、释三派在南朝时已出现互相吸收、互相融合的趋势，后来三派之间虽亦发生过激烈的斗争，但那主要是政治势力之争，而在教义、思想方面则继续互相吸收、融合。中唐的韩愈以辟佛著称，但他实际上从禅宗那儿吸取了不少思想养料（见陈寅恪《论韩愈》，《金明馆丛稿初编》）。韩门弟子李翱走得更远，以至于朱熹说他“只是从佛中来”（《朱子语类》卷一三七）。到了宋代，三教合一的速度更快，终于产生了理学。理学家们虽然以醇儒自命，但其实他们的理论框架乃至思维模式都吸收了大量的佛、道思想，其中尤以禅宗思想为多。这种情形是宋代思想界的整体特色，理学家周、张、二程如此，诗人欧、王、苏、黄也是如此，虽然他们有时不肯承认这一点。这种文化背景使宋代士人的文化性格有鲜明的时代特色，其中与本文有关的有以下两点。

首先，士人的生活态度世俗化了，人生理想则趋向内敛。在宋以前，儒、释两种思想的演变有一个共同的趋势，那就是越来越世俗化。儒家思想本来就是一种入世的思想，汉儒的天人感应说和繁琐章句一度干扰了儒家的入世精神，但到了韩愈写《原道》时，又把儒家思想更紧密地与日用人伦结合在一起，成了指导人们日常生活的道德、伦理准则。宋儒继承了韩愈思想中的这一部分，使儒家思想更加深入到社会生活的各个角落，从而提出了“民胞物与”的观点。佛教在印度本是主张出世的宗教，但自从它来到中国之后，橘变为枳，也渐渐地世俗化了，这个转变过程的关键人物是禅宗六祖惠能。自初祖达摩到五祖弘忍，均提倡“栖神山谷，远避嚣尘”（弘忍语，见《楞伽师资记》卷一）的修行方法，惠能却主张“若欲修行，在家亦得，不由在寺”，并声称“法元在世间，于世出世间。勿离世间上，外求出世间”（《坛经》第三十六节）。晚唐时临济宗创始人义玄更把这种精神具体化：“道流佛法无用功处，只是平常之事，屙屎送尿，著衣吃饭，困来即眠。”（《临济慧照禅师语录》，《古尊宿语录》卷四）及至宋代，禅师们在生活上与俗人已无大区别，例如与苏、黄交谊颇深的释惠洪虽然寄身丛林，但是“于禅门本分事，则无之也”（《苕溪渔隐丛话》后集卷三七）。禅宗与理学还有一个共同的趋势。即在人生的追求中由注重外部事功转向注重内心修养。禅宗既以内心顿悟为宗旨，势必轻视甚至否定行善、诵经等外部功德。而理学家虽然以修、齐、治、平相标榜，但他们最着力的却是诚意、正心。在这样的社会思潮的影响下，宋代士人不再如南朝士人那样矜持地自命清高，也不再如唐代士人那样热烈地追求功业，而是采取了和光同尘、与俗俯仰的生活态度与趋向内敛的人生理想。黄庭坚曾两次丧偶，四十岁时路经泗州在僧伽塔前作《发愿文》，誓断酒肉，苏轼还称赞他“丧妻绝嗜好，蔬食饮水，此最勇决”（《答李昭玘书》），但黄庭坚“其后悉毁禁戒，无一能行之”（《苕溪渔隐丛话》后集卷三一）。其实这根本没有什么可奇怪的，宋人对出家的和尚食肉都恬不为怪（见《苕溪渔隐丛话》前集卷五七所记“蒸豚诗”事。又苏轼《赠上天竺辩才师》“何必言法华，佯狂啖鱼肉”)，何况在家的“居士”！然而宋代的士人虽然在生活中比较随俗，内心却比前人更能保持高雅的志趣。我们把唐、宋两代的隐士事迹对比一下就可看清这一点。唐代的隐士大多隐于远离红尘的深山，但往往以之为终南捷径。宋代的隐士则与之相反（参看罗联添《从两个观点试释唐宋文化精神的差异》，载《唐代文学论集》上册）。例如林逋隐于西湖孤山，离杭州城仅一箭之遥，但他二十年不入城市。林逋在生活上并不矜持虚矫，曾两次接受朝廷所赐粟帛，且常对人说：“世间事皆能为之，唯不能担粪与著棋。”（《梦溪笔谈》卷一〇）但他终生不仕，临终作诗云：“茂陵他日求遗稿，犹喜曾无封禅书。”（《书寿堂壁》）苏轼《书林逋诗后》云：“不论世外隐君子，佣奴贩妇皆冰玉。先生可是绝俗人，神清骨冷无由俗。”正是对林逋居于人境而能绝俗的生活态度的赞扬。在宋人看来，生活中的雅俗之辨应该注重大节而不是小节，应该体现在内心而不是外表。所以黄庭坚说：“余尝为诸子弟言，士生于世，可以百为，唯不可俗，俗便不可医也。或问不俗之状，余曰：难言也。视其平居，无以异于俗人，临大节而不可夺，此不俗人也。”（《书嵇叔夜诗与侄榎》）苏轼亦说：“古来真遁何曾遁，笑杀逾垣与闭门。”（《监洞霄宫俞康直郎中所居四咏·遁轩》）苏轼少时仰慕东汉的范滂，入仕后，忠心为国，敢于直抒政见，虽屡遭打击而不改初衷。但他在生活中却能随遇而安，与俗俯仰，所以黄庭坚称赞他“逢世爱憎怡怡，立朝公忠炯炯”（《东坡先生真赞三首》之一）。黄庭坚平时在政治上无大作为，富弼甚至说他“只是分宁一茶客”（《朱子语类》卷一三〇）。但他在绍圣元年（1094）因修《神宗实录》事遭到勘问，却能不畏强暴，据理力争。陈师道一生为衣食而奔走（陈有句云“老作诸侯客，贫为一饱谋”[《元符三年七月蒙恩复除学喜而成诗》]、“卧家还就道，自计岂苍生”

[《宿合清口》]，等等)，最后却因不肯穿从人品不高的亲戚赵挺之处借来的棉衣而受冻致死，都是“临大节而不可夺”的具体表现。这样的生活态度和人生理想使宋人能在俗世中保持高雅的志趣，正如苏轼所说:“每于红尘中，常起青霞志。”(《以屏山赠欧阳叔弼》)黄庭坚则自赞云:“似僧有发，似俗无尘。”(《写真自赞六首》之六)这为宋诗的“以俗为雅”提供了价值观的基础。

其次，士人的审美态度世俗化了。古代的道家曾认为道“无所不在”，甚至“在瓦甓”、“在屎溺”(《庄子·知北游》)。后来禅宗也认为佛法无处不在，“青青翠竹，尽是法身。郁郁黄花，无非般若”(《景德传灯录》卷二八)。宋代的禅师更常用极其粗俗鄙陋之物为喻来谈论佛法，如佛印曾写信给苏轼说：佛法“在行住坐卧处，著衣吃饭处，屙屎刺溺处，没理没会处，死活不得处”(钱世昭《钱氏私志》)，宋代的理学家们也认为理是充斥于天地万物的，张载“视天下无一物非我”(《正蒙·大心篇》,《张载集》)，朱熹认为“天理流行，触处皆是”(《朱子语类》卷四〇)，程门高足谢良佐甚至用“桃仁”、“杏仁”来解释“仁”(《宋元学案》卷二四)。宋人在论道说理时所用的语言也越来越世俗化，理学家留下的讲义、语录都用大白话写成，不再追求文字的典雅。禅师们更是满口粗话，鄙俗不堪。这种风气不能不对诗人们的创作产生影响。苏轼说:“一念清静，墙壁瓦砾皆说无上法。”(《跋王氏华严经解》)又说:“凡物皆可观，苟有可观，皆有可乐，非必怪奇伟丽者也。”(《超然台记》)前者或许仅具哲理认识的意义，而后者则显然带有审美观照的意味。所以宋人认为，审美活动中雅俗之辨的关键在于审美主体是否具有高雅的品质和情趣，而不在于审美客体是高雅还是卑俗之物。黄庭坚说，“俗里光尘合，胸中泾渭分”(《次韵答王眘中》)，“若以法眼观，无俗不真。若以世眼观，无真不俗”(《题意可诗后》)，就含有这层意思。黄庭坚赞扬刘禹锡的《竹枝词》

“道风俗而不俚”（《跋刘梦得竹枝歌》），苏轼赞扬黄庭坚“以磊落人书细碎事”（《跋鲁直为王晋卿小书尔雅》），都体现了这种观点。正由于具备了这种审美态度，宋人才能把生活中那些凡陋卑俗的内容纳入审美范围，苏轼才能把“牛矢”写入诗歌。所以说，审美态度的世俗化为宋诗的“以俗为雅”提供了审美观念的基础。

我们的结论是：宋代的文化氛围（主要是禅宗思想的流行）使士人能身处俗世而获得精神上的超越，这就是宋诗“以俗为雅”的文化背景，“以俗为雅”就是在审美活动中对于“俗”的超越。

雅丽精绝的王荆公体

王安石无疑是北宋诗坛上成就最高的少数诗人之一。南宋初期，胡仔“取元祐以来诸公诗话，及史传小说所载事实可以发明诗句及增益见闻，纂为一集”（《苕溪渔隐丛话》前集《序》），编成《苕溪渔隐丛话》前后二集，其中论王安石诗的即达五卷之多，在宋代诗人中仅次于苏轼而与黄庭坚相当，可见王诗是当时诗坛上的热门话题。严羽在《沧浪诗话·诗体》中“以人而论”的北宋诗体共有五种，其中即有“王荆公体”，与“东坡体”、“山谷体”、“后山体”并列（《沧浪诗话》中还提到了“邵康节体”，即邵雍的诗体。邵雍是北宋著名的理学家，其诗虽有特色，但成就不高，可以不论）。然而当严羽论述宋诗发展过程时却说:“国初之诗尚沿袭唐人，王黄州学白乐天，杨文公、刘中山学李商隐，盛文肃学韦苏州，欧阳公学韩退之古诗，梅圣俞学唐人平淡处。至东坡、山谷始自出己意以为诗，唐人之风变矣。”其中没有提到王安石。严羽之前的张戒在《岁寒堂诗话》中批评宋诗也仅及苏、黄而不及王安石，明、清的诗话中也有类似的情况。那么所谓“王荆公体”的主要特征是什么呢？它在宋诗发展过程中起过什么样的作用？本文试图对这些问题作一初步的探讨。

一

宋人称赞王安石诗，往往着眼于其晚期作品。黄庭坚说："荆公暮年作小诗，雅丽精绝，脱去流俗。"（《苕溪渔隐丛话》前集卷三五）《漫叟诗话》云："荆公定林后诗，精深华妙，非少作之比。"（定林指定林寺，在钟山南麓，王安石晚年曾居此。所谓"定林后"，即指王安石罢相退居金陵以后。）叶梦得《石林诗话》卷上云："王荆公晚年诗律尤精严，造语用字，间不容发。"他们都对王安石晚年诗的精丽工巧赞不绝口。陈师道对王诗颇有讥评，他在《后山诗话》中说："荆公诗云：'力去陈言夸末俗，可怜无补费精神。'而公平生文体数变，暮年诗益工，用意益苦，故知言不可不慎也。"可见他所不满的也正是王安石晚年诗的工巧。后代的学者也大多认为王安石的创作态度在晚年发生了很大的转变，诗风才变得精丽工巧（参看张白山《王安石晚期诗歌评价问题》，载《宋诗散论》）。然而当我们把王诗大致上按写作年代的先后细读一过后（王安石的一部分诗，尤其是晚期诗，难以准确地系年。但是绝大多数诗都可以确定为早期或晚期的作品。我们所说的晚期是从熙宁九年［1076］王安石罢相退居金陵开始的。其时王安石五十六岁。本文中王诗系年大多依照李德身《王安石诗文系年》，凡与李说不同的则另作说明），却发现这种说法并不确切。诚然，王安石早期诗作中有许多直截浅率之作，特别是那些反映社会、时事或表达政见的诗，如《收盐》《省兵》《发廪》《兼并》等诗，虽然自有其认识价值或思想价值，但从艺术的角度看来，大多率直浅露，枯燥乏味。这种现象似乎与王安石的早期文学思想是一致的，人们常常引述王安石《上人书》中那段著名的话："所谓文者，务为有补于世而已矣。所谓辞者，犹器之有刻镂绘画也。诚使巧且华，不必适用。诚使适用，亦不必巧且华。要之以适用为本，以刻镂绘画为之容而已。”他在《张刑部诗序》中还称赞张诗“明而不华”而批评西昆派杨、刘的“粉墨青朱”，这显然是重道轻文的观点，而且明确反对诗歌在形式上的“巧且华”。但事实上王安石的文学思想并不如此简单，在与《张刑部诗序》同作于庆历三年（1043）的《灵谷诗序》中，他就赞扬其舅吴某的诗说：“观其镵刻万物，而接之以藻绘，非夫诗人之巧者，亦孰能至于此！”作于皇祐五年（1052）前后的《杜甫画像》一诗虽以高度肯定杜诗的思想意义而著称于世，但此诗开头就说：“吾观少陵诗，谓与元气侔。力能排天斡九地，壮颜毅色不可求。浩荡八极中，生物岂不稠？丑妍巨细千万殊，竟莫见以何雕锼？”可见他也极为推崇杜甫“雕锼万物”的艺术功力，这与前文所说的“镵刻万物”是一致的。事实上王安石即使在早年也并不轻视诗歌艺术，他对于诗歌艺术精益求精的追求是从早期就开始的，确凿的证据就是他的作品。

(1) 用字押韵

先看受到宋人称赞的两个例子：

《自金陵至丹阳道中有感》（作于四十六岁）：“荒埭暗鸡催月晓，空场老雉挟春骄。”严有翼《艺苑雌黄》引翁行可语：“王介甫最善下字，如：‘荒埭暗鸡催月晓，空场老雉挟春骄。’下得‘挟’字最好，如《孟子》‘挟长’、‘挟贵’之‘挟’。”

《泊船瓜洲》（作于四十八岁）：“春风又绿江南岸，明月何时照我还？”洪迈《容斋续笔》卷八云：“吴中士人家藏其草，初云‘又到江南岸’，圈去‘到’字，注曰‘不好’，改为‘过’，复圈去而改为‘入’，旋改为‘满’，凡如是十许字，始定为‘绿’。”

此外如《宿雨》（作于四十岁前后）中“绿搅寒芜出，红争暖树归。鱼吹塘水动，雁拂塞垣飞”四句，方回于“搅”、“争”、“吹”、“拂”字旁加圈，批曰：“未有名为好诗而句中无眼者，请以此观。”（《瀛奎律髓汇评》卷一〇）《登小茅山》（作于四十六岁）

中“人间荣愿付苓通”句，纪昀评曰：“‘苓通’字新而稳。”（《瀛奎律髓汇评》卷一）

王安石在押韵上也很下功夫，尤其喜欢在险韵上争奇斗巧。他四十四岁时作《和王微之登高斋三首》（其三）说，“使君新篇韵险绝”，“挥毫更想能一战，数窘乃见诗人才”。这话并不是专对别人而言的。龚颐正《芥隐笔记》载：“荆公在欧公座，分韵送裴如晦知吴江，以‘黯然销魂惟别而已矣’分韵，时客与公八人：荆公、子美、圣俞、平甫、老苏、姚子张、焦伯强也。时老苏得‘而’字，押‘谈诗究乎而’。荆公乃又作‘而’字二诗：‘采鲸抗波涛，风作鳞之而。’……又云：‘春风垂虹亭，一杯湖上持。傲兀何宾客，相忘我与而。’最为工。”此事发生在嘉祐元年（1056），时王安石三十六岁。除了押“而”字韵的二首外，他还写了押“惟”字韵的一首（《送裴如晦即事分题三首》）。“惟”、“而”二韵都是险韵，而且本是苏洵分得“而”字韵且已成诗，王安石却还要再写二首，真可谓乐此不疲了。熙宁七年（1075）或稍后，王安石读到苏轼的《雪后书北台壁二首》，二诗分押“尖”、“叉”二韵，韵险而语奇，不由见猎心喜，一口气和作了六首押“叉”字韵的雪诗，真是名副其实的争奇斗巧！（陆游《跋吕成叔和东坡尖叉韵雪诗》云：“苏文忠集中有雪诗用‘尖’、‘叉’二字，王文公集中又有次苏韵者，议者以为非二公莫能为也。”揆其语意，似谓王安石对“尖”、“叉”二韵都曾次韵，但今本王集中只有《读眉山集次韵雪诗五首》《读眉山集爱其雪诗能用韵复次韵一首》，都押“叉”字韵，或许押“尖”字韵的和作已佚。王安石和诗当作于熙宁七年或八年。此从王文诰说。）

（2）对仗

《苕溪渔隐丛话》前集卷三五引《雪浪斋日记》云：“荆公诗：‘草深留翠碧，花远没黄鹂’，人只知‘翠碧’、‘黄鹂’为精切，不知是四色也。又以‘武丘’对‘文鹢’，‘杀青’对‘生白’，‘苦吟’对‘甘饮’，‘飞琼’对‘弄玉’，世皆不及其工。”这里举出的五例对仗之中，至少有三例是作于早期：

“弄玉有祠终或往，飞琼无梦故难知。”——《小姑》，作于二十三岁前后。

“杀青满架书新缮，生白当窗室久虚。”——《和杨乐道见寄》，作于四十一岁。

“一川浊水浮文鹢，千里轻帆落武丘。”——《送章宏》，此诗难以准确系年，但诗中自谓“西风乞得东南守，杖策还能访我不”，可证作于居官汴京时。

对仗精工的例子在王安石早期诗中尚有很多，例如：

“上冢还须击羊豕，下车应不问狐狸。”——《送刘和甫奉使江南》，作年不详。

“御水新如鸭头绿，宫花更有鹤翎红。”——《后苑详定书怀》，作于四十一岁。

“他日杜诗传渭北，几时周宅对漳南。”——《次韵酬龚深甫二首》之二，作于四十四岁。

“长孺向来真强予，次公今不异重临。”——《送程公辟转运江西》，作于四十六岁。

(3) 用典

《蔡宽夫诗话》载:“荆公尝云：‘诗家病使事太多，盖皆取其与题合者类之，如此乃是编事，虽工何益？若能自出己意，借事以相发明，情态毕出，则用事虽多，亦何所妨？’故公诗如‘董生只为公羊惑，岂肯捐书一语真’、‘桔槔俯仰何妨事，抱瓮区区老此身’之类，皆意与本题不类，此真所谓使事也。”蔡启误解了王安石的意思，他所举两联见于《窥园》《赐也》二诗，都是咏史诗，不能看作“使事”。王安石所谓“使事”，实即用典。王安石在《答曾子固书》中自称："某自百家诸子之书，至于难经、素问、本草、诸小说，无所不读。农夫女工，无所不问。"博闻强记为他作诗用典提供了极大的便利，宋人对王诗用典之工是叹为观止的，先看两个例子：

> 予顷与荆南同官江朝宗论文，江云："前辈为文，皆有所本。如介甫《虎图诗》，语极遒健，其间有'神闲意定始一扫'之句，为此只是平常语，无出处。后读《庄子》：'宋元君画图，有一史后至，儃儃然不趋。受，揖不立。因之舍，解衣盘礴，裸，君曰：是真画者也。'郭象注：'内足者神闲而意定。'乃知介甫实用此语也。"（严有翼《艺苑雌黄》）
>
> 熙宁初，张掞以二府初成，作诗贺荆公。公和曰："功谢萧规惭汉第，恩从隗始诧燕台。"以示陆农师。农师曰："萧规曹随，高帝论功，萧何第一，皆摭故实。而'请从隗始'，初无'恩'字。"公笑曰："子善问也。韩退之《斗鸡联句》：'感恩惭隗始。'若无据，岂当对'功'字也？"乃知前人以用事一字偏枯为倒置眉目，返易巾裳，盖谨之如此。（蔡絛《西清诗话》）

《虎图》诗作于嘉祐元年（1056），时王安石三十六岁。诗中"想当盘礴欲画时，睥睨众史如庸奴"二句，很明显是用《庄子·田子方》典，李壁已注。但是"神闲意定始一扫"句用郭象注，连号称博学的李壁也未能注出。令人惊奇的是，此诗本是一首急就章，《漫叟诗话》载："荆公尝在欧公坐上赋《虎图》，众客未落笔，而荆公章已就。欧公亟取读之，为之击节称叹，坐客阁笔不敢作。"可见王安石由于精熟文籍，作诗用典早已达到信手拈来的程度了。《张侍郎示东府新居诗因而和酬二首》作于熙宁四年（1071），时王安石五十一岁。陆佃怀疑诗中"恩从隗始诧燕台"句的"恩"字无出处，没想到王安石用典竟是无一字无来历的，可见其用典是一贯精确。

王安石早期作诗用典时，有两个特点尤其值得注意：第一是用古人之典来比拟今人时，非常注意选择相同的姓氏。他三十九岁时作《上元戏呈刘贡父》云："不知太一游何处，定把青藜独照公。"胡仔说："此诗用事亦精切。刘向校书天禄阁，夜有老人着黄衣，植青藜杖，叩阁而进。向请问姓名，'我是太一之精，天帝闻卯金之子有博学者，下而观焉。'乃出怀中竹牒授之，见王子年《拾遗》。此事既与贡甫同姓，又贡甫时在秘阁也。"（《苕溪渔隐丛话》前集卷三三）这种情形在早期王诗中常见，现仅举几个写法较特殊的例子：

"北平上谷当时守，气略人推李广优。……五字亦君家世事，一吟何以称来求。"——《送李太保知仪州》，作于五十二岁之前（李壁注："仪州属陕西路……熙宁五年废。"故知此诗作于熙宁五年[1072]之前）。李太保，名不详，诗中用李广、李陵之典切其姓。

"无人敢劝公荣酒，为我聊寻逸少池。"——《送刘和甫奉使江南》，作年不详。刘和甫，名敔。公荣，西晋刘昶字。逸少，东晋王羲之字。二典分别切刘敔与王安石自己的姓。

"扬雄识字无人敌，何逊能诗有世家。"——《详定幕次呈圣从乐道》，作于四十一岁。圣从，何郯字；乐道，杨畋字。诗中用何逊、扬雄典切二人姓。

"近代声名出卢骆，前朝笔墨数渊云。"——《奉酬杨乐道》，作于四十一岁。渊云，指王褒（字子渊）、扬雄（字子云），切王安石与杨畋二人姓。"出卢骆"，暗指王勃、杨炯，亦切二人姓。

第二，王安石喜欢袭用前人诗句，钱锺书先生批评他说："每遇他人佳句，必巧取豪夺，脱胎换骨，百计临摹，以为己有。或袭其句，或改其字，或反其意。集中作贼，唐宋大家无如公之明目张胆者。本为偶得拈来之浑成，遂著斧凿拆补之痕迹。"（《谈艺录》补订本）我们认为王安石的这种做法确很常见，但是并非纯属消极意义。在他的早期作品中就不乏成功的例子：

“山木鸣四壁，疑身在波涛。”——《自舒州追送朱氏女弟憩独山馆宿木瘤僧舍明日度长安岭至皖口》，作于三十二岁。李注引韩愈《陪杜侍御游湘西两寺独宿有题一首因献杨常侍》：“夜风一何喧，杉桧屡磨飐。独疑在波涛，怵惕梦成魇。”王诗确是受到韩诗的启发，但它语简意足，后来居上。

“山木悲鸣水怒流，百虫专夜思高秋。”——《寄育王大觉禅师》，作于四十五岁。李注云：“退之诗‘夜深静卧百虫绝’，此言‘百虫专夜’，皆佳。”的确，王诗反用韩愈《山石》诗中句意，生动地写出了秋夜虫鸣不绝的情景，“专夜”之语甚为新奇，并不单是在句意上翻案。

“水明鱼中饵，沙暖鹭忘眠。”——《舟夜即事》，作年不详。李注引杜诗《绝句》“沙暖睡鸳鸯”，且云：“均为沙暖，一称睡，一称忘眠。”杜诗写静，王诗写动，各臻其妙。

应该指出，王安石学习前人的手法是多种多样的，不尽体现为字句的模仿。例如《寄平父》（作于四十岁）云：“坐想摇鞭杨柳路，春风先我入皇州。”李壁注引张祜《爱妾换马》中“婵娟蹀躞春风里，挥手摇鞭杨柳堤”，又引谢朓《和徐都曹出新亭渚》中“宛洛佳遨游，春色满皇州”。其实对此诗来说，这些字句上的相似并不重要。唐张说的《蜀道后期》云“秋风不相待，先至洛阳城”，王诗显然在构思方面受到了张说的启迪。

二

从艺术的角度看，王安石的晚期诗正是其早期诗的自然延伸，晚期诗的“雅丽精绝”正是诗人经过长期的艺术追求而瓜熟蒂落、水到渠成的自然结果。在此方面，王安石诗歌创作两个阶段之间的关系是量变而非质变，换句话说，王安石晚期诗歌创作的变化是写作方式更加精细了，诗歌技艺更加纯熟了。在此让我们在他的晚期诗中举少量例子来与上一节中论述的情形作些对比。

在王安石的晚期诗中，仍有不少用字新奇工巧的作品，例如《病起》“稚金敷新凉，老火弛残浊”，“稚金”指初秋，“老火”指残夏。再如《同沈道源游八功德水》“寒云静如痴，寒日惨如戚”，以“痴”比喻云之静止，以“戚”形容日之惨淡，用字都很新奇。上述二例或许稍嫌生僻，更常见的则是用字新奇而稳妥自然的好诗：

> 雪干云净见遥岑，南陌芳菲复可寻。换得千颦为一笑，春风吹柳万黄金。（《雪干》）

第三句中的“颦”、“笑”二字真是绝妙好辞，李注：“谓柳、梅方舒，易颦而为笑。”我们觉得“梅”字似无据，这是说杨柳由雪压秃枝而变成迎风舒展的嫩黄细芽，好像美女展开愁眉露出笑容，何等生动的比喻，笔墨又是多么经济！

> 荒烟凉雨助人悲，泪染衣巾不自知。除却春风沙际绿，一如看汝过江时。（《送和甫至龙安微雨因寄吴氏女子》）

第三句中“绿”字的用法颇近于早期诗中的名句“春风又绿江南岸”，钱锺书先生说：“也许是得意话再说一遍。”（《宋诗选注》）程千帆师则认为后出转精：“因为在那一句中，春风与绿究竟是两样东西，诗写由于春风，江南岸变绿了，这和贺知章《咏柳》‘不知细叶谁裁出，二月春风似剪刀’，用意略同。而这一句则以为并非春风能使草木呈现绿色，而是春风本身就是绿的，因此吹到之处，水边沙际，就无往而非一片绿色了。以春风为有色而且可染，是诗人功参造化处。”（《古诗今选》）我们同意后一种意见。前一种用法在唐诗中早已出现过，李注已引李白《侍从宜春苑奉诏赋龙池柳色初晴听新莺百啭歌》中“东风已绿瀛洲草”之句，而丘为《题农父庐舍》中“春风何时至，已绿湖上山”二句更可能是王诗的直接蓝本。后一种用法则体现了王安石的独创精神。

晚期王诗在对仗上更是精益求精，例如：

> 后会敢期黄耇老，相看且度白鸡年。（《诗奉送觉之奉使东川》）
>
> 岁晚苍官才自保，日高青女尚横陈。（《红梨》）
>
> 细数落花因坐久，缓寻芳草得归迟。（《北山》）
>
> 每苦交游寻五柳，最嫌尸祝扰庚桑。（《次韵酬徐仲元》）

第三联被叶梦得评为“字字细考之，皆经隐括权衡者”（《石林诗话》卷上）。第四联的对仗尤其精微：“尝有人面称公诗‘自喜田园归五柳，最嫌尸祝扰庚桑’之句，以为的对。公笑曰：‘君但知柳对桑为的，然庚亦自是数。’盖以十干数之也。”（《石林诗话》卷中）

晚年的王安石作诗很爱用佛典，像《次前韵寄杨德逢》《北山三咏》等诗都用佛典甚多，不通佛学者颇难索解，但一般性的用典则更加精确妥帖，例如《书湖阴先生壁二首》之一中“一水护田将绿绕，两山排闼送青来”，上句中“护田”用《汉书·西域传》典，下句中“排闼”用《汉书·樊哙传》典，以西汉事相对，妥帖自然。

我们在上一节中讨论了王诗用典的两个特点，前一个（即注意姓氏之相同）在他的晚期诗中不太常见了。后一种手法（即化用前人诗句）却用得更加得心应手，而且常常由模仿升华为创造，例如：

爱此江边好，留连至日斜。眠分黄犊草，坐占白鸥沙。（《题舫子》）

北山输绿涨横陂，直堑回塘滟滟时。细数落花因坐久，缓寻芳草得归迟。（《北山》）

野水纵横漱屋除，午窗残梦鸟相呼。春风日日吹香草，山北山南路欲无。（《悟真院》）

关于第一首，惠洪《天厨禁脔》卷中云："沙草则众人所谓水边林下之物，所与之游处者牛羊鸥鸟耳。而荆公造而为语曰：'眠分黄犊草，坐占白鸥沙。'其笔力高妙，殆若天成。"其实这本是有所借鉴的，胡仔指出："卢仝《山中绝句》云：'阳坡草软厚如织，因与鹿麑相伴眠。'王介甫止用五字，道尽此两句，诗云：'眠分黄犊草'，岂不简而妙乎！"（《苕溪渔隐丛话》后集卷一一）关于第二首中后一联，吴幵认为："盖本于王摩诘'兴阑啼鸟换，坐久落花多'，而其辞意益工也。"（《优古堂诗话》。按：王维句见于《过杨氏别业》。）关于第三首中后一联，李注引王维诗"不向春山去，日令春草深"、孟郊诗"春风朝夕起，吹绿日日深"和薛存诚诗"积草渐无径"（王诗见《赠韦穆十八》，孟诗见《连州吟》，薛诗见《暮春自南台丞再除给事中》）。的确，王诗可能受到了三位唐人的启发，但王诗语言流丽，句法自然，堪称青出于蓝。

王安石诗的上述艺术特征虽然受到人们的交口赞誉，但在当时的诗坛上却并不是孤立的现象。与王安石同时而稍晚的苏轼、黄庭坚等人在这些方面也是精益求精、争奇斗巧，体现了与王安石同样的艺术追求。为了便于比较，我们先看几则宋人关于王、苏、黄等人的评论：

造语之工，至于荆公、东坡、山谷，尽古今之变。荆公曰："江月转空为白昼，岭云分暝与黄昏。"又曰："一水护田将绿绕，两山排闼送青来。”东坡《海棠》诗曰：“只恐夜深花睡去，高烧银烛照红妆。”又曰：“我携此石归，袖中有东海。”山谷曰：“此皆谓之句中眼，学者不知此妙，语韵终不胜。”（惠洪《冷斋夜话》卷五）

用事琢句，妙在言其用不言其名耳。此法唯荆公、东坡、山谷三老知之。荆公曰：“含风鸭绿鳞鳞起，弄日鹅黄袅袅垂。”此言水柳之用，而不言水柳之名也。东坡《别子由》诗：“犹胜相逢不相识，形容变尽语音存。”此用事而不言其名也。山谷曰：“管城子无食肉相，孔方兄有绝交书。”又曰：“语言少味似阿堵，冰雪相看有此君。”（惠洪《冷斋夜话》卷四）

凡咏梅多咏白，而荆公诗独云：“须捻黄金危欲堕，蒂团红蜡巧能妆。”不惟造语巧丽，可谓能道人不到处矣。又东坡咏梅一句云：“竹外一枝斜更好。”语虽平易，然颇得梅之幽独闲静之趣。凡诗之咏物，虽平淡巧丽不同，要能以随意造语为工。公后复有诗云：“遥知不是雪，为有暗香来。”盖取苏子卿诗“只言花似雪，不悟有香来”之意。公在金陵，又有《和徐仲文颦字韵咏梅诗》二首。东坡在岭南，有暾字梅诗三首，皆韵险而语工，非大手笔不能到也。（《苕溪渔隐丛话》前集卷二七引《遁斋闲览》）

荆公有诗云：“端能过我论奇字，亦复令君见异书。”而东坡亦尝云：“未许中郎得异书，且共扬雄说奇字。”陈无己又以“奇字”对“秘方”。（《王直方诗话》）

这说明在宋人眼中，王、苏、黄等人在用字、造句、押韵、对仗等诗歌技巧上具有同样的追求精雕细琢的倾向。而论诗主张“宁拙毋巧”的陈师道批评他们：“诗欲其好，则不能好矣。王介甫以工，苏子瞻以新，黄鲁直以奇，而子美之诗奇常、工易、新陈，莫不好也。”（《后山诗话》）这也正从反面说出了三人的共同倾向。

即使是王安石用典的两个特点，在苏、黄的诗中也有突出的体现。例如苏轼作诗赠人时就十分喜欢用姓氏相同的古人之典，《太守徐君猷通守孟亨之皆不饮酒以诗戏之》云“孟嘉嗜酒桓温笑，徐邈狂言孟德疑”，用晋人孟嘉、三国时人徐邈之典切孟亨之、徐君猷二人之姓。《送郑户曹》云“公业有田常乏食，广文好客竟无毡”，以东汉人郑太（字公业）与唐人郑虔（任广文博士）两人典切郑仅之姓。下面这首诗更是连用数典以切对方之姓氏：

> 锦里先生自笑狂，莫欺九尺鬓眉苍。诗人老去莺莺在，公子归来燕燕忙。柱下相君犹有齿，江南刺史已无肠。平生谬作安昌客，略遣彭宣到后堂。（《张子野年八十五尚闻买妾述古令作诗》）

《石林诗话》卷下指出此诗颔联“盖全用张氏故事戏之”，苏诗注家分别指出第三句用唐人小说《莺莺传》中张生故事，第四句用《汉书·外戚传》中童谣及张放之典，第五句用汉人张苍之典，第六句用唐人张又新之典，七八两句用汉人张禹之典。其实，第四句也是暗用唐人张愔与关盼盼燕子楼故事（按：关盼盼为张建封子张愔侍妾，张愔死后，关独居燕子楼十年。然白居易《燕子楼诗》误以为张建封事，后人亦多沿此误。苏轼《永遇乐》词中有“燕子楼空，佳人何在，空锁楼中燕”之句，可见他是熟知此典的），而第二句乃用杜甫《洗兵马》中“张公一生江海客，身长九尺须眉苍”句意，也即用唐人张镐之典，但注家都漏注了。所以，此诗在八句中一共用了七位姓张人物之典，可见苏轼在这方面的刻意好奇比王安石有过之而无不及（这三首苏诗分别作于元丰四年［1081］、元丰元年［1078］、熙宁七年［1074］，写作年代比上文所举王安石的同类作品稍晚）。

黄庭坚则在袭用前人诗句方面比王安石走得更远。《冷斋夜话》卷一云：

> 山谷云："诗意无穷，而人之才有限。以有限之才追无穷之意，虽渊明、少陵，不得工也。然不易其意而造其语，谓之换骨法。窥入其意而形容之，谓之夺胎法。"如郑谷《十日菊》曰："自缘今日人心别，未必秋香一夜衰。"此意甚佳，而病在气不长。……所以荆公《菊》诗曰："千花万卉凋零后，始见闲人把一枝。"东坡则曰："万事到头终是梦，休休，明日黄花蝶亦愁。"又如李翰林诗曰："鸟飞不尽暮天碧。"又曰："青天尽处没孤鸿。"然其病如前所论。山谷作《登达观台》诗曰："瘦藤柱到风烟上，乞与游人眼界开。不知眼界阔多少，白鸟去尽青天回。"凡此之类，皆换骨法也。顾况诗曰："一别二十年，人堪几回别。"其诗简拔而立意精确。舒王作《与故人》诗云："一日君家把酒杯，六年波浪与尘埃。不知乌石江边路，到老相逢得几回。"乐天诗曰："临风杪秋树，对酒长年身。醉貌如霜叶，虽红不是春。"东坡南中诗云："儿童误喜朱颜在，一笑那知是醉红。"凡此之类，皆夺胎法也。

仅从这段话中就可看出，袭用前人诗句是王、苏、黄三人的共同做法，虽说由于王安石年长于苏、黄，所以在这方面的尝试也更早一些，但是黄庭坚却进一步把这种方法上升为理论，提出了著名的"夺胎换骨"之论。而且事实上黄庭坚在创作中运用此法的频繁程度和灵活性都超过了王安石，所以后人对此的批评也集矢于黄（参看拙文《黄庭坚夺胎换骨辨》，《中国社会科学》1983年第5期）。

上面的分析说明，王安石诗精巧新奇的艺术特色虽然体现出他的苦心孤诣，但就其艺术追求的倾向而言，却是与苏、黄等人如出一辙的。缪钺先生认为:“唐诗技术，已甚精美。宋人则欲百尺竿头，更进一步。盖唐人尚天人相半，在有意无意之间，宋人则纯出于有意，欲以人巧夺天工矣。”他还把这种“人巧”归纳为“用事、对偶、句法、用韵、声调诸端”（见《论宋诗》，载《诗词散论》)，显然，除了声调（主要指律诗中用拗句）之外，王安石在上述几类“人巧”方面都堪称巧之甚者，其成就足以与苏、黄相颉颃。也就是说，作为宋诗主要特征之一的生新工巧的艺术倾向在王诗中有很突出的体现。王安石比苏轼年长十六岁，比黄庭坚长二十四岁，他的创作活动比苏、黄早二十来年：王在庆历年间（1041—1048）登上诗坛，到熙宁、元丰年间（1068—1085）进入创作旺盛期。苏在嘉祐年间（1056—1063）登上诗坛，黄在治平年间（1064—1067）登上诗坛，苏、黄的诗艺到元丰年间臻于成熟，到元祐、绍圣年间（1086—1098）达到巅峰状态。所以我们认为，在建立宋诗独特风貌的过程中，王安石不但与苏、黄一样做出了巨大的贡献，而且在宋诗某些特色（生新工巧）的创造上比苏、黄早著一鞭，他堪称宋代诗风的开创者之一。

三

然而王安石诗也有与苏、黄诗风甚异其趣的方面，这使他在当时的诗坛上具有相当程度的独特性。

首先，新奇工巧是王安石在诗歌艺术上的主要追求目标，而苏、黄却在追求生新工巧的同时，更倾心于追求平淡之美。当然王集中也有倾向平淡之作，例如作于五十五岁的这首诗：

> 怀抱难开醉易醒，晓歌悲壮动秋城。年光断送朱颜老，世事栽培白发生。三亩未成幽处宅，一身还逐众人行。可怜蜗角

能多少？独与区区触事争。（《偶成二首》之一）

此诗朴实无华，以意取胜，近于苏、黄的平淡之作。可是我们在一千六百多首王诗中几经爬罗，发现这类诗寥若晨星，不足以影响其总体风格倾向。

苏、黄的创作情况就完全不同了。在苏、黄的早期创作中，即已有追求平淡诗风的倾向，比如他们的律诗在颔、颈两联的位置上已出现了“身行万里半天下，僧卧一庵初白头”（苏轼《龟山》，作于三十五岁）、“舞阳去叶才百里，贱子与公俱少年”（黄庭坚《次韵裴仲谋同年》，作于二十五岁）这种似对非对、上下句意思相去甚远的对句，立意新奇而字句极为平淡，完全不同于唐人七律的精丽工整。他们进入创作后期时，更把平淡美视为诗境极诣。苏轼说：“凡文字，少小时须令气象峥嵘，采色绚烂。渐老渐熟，乃造平淡。其实不是平淡，绚烂之极也。”（《与二郎侄》）黄庭坚则推崇杜甫的夔州诗“平淡而山高水深，似欲不可企及”（《与王观复书》，《豫章黄先生文集》卷一九）。人们往往把苏轼晚年作《和陶诗》视作其平淡诗风的标志，其实他早在黄州时期的诗就体现出平淡的倾向，《东坡八首》即为显例。黄庭坚的晚期诗作更在平淡诗风中渗融入老健、枯涩等因素，从而形成了一种全新的诗歌风格，例如：

> 中年畏病不举酒，孤负东来数百觞。唤客煎茶山店远，看人获稻午风凉。但知家里俱无恙，不用书来细作行。一百八盘携手上，至今犹梦绕羊肠。（《新喻道中寄元明用觞字韵》）
>
> 子瞻谪岭南，时宰欲杀之。饱吃惠州饭，细和渊明诗。彭泽千载人，东坡百世士。出处虽不同，风味乃相似。（《跋子瞻和陶诗》）

前一首可谓风华落尽，中间两联虽仍是一景一情的格局，但颔联只是把极其素朴的山野之景淡淡写来，毫无修饰。而颈联更是纯如口语，读来几乎不觉得有对仗。后一首干脆连一句景语或情语都没有，纯以意行，而这些意思都很明白直露，叙述时也毫无曲致。这种平淡风格已与王安石诗风相去甚远。至于年代稍晚的陈师道的“朴拙”诗风，简直可以看作是王安石诗风的对立面，则是不言而喻的。

其次，王安石早年诗风有直截刻露的一面，到晚年就有了很大的变化，叶梦得《石林诗话》卷中指出：

> 王荆公少以意气自许，故诗语惟其所向，不复更为涵蓄。如“天下苍生待霖雨，不知龙向此中蟠”，又“浓绿万枝红一点，动人春色不须多”，“平治险秽非无力，润泽焦枯是有材”之类，皆直道其胸中事。后为群牧判官，从宋次道尽假唐人诗集，博观而约取，晚年始尽深婉不迫之趣。

叶氏所言不尽准确，据蔡上翔《王荆公年谱考略》卷八，王安石编《唐百家诗选》事在嘉祐五年（1060），其时四十岁。他在《唐百家诗选序》中说：“余与宋次道同为三司判官时，次道出其家藏唐诗百余编，委余择其精者，次道因名曰百家诗选。”可见这部引起后人很多非议的唐诗选仅仅是据宋敏求（次道）提供的唐诗而编选的，所以其中不包括李、杜、韩、柳乃至杜牧、李商隐的作品。王安石自幼博览群书，如果说他到编此书时才“博观”唐诗，肯定不符合事实。叶氏所举出的三联例句中，第一联见于《龙泉寺石井二首》之一，作于三十八岁；第三联见于《次韵和甫咏雪》，作于三十九岁（第二联不见于王集，据周紫芝《竹坡诗话》所记，此诗为王安石弟王安国所作，详见《王安石诗文系年》）。事实上这种情形还持续了较长时间，例如作于五十四岁的《雨过偶书》中“谁似浮云知进退，才成霖雨便归山”二句就与上述二例如出一辙。但叶氏之言在大体上却是对的，王安石的晚期诗风确实发生了向“深婉不迫”

的转变。这种转变体现了向唐诗风调的复归。让我们做一点分析。

在王安石的早期诗中，风格最为率直刻露的有两类，第一类是表达政治见解或反映朝政国事的诗，这类诗受其内容的制约，本来就不易写得含蓄深婉，不用多说。第二类是咏史诗，这类诗是王安石颇负盛誉的作品，但其表达方式也与上一类诗大同小异。例如名篇《明妃曲》二首，第一首中“意态由来画不成，当时枉杀毛延寿”、“君不见咫尺长门闭阿娇，人生失意无南北”等句议论精警，发前人所未发，但其风格仍是直截刻露、不留余蕴的。第二首中“汉恩自浅胡自深，人生乐在相知心”二句后来招致攻讦（参看李壁《王荆文公诗笺注》卷六；朱自清《王安石〈明妃曲〉》，《朱自清古典文学论文集》下册），那当然是曲解，但原因也在于此诗“说得太露耳”（陈衍语，见《宋诗精华录》卷二）。其他如《贾生》《商鞅》等咏史名篇也有类似的特点。应该说这种风格本是北宋诗坛上的普遍现象，所以当时司马光、欧阳修、梅尧臣、刘敞等对《明妃曲》二首甚为赞赏，纷纷唱和。此外，王安石早期的一些写景抒情之诗也有同样的倾向，《石林诗话》中所举的例子就出于咏物诗，兹不赘述。

到了晚年，王安石的诗风发生了很大的转变。这种转变首先是伴随着题材取向的变化而来的，早期诗中突出体现直截刻露特色的两大类题材基本上消失了。自从王安石退出政治舞台之后，他不想再过问政治，因而作诗也避免涉及时政。当然，晚年的王安石并非彻底忘怀世事了，他仍然写了一些颇寓悲壮感慨的作品，例如：

> 禅房借枕得重敧，陈迹依然尚有诗。嗟我与公皆老矣，拂天松柏见栽时！（《示永庆寺秀老》）

此诗除了感叹人生易老之外，很可能含有对他亲手栽培的吕惠卿等人假新法以弄权的愤慨，但就诗而言，却正如清人吴之振所言，

“其悲壮即寓闲淡之中”（《宋诗钞初集·临川诗钞序》），它在风格上仍有含蓄深婉的倾向，不像早期同类的诗那样发舒外露。风格的转变更深刻地体现在题材相同的作品之间，让我们看一组例子：

一径森然四座凉，残阴余韵去何长。人怜直节生来瘦，自许高才老更刚。曾与蒿藜同雨露，终随松柏到冰霜。烦君惜取根株在，欲乞伶伦学凤凰。（《华藏院此君亭》）

一陂春水绕花身，花影妖娆各占春。纵被东风吹作雪，绝胜南陌碾成尘。（《北陂杏花》）

前一首作于青年时，诗题为咏亭，但其主要内容是咏“此君”即竹，所以它与作于晚年的后一首诗都属咏物诗，而且都寓有寄托，可是二者的风格却大异其趣。曾慥《高斋诗话》载：“荆公《题金陵此君亭诗》云：‘谁怜直节生来瘦，自许高才老更刚。’宾客每对公称颂此句，公辄颦蹙不乐。晚年与平甫坐亭上，视诗牌曰：‘少时作此题榜，一传不可追改，大抵少年题诗，可以为戒。’”平心而论，前一首咏竹还是颇为成功的，三四两句不但切合竹子的性质，而且寓有诗人自身的怀抱，但是这种比兴手法太直截浅露了，诗人的自我品格直截了当地叠现在所咏之物的形象上，一览无余，没有供人回味的深意。后一首无疑也寓有诗人对自我高尚情操的肯定，正如陈衍所评，“末二语恰是自己身份”（《宋诗精华录》卷二）。但是这种寄托不是生硬的外来叠加物，而是不着形迹地渗融进艺术形象的言外之意，从语言层面看则句句是咏杏花。显然，两首诗的最大差别正是直截浅露与深婉不迫的风格差异。

即使在某些具体手法的运用中，王诗也体现出同样的转变历程。例如“鸟鸣山更幽”是南朝王籍《入若耶溪》中的名句，王安石喜欢反用前人句意，他在五十五岁时作《老树》诗云：“古诗鸟鸣山更幽，我念不若鸣声收。”晚年作《钟山即事》又云：“茅檐相对坐终日，一鸟不鸣山更幽。”就翻案本身而言，这两首诗也许都不算成功，曾季狸《艇斋诗话》中就批评后者“却觉无味”，但就这两首诗来说，后者却比前者为佳，其中的进步正是由直露变得含蓄了。

诚如缪钺先生所言，唐诗与宋诗的主要风格差异是：“唐诗以韵胜，故浑雅而贵酝藉空灵；宋诗以意胜，故精能而贵深折透辟。”（《论宋诗》，载《诗词散论》）所以，王安石的诗，尤其是他的晚期诗，正体现了与宋调的游离、向唐音的复归。显然，在北宋后期诗坛上，当苏、黄等人正将宋诗特征推向极致的时候，王安石的诗风体现出相当的独特性，所以格外引人注目，这就是“王荆公体”形成并受到重视的原因。

现存王诗共有 1652 首，其中古体诗只有 452 首，近体诗则有 1176 首，其中仅绝句就有 604 首，占总数的 37%（据《临川先生文集》与《王荆文公诗笺注》统计）。他晚期的诗中，绝句占的比重更大。很明显，王诗新奇工巧而又含蓄深婉的风格最集中地体现在他的绝句，尤其是晚期绝句中。黄庭坚说：“荆公暮年作小诗，雅丽精绝，脱去流俗。每讽味之，便觉沆瀣生牙颊间。”胡仔更具体地指出：“荆公小诗，如‘南浦随花去，回舟路已迷。暗香无觅处，日落画桥西’，‘染云为柳叶，剪水作梨花。不是春风巧，何缘见岁华’，‘檐日阴阴转，床风细细吹。翛然残午梦，何许一黄鹂’，‘蒲叶清浅水，杏花和暖风。地偏缘底绿，人老为谁红’，‘爱此江边好，留连至日斜。眠分黄犊草，坐占白鸥沙’，‘日净山如染，风暄草欲薰。梅残数点雪，麦涨一川云’，观此数诗，真可使人一唱而三叹也。”（《苕溪渔隐丛话》前集卷三五）所谓“沆瀣生牙颊间”，所谓“一唱而三叹”，不正是指含蓄酝藉而富有情韵吗？南宋的杨万里进一步指出：“五七字最少，而最难工。虽作者亦难得四句全好者，晚唐人与介甫最工于此。如介甫云：‘更无一片桃花在，为问春归有底忙。’‘只是虫声已无梦，三更桐叶强知秋。’‘百啭黄鹂看不见，海棠无数出墙头。’‘暗香一阵风吹起，知有蔷薇涧底花。’不减唐人，然鲜有四句全好者。”又指出王安石的“水际柴扉一半开，小桥分路入青苔。背人照影无穷柳，隔屋吹香并是梅”一首为“四句皆好矣”（《诚斋诗话》）。严羽在《沧浪诗话·诗体》中正式提出“王荆公体”的名称，并注云：“公绝句最高，其得意处，高出苏、黄、陈之上，而与唐人尚隔一关。”这说明宋人对“王荆公体”的体认正是注目于以兼有宋调、唐音之风神的王安石晚期绝句的，当然，在我们看来，“王荆公体”也应包括一部分早期诗与律诗。

关于王安石晚期诗的艺术造诣，学者论之已详，本文只想补充指出以下两点：

第一，王诗受杜甫及晚唐诗人的影响较深，例如：

> 木末北山烟冉冉，草根南涧水泠泠。缲成白雪桑重绿，割尽黄云稻正青。（《木末》）
>
> 青灯隔幔映悠悠，小雨含烟凝不流。只听蛩声已无梦，五更桐叶强知秋。（《五更》）

前者通首对仗精工，分明是受了杜甫的影响（参看拙文《论杜甫晚期今体诗的特点及其对宋人的影响》，《莫砺锋文集》卷二），而这种现象在晚期王诗中绝非罕见，如为人称赏的“含风鸭绿鳞鳞起，弄日鹅黄袅袅垂”、“一水护田将绿绕，两山排闼送青来”就出于七绝《南浦》和《书湖阴先生壁二首》之一。后者在风格上颇接近杜牧等晚唐诗人的绝句，上文所引胡仔所举六首五绝也有同样的特点。曾季狸《艇斋诗话》云：“绝句之妙，唐则杜牧之，本朝则荆公，此二人而已。”此语当然言过其实，但如果这是表达一种审美嗜好，那倒是很有眼光的，因为王安石的绝句确与杜牧（其实还有其他晚唐诗人）有相近的风韵。我们知道，杜甫的绝句在盛唐可称别调，并下启中晚唐及宋诗风气，而晚唐绝句当然与李白、王昌龄等人有别，所以准确地说，王安石诗风是体现了向晚唐诗风的复归。

第二，除了精丽工巧之外，晚期王诗仍体现了其他一些宋诗特征，例如：

> 残生伤性老耽书，年少东来复起予。各据槁梧同不寐，偶然闻雨落阶除。（《示公佐》）
>
> 春风取花去，酬我以清阴。翳翳陂塘静，交交园屋深。床敷每小息，杖屦或幽寻。惟有北山鸟，经过遗好音。（《半山春晚即事》）

前者语言平淡，以意取胜。后者首联用拟人手法，立意生新，句法也有散文化倾向。这些都是宋诗的特征，然而这两首诗在总体上又体现了含蓄深婉的唐诗风韵。可见王安石并不亦步亦趋地模仿唐诗，而是在唐宋诗之间作有分寸的风格渗融，所以具有鲜明的自家面目。

弄清楚了“王荆公体”的基本内涵和性质，也就不难理解人们对它的评价了。一方面，王安石与苏、黄一样是宋诗独特风貌的创造者，所以人们常把他与苏、黄相提并论，如上文所引陈师道、惠洪等人的话即是如此，明人胡应麟甚至认为诗歌由唐转宋的最关键人物就是王安石：“至介甫创撰新奇，唐人格调，始一大变。苏、黄继起，古法荡然。”（《诗薮·外编》卷五）另一方面，王安石在创造宋诗特征时没有像苏、黄等人走得那么远，到了晚年更出现了向唐诗复归的趋势，所以人们批评宋诗时又往往只及苏、黄而不及于王，从宋代的张戒、严羽到清代的吴乔都是如此（吴乔说见《答万季野诗问》）。而那些不满苏、黄而主张复归唐诗的人则纷纷称赞王安石，杨万里就认为王诗与晚唐诗一样具有味外之旨：“三百篇之后，此味绝矣，惟晚唐诸子差近之……近世惟半山老人得之。”（《颐庵诗稿序》，《诚斋集》卷八三）他又自述学诗经历说：“予之诗始学江西诸君子，既又学后山五字律，既又学半山老人七字绝句，晚乃学绝句于唐人。”（《诚斋荆溪集序》，《诚斋集》卷八〇）又说：“半山便遣能参透，犹有唐人是一关。”（《读唐人及半山诗》，《诚斋集》卷八）严羽所谓“与唐人尚隔一关”，也正是杨万里观点的复述。清人贺裳说：“读临川诗，常令人寻绎于语言之外，当其绝诣，实自可兴可观，不惟于古人无愧而已……特推为宋诗中第一。”（《载酒园诗话》卷三）其原因也正在于此。

现在我们对本文开头提出的问题简答如下：“王荆公体”是指王安石诗的独特风格而言的，它的主要风格特征是既新奇工巧又含蓄深婉，其主要载体是他晚期的绝句。“王荆公体”既体现了宋诗风貌的部分特征，又体现了向唐诗复归的倾向。王安石在建立宋诗独特风貌的过程中做出了很大的贡献，但是最能代表宋诗特色的诗人却不是他而是苏、黄。

在北宋诗坛上独领风骚的苏轼

苏轼是宋代成就最高的诗人，这已是文学史上的公论。但是宋代诗坛上名家辈出，群星璀璨，为什么苏轼能独领风骚呢？人们往往把这归因于苏轼的才气和学力，清人赵翼的看法颇具代表性："大概才思横溢，触处生春。胸中书卷繁富，又足以供其左旋右抽，无不如志。其尤不可及者，天生健笔一枝，爽如哀梨，快如并剪，有必达之隐，无难显之情，此所以继李、杜后为一大家也。"（《瓯北诗话》卷五）这种看法不无道理，可是仅仅以此来说明苏轼的诗歌成就，仍嫌空泛肤廓，因为没有对苏轼在宋诗中的独特性给出清楚的阐释。我们认为，宋诗所以能成为与唐诗双峰并峙的一代之文学，其关键是它在总体上呈现出与唐诗不同的艺术风貌。在考察宋代诗人的成就之大小、地位之高低、影响之深浅时，都必须注意这个价值尺度。事实上人们对宋代诗人的评价也大多是参照这个尺度的，例如梅尧臣、欧阳修、苏舜钦、王安石、苏轼、黄庭坚、陈师道被认为北宋的重要诗人，主要就是因为他们的诗风与唐诗颇异其趣。相反，专学李商隐的杨亿、专学白居易和张籍的张耒、专学李白的郭祥正等，虽然诗也写得很好，但并不受后人重视。本文拟从这个角度出发对苏轼在宋诗中的地位进行考察，具体的操作方式是把苏轼与北宋诗坛上的其他几位大家进行比较，从而说明苏轼是如何恰到好处地体现了宋诗特征，所以堪称宋诗成就最杰出的代表（我们认为北宋诗最能代表宋诗特色，而南宋诗则或多或少体现出向唐诗复归的趋势。为免枝蔓，本文仅把北宋诗坛作为考察对象）。

一 平淡：梅尧臣

在建立宋诗独特风貌的过程中，梅尧臣可谓得风气之先者，所以元人龚啸评梅诗说："去浮靡之习，超然于昆体极弊之际。存古淡之道，卓然于诸大家未起之先。"（《宛陵先生集》附录龚啸《跋前二诗》，《四部丛刊》本）笔者曾撰文指出，梅尧臣的平淡诗风并不仅仅是对古已有之的平淡风格的继承，而是一种创造，这对宋诗审美规范的确立起了筚路蓝缕的重要作用（详见拙文《论梅尧臣诗的平淡风格》，《莫砺锋文集》卷三）。平淡美是宋诗的总体美学追求，苏轼等"元祐"诗人对平淡美的追求正是沿着梅尧臣的道路走下去的，但是苏轼在这方面取得的造诣则显然后来居上。

梅尧臣作为建立宋诗平淡诗风的最初尝试者，他的探索有两点不成功的地方。一是当他把搜索诗材的目光投向平凡、琐屑的人间生活时，往往误把许多丑陋而缺乏审美价值的事物写进了诗中，例如常为人指责的《师厚云虱古未有诗邀予赋之》《扪虱得蚤》《八月九日晨兴如厕有鸦啄蛆》等，粗俗丑陋，堕入恶趣。二是当他洗净诗歌在语言层面上的秾丽丹彩时，往往把诗歌在美学层面上的丰神远韵也消解殆尽了，于是就写出了许多平淡而索然寡味的诗，例如《得欧阳永叔回书云见来客问予动静备详》："昨日使人回，闻君与之坐。君问我何为，但云思寡过。寡过真未能，得便北窗卧。此趣今已深，世间谁与和。"对这一类诗，朱熹的批评并不过分："圣俞诗亦不得谓之好……他不是平淡，乃是枯槁。"（《朱子语类》卷一三九）苏轼在创作中克服了梅诗的这两个缺点。在苏轼笔下，从笔墨纸砚等文化用品、茶酒蜜鲊等生活用品到水车、秧马等农具，凡是日常生活中的物品，无论雅俗，都成了绝妙的诗料。苏轼的视野与梅尧臣同样的广阔，但他绝不是有见辄书，而是用审美眼光对外物进行淘洗、选择，从而恰到好处地使平凡乃至琐屑的日常生活内容上升入诗的境界。苏诗中偶尔也写到“牛矢”之类的粗鄙之物，但仍能实现审美的升华而诗意盎然：“半醒半醉问诸黎，竹刺藤梢步步迷。但寻牛矢觅归路，家在牛栏西复西。”（《被酒独行遍至子云威徽先觉四黎之舍三首》之一）同样，在苏轼笔下，许多内容平凡、风格平淡的诗不但无枯槁之病，而且语淡情深，耐人寻味，例如《东府雨中别子由》：

> 庭下梧桐树，三年三见汝。前年适汝阴，见汝鸣秋雨。去年秋雨时，我自广陵归。今年中山去，白首归无期。客去莫叹息，主人亦是客。对床定悠悠，夜雨空萧瑟。起折梧桐枝，赠汝千里行。归来知健否？莫忘此时情。

我们指出上述情况并不是要从这个角度抑梅而扬苏，因为梅尧臣与苏轼虽然年代相及，但毕竟是属于两个时代的诗人（梅比苏年长三十五岁）。从梅尧臣活跃于诗坛的庆历时期到苏轼活跃于诗坛的元祐时期，宋诗得到了长足的发展。而且正是梅尧臣对平淡诗风的探索为苏、黄等人提供了正反两方面的经验，把始创者的短处与后继者的长处当作评判优劣的根据显然是不公正的。而且元祐时代对梅诗缺点的矫正并不是苏轼一人的功绩，而是整个诗坛的风会嬗变，黄庭坚、陈师道等人的诗同样体现了这种情形。上面的论述只不过是想交代梅、苏之间的渊源关系，从而更清楚地探讨梅、苏追求平淡美所臻境界的异同。

梅尧臣追求的“平淡”是与雕润绮丽风格相反的一种风格，在他晚期的诗风中还有意识地融入了枯涩、劲峭、老健的风格因素，例如《东溪》：

> 行到东溪看水时，坐临孤屿发船迟。野凫眠岸有闲意，老树着花无丑枝。短短蒲茸齐似剪，平平沙石净于筛。情虽不厌住不得，薄暮归来车马疲。

此诗作于五十四岁，典型地体现了梅诗的平淡风格：颔联向称写景名句，但其着力之处并不在于写景而在于写意，因为“有闲意”、“无丑枝”并非即目所见，而是诗人对于所见之景的思虑。而真是写景的颈联却又淡淡说来，毫无雕饰。首、尾两联分别交代乘兴来游和兴尽而返的过程，直截简古，颇似古文手法。这样的诗在以丰神情韵见长的唐诗之外另辟一境，堪称宋代诗人自觉艺术追求的最初成功尝试。然而正由于这种诗风是以与唐诗分道扬镳为目标的，是以雕润绮丽为对立面的，所以它不免有矫枉过正之处。即以上诗为例，颔联虽含理趣，但“有闲意”、“无丑枝”都是直接把诗人的思虑结果和盘托出，微伤直露。尾联语言枯涩，意随言尽，也减损了全诗的审美价值。梅诗不甚受读者的喜爱，欧阳修叹其“古货今难卖”（《水谷夜行寄子美圣俞》），是有其内在原因的。

从表面上看，苏轼对平淡美的追求是与梅尧臣相同的。但是我们应该注意到，苏轼提倡平淡诗风时并不把雕润绮丽当作排斥的对象，而是强调前者需以后者为基础。他教导后辈说：“凡文字，少小时须令气象峥嵘，色彩绚烂，渐老渐熟，乃造平淡。其实不是平淡，绚烂之极也。汝只见爷伯而今平淡，一向只学此样。何不取旧日应举时文字看，高下抑扬，如龙蛇捉不住，当且学此。”（《与二朗侄一首》）苏轼所说的平淡与其说是一种艺术风格，毋宁说是一种美学境界，所以它比梅尧臣所认可的平淡诗风具有更大的包容性。苏轼评陶诗说：“渊明作诗不多，然其诗质而实绮，癯而实腴，自曹、刘、鲍、谢、李、杜诸人，皆莫及也。”（见苏辙《子瞻和陶渊明诗集引》，《栾城后集》卷二一）如论风格的话，陶渊明与曹、刘等人各具特色、各有个性，很难说是孰高孰低。所以苏轼所云多半是指美学境界而言，意即曹、刘等人都未能像陶渊明那样彻底超越绚烂绮丽而臻于自然平淡的极境。既然苏轼高度评价陶诗的“质而实绮，癯而实腴”，当然也就不否定“绮”和“腴”，这与梅尧臣的态度显然有较大的区别。正是在这种诗学思想的指导下，苏轼的晚年诗虽然日趋平淡之境，但并不呈现千篇一律的风格，也决无意窘笔枯的缺点。例如作于五十九岁的《十一月二十六日松风亭下梅花盛开》一诗，清丽动人，纪昀批曰:“朱晦庵极恶东坡，独此诗屡和不已，岂晋人所谓‘我见犹怜’也。”（《苏轼诗集》卷三八）再如作于六十四岁的一组诗：

寂寂东坡一病翁，白须萧散满霜风。小儿误喜朱颜在，一笑那知是酒红。

父老争看乌角巾，应缘曾现宰官身。溪边古路三叉口，独立斜阳数过人。

北船不到米如珠，醉饱萧条半月无。明日东家当祭灶，只鸡斗酒定膰吾。（《纵笔三首》）

王文诰案曰:“此三首平淡之极，却有无限作用在内，未易以情景论也。”（《苏轼诗集》卷四二）的确，这三首诗的风格都很平淡，但内蕴却极为丰满，韵味也极隽永。第一首以暂时的酒红冲淡了白须病翁的萧飒之气，且以小儿误喜酒红为朱颜的生活喜剧调节了全诗的悲凉气氛，诗笔活泼有力。第二首以父老争看的热闹场景与独立斜阳的寂寞心境作对比，很好地衬托了诗人被贬南荒的心情，后两句语特蕴藉，意味深长。第三首则以风趣之语写出了诗人傲视艰苦生活的情操，也写出了邻人对诗人的情意，语虽直率而意不浅薄。这样的诗尽管风华落尽，毫无绮丽色泽，但它们的审美价值并无减损。奥秘就在于诗人对雕润绮丽的态度不是排斥而是超越，所以具有“质而实绮，癯而实腴”的性质。试想白须酒红、古路斜阳，描写是何等生动！“现宰官身”、“只鸡斗酒”，用典是何等深稳！不过这些手段都经过了升华而臻于炉火纯青的境界，所以不见斧凿之痕，读来如观行云流水，感受到一种赏心悦目的平淡自然之美。这样的诗风格平淡而有丰富的审美意蕴，深受读者喜爱，这正是苏轼胜过梅尧臣的地方。

二 晓畅：欧阳修

欧阳修作诗，既学韩愈，又学李白，相比较而言，他受李白的影响更深一些。欧阳修在李白奔放流丽的基础上进一步向平易的方向变化，形成了他自己的晓畅委婉的诗风。欧诗中虽然也不乏以奇警奥博见长的作品，但他的代表作则大多体现出晓畅委婉的风格。当然，就诗风的独特个性而言，欧阳修远不如梅尧臣那样引人注目。但是在革新宋初诗风并为宋诗开辟新路的过程中，欧阳修所起的作用并不逊于梅尧臣。原因之一是欧阳修作为政界重臣和文坛盟主，有足够的号召力以转移诗坛风气。原因之二是欧阳修所倡导且在创作实际中取得较大成绩的平易晓畅的诗风更易为广大的作者和读者所接受，从而具有更广阔的发展前景。

苏轼作为欧阳修诗坛盟主地位的继承者，其诗风与欧诗有内在的一致性。这一主面是由于苏轼本为欧公门人，对于老师在诗文上的成就自然要进行学习，他对欧公首创的“禁体”手法再三仿效就是一个例证。另一方面也是由于欧诗的平易晓畅之风确实代表了宋诗发展的正确方向，所以苏轼必然会沿着这个方向继续前进。而且，正像当年欧阳修初识苏轼时所预言的那样，苏轼在诗文创作上的成就大大地超过了欧阳修。这样，苏诗的风格也就不是欧诗风格的复现，而是有所发展、演变，从而进入了更高的美学境界。

首先，欧诗中尚有妨碍其主导风格臻于高境的两个缺点，一是议论有时流于迂腐，如《颜跖》《答朱宷捕蝗诗》等。有时甚至散发出浓厚的道学家头巾气，如《飞盖桥玩月》《天辰》等。这些诗的语言虽然平易流畅，但议论的迂腐枯燥显然损害了它们的审美价值。二是欧诗中常有以文为诗而流于生硬的篇章或字句，且不论追摹韩愈、卢仝诗风的《紫石屏歌》《鬼车》等诗，即使是主导风格已趋于平易的《菱溪大石》，也还存在着生硬古奥的若干句子。苏轼诗中已经消除了上述缺点，苏诗虽然风格面貌变化多姿，但无不带有晓畅流转的特征。苏诗的议论锋发、精警动人，也与流畅的诗风相得益彰。这些方面前人已有论述，兹不赘言。

其次，欧阳修晓畅平易的诗风取得了很好的艺术效果，有一些名篇如《戏答元珍》《春日西湖寄谢法曹歌》等尤其是如此。苏诗中也颇有风格类似的作品，试比较下面二诗：

> 西湖春色归，春水绿于染。群芳烂不收，东风落如糁。参军春思如乱云，白发题诗愁送春。遥知湖上一樽酒，能忆天涯万里人。万里思春尚有情，忽逢春至客心惊。雪消门外千山绿，花发江边二月晴。少年把酒逢春色，今日逢春头已白。异乡物态与人殊，惟有东风旧相识。（欧阳修《春日西湖寄谢法曹歌》）

> 故人送我东来时，手栽荔子待我归。荔子已丹吾发白，犹作江南未归客。江南春尽水如天，肠断西湖春水船。想见青衣江畔路，白鱼紫笋不论钱。霜鬓三老如霜桧，旧交零落今谁辈。莫从唐举问封侯，但遣麻姑更爬背。（苏轼《寄蔡子华》）

苏诗最后二句用两位蔡姓人物之典以切蔡子华之姓，颇有以学问为诗的倾向，与欧诗风格不类。但全诗的主体风格则很像欧诗：思绪远及万里之外，回忆远及数十年之前，在空间和时间上都有很大的跨度，但章法的转折却婉转纡徐，从容不迫。同样，悲欢离合的人生经历和仕途坎坷的抑郁心情虽然流露于字里行间，但仅仅体现为轻微的感喟，绝无剑拔弩张之态。再加上文字的淡雅清新，语气的通畅流转，使这两首诗意味深永，情韵宛然。但是上面的比较并不意味着欧、苏的成就是并驾齐驱的，因为《春日西湖寄谢法曹歌》是体现欧诗晓畅风格的代表作，而《寄蔡子华》在苏诗中却是极为平常的一篇。也就是说，欧诗中多数篇章并未能达到这么高的艺术水准，而是存在着直露率易的缺点。苏轼曾赞扬欧阳修“诗赋似李白”（《六一居士集叙》），但他又曾批评李白诗“伤于易”（《书学太白诗》），可见苏轼对欧公诗风的短处是有所了解的，不过对老师不宜公然批评而已。苏轼在创作中则对欧诗的缺点作了矫正，试看下面一组例子：

经年种花满幽谷，花开不暇把一枝。人生此事尚难必，况欲功名书鼎彝。深红浅紫看虽好，颜色不奈东风吹。绯桃一树独后发，意若待我留芳菲。清香嫩蕊含不吐，日日怪我来何迟。无情草木不解语，向我有意偏依依。群芳落尽始烂漫，荣枯不与众艳随。念花意厚何以报，唯有醉倒花东西。盛开比落犹数日，清樽尚可三四携。（欧阳修《四月九日幽谷见绯桃盛开》）

江城地瘴蕃草木，只有名花苦幽独。嫣然一笑竹篱间，桃李漫山总粗俗。也知造物有深意，故遣佳人在空谷。自然富贵出天姿，不待金盘荐华屋。朱唇得酒晕生脸，翠袖卷纱红映肉。林深雾暗晓光迟，日暖风轻春睡足。雨中有泪亦凄怆，月下无人更清淑。先生食饱无一事，散步逍遥自扪腹。不问人家

> 与僧舍，拄杖敲门看修竹。忽逢绝艳照衰朽，叹息无言揩病目。陋邦何处得此花，无乃好事移西蜀。寸根千里不易致，衔子飞来定鸿鹄。天涯流落俱可念，为饮一樽歌此曲。明朝酒醒还独来，雪落纷纷那忍触。（苏轼《寓居定惠院之东杂花满山有海棠一株土人不知贵也》）

这两首诗在背景、内容、风格上有很多相似之处：欧诗作于庆历七年（1047），时欧阳修四十一岁，正在滁州贬所。苏诗作于元丰三年（1080），时苏轼四十五岁，正在黄州贬所。两诗内容都是描写在山野间的一株名花，都是明写惜花之意，暗寓流落之感。两诗的语言风格也都是委婉流畅的。但是细读二诗，却发现它们的艺术造诣相去甚远，试分析如下：第一，欧诗从花开写到花落，从众花写到绯桃，平铺直叙，没有跌宕起伏。而苏诗却开门见山，对海棠的绝艳高标作了淋漓酣畅的描写，然后转入自己邂逅名花的过程，且抒发流落异乡的感叹，章法变幻奇妙。第二，欧诗的文字简单平直，对绯桃的描写也不够细腻生动。苏诗对海棠的描写则成功地运用了拟人手法，“嫣然一笑”、“故遣佳人”二句先点明拟人之旨，“朱唇”二句则以美人娇姿形容海棠之艳丽，“林深雾暗”二句本已回到海棠自身，却又以“春睡足”再度拟人。“雨中”二句则既似写花，又似写人，笔歌墨舞，兴会淋漓。第三，欧诗写惜花之意，人与花主客分明，构思比较简单。苏诗却“纯以海棠自寓，风姿高秀，兴象深微”（纪昀语，见《苏轼诗集》卷二〇），尤其是写自己与海棠都是自西蜀移至黄州，所以“天涯流落俱可念”，真可谓神来之笔。从上面的分析可以看出，苏诗既继承了欧诗晓畅平易的基本风格，又避免了欧诗率易、平直、浅露的缺点，从而呈自然流畅、清新俊逸之风调。张戒在《岁寒堂诗话》卷上里指出：“欧阳公诗专以快意为主，苏端明诗专以刻意为工。”如果把此语理解成苏轼以深微奇妙的艺术构思弥补了欧诗率易的缺点，则是相当准确的。

三　雄放：苏舜钦

自从欧阳修用“其于诗最豪，奔放何纵横”和“子美气尤雄，万窍号一噫”的诗句来评说苏舜钦诗以来（欧诗分别为《答苏子美离京见寄》和《水谷夜行寄子美圣俞》，作于庆历二年［1042］和庆历四年［1044］，其时苏舜钦年三十五岁、三十七岁，其诗风已经成熟，他的代表作《庆州败》《哭曼卿》《吴越大旱》等诗都作于此前），“雄放”就成为人们对苏诗风格的定评了。后人或称赞说“子美雄快，令人见便击节”（刘熙载《艺概》卷二），或批评说“而渊涵渟滀之趣，无复存矣”（沈德潜《说诗晬语》卷下），都是针对这个风格特征而言。与此相映成趣的是，苏轼的诗也得到类似的评价，例如清人贺裳云：“坡公之美不胜言，其病亦不胜摘。大率俊迈而少渊渟，瑰奇而失详慎，故多粗豪处、滑稽处、草率处。”（《载酒园诗话》）就才性和写作方式的性质而言，在北宋诗坛上与苏轼最相似的诗人就是苏舜钦了。然而由于两人的才力、学识和所处时代的差异，苏轼的诗歌成就远远地超越了苏舜钦，对两人诗歌的比较可以清楚地展示宋诗逐步走向成熟的轨迹。

苏舜钦慷慨有大志，在政治上勇于进言，作诗也勇于反映时政和社会现实，笔锋犀利，无所忌讳。例如《庆州败》对宋军全军覆没惨状的描写和对宋将腐化无能丧师辱国罪行的揭露，《城南感怀呈永叔》对灾民饿殍遍野惨状的描绘和对统治者漠视人民苦难的行径的讥刺，都可谓淋漓尽致，入木三分。畅尽的议论、强烈的情感与恣肆的语言很好地结合在一起，是此类诗歌的成功之因。苏轼的一部分诗也具有同样的特征，如《吴中田妇叹》《荔枝叹》等就是显例。但是苏舜钦诗能直而不能曲，能露而不能隐，即使在他受政敌排斥、贬为庶民的晚期，诗风也无大变，例如“抖擞尘襟终回首，谤书终不到溪山”（《阻风野步有感呈子履》），“庶得耳目清，终甘死于虎”（《天平山》），仍是感情愤激，语气直截，与早期诗风无别。这在反映现实、揭露时弊的诗中也许不算缺点，但在咏怀抒情的诗中就未免显得粗豪有余而蕴藉不足了。苏轼诗则不然。苏轼不仅在晚年诗风趋于平淡时常常豪气内敛，把满腹牢骚纳入貌似平和的诗句，而且在早年就已有此倾向，例如作于三十七岁的《画鱼歌》云：“岂知白梃闹如雨，搅水觅鱼嗟已疏。”又如作于三十九岁的《捕蝗至浮云岭山行疲苶有怀子由弟二首》之一云：“西来烟障塞空虚，洒遍秋田雨不如。新法清平那有此？老身穷苦自招渠！”或声东击西，或正言反说，都是暗含讥刺。黄庭坚说苏轼作诗是“嬉笑怒骂，皆成文章”（《东坡先生真赞三首》之一），我们认为苏轼诗中“嬉笑”多于“怒骂”，因为他常常成功地以“嬉笑”代替“怒骂”。正如柳宗元所云，“嬉笑之怒，甚乎裂眦”（《对贺者》），苏轼的这种手法常常使感情经过内敛、凝聚而增加了浓度，并且发人深省，所以其批判的力度反而超过了苏舜钦那些慷慨直言的诗。只要把苏舜钦的《对酒》《送李冀州诗》分别与苏轼的《戏子由》《送刘放倅海陵》对照一下，便可看出这一点。

与上述情形相对应的是，苏舜钦、苏轼的雄放诗风也呈现出同中有异的情形。我们知道，雄放与粗豪之间往往仅有一步之隔，如果一味追求雄放而不注意镕裁、节制，则难免流于粗豪，苏舜钦诗（尤其是他的多数七古）就有这种缺点。例如《大风》《城南归值大风雪》《奉酬公素学士见招之作》等，虽有气魄雄伟、笔力酣畅的优点，但也存在相当严重的缺点：语言粗糙率直，意蕴发露无余，写景与议论的组合、转折十分生硬。对于尝试着创造宋诗风貌的苏舜钦来说，我们当然不必吹毛求疵，但这些作品的缺陷却是不容讳言的。正因如此，苏舜钦集中艺术水准最高的并不是上述代表作，而是风格比较平和的其他作品。刘克庄指出："苏子美歌行雄放于圣俞，轩昂不羁如其为人。及蟠屈为吴体，则极平夷妥帖。"（《后村先生大全集》卷一七四《诗话前集》）这话很有眼光，但仅言"吴体"则不够全面。事实上苏舜钦的一些非吴体的近体诗也都体现了这个特点，例如绝句《和淮上遇便风》《淮中晚泊犊头》、律诗《杭州巽亭》等，都能在雄放的基调中融入晓畅委婉的风格因素，从而避免了粗豪之病。他的少数七古也有类似的特色，例如《哭石曼卿》《中秋夜吴江亭上对月怀前宰张子野及寄君谟蔡大》。如果说上述情形在苏舜钦诗中还是一种随机性现象的话（以本文中所提到的苏舜钦七古为例，《大风》作于三十一岁，《城南归值大风雪》作于三十六岁，《奉酬公素学士见招之作》作于三十八岁，而《哭石曼卿》《中秋夜吴江亭上对月怀前宰张子野及寄君谟蔡大》二诗作于三十四岁，从时间上看，苏氏诗风并未体现出有序的转变趋势），那么苏轼则在这方面体现了高度的自觉。苏轼在艺术鉴赏与艺术创造中不但能兼容异量之美，而且特别重视两种互相对立的风格的融合，从而提出了"清雄"的风格术语（苏轼《与米元章书二十八首》之二五评米芾文云："清雄绝俗之文。"类似的观点常见于苏轼评论艺术的序跋书信，参见程千帆、莫砺锋《论苏轼的风格论》，载《中国古典文学研究》第五辑），他在诗歌创作中十分注意使阳刚之美与阴柔之美互相渗融，互相调节，也即在"雄"的风格中渗入"清"的因素。虽说苏轼的这种做法不一定是对苏舜钦诗风的改造，但至少在客观效果上矫正了苏舜钦诗雄放而失诸粗豪的缺点。所以苏轼集中大多数风格雄放的诗与苏舜钦集中较少见的避免了粗豪缺点的佳作风格相类。我们只要把苏轼的七律《有美堂暴雨》《儋耳》与苏舜钦的《杭州巽亭》对照，或把苏轼的七古《游金山寺》《武昌西山》与苏舜钦的《中秋夜吴江亭上对月怀前宰张子野及寄君谟蔡大》对照，就可看出这一层关系。当然苏轼的总体艺术造诣是与苏舜钦不可同日而语的，但仅就风格而言，则苏轼确实是得苏舜钦之长而避其短，从而实现了对这位前辈诗人的超越。

结论一：历时性的超越

欧、梅、苏三人的诗歌创作大约在景祐（1034—1037）以后趋于成熟，而苏轼则从熙宁（1068—1071）开始活跃于诗坛，前后相距三十年，在宋诗发展过程中属于两个阶段，所以上文的比较属于历时的性质。

欧、梅、苏三人的诗风虽然各具特色，但平淡坦易则是三人共同的倾向，也是当时诗坛上风气嬗变之总体趋势。欧、梅对西昆诗人的评价并不低，但他们的创作实践却体现出矫正昆体之失的自觉，南宋叶梦得说："欧阳文忠公始矫昆体，专以气格为主，故其诗多平易疏畅。"（《石林诗话》卷上）元人龚啸评梅诗说："去浮靡之习，超然于昆体极弊之际；存古淡之道，卓然于诸大家未起之先。"（《宛陵先生集》附录龚啸《跋前二诗》）清人宋荦称誉苏舜钦："独崛起于举世不为之时，挽杨、刘之颓波，导欧、苏之前驱。"（《苏子美文集序》，《苏舜钦集编年校注》附录六）这些言论或有贬毁昆体过火之处，但指出欧、梅、苏与昆体之间的嬗变则是不错的，西昆体在艺术上最大的缺点是采缛秾艳，雕琢过甚，欧、梅等对昆体的矫正主要是针对这一点的，这在当时的诗坛上代表着时代潮流。晏殊赞扬韦应物诗"全没些脂腻气"（吴处厚《青箱杂记》卷五），当庆历六年（1046）梅尧臣于颍州与晏殊论诗时，晏还称赞"彭泽多野逸田舍之语"（梅尧臣《以近诗赞尚书晏相公忽有酬赠之什称之甚过不敢辄有所叙谨依韵缀前日坐末教诲之言以和》原注）。晏殊是梅尧臣的前辈兼上司，他说此话当然不会是为了附和梅的主张，可见即使是某些昆体诗人也对杨、刘诗风有所反省，而且这种反省会合乎逻辑地导向平淡坦易的诗风。可是矫枉往往会过正，欧、梅等人即未能避免，上引叶梦得评欧公之言后面还有以下几句:“律诗意所到处，虽语有不伦，亦不复问，而学之者往往遂失于快直。倾囷倒廪，无复余地。”我们认为“快直”也包括率易、浅露等意，而且这不仅是“学之者”的缺点，而是欧、梅、苏自身的创作中已经显露出来的短处。

对于上述情形，年辈较晚的一代诗人都看得很清楚，王安石、苏轼、黄庭坚等人的诗歌创作都避免了率易浅露的缺点，从整体上体现了以欧、梅为前车之鉴的自觉性。可是王安石和黄庭坚的诗虽然也有平易晓畅的一面，但他们的主要风格特征却是雅丽精工和生新瘦硬，与欧、梅、苏平易诗风之间的渊源关系不很深。苏轼则不同，苏诗虽然姿态万千，风格多变，其主导风格却是晓畅、明快、奔放的。如上所述，苏轼诗风很鲜明地体现出继承欧、梅平易诗风之精华又扬弃其缺点的自觉性。所以在“元祐”这一代诗人中，苏轼的诗最典型地代表着对欧、梅那一代诗人的发展和超越，从而成为宋诗发展的坐标图上最为重要的一个轨迹点。

四　精工：王安石

缪钺先生说:“唐诗技术，已甚精美，宋人则欲百尺竿头，更进一步。盖唐人尚天人相半，在有意无意之间，宋人则纯出于有意，欲以人巧夺天工矣。”（《论宋诗》，载《诗词散论》）在这个方面，王安石、苏轼、黄庭坚等北宋中后叶的诗人表现得尤为突出，他们还互相争奇斗胜，宋人的诗话中对这种情形也津津乐道。然而在“以人巧夺天工”的道路上走得最远，并且常常被人认为走得太远的诗人则首推王安石。宋人或称赞王诗“雅丽精绝”、“精深华妙”、

“诗律尤精严，造语用字，间不容发”（分见《苕溪渔隐丛话》前集卷三五、《漫叟诗话》、《石林诗话》卷上）；或批评王安石“荆公晚年诗伤工”，“王介甫只知巧语之为诗”（分见《苕溪渔隐丛话》前集卷四二、《岁寒堂诗话》卷上），都是着眼于此（参看前文《雅丽精绝的王荆公体》）。苏轼则不同。苏轼对于具体的艺术技巧虽也极为留意，且达到了得心应手的纯熟程度，但他更着意追求的是平淡自然的艺术境界，所以苏诗新颖而不至于奇险，精丽而不至于工巧，在“人巧”与“天工”之间把握了恰到好处的“度”，从而避免了王诗的缺点。下文从用字、对仗、用典三个方面作些论证。

王安石对文字学深有研究，对奇字尤感兴趣，他有诗云：“能言奇字世已少。”（《过刘贡甫》）又云：“数能过我论奇字。”（《过刘全美所居》）虽是对别人的称扬，也体现出他自己的趣尚。王安石作诗则极重炼字，且喜用奇字，所以宋人赞叹说：“王介甫最善下字。”（严有翼《艺苑雌黄》引翁行可语，《宋诗话辑佚》）但王安石有时炼字过度，诗就显得雕琢而不够自然，例如：

> 绿搅寒芜出，红争暖树归。鱼吹塘水动，雁拂塞垣飞。宿雨惊沙静，晴云漏昼稀。却愁春梦短，灯火着征衣。（《宿雨》）

方回将此诗选入《瀛奎律髓》卷一〇，在“搅”、“争”、“吹”、“拂”、“惊”、“漏”六字旁皆加圈，且称赞说：“未有名为好诗而句中无眼者，请以此观。”其实此诗的炼字就有过火之病，纪昀批评说：“‘搅’字险而纤，不及‘绿稍还幽草，红应动故林’二句自然。”（纪昀提到的“绿稍”二句亦王安石诗句，见于《欲归》。）贺裳更讥讽说：“余意人生好眼，只须两只。何必尽作大悲相乎？……六只眼睛，未免太多。”（《载酒园诗话》卷一）贺氏此言虽系针对方回批语而发，但也说出了王诗太讲究炼字的缺点，而纪昀所言更是深中其病。类似的情形在王诗中相当常见，例如“苔争菴径路，云补衲穿空”（《白云然师》），“紫苋凌风怯，青苔挟雨骄”（《雨中》），“树冻裹春深”（《次韵朱昌叔岁暮》），“日月跳何急”（《秋露》），凡加点的字都是所谓“诗眼”，它们的用法确实烹炼新奇，但总觉得用力太狠，不够自然。苏轼作诗也讲究用字，《唐子西文录》载：“东坡作病鹤诗，尝写‘三尺长胫□瘦躯’，缺其一字，使任德翁辈下之，凡数字。东坡徐出其稿，盖‘阁’字也，此字既出，俨然如见病鹤矣。”可见苏轼对自己的炼字之工也甚为得意。但“阁”字奇而不险，工而不纤，很生动地形容了病鹤无精打采的神态，所以“俨然如见病鹤也”。苏诗中炼字较工的句子很多。例如“西来为我风黧面，独卧无人雪缟庐”（《和刘景文见赠》），“残灯翳复吐”（《秋怀二首》之二），“冲风振河朔……下马须眉黄”（《谢运使仲适座上送王敏仲北使》），“黧”、“缟”二字是名词用作动词，“吐”字是拟人法，都是运用合适的修辞手段来达到炼字的目的。最后一例在字面上非常平实，粗看根本不觉得有什么奇妙，但生动地写出了太行山区大风后的情景，故纪昀赞曰：“非经行者，不知‘黄’字之妙。”（《苏轼诗集》卷三七）由此可见，王、苏两人都善于炼字，但王安石刻意求奇，不免有用力太狠不够自然之病，而苏诗则比较平易妥帖，出新意于自然之中。

王诗对仗非常工整，《苕溪渔隐丛话》前集卷三五引《雪浪斋日记》，举出王诗中对仗精工的五个例子，且称：“世皆不及其工。”叶梦得亦云：“荆公诗用法甚严，尤精于对偶，尝云：‘用汉人语，止可以汉人语对。若参以异代语，便不相类。’如‘一水护田将绿绕，两山排闼送青来’之类，皆汉人语也。此法惟公用之不觉拘窘卑凡，如‘周颙宅在阿兰若，娄约身随窣堵波’，皆以梵语对梵语，亦此意。尝有人面称公诗‘自喜田园归五柳，最嫌尸祝扰庚桑’之句，以为的对。公笑曰：‘君但知柳对桑为的，然庚亦自是数。’盖以十干数之也。”（《石林诗话》卷中）叶氏论诗最推崇王安石，所以认为王诗“不觉拘窘卑凡”，可是南宋葛立方在《韵语阳秋》卷二中也引了叶氏所举的最后一例王诗，却说：“作诗步骤亦太拘窘矣。”立论正与叶氏相反。我们认为王诗对仗工整自有其艺术价值，但过于讲求对仗工整也会产生一些缺点，除了“拘窘”以外，还含有纤巧、生硬之病。王诗中如“世事但知吹剑首，官身难即问刀头”、“名誉子真矜谷口，事功新息困壶头”（《次韵酬朱昌叔五首》之四、五），“杀青满架书新缮，生白当窗室久虚”（《和杨乐道见寄》）等就是如此。苏诗的对仗之工整完全可以与王诗相媲美，例如“岂意日斜庚子后，忽惊岁在巳辰年”（《孔长源挽词二首》之二），不但字面的对，而且两句分别用贾谊、郑玄之典，可谓“用汉人语止可以汉人语对”。又如“谏苑君方续承业，醉乡我欲访无功”（《次韵朱光庭初夏》），“承业”（隋人乐运字）、“无功”（唐人王绩字）不但以人名相对，而且字面上也锱铢不爽，工整之极。但是苏诗在对仗方面很少有“拘窘”之失，原因有二：一是苏诗一联中的上下句之意往往相去甚远，从而以诗意的疏离消解了对仗工整引起的呆滞之感，正如惠洪所云：“对句法，诗人穷尽其变，不过以事、以意、以出处具备谓之妙，如荆公曰：‘平日离愁宽带眼，讫今归思满琴心。’又曰：‘欲寄荒寒无善画，赖传悲壮有能琴。’乃不若东坡微意特奇，如曰：‘见说骑鲸游汗漫，也曾扪虱话酸辛。’又曰：‘蚕市风光思故国，马行灯火记当年。’又曰：‘龙骧万斛不敢过，渔舟一叶从掀舞。’以‘鲸’为‘虱’对，以‘龙骧’为‘渔舟’对，大小气焰之不等，其意若玩世，谓之秀杰之气终不没者，此类是也。”（《冷斋夜话》卷四）二是苏诗常常用流动的句法来调节对仗的板重拘滞。例如“岂意青州六从事，化为乌有一先生”（《章质夫送酒六壶书至而酒不达戏作小诗问之》），“三过门间老病死，一弹指顷去来今”（《过永乐文长老已卒》），这两联都以对仗工巧著称于世，然而前一联用流水对法，后一联虽非流水对，但也以状态与时间的流程增添了语脉的流动感，所以读来丝毫不觉有“拘窘”之弊。更值得注意的是苏诗中还常常出现对仗十分灵活的情形，例如“先生卜筑临清济，乔木如今似画图”（《傅尧俞济源草堂》），“身行万里半天下，僧卧一庵初白头”（《龟山》）等，似对非对，句法多变，使整首律诗也因而摇曳生姿。清人翁方纲云：“宋人七律，精微无过王半山。至于东坡，则更作得出耳。”（《石洲诗话》卷四）苏轼七律所以能超越精微而臻于神妙变化之境即翁氏所谓“作得出”，对仗的灵活不拘是一个重要因素。

王、苏都是读破万卷的饱学之士，作诗都善于用典，先看一个有趣的例子：王安石《送吴仲庶出守潭州》云：“吴公治河南，名出汉廷右。……不知尊前客，更得贾生否？”李壁注：“谊先为河南吴公客，后谪长沙。今公言尊前客，又施之吴姓，用事精切如此。”苏轼《送乔施州》中用了同一个典故：“共怪河南门下客，不应万里向长沙。”自注：“乔受知于吴丞相，而施州风土，大类长沙。”查慎行补注：“公诗用事，亲切如此。”虽然两诗用典的角度不同，但精切程度则不相上下。如果全面考察王、苏诗中用典的情况，可以发现两者都有既广博又精切的优点，也都有用典过多的缺点。王夫之讥刺苏、黄为“獭祭鱼”（《姜斋诗话》卷中），其实王安石也有同病，如《招约之职方并示正甫书记》中“千枝孙峄阳，万本母淇澳。满门陶令株，弥岸韩侯蔌”一节，使王夫之评之，恐难逃“獭祭”之讥。但是苏诗用典有一点是胜于王诗的，那就是前者有时达到了浑然天成、如水中着盐的妙境，而后者则稍逊一筹。例如苏轼《余与李廌方叔相知久矣领贡举事而李不得第愧甚作诗送之》中有句云：“平生漫说古战场，过眼终迷日五色。”分别用唐人李华善古文、曾作名篇《吊古战场文》及李程以甲赋佳作《日五色赋》应举而被黜退之典，精切程度无以复加，然而句法浑成，意脉流转，丝毫没有受到用典的妨害。又如苏轼晚年所作《六月二十日夜渡海》

中“云散月明谁点缀，天容海色本澄清”一联，暗用《晋书·谢重传》中所载谢重与司马道子夜坐观月，谢以为“不如微云点缀”，而司马曰“卿居心不净，乃复强欲滓秽太清耶”的典故，含义深刻，而语言自然天成，典故自身几乎无迹可睹。王安石的用典似尚未达到这种境界。

上述三个方面的论证说明，王、苏二人对诗歌艺术技巧的掌握都堪称精熟，但相对而言，王诗对仗精工而时有纤巧、雕琢之痕未泯等病，苏诗则比较自然浑成。这种差别在他们运用比喻、借鉴古人时也都有体现，试看两组例子：

> 水边无数木芙蓉，露染燕脂色未浓。正似美人初醉着，强抬青镜欲妆慵。（王安石《木芙蓉》）
>
> 东风袅袅泛崇光，香雾空蒙月转廊。只恐夜深花睡去，故烧高烛照红妆。（苏轼《海棠》）
>
> 冥冥江雨湿黄昏，天入沧洲漫不分。北涧欲通南涧水，南山正绕北山云。（王安石《江雨》）
>
> 路转山腰足未移，水清石瘦便能奇。白云自占东西岭，明月谁分上下池。（苏轼《与毛令方尉游西善寺二首》之二）

前一组诗都用拟人手法形容花卉，后一组诗都模仿白居易“东涧水流西涧水，南山云起北山云”（《寄韬光禅师》）的句法，但只要对照着读一下，便可看出上文所述的差别来。这也许正是苏轼的才性比王安石稍胜的表现。

五　生新：黄庭坚

苏、黄齐名，诗风也有很多相似之处，尤其是在“以文字为诗，以才学为诗，以议论为诗”（《沧浪诗话·诗辨》）等宋诗特征方面，两人更是处于伯仲之间，所以也常常一同受到后人的讥评。但是就艺术风格而言，似乎黄诗的独特性更为引人注目，以至于人们说起宋诗的生新特色时，往往会认为那仅是黄诗的独特风格，其实在以唐诗为参照对象的生新倾向上，苏、黄二人是如出一辙的，不过苏轼没有黄庭坚走得那么远而已。

苏、黄诗的生新首先体现在意象的营造上。一般说来，唐诗中的意象较多地体现出自然属性，宋诗的意象则较多地体现出人文属性，苏、黄在这方面堪称宋诗的代表。苏、黄诗的内容不可谓不丰富，凡前人诗中所涉及的题材，上自国事、民生，下至个人生活细节，在苏、黄集中都有所表现。但他们有一个显著的特点，即特别爱咏与文化活动有关的题材，诸如书法、绘画、音乐、诗歌等艺术以及笔、墨、纸、砚、扇、杖等文化用品，都反复见于吟咏，作品数量之多，前无古人。即使是那些本来属于自然属性的题材，苏、黄也常常用诗笔涂上一层浓厚的人文色彩。苏轼初入仕途来到凤翔，作《凤翔八观》，所咏内容为石鼓、诅楚文碑、王维吴道子画、维摩塑像、东湖、真兴寺阁、李氏园、秦穆公墓。其中前四项为古代的艺术作品，后三项是古代的建筑遗迹，都属文物范围。即使在《东湖》诗中，诗人也写下了“嗟予生虽晚，好古意所妣。图书已漫漶，犹复访侨郏。《卷阿》诗可继，此意久已含”等句，给湖光山色注入了深沉的人文意识。可见苏轼虽也欣赏凤翔一带的山川景物，但他兴味更浓的则是那里的文化古迹。黄庭坚对人文意象的偏好更甚于苏轼，他早年作《演雅》一诗，咏及蚕、蛛、燕、蝶等四十三种动物，这些本来全是自然景象，可是诗人根本没有到自然界中去观赏这些禽鸟虫鱼，而是从古代典籍的字里行间去认识它们，例如“气陵千里蝇附骥，枉过一生蚁旋磨”二句用《后汉书·隗嚣传》和《晋书·天文志》中典故等等。所以此诗名副其实地题作《演雅》——“推演《尔雅》”。毫无疑问，唐诗中那些形象鲜明、情韵深永的自然意象更容易引起读者的审美兴趣，而且早已在苏、黄之前养成了读者的审美习惯，因此以人文意象见长的苏、黄诗势必被看作诗国中的“生新”现象了。然而苏、黄毕竟是同中有异的，试看下面二例：

君不见滹沱流澌车折轴，公孙仓皇奉豆粥。湿薪破灶自燎衣，饥寒顿解刘文叔。又不见金谷敲冰草木春，帐下烹煎皆美人。萍齑豆粥不传法，咄嗟而办石季伦。干戈未解身如寄，声色相缠心已醉。身心颠倒不自知，更识人间有真味？岂知江头千顷雪色芦，茅檐出没晨烟孤。地碓舂秔光似玉，沙瓶煮豆软如酥。我老此身无著处，卖书来问东家住。卧听鸡鸣粥熟时，蓬头曳履君家去。（苏轼《豆粥》）

矞云从龙小苍璧，元丰至今人未识。壑源包贡第一春，缃奁碾香供玉食。睿思殿东金井栏，甘露荐碗天开颜。桥山事严庀百局，补衮诸公省中宿。中人传赐夜未央，雨露恩光照宫烛。右丞似是李元礼，好事风流有泾渭。肯怜天禄校书郎，亲敕家庭遣分似。春风饱识太官羊，不惯腐儒汤饼肠。搜搅十年灯火读，令我胸中书传香。已戒应门老马走，客来问字莫载酒。（黄庭坚《谢送碾壑源拣牙》）

两诗各咏一种食品，都是用典故等手段赋予所咏对象以文化意义，从而实现以俗为雅的目标，然而艺术效果却相去甚远。苏诗先写了与豆粥有关的两个历史故事，情景描写十分生动，所以虽为用典而不害字句之活泼。而且诗人用此二典既形容了豆粥之美，又反衬出自己在不受干戈与富贵侵扰的自然状态下享用豆粥的愉悦，与全诗旨意紧密结合，毫无炫学夸博之嫌。后面一节对江村晨景及农家生活的刻画更是生机盎然，从而冲淡了前半首中较浓的书卷气。所以此诗既典雅又生动，既有深沉的人文意识又有浓郁的生活气息，既体现了宋诗的生新特征又保持了唐诗的丰神情韵，堪称咏物佳作。黄诗则不同，任渊注指出此诗一共用了三十多处典故，除了“桥山”、“右丞”、“肯怜”、“客来”诸句分别用黄帝、李膺、扬雄等故事外，其余的全是用古代典籍或诗文中的成语，例如第一句，任注指出“矞云”出自《西京杂记》，“从龙”出自《周易》，其实“苍璧”二字也出自《周礼·春官》，这种“无一字无来历”的造句法，使黄诗语言非常典雅整饰，书卷气极浓，同时也就损害了它的形象性。此诗文字尚称流动，但没有构成鲜明生动的意象，前面十六句尤其缺乏生活气息，所以即使是偏嗜黄诗的方东树也说：“‘春风’以下入妙，前未妙。”（《昭昧詹言》卷一二）把上述两首诗对照一下，显然可见黄诗更典型地体现出宋诗意象之“生新”特色，同时也因“生新”过度而造成了艺术上的缺点。类似的差别在苏诗《龙尾石砚寄犹子远》与黄诗《和钱穆父咏猩猩毛笔》、苏诗《汲江煎茶》与黄诗《双井茶送子瞻》之间也有鲜明的体现。

苏、黄诗的生新更多地体现在具体的艺术手段上。黄庭坚论诗，强调“文章最忌随人后”（《赠谢敞王博喻》），时人张耒则认为黄“不践前人旧行迹，独惊斯世擅风流”（《读鲁直诗》），方东树更具体地指出：“黄只是求与人远，所谓远者，合格、境、意、句、字、音响言之。”（《昭昧詹言》卷一〇）苏轼论诗也认为“诗以奇趣为宗，反常合道为趣”（《书柳子厚渔翁诗》），且称赞他人之诗“每篇辄出新意奇语”（《晁君成诗集引》），他在创作中也很注意避旧求新，《苕溪渔隐丛话》后集卷二七引《复斋漫录》云：“东坡作《聚远楼诗》，本合用‘青江绿水’对‘野草闲花’，以此太熟，故易以‘云山烟水’。”类似的情形在苏诗中很常见，只从他在元丰、元祐年间与黄庭坚反复唱和的情况就可看出，两人在追求生新方面各不相让，争胜在毫厘之间。例如黄诗《见子瞻粲字韵诗和答三人四返不困而愈崛奇辄次韵寄彭门三首》与苏诗《往在东武与人往返作粲字韵诗四首今黄鲁直亦次韵见寄复和答之》皆是典型的“新意奇语”之作。当然，苏、黄在理论上并不一味主奇，苏轼论艺，主张“出新意于法度之中”（《书吴道子画后》），他最推崇的是“文理自然，姿态横生”（《与谢民师推官书》）的境界。黄庭坚也认为：“好作奇语，自是文章病。”（《与王观复书》之一）他们在创作中也都体现出对平淡美的追求，晚年诗尤其具有归真返璞的倾向。可是从总体来说，黄诗的最大特点仍是“语必生造，意必新奇”（清人陈讦语，见《宋十五家诗选·山谷诗选》），而苏诗的特点却是“自然流出，一似全不著力”（《瓯北诗话》卷五）。为免烦冗，下面仅从比喻、语言和结构三个方面对苏、黄诗作些比较。

苏诗善于用比喻，为世人所公认。在苏诗层出不穷的比喻中，有许多是以新奇取胜的，除了为后人所盛赞的《百步洪》中连用七喻以及后来变成成语的“鸿爪雪泥”等著名例证外，让我们补充几个不太受读者注意的例子：“春雨如暗尘”（《大寒步至东坡赠巢三》）、“春风如系马，未动意先骋”（《次韵赵景贶春思且怀吴越山水》）、“欲知垂尽岁，有似赴壑蛇。修鳞半已没，去意谁能遮”（《守岁》）、“相排竞进头如鼋”（《王维吴道子画》），这些比喻都是别出心裁，未见前人道过。黄诗中也有类似的比喻，如“蜂房各自开户牖”（《题落星寺》）、“客心如头垢，日欲撩千篦”（《次韵寄李六弟济南郡城桥亭之诗》）等。但是黄诗比喻时有过于生新以至于怪奇的情形，则是苏诗中很少见的。例如黄诗《以小龙团及半挺赠无咎并诗用前韵》中形容煎茶：“曲几蒲团听煮汤，煎成车声绕羊肠。”苏轼评曰：“黄九怎得不穷？”（《王直方诗话》）虽然此语也许是对黄庭坚思苦语奇的赞叹而非贬语，但这至少说明黄诗的这种作风是与苏轼不同的。从总体上说，苏诗中最为后人推重的比喻多是新颖而妥帖自然的，例如“归来平地看跳丸，一点黄金铸秋橘”（《送杨杰》），清贺裳《载酒园诗话》赞曰：“形容泰山日出……刻画可谓精工。”而黄诗中最引人注目的却是那些新奇过甚的比喻，例如“露湿何郎试汤饼，日烘荀令炷炉香”（《观王主簿家酴醾》），虽然惠洪对此大为赞赏：“前辈作花诗，多用美女比其状……乃用美丈夫比之，特若出类。”（《冷斋夜话》卷四）但也招致了金人王若虚的讥评：“花比妇人，尚矣，盖其于类为宜，不独在颜色之间。山谷易以男子，有以见其好异之僻。……不求当而求新，吾恐他日复有以白皙武夫比之者矣！”（《滹南诗话》）王氏之语或过于尖刻，但毕竟不是洗垢求瘢，因为黄诗的确有“不求当而求新”的倾向。

黄诗的语言有两大特点，一是追求新奇，二是讲求有出处，张戒批评他“专以补缀奇字”（《岁寒堂诗话》卷上），这话有点言过其实，因为黄诗中的“奇字”其实主要是对常用字作别出心裁的用法，例如“秋水粘天不自多”（《赠陈师道》），“江雨压旌旗”（《侯尉之吉水复按未归三日泥雨戏成寄之》），“润础闹苍藓”（《奉和王世弼寄上七兄先生用其韵》），“清风荡初日”（《晓起临汝》），但黄诗有时也确实是刻意追求奇字，并因此而产生了文理欠通或字义欠妥的错误。例如《孟子·梁惠王上》用“觳觫”形容牛恐惧颤抖之状，字甚新奇，黄诗用此二字共有六例，其中如“觳觫告主人，实已尽筋力”（《题李亮功戴嵩牛图》）尚称稳妥，但“儿言觳觫持赠谁”（《六舅以诗来觅铜犀用长句持送舅氏学古之余复味禅悦故篇末及之》）中以“觳觫”二字代牛且代指铜牛，就于义欠安了。又如《山谷外集》卷一一《庚申宿观音院》中有“相戒莫浪出，月黑虎夔藩”二句，史容注云：“老杜《课伐木》诗序云：‘……有虎知禁，若恃爪牙之利，必昏黑撑突夔人屋壁。’山谷盖用此语。而杜诗作于夔州，所谓夔人，盖夔州之人也。”他又指出：“《文选·鲁灵光殿赋》：‘颔欲动而夔跜’。‘夔藩’盖误以夔人为夔跜之义也。”的确，黄诗误用“夔”字多半是因误读杜诗而致，但其初因则是欣赏“夔跜”及“昏黑撑突夔人屋壁”用字之新奇而生摹仿之念。苏诗则不同，他作诗虽也追求新奇，但主要是通过对诗意的锤炼达此目的，对字词则以平易、常用为宗尚，周紫芝《竹坡诗话》载："有明上人者，作诗甚艰，求捷法于东坡。作两颂以与之，其一云：'字字觅奇险，节节累枝叶。咬嚼三十年，转更无交涉。'其一云：'衡口出常言，法度法前轨。人言非妙处，妙处在于是。'"苏轼还曾作书与黄庭坚说："凡人文字，当务使平和。"（《答黄鲁直五首》之二）所以苏诗中的佳句或以用字准确新颖见长，如"风来震泽帆初饱，雨入松江水渐肥"（《次韵沈长官三首》之三），"归路春风洒面凉"（《同柳子玉游鹤林招隐醉归呈景纯》），"尺书真是髯手迹，起坐熨眼知有无"（《喜刘景文至》）；或以句意凝练精警见长，如"清寒入山骨，草木尽坚瘦"（《庐山二胜·栖贤三峡桥》），"春江有佳句，我醉堕渺莽"（《和陶归园田居六首》之二），都是以常言写新意，并不借助于奇字，所以也没有黄诗之病。

在诗歌的篇章结构方面，苏、黄也有较大的差别。朱熹说："苏才豪，然一滚说尽无余意，黄费安排。"（《朱子语类》卷一四〇）其实苏诗的章法也奇矫多姿，不过由于意脉的流畅而消解了"安排"之痕，从而不像黄诗那样引人注目。试看一组例子：

> 江上愁心千叠山，浮空积翠如云烟。山耶云耶远莫知，烟空云散山依然。但见两崖苍苍暗绝谷，中有百道飞来泉。萦林络石隐复见，下赴谷口为奔川。川平山开林麓断，小桥野店依山前。行人稍度乔木外，渔舟一叶江吞天。使君何从得此本，点缀毫末分清妍。不知人间何处有此境，径欲往买二顷田。君不见武昌樊口幽绝处，东坡先生留五年。春风摇江天漠漠，暮云卷雨山娟娟。丹枫翻鸦伴水宿，长松落雪惊昼眠。桃花流水在人世，武陵岂必皆神仙。江山清空我尘土，虽有去路寻无缘。还君此画三叹息，山中故人应有招我归来篇。（苏轼《书

王定国所藏烟江叠嶂图》)

黄州逐客未赐环，江南江北饱看山。玉堂卧对郭熙画，发兴已在青林间。郭熙官画但荒远，短纸曲折开秋晚。江村烟外雨脚明，归雁行边余叠巘。坐思黄柑洞庭霜，恨身不如雁随阳。熙今头白有眼力，尚能弄笔映秋光。画取江南好风日，慰此将老镜中发。但熙肯画宽作程，十日五日一水石。(黄庭坚《次韵子瞻题郭熙画秋山》)

这两首都是题画名篇，基本结构都是让诗思在画面与实景之间回旋往复，章法奇妙，但是给读者的审美感受却大相径庭。苏诗先用十二句描写画面，但并不点明咏画之意，描写之生动活泼也一如山水诗，正如方东树所云:“起段以写为叙，写得入妙而笔势又高，气又遒，神又王。”(《昭昧詹言》卷一二)接下来两句点明题画之旨，但随即以“不知人间”二句荡开，转入对真山实水的描绘，且融入自己的亲身经历，转折灵活自如，所以纪昀评曰:“节奏之妙，纯乎化境。”(《苏轼诗集》卷三〇)最后两句重申题画之意，但“山中故人”云云又以幻为真，让意脉再一次出现跌宕。全诗章法变化莫测，但诗意层次之间的转折却极其自然流畅。黄诗起首二句写苏轼谪居黄州之情景，三、四句转入玉堂观画，接下去四句入题咏画，九、十句转而抒写自己的乡思，最后六句申明请郭熙作画之意。此诗篇幅比苏诗短，层次却比苏诗多，而且层层转折，跳跃性很大。当然这些转折都以内在的联系为基础，例如三、四层之间初读颇觉突兀，但细思即可悟出诗人因见画中归雁而触动乡思，草蛇灰线，似断实连。就结构艺术而言，两诗如春兰秋菊，难分轩轾。但就风格而言，则苏诗如行云流水，自然畅达；黄诗如危峰断岸，劲挺峭拔。苏诗像是出于天籁，而黄诗则处处可见人工安排之痕。

综上所述，可以看出苏、黄虽然同样追求生新，但在实际创作中表现出的面貌有所不同。若以唐诗为参照标准，那么黄诗的生新程度显然远过于苏诗，从而形成了其瘦硬廉悍的独特诗风，同时也产生了奇险、生硬、不够自然等缺点。而苏诗则生而不涩，新而不怪，从而避免了黄诗的缺点。

六 简朴：陈师道

当陈师道登上诗坛时，王安石、苏轼、黄庭坚三人都已诗名煊赫了。但是陈师道对三人的诗风却颇有微词，他说："诗欲其好，则不能好矣。王介甫以工，苏子瞻以新，黄鲁直以奇，而子美之诗，奇常、工易、新陈，莫不好也。"（《后山诗话》）这里虽然从赞扬杜诗的角度对"奇常"、"工易"、"新陈"三对诗学范畴都予肯定，但肯定的侧重点在于"常"、"易"、"陈"，对王、苏、黄追求"工"、"新"、"奇"的诗风则表示出不满。陈师道还更为明确地表示过："宁拙毋巧，宁朴毋华。"（《后山诗话》）他在创作中也确实贯彻了这种美学追求，从而创造了以"朴拙"为主要特征的独特风格。当然，正如叶燮所指出的，"宋诗在工拙之外，其工处固有意求工，拙处亦有意为拙"（《原诗》卷四）。"有意为拙"并不是陈师道的独得之秘，而是北宋后期诗坛上带有整体性的审美理想，苏、黄晚期诗中就体现出归真返璞的倾向，例如苏轼的《和陶归园田居六首》、黄庭坚的《新喻道中寄元明》《跋子瞻和陶诗》等，都是风花落尽、质朴平淡的佳作，陈师道所指责的"新"、"奇"等特征在这些诗中已不复可睹了。而且苏轼论诗主张简练，认为"清诗要锻炼，乃得铅中银"（《崔文学甲携文见过萧然有出尘之姿问之则孙介夫之甥也故复用前韵赋一篇示志举》），他批评秦观《水龙吟》词中"小楼连苑横空，下窥绣毂雕鞍骤"几句的芜累："十三个字只说得一个人骑马楼前过。"（《唐宋诸贤绝妙词选》卷二）他还主张语言要质朴，所以把“质而实绮，癯而实腴”的陶诗尊为诗美的典范（见前）。就对于美学理想的追求而言，苏轼与陈师道是朝着同一个方向的。然而在“有意为拙”的道路上走得最远的仍首推陈师道。值得注意的是，在被陈师道自己删去而被后人辑入《后山逸诗》的早期作品中，颇不乏构思新奇或艳语旖旎之作，前者如《十七日观潮三首》，后者如《放歌行二首》，这说明陈诗的简朴不是才思枯窘造成的消极结果，而是经过努力达到的艺术境界。

陈诗风格的主要优点有两点，第一是简洁精炼，诚如元人刘埙所云：“后山翁之诗，世或病其艰涩，然揫敛锻炼之工，自不可及。……语短而意长，若他人必费尽多少言语摹写，此独简洁峻峭，而悠然深味，不见其际。正得费长房缩地之法，虽寻丈之间，固自有万里山河之势也。”（《隐居通议》卷八）第二是质朴无华，诚如方回所云：“读后山诗，若以色见，以声音求，是行邪道，不见如来。全是骨，全是味，不可与拈花簇叶者相较量也。”（《瀛奎律髓汇评》卷一六）陈诗的一些代表作如《寄外舅郭大夫》《登快哉亭》《怀远》《九日寄秦觏》等，都是语言简朴而意蕴深厚的好诗，有力地证明了这种诗风的审美价值。

但是，陈师道对于简朴的追求常常趋于极端，由此而使其诗产生了严重的缺陷，主要有两点：一是过于追求语言的质朴无华，从而产生了许多形象枯窘、缺乏风神的作品，大大地削弱了诗歌的审美功能；二是过于追求言简意赅，结果把字句压缩过甚，以至于语言破碎不全或艰涩难解。苏轼则不然，苏诗虽然也追求简朴，但这种追求是以自然为最高准则的，所以不会因用力过度而走入歧途。而且苏轼的文艺思想具有辩证思维的色彩，他总是自觉地防止对某一种风格过于偏爱而走向极端，所以苏诗就避免了陈诗的上述缺点。

竹杖芒鞋取次行，琳琅触目路人惊。当年此日仍为客，病目今来喜再明。筋力尚堪供是事，登临那得总无情。已知名世徒为尔，可复缘渠太瘦生。（陈师道《和颜生同游南山》）

东风未肯入东门，走马还寻去岁村。人似秋鸿来有信，事如春梦了无痕。江城白酒三杯酽，野老苍颜一笑温。已约年年为此会，故人不用赋招魂。（苏轼《正月二十日与潘郭二生出郭寻春忽记去年是日同至女王城作诗乃和前韵》）

这两首诗的题材很相似，都是写与朋友重游旧地的经过与感受，语言也都很朴素，但艺术效果却相距甚远。陈诗首联叙述出游情景，但质木无文，缺乏情韵。其余六句都没有展现形象，虽然是一首游山诗，却纯以意行，有骨无肌，难免给人以枯槁之感。这首苏诗也不以写景见长，但展现的艺术形象却很丰富，首句意谓时已初春而天气尚寒，但用拟人法说东风不肯入城，句极风趣，又使意旨化为形象，十分生动。颔联说朋友重聚忆及旧游，意思与陈诗颔联很接近，但苏诗连用两个巧妙的比喻，使内心的思绪与蕴含的哲理俱凸现为形象，从而成为警句。颈联描写欢聚畅饮情景，如同一幅速写，生趣盎然。所以这两首诗虽有重在写意和语言质朴的共同点，但苏诗在形象化方面显然胜于陈诗，换句话说，陈诗质木无文，略形枯槁，而苏诗则绝无此病。当然陈集中并不是没有风格质朴而形象生动的好诗，例如《次韵李节推九日登山》等，但类似于《和颜生同游南山》的作品为数更多，这就从整体上影响了陈诗的艺术魅力。苏、陈之间的这种差别并不因诗歌题材而异，例如苏诗《宿州次韵刘泾》与陈诗《寄答泰州曾侍郎》同为赠答友人之作，苏诗《书李世南所画秋景二首》与陈诗《晁无咎画山水扇》同为题画诗，也体现出这种差别。

为了追求简练，陈师道诗不但篇无芜句、句无芜字，而且对必要的字句也尽力予以压缩，例如《送苏公知杭州》的前四句："平生羊荆州，追送不作远。岂不畏简书，放麑诚不忍。"任渊注云："此句与上句若不相属，而意在言外，丛林所谓活句也。……后山越法出境，以送师友，亦放麑之类也。"冒广生补笺："言虽违命，而心不忍不追送也。"（《后山诗注补笺》卷二）此诗省略了交代诗意转折的部分，确有"意在言外"的优点，但同时也有难以理解的缺点，所以冒笺针对任注说："然学者究不易参。"这种压缩字句的做法有时难免过火，就产生了诗意破碎、意脉断裂的严重后果，例如《秋怀示黄预》："窗鸣风历耳，道坏草侵衣。月到千家静，林昏一鸟归。冥冥尘外趣，稍稍眼中稀。送老须公等，秋棋未解围。"此诗第六句，任渊也觉得难解，注云："疑用杜诗'眼前无俗物'之意。《史记·平原君传》：'宾客稍稍引去者过半。'太白诗：'古来相接眼中稀。'"（《后山诗注》卷二）虽然注明了字句出处，但此句意思仍不清楚，与上下文的意思也不相连贯。又如《泛淮》的五六两句："平野容回顾，无山会有终。"任渊注曰："言望乡之眼，不为重山所隔。""言虽未有可隐之山，岂终老于行役，而不返故里耶！"（《后山诗注》卷二）虽勉强作了解释，但这毕竟是增字解经，安知没有误解了诗人的原意！苏诗并不以简练著称，但正如赵翼所云，"坡诗不以炼句为工，然亦有研炼之极，而人不觉其炼者。如'年来万事足，所欠唯一死'，'饥来据空案，一字不堪煮'……'潜鳞有饥蛟，掉尾取渴虎'，此等句在他人虽千锤万杵，尚不能如此爽劲，而坡以挥洒出之，全不见用力之迹，所谓天才也。"（《瓯北诗话》卷五）赵氏所举例句的最后一例见于《白水山佛迹岩》诗，《唐子西文录》评曰："东坡诗叙事，言简而意尽。忠州有潭，潭有潜蛟，人未之信也。虎饮水其上，蛟尾而食之，俄而浮骨水上，人方知之。东坡以十字道尽，云：'潜鳞有饥蛟，掉尾取渴虎。'言'渴'则知虎以饮水而召灾，言'饥'则蛟食其肉矣。"

为什么苏、陈同是追求简练而结果却有上述差异呢？除了才力大小之外，主要是由于两个原因：在主观因素上，陈师道对简练的追求是竭尽全力的刻意求工，难免有用力过度而欠自然或力不胜任而举鼎绝膑的缺点；而苏轼追求简练本是出于“辞达而已矣”的文学思想。（“辞达而已矣”是孔子的话，见于《论语·卫灵公》。苏轼在《与谢民师推官书》中引用此语，且发挥说：“夫言止于达意，即疑若不文，是大不然。求物之妙，如系风捕影，能使是物了然于心者，盖千百人而不一遇焉，而况能使了然于口与手者乎？是之谓辞达。辞至于能达，则文不可胜用矣。”）是对于文理自然的崇尚，所以不会有用力过度的情况。在具体手法上，陈师道压缩文字时常常以省略诗意为代价，就容易产生句意不完整或意脉破碎之弊；而苏轼的做法是省略字词而不减损诗意，所以较好地达到了言简意赅的效果。

从上面的论述可以看出，苏诗与陈诗都有简朴的特点，然而陈诗简朴的程度十分突出，陈师道因此自成一家，也因此付出了减损诗歌艺术造诣的沉重代价。苏诗则在不损害诗歌形象之鲜明生动与不损害诗意之完整的前提下追求简朴，所以简练而不艰涩，质朴而不枯槁，探骊得珠地获得了简朴风格的最佳效果。

结论二：共时性的超越

陈衍云：“余谓诗莫甚于三元，上元开元，中元元和，下元元祐也。”（《石遗室诗话》卷一）作为宋诗黄金时代称号的“元祐”，当然不止于哲宗元祐年号所包括的短短八年（1086—1093），它事实上包含整个神宗、哲宗时代。王安石在熙宁、元丰年间（1068—1085）处于创作旺盛期，苏、黄的诗艺到元丰年间臻于成熟，到元祐、绍圣年间（1086—1098）达到巅峰状态，陈师道的创作盛期也在元祐、绍圣年间，王、苏、黄、陈基本上是处于同一个时代的。

"元祐"是继"庆历"之后的又一个宋诗高峰期，王、苏、黄、陈等"元祐"诗人在欧、梅、苏的基础上将宋诗艺术推向了顶峰。

"元祐"诗人对诗歌艺术的贡献首先体现在各种艺术手段的精细化上。缪钺先生指出："唐诗技术，已甚精美，宋人则欲百尺竿头，更进一步。盖唐人尚天人相半，在有意无意之间，宋人则纯出于有意，欲以人巧夺天工矣。"（《论宋诗》，载《诗词散论》）他还分别从用事、对偶、句法、用韵、声调等方面对此作了细致的论述。我们认为缪先生所说的"宋人"，主要是指"元祐"诗人，只要看他在具体论证时所举的例诗几乎全出于王、苏、黄、陈诸人之手，便可明白。当然，王、苏等人的终极化追求并不是诗歌艺术的精巧细密，而是诗歌艺术的陌生化（"陌生化"是借用俄国形式主义批评家雅各布森等人的说法，我们认为它的含义略同于前人所谓的"生新"。限于篇幅，兹不赘述）。王安石诗的"工"，苏轼诗的"新"，黄庭坚诗的"奇"，乃至陈师道诗的"拙"，其实都是相对于唐诗或宋初诗的陌生化的体现，也就是宋诗独特风貌的个性化表现。正如上文所述，就风格个性的独特、鲜明而言，也许是王、黄、陈三家更加引人注目，所以黄、陈诗向来被看作宋诗深折透辟、生新瘦劲特征的典型代表，王诗也时常被看作是宋诗风气的开创者。然而在创作成就上，则无疑以苏轼为第一大家。除了才力高低的因素之外，苏轼胜过王、黄、陈三人的主要原因就是他在风格论方面持一种辩证的观点，他从古往今来的艺术创作中发现了许多互相对立的风格之间的关系，而且认为对立的双方可以互相调节、融合，从而取长补短或扬长避短。苏轼称赞陶诗"质而实绮，癯而实腴"（见苏辙《子瞻和陶渊明诗集引》），称赞韦、柳诗"发纤秾于简古，寄至味于淡泊"（《书黄子思诗集后》），称赞米芾文"清雄绝俗"（《与米元章书二十八首》之二五），称赞永禅师的书法"精能之至，反造疏淡"（《书唐氏六家书后》），都是这种文艺观点的具体表述。这样，苏轼在理论上不会把某一种具体的风格推到定于一尊的地位，在创作中更不会朝着某一个方向走到极端。王诗伤于工巧，黄诗伤于生硬，陈诗伤于枯窘，这些缺点都是因风格偏至而产生的。而苏诗“伤于快直，少委屈沉着之意”（李东阳《麓堂诗话》），却主要是由于逞才使气的写作方式而产生的，当苏轼潜心精思时，作品便没有“快直”之病。在“元祐”前后的诗坛上，苏轼以其绝代才华与王、黄等人驰骋竞雄，争奇斗胜，他对王、黄等人既知其长，也知其短，他说:“字字觅奇险，节节累枝叶。咬嚼三十年，转更无交涉。”（周紫芝《竹坡诗话》）又说:“若中边皆枯淡，亦何足道。”（《评韩柳诗》）这与后人对王、黄、陈的批评“王介甫只知巧语之为诗”（张戒《岁寒堂诗话》卷上），“鲁直诗有太尖新、太巧处”（吕本中《童蒙诗训》），陈诗“老硬枯瘦，全乏风神”（胡应麟《诗薮·外编》卷五）等意思相近，可见苏轼对当时诗坛上的缺点有清楚的认识。所以苏轼虽然与王、黄、陈诸人共同创造了宋诗的独特外貌，但他基本上避免了宋诗的两个主要缺点即尖巧生硬和枯槁乏味。这样，苏轼就在总体成就上实现了对同时代诗人的超越，后人或因风格偏嗜而推尊王、黄、陈等人，但最能得后代读者普遍欢迎的宋代诗人则首推苏轼。清人李调元称:“余雅不好宋诗而独爱东坡，以其诗声如钟吕，气若江河，不失于腐，亦不流于郛。由其天分高，学力厚，故纵笔所之，无不精警动人。不特在宋无此一家手笔，即置之唐人中，亦无此一家手笔也。”（《雨村诗话》卷下）这话从一个特殊的角度说出了苏轼称雄宋代诗坛的原因。

黄庭坚诗风转变的三步曲

一

宋人评论黄庭坚诗时，曾注意到黄诗在不同时期的变化，例如胡仔《苕溪渔隐丛话》后集卷三二引《豫章黄先生传赞》云："山谷自黔州以后，句法尤高，笔势放纵，实天下之奇作。自宋兴以来，一人而已矣。"这是认为黄诗到晚期才跃入高境。而朱弁《风月堂诗话》卷上却云："东坡文章，至黄州以后人莫能及，唯黄鲁直诗时可以抗衡。晚年过海，则虽鲁直亦若瞠乎其后矣。"这是认为黄庭坚在中年时尚能与苏轼并驾齐驱，而到晚年则相形见绌了。由于这些议论没有以细致具体的分析为立论基础，不免流为模糊影响之谈。上述二论貌若有理而立论正好相反，就说明其不可轻信。为了对黄诗有较深刻的认识，有必要对黄诗在各个阶段的情形分别进行分析，从而认识诗人创作的发展历程。

黄庭坚一生的经历有明确而可靠的记载，存世的一千九百首黄诗也大多有明确的编年，所以对黄诗作细致的分期研究是完全可行的，比如我们可以根据诗人的仕历把黄诗分成入仕之前，任叶县尉时期，任北京学官时期，任太和县令时期，任德平监镇时期，馆阁时期，谪居黔州、戎州时期，待命荆州、鄂州时期，谪居宜州时期，然而这种貌似细致的分期法并没有多大意义，因为黄诗的实际发展过程并未呈现如此清晰的阶段性，例如诗人在叶县尉和北京国子监教授的任期内所作的诗，无论在内容还是在艺术上都没有太大的区别。所以我们认为对黄诗的分期宜粗不宜细，比较粗略的分期法反而有助于认清黄诗的发展过程。本文拟把黄诗分为三期：

一、自青年时期至元丰八年（1085）五月，也即诗人四十一岁之前。

二、自元丰八年六月至元祐八年（1093），即诗人四十一至四十九岁。

三、自绍圣元年（1094）至崇宁四年（1105），即诗人五十一岁至去世。

下面对这三个时期的情形分别作些简单的论述。

黄庭坚自幼能诗，据传他在七岁时就以《牧童诗》而闻名远近。英宗治平三年（1066），二十二岁的黄庭坚参加省试，诗题是《野无遗贤》，主考李询对黄庭坚卷中"渭水空藏月，傅岩深锁烟"二句拍案叫绝。但是今本黄集中保存下来的少作寥寥无几，绝大多数诗都作于治平三年以后，所以黄诗的第一个时期事实上是以诗人二十二岁那年为起点的。黄庭坚于治平四年（1067）登进士第，以后历任叶县尉五年、北京国子监教授八年、太和县令三年、德平镇监镇一年多，元丰八年（1085）四月被召为秘书省校书郎，于六月间入汴京，其时诗人年四十一岁。在这二十年间，黄庭坚一直在地方上担任低级的官员。黄不是一个有远大政治抱负和强烈政治主张的人，虽说他在任太和县令时曾抵制新法的盐政，任德平监镇时又抵制推行市易法，但那仅仅是从实际出发，反对扰民过甚，并未有意识地介入新、旧党争。然而由于他与旧党中的苏轼等人关系密切，所以也被时人目为旧党。在这个时期内，黄诗除了唱酬赠答、题咏山水等贯穿其一生创作的题材外，也很注重反映时事政治、民生疾苦。例如在叶县所作的《流民叹》、在太和所作的《上大蒙笼》《金刀坑迎将家待追浆坑十余户山农不至因题其壁》以及作年不详的《虎号南山》等，对当时农民的悲惨生活作了淋漓尽致的刻画，对封建苛政进行了愤怒的谴责。即使当他任北京学官时，诗作也并未局限于学宫书斋，例如作于熙宁十年（1077）的《和谢公定征南谣》，对北宋对交趾的战事带给人民的苦难、大臣好大喜功轻启边衅及劳民伤财的罪恶乃至"王师"残暴杀人的真面目都有深刻的揭露。无论是此类作品的数量还是反映现实的深度，黄诗都毫不逊色于王安石、苏轼诗。只是黄庭坚官卑名低，故其诗没有引起广泛的注意。当然也应该看到，黄庭坚的人生态度比较消极，他的生活遭遇不如人意：少时家境贫寒，青年时两次丧偶，所以颇有未老先衰之态，二十多岁就长出了白发（黄于熙宁二年［1067］作《次韵裴仲谋同年》，有"白发齐生如有种"之句，次年作《河舟晚饮呈陈说道》，有"由来白发生无种"之句，当为实录），而且常在诗中流露出辞官归隐的念头。

元丰八年（1085）三月，神宗去世，哲宗继位，太皇太后高氏执政，旧党人物纷纷被召入京，黄庭坚也来到汴京，主持编写《神宗实录》。此时许多文人学士云集汴京，除了苏轼兄弟与黄庭坚的岳父孙觉外，还有后来与黄一起名列苏门的张耒、秦观、晁补之等人。元祐二年（1087），布衣诗人陈师道也来到汴京。他们常常在一起聚会，赏书评画，赋诗论文。这时黄庭坚的心情比较愉快，诗歌技艺也日趋细密。但这个时期的黄诗内容则不如早期诗那样充实，最引人注目的是题咏书画以及纸笔等文化用品和茶、扇等生活用品的诗大量出现，其中包括《题郑防画夹五首》《老杜浣花溪图引》《次韵王炳之惠玉版纸》《和答钱穆父咏猩猩毛笔》《双井茶送子瞻》等名篇。好景不长，热闹的唱和活动只持续了三年多。元祐四年（1089）三月，苏轼出知杭州，黄庭坚“遂无诗伴”（《山谷内集》卷一一任渊注）。同时黄又患了头眩症，他在《书赠王长源诗后》（《山谷题跋》卷六）中说：“小人年来苦眩，不能苦思，因而废诗。”元祐六年（1091）六月，黄庭坚丁母丧，到元祐八年（1093）九月服除，居丧期间自然也无心作诗。因此在这八年中，黄庭坚每年作诗的数量很不平均。在今本黄集中，作于元丰八年六月至元祐四年的诗达四百首，而作于元祐四年至元祐八年的诗却不足二十首。这里面固然有患疾、居丧等客观原因，但失去“诗伴”乃至诗兴大减则是重要的主观原因。在此时期的四百多首黄诗中，唱酬之作达半数以上，说明世所喧传的“元祐唱和”确实对黄庭坚的诗歌创作起了很大的刺激作用。

元祐八年（1093）九月，高太后去世，哲宗亲政。次年改元绍圣，起用新党的章惇、蔡卞等人，开始迫害旧党中人。黄庭坚于绍圣元年（1094）遭遇了《神宗实录》的史祸，被召至陈留接受勘问，并被贬为涪州别驾、黔州安置。诗人于绍圣二年四月到达黔州，到元符元年（1098）又被移至戎州，在这两处贬所住了六年多。徽宗继位之初，旧党命运有了一线转机，黄庭坚也于建中靖国元年（1101）出峡东归，但不久就受到新的打击，于崇宁二年（1103）十一月受到“除名，羁管宜州”的严厉处分，次年夏到达宜州，崇宁四年（1105）九月逝世。在这段时期内，黄庭坚作诗较少，尤其是在初贬黔州的四年间，一共只有十九首诗传世，显然是遭遇文字狱后惊魂未定的结果。与此形成对照的是黄庭坚的书法艺术在此时有了突飞猛进，传世的黄书作品以及《山谷题跋》中所记载的书法作品十有八九作于此时，可见诗人在贬所不敢多作诗而借研讨书法来消磨时光。晚期黄诗的内容以抒写人生感慨为主要特点，对苏轼、秦观等友人的去世皆反复咏及，表达了诗人心中深沉的沧桑之感。在艺术上，晚期黄诗朝着返璞归真的方向发生了深刻的变化。

为了下文分析的需要，我们把现存黄诗按创作时期和诗体制表如下：

作品数量（占同期作品总数的百分比） 诗体 / 时期	五绝	五律	五古	七绝	七律	七古	六言绝句	合计
前期	41 (4%)	51 (5%)	314 (30%)	262 (24%)	231 (22%)	132 (13%)	9 (1%)	1062*
中期	24 (6%)	30 (7%)	105 (25%)	147 (36%)	30 (7%)	60 (14%)	23 (6%)	419
后期	31 (8%)	26 (7%)	63 (16%)	181 (46%)	39 (10%)	25 (6%)	31 (8%)	397**
合计	96 (5%)	107 (6%)	482 (26%)	590 (31%)	300 (16%)	217 (12%)	63 (3%)	1878

*包括四言诗和五言排律 22 首。
**包括五言排律 1 首。

二

黄诗自成一体，这是世所公认的。但是“黄庭坚体”（也称“黄山谷体”或“黄鲁直体”）究竟形成于何时呢？这个问题直接关系着对“黄庭坚体”内涵的界定，有必要深入探究。南宋魏了翁在《黄太史文集序》（《鹤山先生大全文集》卷五三）中说：“公年三十有四，上苏长公诗，其志已荦荦不凡，然犹是少作也。迨元祐初，与众贤汇进，博文蓄德，大非前比。”言下之意，黄庭坚体的形成在元祐年间，也即本文所说的中期。这种观点很是流行，但事实上是不准确的。

最早提出“黄庭坚体”的是苏轼。元祐二年（1087），苏轼作《送杨孟容》诗，据王注引赵次公言，“先生自谓效黄鲁直体”，今本苏诗中的“自注”不尽出于苏轼本人之手，但此处则确凿无疑，因为当时黄庭坚次韵和了此诗，题为《子瞻诗句妙一世，乃云效庭坚体，盖退之戏效孟郊、樊宗师之比，以文滑稽耳。恐后生不解，故次韵道之。子瞻〈送杨孟容〉诗云：“我家峨眉阴，与子同一邦。”即此韵》。如果苏轼没有“效黄鲁直体”之言，黄庭坚是绝不能无中生有的。由此可见，“黄庭坚体”一定在元祐初之前就已形成了（苏轼《送杨孟容》诗，王文诰系于元祐二年，而任渊却系黄庭坚和诗于元祐元年，二者孰误，待考。但无论如何，这两首诗不迟于元祐二年，则无疑义）。因为一个人的诗风自成一体不是朝夕之事，而从自成一体到被旁人认识且加以摹仿，其间也还需要一段时间。而黄庭坚入官汴京事在元丰八年（1085）六月，所以黄庭坚体的形成不可能在他入京以后，换句话说，黄庭坚的独特诗风在早期就已形成了。

让我们从苏轼的《送杨孟容》入手看看苏轼心目中的黄庭坚体有哪些特征，苏诗云：

> 我家峨眉阴，与子同一邦。相望六十里，共饮玻璃江。江山不违人，遍满千家窗。但苦窗中人，寸心不自降。子归治小国，洪钟噎微撞。我留侍玉座，弱步欹丰扛。后生多高才，名与黄童双。不肯入州府，故人余老庞。殷勤与问讯，爱惜霜眉庞。何以待我归，寒醅发春缸。

纪昀评此诗“以窄韵见长”（见《苏轼诗集》卷二八），的确，此诗押平声韵部中含字最少的“江”韵，而且绝不旁入他韵，分明有因难见巧的用意在内。此外，此诗句法生硬（如“寸心不自降”、“弱步欹丰扛”等），力避色泽丰华而以意取胜等，都不类苏诗自身的风格而颇肖黄诗，可见这些就是苏轼心目中“黄庭坚体”的特征。黄庭坚的和诗对此莫逆于心，并踵事增华，更加强调了这些特征，从而成为代表黄诗风格的名篇。我们认为苏、黄对“黄庭坚体”的体认是很准确的，宋人对“黄庭坚体”虽有各种界定，其著名者如陈岩肖云“清新奇峭，颇道前人未尝道处，自为一家”（《庚溪诗话》卷下）；严羽云“用工尤为深刻”（《沧浪诗话·诗辨》）；刘克庄云“会萃百家句律之长，究极历代体制之变，搜猎奇书，穿穴异闻，作为古律，自成一家，虽只字半句不轻出”（《江西诗派小序》），诸人对黄诗的褒贬态度和评论重点有所不同，但对黄诗风格特征的把握却与苏、黄的认识相当接近。宋以后的论者也大多同意宋人的看法，不一一赘引。

现在让我们以黄庭坚早期的创作实际来说明其诗风形成的过程。

从本文第一节的表格可以看出，七律在早期黄诗中所占的比重分别是同一诗体在中期和晚期黄诗中所占比重的三倍和二倍，可见黄庭坚在早期对七律的重视。黄庭坚三十岁之前的七律情形比较复杂，首先是多刻意求奇之作，例如《清明》和《弈棋二首呈任公渐》之二中的“人乞祭余骄妾妇，士甘焚死不封侯”和“湘东一目诚甘死，天下中分尚可持”两联，在选事用典和造句对仗方面都别出心裁，奇特不凡，但也有刻意求奇而欠稳妥之病，金人王若虚嘲笑它们“盖姑以取对，而不知其疏也”，“不惬甚矣”（《滹南诗话》卷三），语气过于尖刻，但确实说中了黄诗不够稳妥的缺点。求奇而未稳，正是少作的特征。但是与此同时，黄庭坚的七律也呈现出成熟的趋势，主要有三点：一是对仗有意摆脱妃青俪白而追求意远，例如“舞阳去叶才百里，贱子与公俱少年。白发齐生如有种，青山好去坐无钱”(《次韵裴仲谋同年》)，上下句的意思相去甚远，从而增强了诗歌内部的张力。二是语言简古生新，色泽淡雅，例如《冲雪宿新寨忽忽不乐》的中间两联:“山衔斗柄三星没，雪共月明千里寒。小吏有时须束带，故人颇问不休官。”虽然也是一联写景、一联抒情的常见格局，然而景联以清淡之笔写萧瑟之景，情联更是质朴简古，且止于述事，都给人以生新之感。三是诗意单行直下一气流转，例如《郭明甫作西斋于颍尾请予赋诗二首》之一:“食贫自以官为业，闻说西斋意凛然。万卷藏书宜子弟，十年种木长风烟。未尝终日不思颍，想见先生多好贤。安得雍容一杯酒，女郎台下水如天。”虽然四联有四层意思，然如行云流水，流转自如，即使是中间两联也未因对仗而受到拘滞，颇有运古入律之意。由于有了这些性质，黄庭坚的七律不但与唐诗相去甚远，而且与王安石、苏轼也不同，表现出独特的艺术追求。

三十岁以后，黄庭坚除了继续上述艺术追求之外，又进而讲求七律声调的拗峭以避熟求生。《王直方诗话》记载说:“山谷谓洪龟父云:‘甥最爱老舅诗中何语?’龟父举‘蜜房各自开户牖，蚁穴或梦封侯王’及‘黄流不解涴明月，碧树为我生凉秋’，以为深类工部。山谷云:‘得之矣。’”洪朋所举两联分别见于《题落星寺四首》之一和《汴岸置酒赠黄十七》，都作于三十六岁时，可见其时黄庭坚对拗体律诗的倾心。正如洪朋所云，黄庭坚写拗律是受了杜甫的启发，但杜甫的159首七律中只有19首拗体，可谓偶一为之，而黄庭坚一生中却写了153首拗体七律，占其七律总数的一半。而且黄诗的拗峭程度也大大超过了杜诗，从而形成了劲挺奇特的声调特征，例如《题落星寺四首》之三:“落星开士深结屋，龙阁老翁来赋诗。小雨藏山客坐久，长江接天帆到迟。宴寝清香与世隔，画图妙绝无人知。蜂房各自开户牖，处处煮茶藤一枝。”文字之清奇简古与声调之拗峭刚健相得益彰，成为体现黄诗生新瘦硬风格的代表作。

早期黄诗臻于成熟的另一个标志是意脉的表面断裂与内在连贯相结合的结构特点已经形成。清人方东树指出:“山谷之妙,起无端,接无端,大笔如椽,转折如龙虎,扫弃一切,独提精要之语。每每承接处中亘万里,不相联属,非寻常意计所及。”(《昭昧詹言》卷一二)方氏此语是专指黄诗七古,但事实上黄诗各体都有类似的结构特点,不过在七古及五古中体现得更为突出。早期黄诗中共有132首七古,占其时作品总数的百分之十三,这个比例略低于中期而大大高于晚期。然而就艺术造诣而言,黄庭坚的七古是到中、晚期才臻于高境的。早期七古中较好的作品有《还家呈伯氏》(作于二十七岁)、《戏赠彦深》(作于三十四岁)、《以右军书数种赠丘十四》(作于三十六岁)等,虽然字句奇崛,但章法都较平直,即方东树评最后一首所云,“亦是顺叙”(《昭昧詹言》卷一二),还没有达到伸展自如、变化莫测的老成境界。五古则不然,如作于三十六岁的《次韵叔父夷仲送夏君玉赴零陵主簿》《次韵伯氏长芦寺下》《大雷口阻风》等,都已具有章法奇崛而又严整的特点,兹举一首作于三十九岁的《过家》:

络纬声转急,田车寒不运。儿时手种柳,上与云雨近。舍旁旧佣保,少换老欲尽。宰木郁苍苍,田园变畦畛。招延屈父党,劳问走婚亲。归来翻作客,顾影良自哂。一生萍托水,万事雪侵鬓。夜阑风陨霜,干叶落成阵。灯花何故喜?大是报书信。亲年当喜惧,儿齿欲毁龀。系船三百里,去梦无一寸。

开始二句突然推出一幅萧瑟的乡村冬景,三、四句写景物之改换,五、六句写人事之变迁,七、八句复写景物之改换,似乎历乱无序,连一贯赞赏黄诗章法的方东树也说:“起处亦大无序矣。”(《昭昧詹言》卷一〇)其实仔细体味,不难发现其章法之妙。这是一个离别家乡二十余年的游子重返故乡时的所见所感：首先映入眼帘的是村外的景色，然后认出了昔年手植的树木，再后发现邻舍的变化，最后上冢时发现田间的小路都非复旧貌了。这几句既写出了诗人迷惘复杂的心情，也把匆忙回乡、上坟的次序交代得一清二楚，哪里是真的“无序”？九、十句写亲戚的殷勤招待，十一至十四句抒怀，十五、十六句写夜深人静之景象，用以反衬白天之忙乱。虽然诗意不断地转折，但脉络却极其清晰。最后六句有异解：程千帆师认为这是“写返家之前”，“在总体结构上，后来的情事却反而放在前面”（《古诗今选》）。陈永正先生认为这是写诗人对没有一同返回故乡的家人的思念（《黄庭坚诗选》）。我觉得这是说诗人返乡后又独自匆匆离去，在离家“三百里”处泊舟时思念留在故乡的老母幼儿。因为黄庭坚元丰三年（1080）自汴京赴太和县令任时作《晓放汴舟》诗云：“又持三十口，去作江南梦。”可是他于元丰七年（1084）到德平镇后作《留王郎世弼》诗却说：“河外吹沙尘，江南水无津。骨肉常万里，寄声何由频。我随简书来，顾影将一身。”任渊注又引其与德州太守书云：“客宦不能以家来，官舍萧然如寄。”可见诗人赴太和县时是带着一家老小的，但他赴德平镇时则未带家人同行，而是让他们留在江南故乡了。从匆匆还乡写到匆匆离乡，各层意思之间跳跃变化，但内在的章法则严谨有序。此诗题作《过家》而不是《归家》，真是名副其实。除了语言生新之外，此诗草蛇灰线、似断实连的章法正体现了黄诗的特征。类似的结构特点在其他诗体的早期作品中也有体现，例如作于四十岁的五律《次韵刘景文登邺王台见思五首》、作于四十一岁的七律《寄黄几复》等，限于篇幅，不一一细述。

综上所述，我们认为在黄庭坚入官汴京之前，独具一格的黄庭坚体已经形成了。

三

苏、黄之间的唱和并不始于元祐年间，早在元丰元年（1078），三十四岁的黄庭坚就写了两首古风投寄给苏轼，以表仰慕之意。苏轼随即复书和诗，对黄极表推奖。从那时开始，苏、黄之间有了唱和活动。从黄诗《次韵子瞻春菜》（《次韵子瞻春菜》在《山谷外集》中系于熙宁十年［1077］，史容注云："盖未通问时，先和此诗也。"但苏轼的原唱《春菜》作于元丰元年［从王文诰注］，疑史注有误）、《见子瞻粲字韵诗和答三人四返不困而愈崛奇辄次韵寄彭门三首》和苏诗《往在东武与人往反作粲字韵诗四首今黄鲁直亦次韵见寄复和答之》等可以知道，他们的唱和注重在押险韵等方面争奇斗巧。可是由于两人不在一地，又经常改变宦所（苏轼在元丰二年［1079］遭遇"乌台诗案"），所以还未能频繁地唱和。到了元祐年间，苏、黄以及与他们关系密切的一大群诗人云集汴京，大量唱和的时机就成熟了。

严羽《沧浪诗话·诗体》中提出了"元祐体"的名称，且注云："苏、黄、陈诸公。"我们知道苏、黄、陈（师道）三人的诗风各具特色，而且苏、黄两人的诗早在元祐之前已自成一体，所以"元祐体"只是一个含义很宽泛的概念，其时间界限也不可能限于短短八年的元祐时期。但无论如何，元祐年间诗坛的繁荣景象确是重要的文学史实，苏、黄等人的唱和尤其值得注意。那么，元祐年间的唱和活动对黄诗有哪些影响呢？有一种意见认为元祐唱和促成了黄庭坚体的形成，例如王若虚云："鲁直欲为东坡之迈往而不能，于是高谈句律，旁出样度，务以自立而相抗……向使无坡压之，其措意未必至是。"（《滹南诗话》卷二）王氏所指当然不限于元祐时期，但肯定包括这个时期，因为苏、黄在诗艺上争相驰骋主要是在元祐年间。但是如上文所述，黄诗的特征在元祐之前已经形成，所以元祐唱和不是黄庭坚体形成的必要背景。黄诗在元祐年间的实际情形说明黄庭坚在此时虽在“旁出样度”方面仍有所发展，但更重要的变化则是向着细密工稳的方向迈出了一大步。

由于次韵是元祐诗人唱和时最常用的方式，所以当他们切磋诗艺并力争上游时，首先便在押韵方面倾注心力，黄庭坚与苏轼更是争胜于毫厘之间。例如苏轼《送杨孟容》中“但苦窗中人，寸心不自降”，以“降”字为韵脚，甚为奇特。黄庭坚次韵曰：“句法提一律，坚城受我降。”元人孙瑞曰：“山谷作诗，有押韵险处，妙不可言。”“只此一‘降’字，他人如何押到此？奇健之气，拂拂意表。”（刘埙《隐居通议》卷八）又如苏轼《送顾子敦奉使河朔》（作于元祐二年）有句云：“会当勒燕然，廊庙登剑履。”黄庭坚《次韵子瞻送顾子敦河北都运》云：“西连魏三河，东尽齐四履。”苏诗用《晋书·王导传》中“剑履上殿”之语，黄诗则用《左传·僖公四年》中管仲之言：“赐我先君履：东至于海，西至于河，南至于穆陵，北至于无棣。”显然，黄诗的用法比苏诗更为奇特。所以宋人传说：“东坡见山谷此句，颇忌之，以其用事精当，能押险韵故也。”（《苕溪渔隐丛话》前集卷三九）苏轼“忌之”云云，恐出于傅会，但说黄诗“能押险韵”则是确实的。押险韵而能稳妥精当，正是这两首黄诗的过人之处。由于黄庭坚能稳妥地押险韵，当他遇上较常用的韵脚时，就游刃有余、层出不穷了。例如作于元祐二年的《双井茶送子瞻》《和答子瞻》等八首诗，皆押“书、珠、如、湖”四字，《博士王扬休碾密云龙同事十三人饮之戏作》等五首先同押“丰、翁、空、同、风、笼”六韵，再同转押“椀、本”二韵，都能做到变化无穷甚至后出转精，前一组中的第七首《戏呈孔毅父》，后一组中的第四首《戏答陈元舆》，都是字妥句稳的佳作，并未受到多次次韵的束缚。

苏、黄等人都是读破万卷的学者，当他们在馆阁中作诗唱和时，丰富的腹笥自然会使他们技痒难忍而较多地运用成语典故入诗，所以元祐诗坛最典型地体现了宋诗“以学问为诗”的特色。黄庭坚的五律名篇《和答钱穆父咏猩猩毛笔》便作于元祐元年，任渊注此诗已引古书达十八种之多，杨万里《诚斋诗话》中又补充了一种《论语》，用典密度之大，无以复加。纪昀评曰：“点化甚妙，笔有化工，可为咏物用事之法。”（《瀛奎律髓汇评》卷二七）再如《戏呈孔毅父》中“管城子无食肉相，孔方兄有绝交书”二句用了韩愈《毛颖传》、《后汉书·班超传》、鲁褒《钱神论》、嵇康《与山巨源绝交书》等四个典故，可谓无一语无来历，但句意灵活自如，形容自己的境况也很贴切、生动。南宋许颉说：“凡作诗，若正尔填实，谓之点鬼簿，亦谓之堆垛死尸。能如《猩猩毛笔》诗曰：‘平生几两屐，身后五车书。’又如：‘管城子无食肉相，孔方兄有绝交书。’精妙明密，不可加矣，当以此语反三隅也。”（《许彦周诗话》）从纪、许二人的评论可以看出，黄诗用典的妙处在于密度大而又能精当、稳妥、细密，而这一点在元祐期间表现得最为突出。

上文说过，早期黄诗在结构上具有意脉似断实连如草蛇灰线的特点，这个特点在元祐年间又有所发展，尤其是七古的章法之细密在此时已臻极高的境界。例如作于元祐元年的《送范德孺知庆州》，全诗十八句，平均分成三节，分咏范德孺之父、兄及其本人，又以长于治国用兵这个中心题旨贯串全诗。尤其精妙的是，此诗前八句押平声庚韵，后八句押平声鱼（虞）韵，中间二句则押仄声语（麌）韵，不但前后对称，而且在中间一节之内转韵，韵转而意不转，所以既跳动变化又贯若连珠。清人翁方纲赞曰：“三段井然，而换韵之法，前偏后伍，伍承弥缝，节奏章法，天然合笋，非经营可到。”（《七言诗歌行钞》卷一〇）其实此诗并非没有“经营”，而是匠心细密，故不见斧凿之痕。又如作于元祐二年的《次韵子瞻题郭熙画秋山》，诗意曲折而有序，意脉似断而复连，转韵与转意也互不同步，方东树评曰："曲折驰骤，有江海之观，神龙万里之势。"（《昭昧詹言》卷一二）此外，如《送谢公定作竟陵主簿》《次韵子瞻武昌西山》《次韵子瞻和子由观韩干马因论伯时画天马》等作于此期的七古也都具有相似的结构特点。

上面的论析说明，元祐时期黄诗的最大特点是在继续追求新奇的基础上进而追求诗艺的细密工稳，这与元祐唱和的背景有很大的关系，因为黄庭坚与诗友切磋诗艺时即主要措意于此。至于在风格方面，苏、黄等人在元祐年间都有模仿别人的情形。由于黄诗的风格个性最为鲜明，所以苏轼有不少模仿黄诗的作品，除《送杨孟容》外，还有《次韵黄鲁直画马试院中作》《次韵黄鲁直赤目》《和黄鲁直效进士作二首》等，黄庭坚没有明显模仿苏诗风格的诗，但此时黄诗的句法、章法都比早期诗更为流畅自如，显然是受了苏诗的影响。两位大诗人在数年间相聚一处，互相唱和或同题共作，交流心得，切磋诗艺，这是千载难逢的良机。年辈和才力都稍低的黄庭坚从中得到很大的益处，这是不言而喻的。

四

绍圣元年（1094），苏、黄一起受到严酷的政治打击，从此走上充满艰辛困苦的最后一段人生旅程，同时也开始了璀璨绚烂的晚期诗歌创作。

说到苏轼的晚期诗歌，世人无不交口赞誉。但是说到黄庭坚的晚期诗歌，人们的态度便是褒贬不一，甚至贬多于褒了。朱弁说苏轼"晚年过海，则虽鲁直亦若瞠乎其后矣。或谓东坡过海虽为不幸，乃鲁直之大不幸也"（《风月堂诗话》卷上）。这种观点广为流传。我们认为这是一种似是而非的看法。事实上，苏、黄晚年的生活遭遇是极为相似的。绍圣元年四月苏轼被加上起草制诰"讥刺先朝”的罪名贬至惠州，同年十二月黄庭坚也以修《神宗实录》“诬毁先帝”的罪名被贬至黔州。绍圣四年（1097）苏轼再贬儋州，次年黄庭坚也被移至戎州。黔州（今重庆彭水）、戎州（今四川宜宾）虽然不像儋州远在海南，但在当时也是蛮荒僻远之地。当黄庭坚前往贬所时，经过了三峡天险和名为“蛇倒退”、“胡狲愁”的险峻山路，九死一生。“投荒万死鬓毛斑”（《雨中登岳阳楼望君山二首》之一），便是他日后痛定思痛的感叹。元符三年（1100），局势稍有好转，苏、黄俱得内迁。当苏轼在次年七月在常州去世以后，黄庭坚又经受了更大的政治风浪（崇宁二年诏毁苏、黄等人文集，立“元祐奸党碑”等），且被贬往更加荒远的宜州（今广西宜山），最后卒于贬所。所以黄庭坚晚年虽未“过海”，但他经受的磨难并不少于苏轼。

在诗歌创作上，朱弁的说法也是不确切的。诚然，黄庭坚晚年在诗歌创作上一度处于低潮，尤其是贬谪生涯的头四年间，作诗很少，不像苏轼在惠州那样诗兴不减。这里有多方面的原因：黄庭坚在政治上不如苏轼那样坚定，在人生观上也不如苏轼那样旷达；而且苏轼早已经过“乌台诗案”的磨炼，有了“曾经沧海难为水”的心理准备，而黄庭坚却是初次受到如此的迫害，不免惊魂未定。但是元符三年黄庭坚出峡东归以后，诗歌创作随即恢复常态。在生命的最后六年中，黄庭坚作诗 335 首，年平均创作量不减元祐年间。更重要的是，晚期黄诗在艺术上也实现了新的突破。

人们初读黄集时往往会产生如下疑惑：黄诗的风格特征是生新瘦硬，廉悍奇峭，但黄在理论上却常常表现出相异的倾向，他说：“好作奇语，自是文章病。但当以理为主，理得而辞顺，文章自然出群拔萃。观杜子美到夔州后诗，韩退之自潮州还朝后文章，皆不烦绳削而自合矣。”（《与王观复书》之一）又说：“但熟观杜子美到夔州后古律诗，便得句法简易，而大巧出焉。平淡而山高水深，似欲不可企及。文章成就，更无斧凿痕，乃为佳作耳。”（《与王观复书》之二）虽说作家的创作倾向与理论观点不尽一致是常见的现象，但像黄庭坚身上这种南辕北辙的矛盾现象不免使人难以索解。其实，只要我们把黄庭坚的创作与理论按不同的年代予以考察，上述疑惑就涣然冰释了。正如本文第二节所论，黄庭坚体的形成是在早期，为世人瞩目的黄诗特征在早期表现得最为鲜明。而黄庭坚主张诗歌要“自然”、“平淡”的观点却出于晚年。即以上引二书而论，它们都作于元符年间贬居戎州时（王观复即王蕃，当时在阆中做官，常向在戎州的黄庭坚投书问学。参看《山谷内集》卷一四《和王观复洪驹父谒陈无己长句》等诗及任注）。而晚期黄诗也确已返璞归真，向着“自然”、“平淡”的方向发生了深刻的变化。我们先从比喻和模仿古人这两个角度考察一下这种变化。

黄庭坚早年作诗，在形象之奇特、语言之生新上狠下功夫，尤其喜用别出心裁的比喻。这种求新精神在晚期黄诗中也有体现，但已达到炉火纯青、形迹尽泯的境界。例如作于元丰六年（1083）的《观王主簿家酴醾》云：“露湿何郎试汤饼，日烘荀令炷炉香。”作于元符二年（1098）的《寄题荣州祖元大师此君轩》云：“程婴杵臼立孤难，伯夷叔齐采薇瘦。”前者以美男子喻花，后者则以志士仁人喻竹，两者都是用典故作比喻，且都是以人喻物而不像通常那样以物喻人，手法极为生新。但前者有“不求当而求新”之病（王若虚语，见《滹南诗话》卷三），而后者却妥帖平稳，可谓“理得而辞顺”。

黄庭坚重视“点铁成金，夺胎换骨”的手法，在借鉴前人的艺术经验方面取得了较大的成绩。他在早期主要是模仿前人的辞意，例如作于元丰二年（1079）的《和陈君仪读太真外传五首》之二：“扶风乔木夏阴合，斜谷铃声秋夜深。人到愁来无处会，不关情处总伤心。”曾季狸《艇斋诗话》中指出此诗“全用乐天诗意”，因为白居易《和思归乐》有句云:“峡猿亦无意，陇水复何情？为到愁人耳，皆为断肠声。”又如作于元丰七年（1084）的《寄家》:“近别几日客愁生，固知远别难为情。梦回官烛不盈把，犹听娇儿索乳声。”史容注引韩愈《此日足可惜一首赠张籍》中“娇女未绝乳，念之不能忘。忽如在我前，耳若闻啼声”，虽然也有推陈出新之处，但毕竟模仿之迹未泯。晚期黄诗则改从构思方式上借鉴前人，宋人陈长方云:“古人作诗，断句辄旁入他意。最为警策。如老杜云‘鸡虫得失无了时，注目寒江倚山阁’是也。黄鲁直作《水仙花》诗，亦用此体，云：‘坐对真成被花恼，出门一笑大江横。’”（《步里客谈》卷下）又洪迈云:“杜子美《存殁绝句二首》云：‘席谦不见近弹棋，毕曜仍传旧小诗。玉局他年无限笑，白杨今日几人悲？’‘郑公粉绘随长夜，曹霸丹青已白头。天下何曾有山水？人间不解重骅骝。’每篇一存一殁，盖席谦、曹霸存，毕、郑殁也。黄鲁直《荆江亭即事十首》其一云：‘闭门觅句陈无己，对客挥毫秦少游。正字不知温饱未？西风吹泪古藤州。’乃用此体，时少游殁而无己存也。”（《容斋续笔》卷二）他们提到的黄诗分别是《王充道送水仙花五十枝欣然会心为之作咏》和《病起荆江亭即事十首》之八，都作于建中靖国元年（1101）。显然，这种借鉴古人之“体”的手法更好地体现了学古而能变化的精神，所以没有损害诗歌的自然。

晚期黄诗最突出的新气象是出现了平淡质朴的风格。早期黄诗中并不是完全没有语言平易的作品，例如作于元丰五年（1082）的《登快阁》，但此诗以豪纵之笔写兀傲之情，仍给人以健拔之感，难称平淡。只有到了晚期，黄诗才进入了平淡质朴的全新境界（晚期黄诗中有《次韵雨丝云鹤二首》[作于元符二年]，语言华美，精雕细琢，是为特例。据方回《瀛奎律髓》卷二七，此乃“山谷在戎州，代史夫人炎玉作。山谷外兄张祺子履之妻，张祉介卿之嫂也”。所以此诗不宜作为分析晚期黄诗风格的依据），部分佳作已达到他所追求的“不烦绳削而自合”的水准。例如《和高仲本喜相见》《新喻道中寄元明用觞字韵》《追和东坡题李亮功归来图》等七律，语言质朴平易，对仗疏宕而有古意，已达到剥落浮华的境地。再如《书摩崖碑后》这首七古，以平直严谨的章法表达出曲折开合的意绪和跳荡起伏的气势，以古朴平易的语言进行了绘声绘色的叙事和纵横恣肆的议论，可谓深入浅出，炉火纯青。为免词冗，且看一首短小的五古：

> 子瞻谪岭南，时宰欲杀之。饱吃惠州饭，细和渊明诗。彭泽千载人，东坡百世士。出处虽不同，风味乃相似。（《跋子瞻和陶诗》）

此诗不但没有一句景语，而且没有一句情语。全诗用极其质朴的文字、极其平直的句法直叙其事，然而字里行间却包蕴着深刻的思考和深沉的情感。第二句直揭“时宰”的险恶用心，既点明那是路人皆知的阴谋，也暗示了对此辈小人的蔑视，语虽直截而意甚深刻。唯其如此，表面上质木无文的三、四句使苏轼在惠州的行事及其高超的人品凸现纸上，因为在如此的环境中尚能“饱吃饭”且“细和诗”，需要何等的胸襟！后四句从正面立论赞颂苏轼，措辞严正，意味深长。这样的诗不但词浅意深，以简驭繁，而且完全打破了以情景交融取胜的传统诗法，真正达到了“平淡而山高水深”的老成境界。

由此可见，黄庭坚晚年的诗歌创作与其诗论其实是桴鼓相应的，这与苏轼晚年的美学追求也是朝着同一方向的。由于早期黄诗生新奇峭的独特风格在人们心目中先入为主，所以晚期黄诗的风格转变往往被忽视了，有的论者甚至完全无视晚期黄诗的存在而一味指责黄庭坚求奇过甚。事实上黄庭坚在晚年的创作道路中已经以质朴平淡的风格追求消解了早期的缺点，从而达到了精光内敛的老成境界，这是我们评价黄诗时必须注意的。

促成陆游自成一家的“诗家三昧”

陆游一生的经历可分为三个阶段，简而言之，即如《唐宋诗醇》所云：“少历兵间，晚栖农亩，中间浮沉中外，在蜀之日颇多。”陆游的诗歌创作过程也可分成与之相应的三个阶段，其中第二个阶段，即自乾道六年（1170）陆游四十六岁入蜀至淳熙十六年（1189）陆游六十五岁被劾罢官的二十年，是陆诗臻于成熟的关键时期，学者都很注意陆游的这首诗：

> 我昔学诗未有得，残余未免从人乞。力孱气馁心自知，妄取虚名有惭色。四十从戎驻南郑，酣宴军中夜连日。打球筑场一千步，阅马列厩三万匹。华灯纵博声满楼，宝钗艳舞光照席。琵琶弦急冰雹乱，羯鼓手匀风雨疾。诗家三昧忽见前，屈贾在眼元历历。天机云锦用在我，剪裁妙处非刀尺。世间才杰固不乏，秋毫未合天地隔。放翁老死何足论，广陵散绝还堪惜！（《九月一日夜读诗稿有感走笔作歌》）

诗中明确指出他的诗歌在四十八岁从戎南郑时发生了飞跃。然而，诗中的“诗家三昧”究竟指什么呢？朱东润先生说：“他获得诗家三昧以后，过去的那一套本领，只能算做形式技巧，可是美的形式结合了积极的思想性便成为有用的东西，从这一年起，陆游已经不再是以前的陆游。”（《陆游评传》）他又说：陆游在那时“抛弃了从江西诗派学到的理论而自觉地走上现实主义的道路”（《陆游诗的转变》，载《中国文学论集》。按：同样的观点也见于朱著《陆游传》《陆游研究》等书）。这种观点在学术界具有广泛的代表性。我们认为，从对此诗中“诗家三昧”的理解关系到对陆游整个创作过程的认识，有必要作进一步探讨。

一

陆游从小的生活道路就相当坎坷，在他入蜀以前，已经经历了与爱妻被迫离婚及参加科举考试遭秦桧黜落等打击。尤其重要的是，陆游从小就与祖国、人民同历艰难，他后来回忆说：“我生学步逢丧乱，家在中原厌奔窜。淮边夜闻贼马嘶，跳去不待鸡号旦。人怀一饼草间伏，往往经旬不炊爨。”（《三山杜门作歌》）这段经历在少年陆游的心中埋下了对侵略者无比仇恨的种子。陆游稍长之后，又亲见父亲陆宰与爱国士大夫们“相与言及国事，或裂眦嚼齿，或流涕痛哭，人人自期以杀身翊戴王室。虽丑裔方张，视之蔑如也”（《跋傅给事帖》），从而受到了深刻的爱国主义教育。所以陆游在二十岁时就立下“上马击狂胡，下马草军书”（《观大散关图有感》）的志愿，决心以自己的文才武略为恢复中原的事业做出贡献。即使当他应试被黜后，仍苦读兵书，作诗言志云：“孤灯耿霜夕，穷山读兵书。平生万里心，执戈王前驱。战死士所有，耻复守妻孥。”（《夜读兵书》）陆游三十八岁那年，宋孝宗即位，主战派开始受到重视，陆游也被召见，且赐进士出身。陆游积极向朝廷提出了许多关于抗金复国的建议，且坚决支持爱国将领张浚北伐，后来终以“力说张浚用兵”的罪名被罢黜。所以陆游在入蜀以前并非过着宁静的书斋生活，并未远离当时的现实社会和政治斗争。正因如此，陆游在六十二岁时回忆往事说：“早岁那知世事艰，中原北望气如山。楼船夜雪瓜洲渡，铁马秋风大散关。”（《书愤》）“楼船”句是写诗人四十岁任镇江通判时事，“铁马”句是写诗人四十八岁在南郑时事，在诗人心目中，这两段经历是同样激动人心的。

陆游早期的诗作只保存下来不足二百首，但内容并不贫乏。他咏过“山重水复疑无路，柳暗花明又一村”（《游山西村》）的农村风光，也描写过自己“岂惟饥索邻僧米，真是寒无坐客毡”（《霜风》）的贫寒生活，而忧念国事则是其诗的主要内容，有的作品已经具有鲜明的时代气息，例如：

白发将军亦壮哉！西京昨夜捷书来。胡儿敢作千年计，天意宁知一日回？列圣仁恩深雨露，中兴赦令疾风雷。悬知寒食朝陵使，驿路梨花处处开。（《闻武均州报已复西京》）

初报边烽照石头，旋闻胡马集瓜洲。诸公谁听刍荛策，吾辈空怀畎亩忧。急雪打窗心共碎，危楼望远涕俱流。岂知今日淮南路，乱絮飞花送客舟。（《送七兄赴扬州帅幕》）

这两首诗分别作于陆游三十七岁和三十八岁时，前者激昂，后者沉郁，然而都表现出强烈的爱国主义精神。就思想倾向而言，实在无法说它们与入蜀后的爱国诗篇有什么区别。即使是此时所作的一些咏怀、赠答之作中也时时闪烁着爱国思想的光辉，例如作于四十六岁的《送芮国器司业》中说：“往岁淮边虏未归，诸生合疏论危机。人材衰靡方当虑，士气峥嵘未可非。”同年作《投梁参政》说：“何时嫖姚师，大刷渭桥耻。士各奋所长，儒生未宜鄙。复毡草军书，不畏寒堕指。”这些诗绝非一般的投献赠答之作。再如：

慷慨心犹壮，蹉跎鬓已秋。百年殊鼎鼎，万事只悠悠。不悟鱼千里，终归貉一丘。夜阑闻急雨，起坐涕交流。（《闻雨》）

题目似为写景，内容也似为慨叹时序变迁、光阴迅速的陈旧主题，但是在字里行间分明流露出诗人报国无路的满腔悲愤，其情调是激昂而不是低抑，读之使人感奋而不是消沉，这样的诗，显然与当时的沉闷现实密切相关（此诗作于乾道四年［1168］或五年［1169］，时张浚北伐已告失败，主和派又得势于朝廷），这是南宋爱国主义文学的一个重要组成部分。

所以我们认为，就爱国主义的主题走向而言，陆游入蜀以后的诗歌是与他的早期诗歌一脉相承的，它们之间的关系是水平的提高和数量的增多，而不是根本性的质的转变。那种认为陆游入蜀后才体验到生活，陆游入蜀后的诗才“结合积极的思想性”的观点，既不符合陆游早期的生活经历，也不符合他早期的诗歌实践。

况且，陆游于四十八岁那年的三月到达南郑，当年十一月即赴成都，在前线只停留了八个月。其时陆游的上级四川宣抚使王炎正准备收复长安，对于长期渴望着“上马击狂胡”的陆游来说，这一段经历使他激动万分，庆幸自己终于到达了抗金斗争的最前线。他曾登上巍峨的大散关俯瞰敌军，还曾驰马飞渡渭水掠过敌阵。但是由于朝廷的掣肘，王炎未能实行他的计划，而且当年九月就被召回了。所以陆游在南郑并未参加真正的战斗，他的军中生活更多的内容是射猎宴饮，这在陆游后来回忆往事的许多诗中可以得到证明，例如他在五十四岁所作的《风顺舟行甚疾戏书》中说：“昔者远戍南山边，军中无事酒如川。呼卢喝雉连暮夜，击兔伐狐穷岁年。”同年作《冬夜闻雁有感》说:“从军昔戍南山边，传烽直照东骆谷。军中罢战壮士闲，细草平郊恣驰逐。洮州骏马金络头，梁州球场日打球。玉杯传酒和鹿血，女真降虏弹箜篌。”次年作《忆山南》说：“貂裘宝马梁州日，盘槊横戈一世雄。怒虎吼山争雪刃，惊鸿出塞避雕弓。朝陪策画清油里，暮醉笙歌锦幄中。”六十一岁作《独酌有怀南郑》说:“投笔书生古来有，从军乐事世间无。秋风逐虎花叱拨，夜雪射熊金仆姑。”七十一岁作《得季长书追怀南郑幕府慨然有作》说：“从戎昔在山南日，强半春光醉里销。绿树啼莺窥帽影，画桥飞絮逐鞭梢。花经小雨开差晚，笙怯余寒涩未调。”直到他八十四岁时，还作《初冬》说：“初冬常忆宴梁州，百炬如椽满画楼。”当然陆游也有一些诗回忆在南郑的军中生活中紧张艰苦的一面，如六十一岁作《江北庄取米到作饭香甚有感》说：“我昔从戎清渭侧，散关嵯峨下临贼。铁衣上马蹴坚冰，有时三日不火食。山荞畬粟杂沙碜，黑黍黄粱如土色。飞霜掠面寒压指，一片赤心惟报国。”但相比之下，后者的数量远不如前者之多。我们认为，这种情形是与陆游在南郑的实际生活相符的。正如上面所引的诗中所说，“军中无事酒如川”，“军中罢战壮士闲”，在没有什么战事的时候，军中生活（尤其是将领、官员的军中生活）确是以射猎宴饮为主的（陆游敬佩的唐代边塞诗人岑参就常描写类似的生活场面：“五千甲兵胆力粗，军中无事但欢娱。暖屋绣帘红地炉，织成壁衣花氍毹。灯前侍婢泻玉壶，金铛乱点野驼酥。……美人一双闲且都，朱唇翠眉映明眸。”[《玉门关盖将军歌》] 类似的岑诗尚有《与独孤渐道别长句兼呈严八侍御》《田使君美人如莲花舞北旋歌》等）。所以，当陆游在《九月一日夜读诗稿有感走笔作歌》中回忆他在南郑突然领悟到诗家三昧的过程时，将原因归结于打球阅马、宴饮歌舞等豪纵生活的感触，这绝不是出于疏忽，也不是以偏概全——以豪纵奢华的一面概括包括艰苦紧张一面的整个军中生活，而是如实地回忆自己创作过程中的一个重要环节，显然，说这种豪纵生活所触发的“诗家三昧”就是“认识到现实生活对于作品的重要关系”（刘大杰先生语，见《中国文学发展史》第二十章），甚至就是“自觉地走上现实主义的道路”，是十分牵强的。

二

那么，陆游获得“诗家三昧”是不是指“抛弃了江西派的理论”呢？我们的回答也是否定的。首先要说明的是，陆游诗中的爱国主义精神是与江西派诗人吕本中、曾几、陈与义等人一脉相承的。他在绍兴末年与曾几“略无三日不进见，见必闻忧国之言”（《跋曾文清公奏议稿》），而且在陆游之前把爱国主义的主题引入宋诗的诗人也首推吕本中、陈与义等人（参看拙著《江西诗派研究》附录一《江西派诗人的政治态度》），这必然会对陆诗产生深刻的影响。我们认为陆诗中耀眼的爱国主义光辉正体现了江西诗派的影响，而不是“一扫江西派的积弊”（见游国恩等编《中国文学史》第五编第六章）的结果。

那么，陆游在诗歌艺术方面与江西诗派之间是否有始合终离的关系呢？

陆游受江西派诗歌艺术的影响主要来自吕本中与曾几，他对于吕、曾二人是终身伏膺的。陆游七十二岁时为吕本中文集作序称：“某自童子时读公诗文，愿学焉。稍长，未能远游，而公捐馆舍。晚见曾文清公，文清谓某：‘君之诗，渊源殆自吕紫微，恨不一识面。’某于是尤以为恨。则今得托名公集之首，岂非幸欤！”（《吕居仁集序》）可见他不但始终钦慕吕本中，而且作诗受吕本中之影响还得到曾几的认可。至于曾几，更是陆游非常敬爱的老师。陆游从十八岁到三十七岁之间，曾数度面受曾几传授诗法，陆游在诗中也再三道及（见下）。我们知道，吕本中与曾几二人的诗法本是出于同一渊源的。二人同年，但吕本中诗名早著，故曾几曾向他请教诗艺，曾几于晚年回忆这一段经历说：“绍兴辛亥，几避地柳州，公（指吕本中）在桂林。是时年皆未五十，公之诗固已独步海内，几亦妄意学作诗。公一日寄近诗来，几次其韵，因作书请问句律。公察我至诚，教我甚至。……又曰：‘诗卷熟读，治择工夫已胜，而波澜尚未阔。欲波澜之阔，须令规模宏放，以涵养吾气而后可。规模既大，波澜自阔，少加治择，功已倍于古矣。’几受而书诸绅。”（《东莱先生诗集后序》）曾几在此处虽未明言所谓“教我甚至”的“句律”究系何指，但他还说过：“学诗如参禅，慎勿参死句。纵横无不可，乃在欢喜处。又如学仙子，辛苦终不遇。忽然毛骨换，政用口诀故。居仁说活法，大意欲人悟。”（《读吕居仁旧诗有怀其人作诗寄之》）可见所谓“句律”即指“活法”而言。陆游从吕本中和曾几（即当时的江西诗派）那里学到的诗法主要就是这两个内容：“养气”和“活法”，他对之是终身奉作圭臬的。

先说“活法”。吕本中说：“学诗当识活法。所谓活法者，规矩具备，而能出于规矩之外，变化不测，而亦不背于规矩也。是道也，盖有定法而无定法，无定法而有定法，知是者，则可以与语活法矣。谢玄晖有言：‘好诗流转圆美如弹丸。’此真活法也。近世惟豫章黄公首变前作之弊，而后学者知所趋向。毕精尽知左规右矩，庶几至于变化不测。”（《夏均父集序》，见刘克庄《后村先生大全集》卷九五“江西诗派”条）吕氏此论与早期江西诗派的理论是一脉相承的，正如曾季狸所云：“后山论诗说换骨，东湖论诗说中的，东莱论诗说活法，子苍论诗说饱参，入处虽不同，然其实皆一关捩，要知非悟入不可。”（《艇斋诗话》）吕氏诗论的特点是更强调求新求变的精神（参看拙著《江西诗派研究》第七章《江西诗派的诗歌理论》）。与吕氏的其他言论及曾几对其诗论的复述相参照，可知所谓“活法”的主要精神有两点：一，熟精诗律而不为诗律所缚（即“勿参死句”）；二，须待诗歌艺术修养积累到一定程度后再求透彻的悟入（即“换骨”）。陆游对此深信不疑，而且随着创作经验的积累，他的体会也越来越深。例如他在四十七岁时作《追怀曾文清呈赵教授赵近尝示诗》说：“忆在茶山听说诗，亲从夜半得玄机。……律令合时方贴妥，工夫深处却平夷。”六十八岁时作《示儿》说：“文能换骨余无法，学但穷源自不疑。齿豁头童方悟此，乃翁见事可怜迟。”七十岁时作《赠应秀才》说：“我得茶山一转语，文章切勿参死句。”七十八岁时又作《夜吟》说：“六十余年妄学诗，工夫深处独心知。夜来一笑寒灯下，始是金丹换骨时。”真可谓津津乐道，念念不忘，陆游何曾“全盘否定他和曾几的学习关系”（朱东润先生语，见《陆游的创作道路》，载《中国文学论集》）呢？

这里有一个问题需予说明。陆游五十九岁时作《答郑虞任检法见赠》说：“区区圆美非绝伦，弹丸之评方误人。”朱东润先生因此说：“陆游对于圆美的主张又否定了，那么他和吕本中的主张又有什么渊源呢？”（《陆游评传》）的确，陆游此言是针对吕本中引谢朓“好诗流转圆美如弹丸”语以喻活法而发，然而比陆游稍后的刘克庄早已指出：“近时学者误认弹丸之喻，而趋于易，故放翁诗云。”（《后村先生大全集》卷九五“江西诗派”条）可见这是由于当时诗人对“弹丸”之喻产生误解，陆游才这样说。况且陆诗在“区区圆美”句前尚有“文章要须到屈宋，万仞青霄下鸾凤”二句，可见其本意是要诗人向更高的境界努力，而不要停留于自以为是的“圆美”之境，这并不是对吕本中诗论的全盘否定。否则的话，陆游就不会在此之后又有许多肯定吕氏诗论的言论并承认自己“渊源殆自吕紫微”了。

那么，陆游在诗歌创作方面与江西诗派有何种关系呢？

对于江西诗派的始祖黄庭坚，陆游是十分敬重的。陆游五十四岁时出蜀东归，途中多次瞻仰山谷遗迹，且慨叹说：“元祐太史公，世宁有斯人！瘴烟侵玉骨，老作宜州民。至今杖屦地，来者犹酸辛。”（《访青神尉廨借景亭盖山谷先生旧游也》）又说：“文章何罪触雷霆，风雨南溪自醉醒。”（《叙州》）可谓景仰之至。对于黄诗中的一些精警之句，陆游也时时仿效，如四十三岁作《夜闻松声有感》

中“松声惊破三更梦，犹作当时风浪听”学黄诗《六月十七日昼寝》中“马龁枯萁喧午枕，梦成风雨浪翻江”；八十四岁作《遣兴》中“得酒不妨开口笑，学人难作捧心颦”学黄诗《同子瞻韵和赵伯充团练》中“家酿可供开口笑，侍儿工作捧心颦”，等等。同时，对于陈师道，陆游也称其“诗妙天下”（《跋后山居士长短句》）。且时时效其句法，例如七十三岁时作《春近山中即事》中“人意自殊平日乐，梅花宁减故时香”效陈诗《次韵李节推九日登南山》中“人事自生今日意，寒花只作故时香”，八十三岁作《南堂杂兴》中“剩欲出门寻一笑”效陈诗《春怀示邻里》中“剩欲出门追语笑”，等等。此外陆游对其他江西派诗人的佳句也时时效之，如八十岁作《独立》中“独立蒙蒙细雨中”即用陈与义《春寒》中成句，又如八十四岁作《冬夜舟中作》中“绕枝倦鹊寒无影”效韩驹《和李上舍冬日书事》中“倦鹊绕枝翻冻影”等，皆为显例（上述例子皆引自钱仲联先生《剑南诗稿校注》）。这说明陆游对黄、陈等江西派诗人的艺术成就是很重视的，而且这种态度直至晚年也没有什么改变。

当然我们也应注意到，陆游对黄、陈等人的学习大多仅为字句细节，而较少从整体上摹仿他们的风格（也许早期诗中原有这方面的作品，但已被删去，故不得而知）。今本《剑南诗稿》中偶有例外，如：

> 蜗庐溽暑不可过，把卷一读赵子诗。如游麻源第三谷，忽见梅花开一枝。寄书问讯不可得，握臂晤语应无期。惟当饮水绝火食，海山忽有相逢时。（《读赵昌甫诗卷》）

此诗作于八十一岁时，朱东润先生称之为“全篇作江西语，置之山谷集中几可乱真者”（《陆游的创作道路》），诚为确评。然而这是由于赵昌甫（赵蕃）是江西诗派的后继者，其诗竭力模仿黄庭坚的瘦硬诗风，故陆游乃效山谷诗风作此诗以评赵诗，犹如苏轼作《读孟郊诗二首》，诗亦“即作东野体”（纪昀语，见纪批《苏文忠公诗集》卷一六），实乃一时戏笔，不足以证明其风格倾向。

同样，陆游的诗风虽然受到吕本中和曾几一定的影响，但其主导风格却并不受二家之牢笼。在陆游诗中，特别是在他晚年写闲适生活的近体诗中，颇有风格近于吕、曾者。例如：

> 老去人间乐事稀，一年容易又春归。市桥压担莼丝滑，村店堆盘豆荚肥。停水风林莺语语，满原烟草蝶飞飞。郊行已觉侵微暑，小立桐阴换夹衣。（《初夏行平水道中》）

此诗作于七十一岁时，风格轻俊圆活，置于吕、曾集中几可乱楮叶，但这种风格在陆诗中显然不占主导地位。

产生这种情形的原因有两点：第一，陆游从江西诗派那里学到的主要诗法是“活法”、“换骨”等观点，其精神本是求新求变，自成一家。如果一个诗人真正领悟了这种精神，又具有足够的才力学识，就一定会创造出新的独特的风格来。陆游无疑具备这两个条件，所以他虽然终身服膺江西诗派，诗风却“不蹑江西篱下迹”（姜特立《陆严州惠剑外集》，《梅山续稿》卷二）。第二，陆游学诗的态度是博采众家之长，并不限于某派某家以作茧自缚。他对前代诗人陶渊明、李白、王维、杜甫、岑参、白居易及至某些晚唐诗人，以及宋代诗人梅尧臣、苏轼等都视作典范，至老不厌，他的风格和成就当然不可能局限于江西诗派的范围之内了。

综上所述，我们认为陆游对江西诗派的学习和借鉴是贯穿其整个创作过程的，他在四十八岁时悟得的“诗家三昧”不可能是指“抛弃了从江西诗派学到的理论”。

三

既然陆游在南郑悟得的“诗家三昧”不是指在诗歌的思想内容方面发生了质变，也不是指在诗歌理论方面抛弃了从前的观点，那么，它的真正含义就势必界定于诗歌艺术的范畴之内了。然而，它到底包含哪些具体的内容呢？我们认为，除了对《九月一日夜读诗稿有感走笔作歌》这首诗进行仔细分析之外，尚须对陆游的其他有关言论及其诗歌创作历程进行研究，两相对照，才有可能逐步接近准确的答案。

首先我们应注意到，诗题中说“夜读诗稿有感”，而这首诗作于绍熙三年（1192）秋天，时陆游六十八岁，可见所谓“诗稿”，定是指诗人六十八岁以前的作品，即今本《剑南诗稿》卷一至卷二五中《秋日焚香读书戏作》一诗，而且很可能是指诗人六十三岁时在严州刻成的《剑南诗稿》二十卷。所以，此诗实即陆游对自己早期和中期两个创作阶段所作的总结。

诗中首先批评自己早期的创作状态：“我昔学诗未有得，残余未免从人乞。力孱气馁心自知，妄取虚名有惭色。”这里关键的一句是“残余未免从人乞”，这到底是指什么呢？钱锺书先生认为这是指蹈袭前人佳句，他说：“《四六话》论隶事，有‘伐山语、伐材语’之别。放翁诗中，美具难并，然亦不无蹈袭之嫌者。《困学纪闻》卷一八即举其本朱新仲、叶少蕴两联，殆翁《九月一日夜读诗稿有感走笔作歌》所谓‘残余未免从人乞’者欤？”（《谈艺录》补订本）以下还补充了二十三首陆诗作为例证。今检《困学纪闻》卷一八云：“陆务观‘谁其云者两黄鹄，何以报之双玉盘’，本于新仲‘何以报之青玉案，我姑酌彼黄金罍’。叶少蕴‘逸人旧住子午谷，诗客独寻丁卯桥’，务观用之。”可是陆游的前一联（《自东泾度小岭闻有地可卜庵喜而有赋》）上句用《汉书》卷八四《翟方进传》中童谣“谁云者，两黄鹄”，下句径用张衡《四愁诗》中成句，乃以汉时成语作对，不得谓之本于宋人朱翌（新仲）之诗。后一联即“虽非隐士子午谷，宁愧诗人丁卯桥”（《小筑》），则确实本于叶梦得（少蕴）诗。钱先生补充的二十三例都是确有所本者。然而在这二十四首诗中，只有《游山西村》一首作于陆游四十三岁时，即作于从戎南郑之前的早期。其余的诗中《寓驿舍》《读胡基仲旧诗有感》等六首作于陆游五十岁至六十八岁之间，即陆游从戎南郑之后、作《九月一日夜读诗稿有感走笔作歌》之前。而剩下的《望永阜陵》《春近山中即事》等十七首则作于陆游七十二岁与八十五岁之间，即陆游作诗反省自己早期作诗“残余未免从人乞”之后、去世之前。而且，作于早期的《游山西村》中“山重水复疑无路，柳暗花明又一村”一联虽与强彦文之“远山初见疑无路，曲径徐行渐有村”语意相仿，但是陆诗句律流丽，意旨曲折，显然是青出于蓝而胜于蓝，未可径称为“蹈袭”。相反，作于中、晚期的二十三例倒多有名副其实的“不无蹈袭之嫌者”，如《江楼醉中作》之“天上但闻星主酒，人间宁有地埋忧”本于宋祁《感秋》之“天上有星宁免客，人间无地可埋忧”，《春日绝句》中“二十四番花有信，一百七日食犹寒”本于徐俯《春日》之“一百五日寒食雨，二十四番花信风”等，皆是如此。应该指出，这种情形在陆游中、晚期的诗中是相当常见的，钱仲联先生在《剑南诗稿校注》中已经指出了许多，但还有一些遗漏未注者，仅本于杜诗的例子就有：作于六十五岁的《喜杨廷秀秘监再入馆》中“公去蓬山轻，公归蓬山重”本于杜甫《八哀诗》中“公来雪山重，公去雪山轻”；作于七十岁的《送王仲言倅泰州绝句》中“物色分留待下车”本于杜甫《岳麓山道林二寺行》中“物色分留待老夫”；作于七十三岁的《送严居厚弃官归建阳溪庄》中“会结茅斋傍青壁”本于杜甫《阆山歌》中“应结茅斋看青壁”；作于七十八岁的《雪后龟堂独坐》中“牙齿欲落何足惜”本于杜甫《莫相疑行》中“牙齿欲落真可惜”；作于八十三岁的《秋日村舍》中“川云惨惨欲成雨”本于杜甫《发阆中》中“山木惨惨天欲雨”，等等。由于陆游的早期作品曾经严加删汰，也许有许多蹈袭前人佳句的诗被删去了。但无论如何，“残余未免从人乞”不可能是指蹈袭前人佳句。否则的话，陆游怎么会在四十八岁时已悟其非，至六十八岁时又郑重申明此意，而在实际创作中却越来越严重地出现这种情形呢（这种手法实即黄庭坚所谓“夺胎换骨，点铁成金”之说，如运用巧妙，也能推陈出新。但如滥用之，则难免流于蹈袭。参看拙文《黄庭坚夺胎换骨辨》，《中国社会科学》1983年第五期）？

我们认为，“残余未免从人乞”是指诗人早期作诗尚处于模仿前人的最初阶段（这是指风格上的模仿，而不是一字一句的借鉴），还未能建立自己的风格。而“诗家三昧忽见前”则是指诗人终于悟得了属于自己的风格，从而跃入了诗歌的自由王国。这是陆游对自己的创作历程从整体上进行的总结，而不是对某些枝节性技巧的回顾。

众所周知，是否具有个人的独特风格是诗人是否成熟的标志。虽说诗歌的风格实即诗人人格的艺术体现，但是要想使这种体现达到完美的程度而且显示出独特性，诗人就必须经历艰苦的探索。那些优秀的诗人在艺术上不断探索、不断前进的过程其实也就是寻找、建立其独特风格的过程，陆游在《九月一日夜读诗稿有感走笔作歌》中所叙述的正是这样的一个过程。陆游早期的作品留存太少，我们无法细述他初学诗时的具体情形。但是他晚年所作序跋中曾提到自幼喜爱陶渊明、王维、岑参等人的诗（见《跋渊明集》《跋王右丞集》《跋岑嘉州诗集》），可见他在早期广泛地向前代诗人学习，而不仅仅受到江西派诗人的熏陶。像所有大诗人一样，陆游也经历了一个学习前人艺术、模仿前人风格的阶段。虽说陆游当时就希望逾越这个阶段，摆脱“残余未免从人乞”的境地，但心有余而力不足，无怪他要慨叹“力孱气馁心自知”了。

那么，诗人后来是如何摆脱“残余未免从人乞”的境地的呢？陆游在这首诗中只说在南郑时发生了“诗家三昧忽见前”的突变而没有提到自己的努力过程，显然这是一种艺术的夸张。从陆游的作品及其他言论来看，他实际上是经过品格修养和艺术技巧两方面（用陆游的话说，就是“养气”和“藻绘”）的长期积累才实现飞跃的。

我们再读一首陆游回顾自己的创作历程的诗：

> 我初学诗日，但欲工藻绘。中年始少悟，渐若窥宏大。怪奇亦间出，如石漱湍濑。数仞李杜墙，常恨欠领会。元白才倚门，温李真自郐。正令笔扛鼎，亦未造三昧。诗为六艺一，岂用资狡狯。汝果欲学诗，工夫在诗外。（《示子遹》）

此诗作于八十四岁时，可视为诗人的晚年定论。它又是诗人向爱子传授的经验之谈，意思就说得更明白一些。论者多以为陆游此诗是批判讲求艺术技巧，提倡“从生活着眼，从现实着眼，以独倡其现实主义的文艺理论”（齐治平《陆游的文艺理论与实践》，《陆游传论》）。其实，陆游所谓“工夫在诗外”虽然含有积累生活阅历的意思，但其重点却是指“养气”而言。治诗而重视“养气”，正是江西派诗人的诗学观点（见上），陆游对之深信不疑。他与友人论诗说：“谁能养气塞天地，吐出自足成虹蜺。”（《次韵和杨伯子主簿见赠》）又说：“诗岂易言哉？才得之天，而气者我之所自养。有才矣，气不足以御之。淫于富贵，移于贫贱，得不偿失，荣不盖愧。诗由此出，而欲追古人之逸驾，讵可得哉！”（《方德亨诗集序》）可见陆游所谓“养气”，就是孟子所谓“我善养吾浩然之气”（《孟子·公孙丑上》）。即培养一种至大至刚的精神力量，培养高尚的人格与高洁的情操。而且，陆游所说的“养气”与宋代理学家所倡的修养工夫有很大的区别：首先，陆游主张“养气”须以丰富的人生阅历、深沉的人生感慨为基础，他说：“文章天所秘，赋予均功名。吾尝考在昔，颇见造物情。离堆太史公，青莲老先生。悲鸣伏枥骥，蹭蹬失水鲸。饱以五车读，劳以万里行。险艰外备尝，愤郁中不平。山川与风俗，杂错而交并。邦家志忠孝，人鬼参幽明。感慨发奇节，涵养出正声。故其所述作，浩浩河流倾。”（《感兴》）其次，陆游所说的“养气”具有鲜明的时代气息，与当时的社会现实密不可分，他说：“盖人之情，悲愤积于中而无言，始发为诗。不然，无诗矣。……绍兴间，秦丞相桧用事，动以语言罪士大夫，士气抑而不伸，大抵窃寓于诗，亦多不免。若澹斋居士陈公德召者，故与秦公有学校旧，自揣必不合，因不复与相闻，退以文章自娱。诗尤中律吕，不怨不怒，而愤世疾邪之气，凛然不少回挠。”（《澹斋居士诗序》）陆游幼时即经丧乱，后来又在爱情、功名等方面遭受挫折。当他于四十六岁入蜀后，饱览了巴山蜀水的壮丽景色，又经历了紧张而热烈的军中生活，在人生阅历方面有了一定的积累。同时，生活道路的艰难，报国壮志的被压抑，使陆游心中郁积了深沉的人生感慨。这一切使诗人终于完成了“养气”的过程，从而以充沛的人格力量为建立其独特诗风提供了内在的可能性。

那么，陆游说“我初学诗日，但欲工藻绘”，是不是否定对诗歌艺术技巧的讲求呢？我们认为并非如此。陆游不满的是“但欲工藻绘”，而不是“工藻绘”本身。也就是说，陆游反对单纯讲求艺术技巧而不反对这种讲求本身。在这方面陆游没有留下太多的言论，但他的诗歌可以证实这一点。只要通读《剑南诗稿》，很容易发现诗人对艺术技巧的讲求是贯穿终始的。比如律诗的对仗讲求工巧，是陆诗的一大特色，宋人刘克庄云：“古人好对偶被放翁用尽。”

（《后村诗话》前集卷二）元人吴师道则云："世称宋诗人……对偶工切，必曰陆放翁。"（《吴礼部诗话》）他们都指出了这一点。在陆游中期和晚期的诗中，有大量对仗工稳乃至奇巧的例子：

暮雪乌奴停醉帽，秋风白帝放归船。（《赴成都泛舟自三泉至益昌谋以明年下三峡》，作于四十八岁）

丁年汉使殊方老，子夜吴歌昨梦残。（《高斋小饮戏作》，作于五十岁）

前日已传天狗堕，今年宁许佛狸生。（《客自凤州来言岐雍间事怅然有感》，作于五十二岁）

得饱罢挥求米帖，爱眠新著毁茶文。（《幽居》，作于五十三岁）

舍鱼正可取熊掌，食肉何须知马肝。（《初春遣兴三首始于志退休而终于惓惓许国之忠亦臣子之大义也》，作于五十四岁）

风来弱柳摇官绿，云破奇峰涌帝青。（《遣兴》，作于六十二岁）

世事本来谁得鹿，人生何处不亡羊。（《早秋》，作于七十岁）

屏围燕几成山字，簟展凉轩作水纹。（《龟堂晨起》，作于七十七岁）

又如陆诗向称浅易，但在后期作品中却也不时出现一些奇字僻典，例如作于八十二岁的《亲旧见过多见贺强健戏作此篇》中有句云"道统安能希睟盎，世缘但可付猗违"。钱仲联先生在注中指出"睟盎"字出《孟子·尽心上》，"猗违"字出《汉书·孔光传》，都是比较罕见之字眼。又如作于同年的《酒药》中有"焦革死已久"一句，钱先生注曰"未详"，并怀疑"焦革"乃"梁革"之讹。其实"焦革"并不误，唐人吕才《王无功文集序》云："时太乐有府史焦革，家善酝酒，冠绝当时。君（王绩）苦求为太乐丞……数月而焦革死……君叹曰：‘天乃不令吾饱美酒！’”陆游用此典说自己爱酒而美酒苦不可得，十分贴切，然典故本身确实很冷僻。这些情况都从侧面说明陆游中年以后仍是重视“工藻绘”的。至于他早期的诗，由于删剩无几，反而看不出有多少“藻绘”。但既然他自称“我初学诗日，但欲工藻绘”，可以推知他定曾在艺术技巧上下过一番琢磨功夫，而且已经达到相当娴熟的程度。在艺术技巧方面的积累使陆游有足够的才力建立其独特的诗风。

正是在上述两方面的积累达到一定程度之后，陆游终于找到了自己的主导风格：雄浑奔放。所谓“诗家三昧忽见前，屈贾在眼元历历”，所谓“中年始少悟，渐若窥宏大。怪奇亦间出，如石漱湍濑”，都是指此而言。他四十九岁时赞扬岑参诗云：“公诗信豪伟，笔力追李杜。”（《夜读岑嘉州诗集》）五十岁时又仰慕建安诗歌：“何当扫纤艳，杰作追黄初。”（《醉书》）都表示了同样的风格追求。而下面这首作于五十三岁的诗说得更加明确：

> 竹声风雨交，松声波涛翻。我坐白鹤馆，灯青无晤言。廓然心境寂，一洗吏卒喧。袖手哦新诗，清寒愧雄浑。屈宋死千载，谁能起九原？中间李与杜，独招湘水魂。自此竞摹写，几人望其藩？兰苕看翡翠，烟雨啼青猿。岂知云海中，九万击鹏鲲。更阑灯欲死，此意与谁论？（《白鹤馆夜坐》）

杜甫《戏为六绝句》中以“或看翡翠兰苕上，未掣鲸鱼碧海中”二句批评诗人但有纤巧绮丽之辞而未造雄健壮丽之境，此诗中“兰苕看翡翠”句即本杜诗，它与“烟雨啼青猿”一起构成“清寒”的诗风，也即字句清丽而境界狭小、骨力细弱的诗风，陆游对之表示不满。与之相反，“岂知云海中，九万击鹏鲲”则指雄浑奔放的诗风，陆游对之表示赞赏。陆游在那个时期内再三赞颂屈、贾、李、杜，分明是把他们看作后一种风格的杰出代表。因为屈、贾赋与李、杜诗虽各具特色，但有着重要的共同之处：内容壮阔，感情宏大，气势奔放，骨力遒劲。这些因素即构成了陆游所说的“雄浑”。显然，只有这种风格才与陆游建立奇功的宏伟抱负、爱国忧时的炽烈感情、不拘小节的狂放性格最相适应，也只有这种风格才可能符合陆诗所要反映的动荡时代的脉搏。陆游一旦找到这种属于他自己的风格之后，他的诗歌创作就产生了质的飞跃，诗风也发生了巨大的转变，诚如清人赵翼所云：“放翁诗之宏肆，自从戎巴蜀，而境界又一变。”（《瓯北诗话》卷六）让我们把陆游集中最能体现其雄放风格的七古名篇排一个写作年代表：

《游锦屏山谒少陵祠堂》（四十八岁）

《三月十七日夜醉中作》（四十九岁）

《九月十六日夜梦驻军河外遣使招降诸城觉而有作》（四十九岁）

《金错刀行》（四十九岁）

《胡无人》（四十九岁）

《晓叹》（四十九岁）

《长歌行》（人生不作安期生）（五十岁）

《涉白马渡慨然有怀》（五十岁）

《离堆伏龙祠观孙太古画英惠王像》（五十岁）

《登灌口庙东大楼观岷江雪山》（五十岁）

《谒诸葛丞相庙》（五十一岁）

《楼上醉歌》（五十一岁）

《中夜闻大雷雨》（五十二岁）

《题醉中所作草书卷后》（五十二岁）

《夏夜大醉醒后有感》（五十二岁）

《夜读东京记》（五十二岁）

《关山月》（五十三岁）

《出塞曲》（佩刀一刺山为开）（五十三岁）

《战城南》（五十三岁）

《楼上醉书》（五十三岁）

《秋兴》（成都城中秋夜长）（五十三岁）

《眉州披风榭拜东坡先生遗像》（五十四岁）

《醉中下瞿塘峡中流观石壁飞泉》（五十四岁）

《冬夜闻雁有感》（五十四岁）

《出塞曲》（千骑为一队）（五十五岁）

《雨夜不寐观壁间所张魏郑公砥柱铭》（五十五岁）

《弋阳道中遇大雪》（五十五岁）

《拟岘台观雪》（五十六岁）

《醉中怀江湖旧游偶作短歌》（五十六岁）

《五月十一日夜且半梦从大驾亲征尽复汉唐故地见城邑人物繁丽云西凉府也喜甚马上作长句未终篇而觉乃足成之》（五十六岁）

正是这些雄浑壮丽、豪宕奔放的七古奠定了陆诗的主导风格。这样的七古在陆游早期作品中没有出现过，却如此集中地涌现在他“诗家三昧忽见前”之后的数年之间，绝不是偶然的。这有力地证明了陆游所悟得的“诗家三昧”是找到了属于自己的雄放风格，从而在创作上进入了自由王国。

现在我们回过头来重读《九月一日夜读诗稿有感走笔作歌》这首诗，就比较容易理解它了。显然，前四句是说自己尚需傍人门户而未能建立独特风格时的苦闷。后八句则是说自己悟得“诗家三昧”后的喜悦。他终于找到了属于自己的风格——雄浑奔放，从而跃入了从心所欲、挥洒自如的境界。“天机云锦用在我，剪裁妙处非刀尺”二句与杨万里五十二岁时作诗“忽若有悟”从而“浏浏焉无复前日之轧轧矣”（《诚斋荆溪集序》，《诚斋集》卷八〇）相似，都是指进入艺术的自由王国后的创作心态。“世间才杰固不乏，秋毫未合天地隔”二句意谓世上虽有许多才华杰出的诗人，但如果他们没有找到属于自己的风格，则势必始差毫厘而终隔千里。由于陆游是经过长期的艰苦探索才悟得“诗家三昧”的，所以他不无自矜地将它视作自己的独得之秘，并希望能够传授他人，以免与嵇康临终所弹的《广陵散》乐曲一样随人而亡！

剩下的最后一个疑问是此诗的中间八句，为什么恰恰是诗人在南郑军中的豪纵生活触发了他对“诗家三昧”的领悟呢？我们认为，世间一切事物的变化过程都包含量变与质变两个步骤，诗人的创作历程也不例外。上文中说过，陆游在品格修养和艺术技巧两方面经历了长期的积累过程，当他到达南郑后，豪纵奢华的军中生活成了发生质变所需的最后一个条件，从而使他领悟了自己的风格应是雄浑奔放。因为打球阅马、纵博痛饮的豪壮生活会使人精神激昂、意气风发，这与雄放诗风在感情倾向上无疑是一致的。而浏漓顿挫的舞姿和急节繁音的乐曲更与雄放诗风有相似的美学倾向。陆机《文赋》中论文人构思之妙时说：“譬犹舞者赴节以投袂，歌者应弦而遣声。”可见诗文与歌舞之间本有相通之处。而杜甫《公孙大娘弟子舞剑器行·序》中更提到张旭见到公孙大娘的“浏漓顿挫”的“西河剑器”舞后，“自此草书长进，豪荡感激”，其实杜甫的这首诗也有“豪荡感激”的风格倾向。陆游虽未明言所观为何种舞蹈，但所奏乐曲是“琵琶弦急冰雹乱，羯鼓手匀风雨疾”，这与杜甫《公孙大娘弟子舞剑器行》中所说的“玳筵急管”具有相似的节奏、韵律，不难推想所谓“宝钗艳舞光照席”者也是一种“浏漓顿挫”的舞蹈。陆游正是从这种节奏繁促、旋律跌宕、热情奔放的歌舞艺术中得到了关于雄放风格的启示，就像电光石火似的灵感倏然而来一样，诗人于刹那之间发现了属于自己的风格。正因如此，诗人在二十年后仍然如此清晰地记得当时的情景，并且郑重地把这情景说成是“诗家三昧忽见前”的前提。

“一集一变” 与 “杨诚斋体”

杨万里诗无疑是南宋诗坛上风格个性最为鲜明的一家。严羽《沧浪诗话·诗体》中以人而论的各家中，南宋仅有“杨诚斋体”一种，即为明证。然而当我们考察“杨诚斋体”的具体特征时，却有一个很棘手的问题，那就是杨万里平生诗风多变，宋末方回甚至认为“杨诚斋诗一官一集，每一集必一变”（《瀛奎律髓汇评》卷一）。今存杨诗共分九集，其创作年代的跨度则为四十四年。既然杨诗始终处于频繁的变化之中，那么我们应该依据哪个阶段的作品来把握“杨诚斋体”的特征呢？为了较清楚地把握杨诗的风格特征，本文拟从其诗风的变化过程入手，对杨万里诗歌创作的阶段性作一些探讨。

一

杨万里诗风多变，几乎是历代论者的共识。然而当我们把这些言论排检一番，却发现它们大多源于杨万里的自述。例如南宋后期王应麟说：“诚斋始学江西，既而学五字律于后山，学七字绝句于半山，最后学绝句于唐人。”（《困学纪闻》卷一八《评诗》）这几句话照抄杨万里本人的《诚斋荆溪集序》，仅稍变语气而已。再如清人黄宗羲说：“昔诚斋自序，始学江西，既学后山五字律，既又学半山老人，晚乃学唐人绝句。后官荆溪，忽若有悟，遂谢去前学，而后涣然自得。”（《安邑马义云诗序》）更是明言转述杨万里自序所云。那么杨万里自己的总结是否准确呢？让我们先对他编集和作序的情况检查一番。

南宋大诗人中存诗较多的有陆游（1125—1210）、杨万里（1127—1206）、范成大（1126—1193）三人，他们的年岁十分接近。然而陆游的存诗始于十八岁时（见钱仲联《剑南诗稿校注》卷一《别曾学士》注），范成大的存诗始于十九岁时（见孔凡礼《范成大年谱》），而杨万里的存诗却始于三十六岁时，此前的诗作千余首都被他付之一炬了。于是，杨万里现存诗作的写作时间跨度不但比不上享年较永的陆游，而且也比不上年寿较促的范成大。杨万里所存的诗共有四千二百多首，编为九集，其写作年代与作序年月的情况如下表：

次序	诗集名	写作年代	作序年月
1	江湖集	绍兴三十二年（1162）—淳熙四年（1177）	淳熙十五年（1188）九月
2	荆溪集	淳熙四年（1177）三月—淳熙六年（1179）二月	淳熙十四年（1187）四月
3	西归集	淳熙六年（1179）三月—淳熙六年（1179）十二月	淳熙十四年（1187）六月
4	南海集	淳熙七年（1180）一月—淳熙九年（1182）六月	淳熙十三年（1186）
5	朝天集	淳熙十一年（1184）十月—淳熙十四年（1187）六月	淳熙十三年（1186）六月
6	江西道院集	淳熙十四年（1187）七月—淳熙十六年（1189）十月	淳熙十六年（1189）十月
7	朝天续集	淳熙十六年（1189）十一月—绍熙元年（1190）九月	绍熙元年（1190）四月

续表

次序	诗集名	写作年代	作序年月
8	江东集	绍熙元年（1190）十月—绍熙三年（1192）五月	绍熙三年（1192）五月
9	退休集	绍熙三年（1192）六月—开禧二年（1206）五月	（无　序）

《朝天续集》共四卷，其末卷（即《诚斋集》卷三十）中的诗已有作于绍熙元年秋季者，如《秋夕不寐》。然而此集的序却署曰“绍熙元年四月九日”（《诚斋朝天续集序》，《诚斋集》卷八一），两者不符。今按序中称此集“得诗凡三百五十余首”，而今本《朝天续集》实存诗四百零二首，可见作序在前，编集在后。

从此表可知，这九种诗集前四种的写作时间长达二十五年，而四篇序言却是在三年之内写出的，而且是在时隔多年之后才补写的。于是，杨万里在诗集自序中对其诗风转变过程的自述，就是一种事后的回顾，而不一定是准确的即时感受。钱锺书先生曾准确地指出，杨万里“把自己的创作讲得来层次过于整齐划一，跟实际有点儿参差不合”。（《宋诗选注》）这与杨万里作序的时间不无关系。

根据杨万里的自序，其诗风的变化主要有以下几次：

> 予生好为诗，初好之，既而厌之。至绍兴壬午，予诗始变，予乃喜。既而又厌之。至乾道庚寅，予诗又变。至淳熙丁酉，予诗又变。……嗟乎，予老矣，未知继今诗犹能变否？延之尝云予诗每变每进，能变矣，未知犹能进否？（《诚斋南海诗集序》，《诚斋集》卷八〇）

> 予之诗，始学江西诸君子，既又学后山五字律，既又学半山老人七字绝句，晚乃学绝句于唐人。学之愈力，作之愈寡。……戊戌三朝，时节赐告，少公事。是日作诗，忽若有

悟，于是辞谢唐人及王、陈、江西诸君子，皆不敢学，而后欣如也。试令儿辈操笔，予口占数首，则浏浏焉无复前日之轧轧矣。（《诚斋荆溪集序》，《诚斋集》卷八〇）

昔岁自江西道院召归册府，未几而有廷劳使客之命。（**按，此事在绍熙元年**［1190］）于是始得观涛江，历淮楚，尽见东南之奇观。如《渡扬子江》二诗，余大儿长孺举似于范石湖、尤梁溪二公间，皆以为余诗又变，余亦不自知也。（《诚斋朝天续集序》，《诚斋集》卷八一）

上述序言中说到的诗风变化共有四次：一、绍兴壬午（1162）；二、乾道庚寅（1170）；三、淳熙丁酉（1177）、淳熙戊戌（1178）之间；四、绍熙元年（1190）。让我们先对其中第一、二、四次进行分析。

第一次变化发生在绍兴壬午（1162），此时杨万里年三十六岁。杨万里说："予少作有诗千余篇，至绍兴壬午七月皆焚之，大概江西体也。……予尝举似旧诗数联于友人尤延之，如'露窠蛛恤纬，风语燕怀春'，如'立岸风大壮，还舟灯小明'，如'疏星煜煜沙贯月，绿云扰扰水舞苔'，如'坐忘日月三杯酒，卧护江湖一钓船'。延之慨然曰：'焚之可惜。'予亦无甚悔也。"（《诚斋江湖集序》，《诚斋集》卷八〇）这几联是杨万里举示尤袤的，当是他所焚去的"千余篇"中较为得意的句子。但今天看来，它们都是刻意模仿黄庭坚而尚未臻于高境的作品，其中第一、第四两联句法生硬，第三联中"舞"字颇为怪诞，未得黄诗之长处而对其短处则变本加厉，可称是画虎不成反类犬。第二联与其说是学黄，倒不如说是学陈师道的，也未见精彩。把这些不成熟的少作焚去实为明智之举，但杨万里在此后的写作中仍然在模仿前人，不过改变了模仿对象而已。而且事实上他对"江西体"的模仿也并未从此绝迹，所以此次变化对

“杨诚斋体”的形成没有起到关键的作用。

第二次变化发生在乾道庚寅（1170），此时杨万里年四十四岁。这次变化的具体内容是什么呢？乾道庚寅年前后所作诗皆收于《江湖集》中，据杨万里自己所说，《江湖集》所收诗是“学后山及半山及唐人者”（《诚斋江湖集序》，《诚斋集》卷八〇），又说其顺序是“既又学后山五字律，既又学半山老人七字绝句，晚乃学绝句于唐人”（同上），由于《江湖集》的时间跨度长达十一年，所以上述变化过程应是一个渐变的过程。从现存作品来看，也很难看清乾道庚寅这一年究竟是哪一步变化的关键。今检《江湖集》，从卷五的《庚寅正月送罗季周游学禾川》至卷六的《夜宿杨溪晓起见雪》是作于乾道庚寅（1170）的，共三十三首。以后的几年中作诗更少，乾道七年辛卯（1171）仅作诗五首，乾道八年（1172）作诗十四首，乾道九年（1173）也作诗十四首，可见在乾道庚寅的“予诗又变”之后，杨万里的创作并未出现高潮，反倒正处于“作之愈寡”的低潮阶段。细察庚寅以后数年间的作品，确有不少七言绝句受到王安石和晚唐罗隐、陆龟蒙诸人诗风的影响，但并无明显的先后次序。例如作于庚寅年的《戏嘲金灯花上皂蝶》：“花须为饭露为浆，黑雾玄霜剪薄裳。飞绕金灯来又去，不知能有几多香？”分明是学晚唐诗的。而作于四年之后的《感秋》：“旧不悲秋只爱秋，风中吹笛月中楼。如今秋色浑如旧，欲不悲秋不自由。”却反而类似王诗。所以所谓的乾道庚寅年诗风之变，并不是杨诗风格演变的明显标志。

第四次变化发生在绍熙元年（1190），此时杨万里年六十四岁，诗风变化的代表作是《渡扬子江》二首，范成大、尤袤二人读此诗而认为杨诗“又变”。今检这两首诗见于《朝天续集》卷一（《诚斋集》卷二七），原诗如下：

只有清霜冻太空，更无半点荻花风。天开云雾东南碧，日射波涛上下红。千载英雄鸿去外，六朝形胜雪晴中。携瓶自汲江心水，要试煎茶第一功！

天将天堑护吴天，不数殽函百二关。万里银河泻琼海，一双玉塔表金山。旌旗隔岸淮南近，鼓角吹霜塞北闲。多谢江神风色好，沧波千顷片时间。

方回把第一首选入《瀛奎律髓》卷一登览类，且评曰："诗格尤高。"清人纪昀则评曰："五六极雄阔，自是高唱。"今人周汝昌先生对此诗的写作背景和思想意义作了很深刻的分析，指出它们"以表面壮阔超旷之笔而暗寓其忧国虑敌之夙怀，婉而多讽，微而愈显，感慨实深"（《杨万里选集》引言）。显然，这两首诗所显示的壮阔沉郁之风与杨诗的主导风格是颇为异趣的。此时杨万里以焕章阁学士之衔任接伴使，前往淮河迎伴金国的贺正旦使。诚如周汝昌先生所云："诚斋此一行，写出了一连串极有价值的好诗，甚至可以说在全集中也以这时期的这一分集（《朝天续集》）的思想性最集中，最强烈。"（《杨万里选集》引言）除了上引二诗外，如《初入淮河四绝句》《嘲淮风进退格》《雪霁晓登金山》等都是最能体现杨诗中的时代脉搏的爱国主义杰作。所以杨诗的此次变化首先体现为在题材取向上由刻画自然景物转向反映国势时事，在风格上也由活泼轻快转向雄阔沉郁。由于杨诗的主要特征是前者而不是后者，所以此次变化实际上偏离了杨诗的主导风格，是特殊的生活经历引发的诗风突变，与"杨诚斋体"关系不大。正因如此，当范成大、尤袤"以为余诗又变"以后，杨万里仍说"余亦不自知也"。意即他对此次诗风转变并未怀有充分的自觉。

二

经过上面的排除式论证，我们可以肯定杨万里自己认可的诗风转变以发生于淳熙丁酉（1177）、淳熙戊戌（1178）年间的那一次为最重要，这是“诚斋体”形成的关键。下面让我们以其创作实际为据，分析一下其自述是否合乎事实。

淳熙四年丁酉四月，杨万里赴常州知州任。在此之前，他对自己的少作进行了一番整理，编成《江湖集》，认为那些少作都是模仿前人的，并宣告与之决裂。他初抵常州时尚忙于公事，“欲作未暇也”。到了淳熙五年戊戌（1178）的正月，他忽然跃入了全新的创作状态：

> 戊戌三朝，时节赐告，少公事。是日即作诗，忽若有悟，于是辞谢唐人及王、陈、江西诸君子，皆不敢学，而后欣如也。试令儿辈操笔，予口占数首，则浏浏焉无复前日之轧轧矣。自此每过午，吏散庭空，即携一便面，步后园，登古城，采撷杞菊，攀翻花竹。万象毕来，献予诗材。盖麾之不去，前者未雠，而后者已迫，涣然未觉作诗之难也。盖诗人之病去体，将有日矣。方是时，不惟未觉作诗之难，亦未觉作州之难也。（《诚斋荆溪集序》，《诚斋集》卷八〇）

这一段话极受后代论者的重视，以此为据而论述杨万里诗风的转变为诚斋体的特征。我也认为这段话很值得注意，尤其是下面两点：第一，杨万里此前作诗模仿前人，从那以后则“辞谢”前人，从而结束了模仿阶段而开始自创一体。第二，杨万里此前作诗甚觉艰难，从那以后突然有悟，于是进入了挥洒自如的自由状态。那么，这两点符合杨万里诗歌创作的实际吗？它们是否体现了诚斋体的特征呢？我觉得应该以杨万里的作品为依据来检查其自述是否如实，而不应以其自述为依据，先入为主地论述其诗风。下文分别对这两点进行分析。

首先，按杨万里所说，他在“戊戌三朝”以后就“辞谢唐人及王、陈、江西诸君子，皆不敢学”，也就是一空依傍地自创新体了。然而事实并非如此。即使是他再三声明早就抛弃的江西体，事实上也是藕断丝连，始终没有彻底地“辞谢”。钱锺书先生说杨“对黄庭坚、陈师道始终佩服”，“江西派的习气也始终不曾除根，有机会就要发作”（《宋诗选注》），确是一个极为细致的观察。论者往往举出杨万里晚年推崇黄、陈的许多言论为证，我觉得那也许有推尊乡贤的动机在内，况且论诗主张不一定与创作实际完全吻合，所以那些言论虽然值得注意，但尚不能算是很坚实的证据（参看拙著《江西诗派研究》第八章《江西诗派的影响》）。杨万里在创作中对黄庭坚的艺术造诣有较多的借鉴，甚至对黄诗中一些很独特的字句也一再模仿，才是真正的证据，例如：

《山谷内集》卷六《咏雪奉呈广平公》有句云：“夜听疏疏还密密，晓看整整复斜斜。”据说苏轼曾称道此联：“正是佳处。”（见吴曾《能改斋漫录》卷一一）金人王若虚对此说极不以为然：“予于诗固无甚解，至于此句，犹知其不足赏也。当时所传妄耳！”（《滹南诗话》卷中）此联确实非黄诗之佳者，但下句用“整整”、“斜斜”形容积雪与飞雪之状，用字甚为奇特。杨万里对此深为心醉，再三仿效：

卷一《晚寒》：“约雨斜还整，吹花合且离。”（隆兴元年，即1163年）

卷三《次主簿叔晚霞》：“却嫌醉墨欹倾甚，整整斜斜半似鸦。”（乾道元年，即1165年）

卷六《诏追供职学省晓发鸣山驿》：“数店疏仍密，千峰整

复斜。”（乾道六年，即 1170 年）

卷七《醉后拈梅花近壁以灯照之宛然如墨梅》：“整整斜斜样样新。”（淳熙二年，即 1175 年）

又如《山谷内集》卷十五《次韵中玉早梅二首》之二云：“罗帷翠幕深调护，已被游蜂圣得知。”任渊注指出这是仿效韩愈《盆池五首》之五：“泥盆浅小讵成池，夜半青蛙圣得知。”王若虚批评说：“退之诗云：‘泥盆浅小讵成池，夜半青蛙圣得知。’言初不成池，而青蛙已知之，速如圣耳。山谷诗云：‘罗帷翠幕深调护，已被游蜂圣得知。’此‘知’字何所属邪？若以属蜂，则‘被’字不可用矣。”（《滹南诗话》卷上）应该承认，王氏的批评是有道理的，因为黄诗在句法上确实欠妥。然而杨万里却对之颇为心折，两次仿效，且句法与黄诗如出一辙：

卷一《夜离零陵以避同僚追送之劳留二绝简诸友》之一：“夜浮一叶逃盟去，已被沙鸥圣得知。”（隆兴元年，即 1163 年）

卷二〇《寒食雨中同舍约游天竺得十六绝句呈陆务观》之一：“游山不合作前期，便被山灵圣得知。”（淳熙十三年，即 1186 年）

前一组例子的写作年代从隆兴元年至淳熙二年，几乎等于《江湖集》的时间跨度。然而据杨万里自称，他在绍兴三十二年（1162）就已焚去学习江西体的少作，也即不再模仿江西体了。后一组例子则下及淳熙十三年，此时上距杨万里“辞谢”前人的淳熙丁酉（1177）已达九年，下距他写《诚斋荆溪集序》的淳熙十四年（1187）也只有一年了。可见杨万里虽然在理论上以“辞谢”前人自期、自许，在创作上却并未完全做到这一点。杨诗中模仿陈师道、王安石诗风的情况也与之类似，兹不赘述。

其次，据杨万里所说，他在“戊戌三朝”以后作诗“浏浏焉无复前日之轧轧矣”。按陆机《文赋》云“思轧轧其若抽”，形容文思艰涩之状。而“浏浏”则谓顺畅无碍，从“轧轧”到“浏浏”，显然是一种飞跃。那么，杨万里的创作果真在此时发生了此种突变吗？从作品的数量来看，似乎确有其事。我对今存杨诗各集按时间作了数量分析，结果如下：

诗集名	作品数	时间跨度	平均每年作诗数
江湖集	735	11 年	67
荆溪集	492	1 年零 11 个月	258
西归集	202	10 个月	243
南海集	393	2 年零 6 个月	157
朝天集	517	2 年零 9 个月	188
江西道院集	253	2 年零 4 个月	109
朝天续集	402	10 个月	484
江东集	518	1 年零 7 个月	327
退休集	720	14 年	51

从《江湖集》的每年 67 首，一跃而成为《荆溪集》的每年 258 首，其写作速度确实发生了惊人的变化。这个速度在此后的十五年也即其创作盛期中，也没有太大的跌落。除了绍熙元年（1190）至绍熙三年（1192）杨万里往淮河迎伴金使的特殊人生经历激发了第二次创作高潮（编诗为《朝天续集》和《江东集》）外，结集为《荆溪集》和《西归集》的二年零九个月就是他一生中作诗速度最高的时期了。

然而仅仅从写作速度来判断诗人的创作状态是不够准确的，因为正如杨万里所云，他在“戊戌三朝”之前的半年间作诗甚少是由于“阅讼牒，理邦赋，惟朱墨之为亲，诗意时日往来于予怀，欲作未暇也”。而“戊戌三朝”却“少公事”，故而诗思泉涌，环境的闲暇与否是作诗多寡的重要原因。那么，从诗人的心态来看，杨万里是否真的在“戊戌三朝”以后忽然从“轧轧”之境跃入了“浏浏”之境呢？让我们仍以其作品为根据来进行分析。

在“戊戌三朝”以前，杨万里经常说到自己苦吟的情形，例如：

卷一《立春前一夕二首》之一：“拈须真浪苦，呵笔更成挥。”（绍兴三十二年，即 1162 年）

卷一《仲良见和再和谢焉》：“不辞拈须断，只苦句难安。”（隆兴元年，即 1163 年）

卷七《谢傅宣州安道郎中送宣城笔》：“老里苦吟翻作拙，拈须枉断两三茎。”（淳熙二年，即 1175 年）

不但反复说到苦吟，而且反复使用“拈须”这个形容苦吟的陈辞。（唐卢延让《苦吟》：“吟安一个字，拈断数茎须。”）这当然不免有些夸张，但至少可见杨万里时时陷于属思艰涩的窘境之中。更值得注意的“戊戌三朝”之后的杨诗中仍有类似的情形，例如：

卷一二《书莫读》：“吟诗个字呕出心。”（淳熙六年，即 1179 年）

卷一二《春夜孤坐》：“老来觅句苦难成。”（淳熙六年，即 1179 年）

卷一四《中秋病中不饮》：“自笑独醒仍苦咏，枯肠雷转不禁搜。”（淳熙六年，即 1179 年）

卷二七《湖天暮景》：“雕碎肝脾只坐诗。”（淳熙十六年，即 1189 年）

卷四二《淋疾复作医云忌文字劳心晓起自警》：“荒耽诗句

枉劳心，忏悔莺花罢苦吟。也不欠渠陶谢债，夜来梦里又相寻！”（开禧元年，即 1205 年）

这些诗句的写作年代分别在“戊戌三朝”之后的一年到二十六年，它们不再一味用“拈须”之典，但形容苦吟的状态则一如从前，至少绝不是“浏浏焉”、“未觉作诗之难也”！杨万里于开禧元年也即他去世之前一年秋季作《夜读诗卷》云：

幽屏元无恨，清愁不自任。两窗两横卷，一读一沾襟。只有三更月，知予万古心。病来谢杯杓，吟罢重长吟！

论者皆认为这是诗人对于平生创作的总结，甚确。诗人临终前念念不忘并深恐后人不解的，难道不正是他在诗歌艺术上惨淡经营的一番苦心吗？这种心态与唐代的苦吟诗人贾岛的“二句三年得，一吟双泪流。知音如不赏，归卧故山秋”（《题诗后》）又有什么不同呢？后人往往只注意杨万里自序中关于“浏浏焉”的夸大之语，遂认为他后期作诗挥洒自如而全不费力，其实是与事实不完全符合的。

三

综上所述，我们可以确定杨万里诗风的转变其实是一种缓慢进行的渐变，而不是像他本人所夸张的“忽若有悟”式的突变，“戊戌三朝”只是这个转变过程中较为关键的一个环节而已。那么，杨诗在“戊戌三朝”前后究竟发生了什么变化呢？这与“杨诚斋体”的形成又有什么关系呢？我们试从两个比较明显的视角来进行观察。

首先，杨诗中七言绝句的比重发生了变化。我把杨诗各集中七绝的数量作了统计，情况如下：

诗　集　名	作品总数	七绝篇数	七绝所占百分比
江　湖　集	735	311	42
荆　溪　集	492	323	66
西　归　集	202	145	72
南　海　集	393	246	63
朝　天　集	517	177	34
江西道院集	253	117	46
朝天续集	402	183	46
江　东　集	518	276	53
退　休　集	720	324	45
合　　计	4232	2102	50

从上表可知，杨万里诗的各种体裁中，七绝一体独占一半，它是“诚斋体”最重要的载体。同时又可知，在杨诗各集中，《荆溪集》《西归集》《南海集》三集七绝的比重最大。也就是说，从淳熙四年（1177）四月到淳熙九年（1182）六月的五年中，是杨万里最倾心于七绝这种诗体的时期（淳熙九年［1182］七月，杨万里丁母忧，停止作诗两年多。淳熙十一年［1184］十月至十四年［1187］六月，杨万里在临安任职，此期诗作编为《朝天集》，由于此期内作应制诗甚多，较少有性情之作，故而七绝的比重也随之下降至最低点，至《江西道院集》又恢复常态）。不妨认为，以“戊戌三朝”为标志的杨诗之变化，七绝比重的增加是一个重要内容。

我们知道，在五七言诗的各种体裁中，七言绝句是最易写得活泼生动的一类。它既不像律诗那样会因对仗而造成严谨乃至板滞，也不会像古风那样需留意章法之安排。甚至与五言绝句相比，七绝也因便于安置语气虚词等因素而更显灵动多姿。杨万里模仿前人的最后两个阶段是“既又学半山老人七字绝句，晚乃学绝句于唐人”，当与七绝的诗体特征不无关系。杨在“戊戌三朝”那天的“口占数首”没有留存下来，但《荆溪集》中题作《戊戌正月二日雪作》的二首以及其后的几首诗都是七绝，而且《荆溪集》卷一的一百首诗中，七绝竟多达八十五首，即可证明七绝确是杨万里创造“诚斋体”时最钟情的诗体，所以我们从七绝来探索“诚斋体”的形成，也许是比较合宜的。

然而应该指出，早在“戊戌三朝”之前很久，杨万里就已经写出很好的七绝了，例如：

> 卷一《过百家渡四绝句》之四：“一晴一雨路干湿，半淡半浓山叠重。远草平中见牛背，新秧疏处有人踪。”（隆兴元年，即 1163 年）
>
> 卷三《闲居初夏午睡起二绝句》之一：“梅子留酸软齿牙，芭蕉分绿与窗纱。日长睡起无情思，闲看儿童捉柳花。”（乾道二年，即 1166 年）

这两首诗常得后代选家之青睐，细读起来，前一首通首对仗，写景精丽，分明还有王安石绝句之风味，尚不算是“诚斋体”的代表作。后一首则风格愈趋活泼，已呈杨诗自家面目。及至“戊戌三朝”前后，这类作品便大量涌现了，例如：

> 卷七《小池》：“泉眼无声惜细流，树阴照水爱晴柔。小荷才露尖尖角，早有蜻蜓立上头。”（淳熙三年，即 1176 年）
>
> 卷八《入常山界》：“昨日愁霖今喜晴，好山夹路玉亭亭。一峰忽被云偷去，留得峥嵘半截青。”（淳熙四年，即 1177 年）
>
> 卷八《过招贤渡》：“岸上行人莫叹劳，长年三老政呼号。也知滩恶船难上，仰蹈桅杆卧著篙。”（淳熙四年，即 1177 年）
>
> 卷一一《冻蝇》：“隔窗偶见负暄蝇，双脚挼挲弄晓晴。日

影欲移先会得，忽然飞落别窗声。”（淳熙五年，即1178年）

卷一一《寒雀》：“百千寒雀下空庭，小集梅梢话晚晴。特地作团喧杀我，忽然惊散寂无声。”（淳熙五年，即1178年）

卷一一《稚子弄冰》：“稚子金盆脱晓冰，彩丝穿取当银钲。敲成玉磬穿林响，忽作玻璃碎地声。”（淳熙五年，即1178年）

卷一三《宿灵鹫禅寺》：“初疑夜雨忽朝晴，乃是山泉终夜鸣。流到前溪无半语，在山做得许多声！”（淳熙六年，即1179年）

卷一三《过石磨岭岭皆创为田直至其顶》：“翠带千环束翠峦，青梯万级搭青天。长淮见说田生棘，此地都将岭作田！”（淳熙六年，即1179年）

卷一四《戏笔》：“野菊荒苔各铸钱，金黄铜绿两争妍。天公支与穷诗客，只买清愁不买田！”（淳熙六年，即1179年）

其次，杨诗从自然景物中汲取灵感的倾向加强了。应该指出，在现存杨诗中，重视以自然景物为诗材的倾向是始终存在的。《江湖集》中便有许多写景的好诗。然而当时杨万里更注意的是细参前人的诗歌艺术，所以当他提笔作诗时，心中首先涌现出的倒是前人的好语妙句，他说：“句中池有草，字外目俱蒿。”（《和李天麟二首》之一）周汝昌先生以为下句“关系忧世爱民”（《杨万里选集》），我觉得虽然“蒿目”出于《庄子·骈拇》“蒿目而忧世之患”，但“蒿目”本身仅有“目乱”之意，与“忧世”并无必然关系。杨诗全篇大意只是说诗法，此联也只是说作诗应细琢字句，又须使风格清新，这正是当时杨万里作诗的特点。于是，当他描写春雨时，首先想到的是杜诗中的名句：“未爱少陵红湿句，可人却是道知时。”（《又和春雨》）当他描写鸟语花香的春景时，竟先想到江西诗法：“参透江西社，无灯眼亦明。”（《和周仲容春日二律句》之二。按：上述二诗作于乾道二年［1166］。）当他咏梅时，首先注意的是前人咏梅名篇的原韵，写出了《次秦少游梅韵》《次东坡先生腊梅韵》。当他咏雪时，又对欧、苏的“禁体”大感兴趣，写了《次东坡先生用六一先生雪诗律令龟字二十韵，旧禁“玉、月、梨、梅、练、絮、白、舞、鹅、鹤”等字，新添“访戴、映雪、高卧、啮毡”之类，一切禁之》。总之，自然景物并未直接与诗人的心灵发生碰撞，而是首先经过前人诗歌的中介才产生灵感。这样，前人的成作就给他的写作设置了重重叠叠的障碍，他常常为如何借鉴前人并有所突破而苦恼。“学之愈力，作之愈寡”，正是其窘迫之状的生动写照。随着杨万里逐步摆脱前人的影响，他对自然的直接感知力也在增长，请看其自述：

卷五《送文黼叔主簿之官松溪》：“此行诗句何须觅，满路春光总是题。”（乾道五年，即 1169 年）

卷五《春日六绝句》之三：“诗人元自懒，物色故相撩。”（乾道五年，即 1169 年）

卷五《半山小憩》：“江山岂无意，邀我觅新诗。”（乾道五年，即 1169 年）

卷六《长句寄周舍人子充》：“老穷只是诗自娱，春色撩人又成句。”（乾道六年，即 1170 年）

卷六《二月望日》：“海棠著意唤诗愁，桃李才开又落休。”（乾道七年，即 1171 年）

显然，这种写作倾向合乎逻辑的归宿便是“万象毕来，献予诗材”。于是到了淳熙六年（1178），也就是“戊戌三朝”的次年，杨万里便信心百倍地宣称：“笔下何知有前辈！”（《迓使客夜归》）并进而把自然景物“一时唤入诚斋集”（《晓经潘葑》）了。绍熙二年（1191），姜夔赠诗给杨万里说：“年年花月无闲日，处处山川怕见君。箭在的中非尔力，风行水上自成文。”（《送朝天续集归诚斋时在金陵》）对杨万里取材自然的诗风作了高度的肯定。以自然为诗歌题材的渊薮，以自然为诗歌灵感的源泉，这是“诚斋体”的主要特征。然如上所述，杨万里进入这个境界并不是一蹴而就的，而是经历了一个渐变过程的。而其转变的关键时期则确实是在“戊戌三朝”前后。

以七言绝句为主要的载体（当然“诚斋体”并非只体现于七绝，杨的七古与七律也颇能体现其风格特征，兹不详论），以自然为主要题材，这并不是“诚斋体”的全部内涵。但毫无疑问是这种活泼诗风的重要特征。如上所述，这两种倾向在杨万里的创作道路中都是逐渐形成的，以“戊戌三朝”为标志的那个时期，即杨万里五十一岁至五十六岁的那五六年间，确是其独特诗风形成的关键时刻。对此，杨万里是有充分的自觉的，于是，当他在十来年之后为收入该期作品的《荆溪集》等诗集作序时，便特别强调了“戊戌三朝”在其诗风转变中的里程碑意义。当然，这种说法是过于清晰、不无夸张的，但在大体上却是可信的。我认为，当我们试图通过分析杨诗来把握“诚斋体”时，固然应注意到其全部作品，但分析的主要对象则应是作于“戊戌三朝”前后的《荆溪集》等几个集子，那是解开“诚斋体”奥秘的关键。